Ich sagte einmal, ich sei jung und hätte nichts zu verlieren.
Verdammt, habe ich viel verloren.
Mayla

Für Josi Z.
Weil du mir 2020 so sehr geholfen hast – in allen Lebensbereichen. Dank dir konnte ich besser werden.

Kapitel 1

Positives Nummer 27: Ich bin etwas Besonderes – nur halt beschissen besonders

Mit voller Wucht schlage ich den Deckel meines leeren Koffers zu, reiße den Verschluss herunter und befördere das Ding in die hinterste Ecke meines Zimmers. Noch immer kann ich nicht begreifen, wie es dazu kommen konnte. Womit habe ich das verdient? Ja, *ich* wollte die Sirenenprinzessin sein und mit meinem Seelenverwandten Atlan eine Beziehung führen. Ja, ich habe akzeptiert, dass meine beste Freundin Lucia die Auserwählte ist und ich nur der Sidekick. Ja, es war für mich auch – nach zugegeben langer Bedenkzeit – irgendwie in Ordnung. Vor allem, da meine Gefühle für Atlan wohl doch nicht dieses heiße Feuer waren, das ich für Noah empfinde. Aber ich bin unter keinen Umständen damit einverstanden, dass ich nicht nur ein Sidekick bin, sondern auch noch der bösen Spezies angehöre.

Wütend greife ich nach einem der vielen Kissen auf meinem Bett und schleudere es durch mein Zimmer, dabei reißt es einen meiner Pokale herunter, die ich für meine Schwimmkünste erhalten habe. Betont langsam steuere ich auf meine Kommode zu, die übersät ist mit Auszeichnungen von Schwimmwettkämpfen. Im Sonnenlicht glänzen sie schön, als würden sie mich veralbern und mir sagen: Du hast uns nicht verdient. Goldene Medaillen hängen fein säuberlich aufgereiht an der Wand. Tante Carla hat sie vor gut zwei Jahren angebracht, damit ich direkt nach dem Aufwachen stolz auf meine Erfolge blicken kann. Doch jetzt verhöhnen sie mich. Denn ich bin keine außergewöhnliche Schwimmerin, sondern eine verdammte Betrügerin.

Mit einem lauten Aufschrei wische ich alles von der Kommode, scheppernd fliegen die Pokale gegen die Wand und veranstalten einen Heidenkrach. Als

Nächstes reiße ich jede einzelne Medaille runter, manche samt Nägeln. Nichts davon habe ich mir ehrlich verdient.

Ich spüre die Wut in jeder Zelle meines Körpers, schon seit meiner Ankunft fühle ich mich ruhelos und unter Strom. Das Flüstern in meinem Kopf raubt mir jeden Nerv und ich setze alles daran, es zu übertönen.

Das blecherne Geräusch der auf das Laminat fallenden Medaillen klingt in meinen Ohren wie ein Echo. Doch es reicht mir immer noch nicht.

Auf meinem Schreibtisch steht ein gerahmtes Foto von mir, wie ich überglücklich einen Pokal in die Kamera halte. Alegria grinst breit und macht ein Peace-Zeichen, während Tante Carla sich die Tränen aus den Augen wischt. Lucia hat dieses Bild geschossen.

Ich schleudere es, begleitet von einem lauten Aufschrei, gegen meinen Kleiderschrank. Das Klirren von zerbrechendem Glas schwingt in der Luft. Ich atme schwer ein und aus.

Mein Blick fällt auf den Spiegel rechts von mir an der Wand. Ein Ganzkörperspiegel, den ich unbedingt haben wollte, weil es im Heim immer nur kleine Spiegel über den Waschbecken gegeben hatte. Mein weißer Fleck am Hals ist so präsent wie nie zuvor. Dieses verdammte Mistding!

Ich will ihn nicht mehr sehen. Zunächst presse ich die Hand auf meinen Hals, aber allein der Gedanke, dass ich jeden Tag aufwache und direkt diesen beschissen Fleck sehen muss, bringt mich um. Neben meinem Bett liegt immer noch der Haufen der herausgerissenen Klamotten aus dem Koffer. Wahllos greife ich danach und schleudere alles gegen den Spiegel. Doch offensichtlich haben meine Kleider nicht die gewünschte Wirkung. Es klirrt nur, als die Gürtelschnalle meiner Hose gegen die Oberfläche donnert. Also müssen als Nächstes meine Turnschuhe dran glauben. Doch dieses Scheißteil will einfach nicht kaputtgehen.

Er muss zerbrechen! Er muss einfach, denn wenn er nicht zerbricht, habe ich das Gefühl, selbst in tausend Stücke zu zerbersten. Meine Seele nicht beisammenhalten zu können.

Mit voller Wucht schlage ich mit der Faust gegen das Glas. Beim dritten Mal hat es endlich einen Sprung. Mein Gesicht spiegelt sich, durchzogen von

Rissen. Ich sehe so kaputt aus, wie ich mich fühle. Ich reiße das Teil von der Halterung und hebe es über meinen Kopf, um es dann mit Schwung auf den Boden zu schmeißen. Dabei laufen mir die Tränen über die Wangen. Ich bin ein Monster, ein verdammtes Monster!

»Mayla! Es ist Siesta.«

Tante Carla reißt die Tür auf und selten habe ich so einen geschockten Gesichtsausdruck bei ihr gesehen. Sie ist sonst die Ruhe in Person – außerhalb der Küche – und das letzte Mal hat sie so entgeistert geschaut, als sie mich dabei erwischte, wie ich mit Blessuren nach einer Prügelei nach Hause kam. Meine Klamotten liegen kreuz und quer im Raum verteilt, meine Pokale, teilweise zerbrochen, haben Schrammen an der Kommode und der Wand hinterlassen und über allem thronen die Scherben meines Spiegelbilds.

»Was hast du hier veranstaltet, Señorita?«

Doch ein Blick auf mein verweintes Gesicht und ihre angespannten Züge verwandeln sich in eine sorgenvolle Miene.

»Komm her!« Sie breitet die Arme aus und auch wenn ich sie mittlerweile um einen Kopf überrage, werfe ich mich an ihre Brust. Die Scherben knirschen unter meinen Schuhsohlen. Tante Carlas Wärme umschließt mich augenblicklich und macht alles nur noch schlimmer. Ich kriege keine Luft mehr, weil ich so sehr schluchzen muss und die Tränen unaufhörlich fließen.

»Ich bin ein Monster«, bringe ich irgendwie hervor, immer wieder unterbrochen von viel zu schnellen Atemzügen.

»Meine Señorita ist kein Monster.«

Ich spüre, wie sie innehält und das Chaos hinter mir betrachtet.

»Nur etwas ungehalten.«

Natürlich weiß Tante Carla nichts von dem, was auf Gran Canaria vorgefallen ist. Als ich heute mit tiefen Augenringen vor unserer Eingangstür stand, war sie völlig überrumpelt von meinem Anblick. Verkrustete Haare, schmutzige Kleidung, all das spricht nicht gerade für eine gute Verfassung.

»Ich habe gerade eine Tapasplatte vorbereitet. Komm, wir setzen uns nach unten.« Ganz getreu ihrem Motto, gutes Essen könne alle Probleme lindern.

Aber in diesem Fall zweifle ich das ganz stark an. Vor allem, da mir klar wird, dass die Spezies, zu der ich seit Neuestem gehöre, sich von Seelen ernährt.

O Gott. Meine Verwandten haben Alegrias Seele auf dem Gewissen. Mir ist so schlecht, dass mein Magen sich allein schon gegen den Gedanken an feste Nahrung wehrt. Klar, wahrscheinlich will er lieber eine delikate Seele verspeisen.

Ohne auf meine grunzenden Widerlaute zu reagieren, schleppt mich Tante Carla nach unten ins Lokal.

Unsere Wohnung befindet sich in der Altstadt von Barcelona über ihrer kleinen urigen Bar. Da gerade Siesta ist, haben wir geschlossen. Gegen achtzehn Uhr öffnet Tante Carla wieder ihre Tore, um nicht nur hungrige Touristen zu bedienen, sondern auch viele Bewohner der Stadt. Jeder besucht gern unser Haus.

Ben – die Küchenhilfe – ist noch nicht da. Deshalb sind wir nur zu zweit.

Die Bar ist nicht besonders groß, dafür hoch, weshalb Tante Carla als erste Maßnahme eine zweite Etage hat einziehen lassen, die aus Holzdielen besteht. So bekommt man immer noch genug vom Trubel mit, aber es gibt mehr Platz für die Gäste. Unsere Bar *El Tropezon* befindet sich an einer kleinen Kreuzung direkt an der Ecke der Carrer del Regomir. Das Gebäude gehört zu Recht in die Altstadt, es ist aus großen sandfarbenen Steinen gebaut und steht schon seit Ewigkeiten hier.

Wir setzen uns an den Tisch direkt neben der Küche. Tante Carla holt ein Tablett mit mehreren kleinen Keramikschüsseln vom Tresen und stellt es zwischen uns auf die runde hölzerne Oberfläche. Normalerweise würde ich gar nicht an mich halten können und mich gerade nach diesem ganzen Urlaubsessen über ihre hausgemachten Tapas hermachen. Aber allein der Anblick von Albóndigas, Chorizo und der heißen Pimientos de Padrón löst bei mir ein beklemmendes Gefühl aus.

»Entschuldige, aber ich kann gerade nichts essen.«

Die warme Hand von Tante Carla liegt schneller auf meiner Stirn, als die Gäste normalerweise das Lokal stürmen, sobald sie den Schlüssel im Schloss dreht. Denn ich verschmähe ihr Essen nie.

»Okay, Señorita, du sagst mir jetzt, was los ist.«

Aber selbstverständlich erkläre ich ihr haarklein, wie ich meine leibliche Mutter gefunden habe und dass sie das größte Ungeheuer im Meer ist, einen meiner Freunde getötet und die Seele von Alegria ausgesaugt hat. Gar kein Problem. Gut, vielleicht war meine Erzeugerin das alles nicht persönlich, aber ihre Sekte hat es getan.

Natürlich kann ich Tante Carla nichts davon erzählen und vergrabe stattdessen mein Gesicht in den Händen.

Der Anblick von Noahs schockgeweiteten Augen verfolgt mich jedes Mal, wenn ich meine schließe. Selbst beim Blinzeln schiebt sich sein traumatisiertes Gesicht vor meinen Geist.

Ich kann ihr nicht in die Augen sehen und gestehen, was für ein Monster ich bin. Sie hat sich eine schreckliche Kreatur ins Haus geholt und hatte keinen blassen Schimmer davon.

Ich weiß nicht, wie mein Gesicht nach der Verwandlung ausgesehen hat, aber der Anblick meiner mit Schuppen überzogenen Hände hat mir gereicht. Zwischen meinen Fingern haben sich schreckliche Schwimmhäute gebildet und die Fingernägel verwandelten sich in Krallen.

Meine Wut verraucht langsam, dafür steigen mir wieder die Tränen in die Augen, während ich auf meine menschlichen Finger starre. Sie sind jetzt normal, ja, aber in mir schlummern schreckliche Gene.

»Señorita, es bricht mir das Herz, dich so zu sehen. Du kannst mir doch alles sagen.« Beruhigend umfasst sie meine Hände.

Sofort entziehe ich sie ihr wieder, ich will nicht, dass sie diese Klauen berührt. Ein verletzter Ausdruck huscht über Tante Carlas Züge und augenblicklich bereue ich meine Reaktion. Dabei will ich sie doch nur bewahren – vor mir.

»Es tut mir leid, es ist so viel komplizierter, als du es dir ausmalen kannst.«

Ihre Augen nehmen diesen gütigen Ausdruck an, den sie immer haben, wenn sie mir zu verstehen geben will, dass sie das auch alles schon einmal durchgemacht hat. Normalerweise würde ich ihr zustimmen. Ginge es nur um das gesamte Drama rund um die große Liebe, würde ich ihr das erzählen.

Oder wenn es mein einziges Problem wäre, dass Noah mich angesehen hat, als wäre ich der Teufel höchstpersönlich. Dann wären ihre Arme ein willkommener Zufluchtsort. Aber es ist der Grund, *warum* er mich so angesehen hat.

»Ich bin sicher, egal was es ist, du schaffst das. Du bist so viel stärker, als es andere sind.«

Jetzt muss ich mich doch wie ein kleines Mädchen auf ihren Schoß flüchten. Sie lacht auf und schließt ihre Arme um mich. Ich mache mich so klein wie möglich. Sanft wiegt sie mich hin und her, ich vergrabe mein Gesicht an ihrer Schulter und schluchze einmal auf. Tante Carla streicht mir über meine wirren Locken und beginnt dabei zu summen.

So sitzen wir eine Weile da, bis ich mich wieder beruhigt habe. Zaghaft greife ich nach einer Paprika. »Jetzt ist dein Essen kalt.«

»Das ist okay, ich kann noch viel mehr davon machen.«

Sie lässt mich wieder los und ich rutsche von ihrem Schoß. Die Wärme ihrer Hand überträgt sich auf meine Wange, als sie mir eine letzte Träne wegstreicht.

»Du schaffst das schon, Mayla«, sagt sie und steht auf, um in der Küche die letzten Vorbereitungen für die Nachmittagsgäste zu tätigen. Ben müsste auch bald kommen. Also wische ich mir mit dem Handrücken über die Augen und atme einige Male tief durch.

Ein Klopfen an einer der Fensterscheiben lässt mich zusammenzucken.

Normalerweise liebe ich den Charme der schmalen Tür, die zu drei Vierteln verglast ist und ansonsten aus dunklem Holz besteht. Daneben ist ein riesiges Fenster in die Fassade eingelassen, genauso aufgebaut wie die Eingangstür. Deshalb können viele unserer Kunden in unsere Tapasbar schauen, wenn wir bereits die Rollläden hochgezogen haben. Doch jetzt ist es mir peinlich, dass jemand mich auf dem Schoß von Carla gesehen haben könnte.

Ich habe große Lust, den ungeduldigen Besucher stehen zu lassen. Ein Blick auf die Uhr sagt mir, dass wir noch eine halbe Stunde haben, bis die Bar geöffnet wird. Allerdings hat mich der Besucher bestimmt schon gesehen. Mit einem letzten tiefen Atemzug straffe ich meine Schultern und wende mich der Eingangstür zu.

»Atlan?«, hauche ich atemlos.

Er steht leibhaftig vor dem Fenster unserer Tapasbar und betrachtet mich mit einem leichten Lächeln, dabei winkt er sogar ein wenig unbeholfen. Seine braunen Haare sind feucht. Die Spitzen hängen ihm im Gesicht, was ihn noch besser aussehen lässt. Ich stürze zur Tür und drehe den Schlüssel einmal herum, um sie zu öffnen. Er breitet die Arme aus und ich drücke ihn fest an mich.

»Was machst *du* denn hier?«

»Dich suchen«, sagt er mit seiner dunklen Stimme und drückt mir einen Kuss auf die Stirn. Ich lasse Atlan los und betrachte ihn eingehend.

Meine Gefühle für ihn sind nicht verschwunden, sie sind nur kein Vergleich zu denen für Noah.

Noah!

Die Erinnerung an gestern will sich wieder nach oben kämpfen, doch ich ringe sie nieder, zwinge mich an etwas völlig anderes zu denken. Aber wie könnte ich so egoistisch sein und nicht mehr an Noah denken. Ich bin wirklich ein Monster geworden. Mein Herz wird augenblicklich schwer und presst mir allen Sauerstoff aus der Lunge.

Wenn Atlan hier ist, dann ist Noah vielleicht nicht weit. Sie haben ihn doch freigelassen und er hält jetzt sein Versprechen, zu mir zurückzukommen, oder? So muss es sein!

In den paar Tagen hat Atlan sich so gut wie nicht verändert, nur der Ausdruck in seinen Augen wirkt beunruhigt. Kein gutes Zeichen. Ein mieses Gefühl macht sich in meiner Magengegend breit. Noah muss hier sein – er muss einfach!

»Wie hast du mich gefunden?« Ich kann mich nicht erinnern ihm erzählt zu haben, wo sich Tante Carlas Tapasbar befindet, und Barcelona ist nicht so klein, dass man sich mal eben durchfragen kann.

»Seelenverwandtschaftsding.«

Skeptisch betrachte ich ihn, bis er die Augen verdreht.

»Lucia hat mir gesagt, wo du wohnst.«

Natürlich, das hier ist Lucias zweites Zuhause. Direkt nach der Schule sind wir drei Freundinnen – Alegria, sie und ich – fast jeden Tag hierher gekommen.

Ich freue mich zwar Atlan zu sehen, aber das komische Gefühl will einfach nicht verschwinden. Vor allem sieht er sich derart suchend um, als rechnete er damit, dass noch jemand bei mir ist.

Da wird mir ganz anders. Sie haben Noah *nicht* freigelassen. Deshalb hält Atlan bei mir nach ihm Ausschau. Mit dieser Erkenntnis ebbt meine Freude über unser Wiedersehen augenblicklich ab. Mein Herz stolpert aus seinem Rhythmus, als wäre ihm jetzt schmerzlich bewusst geworden, wie sehr es die Gegenwart von Noahs Lachen vermisst. Noch immer versuche ich die Erinnerung an gestern zu verdrängen. Sie von mir wegzuschieben, als wäre es nie passiert. Wenn ich auch nur für einen Moment unaufmerksam bin, dann sehe ich Noahs schockierten Gesichtsausdruck vor meinem inneren Auge.

»Er ist nicht hier«, wispere ich und lasse von Atlan ab.

»Du weißt, dass Noah verschwunden ist?«

»Er wollte zu mir nach Gran Canaria zurückkehren. Wie du siehst, bin ich hier bei dir, also ist er nicht gekommen.«

Ich könnte mich ohrfeigen, warum sage ich ihm nicht die Wahrheit? Aber dann müsste ich ihm beichten, was ich erfahren habe. Und solange es niemand weiß, ist es auch nicht wahr, oder? Aber trotzdem kann ich Noah nicht diesen Bestien überlassen.

»Komm erst mal rein.« Ich ziehe ihn an seinem schwarzen Shirt, das seine Muskeln betont, in die Bar. Seine Haare zeugen davon, dass er vermutlich erst vor Kurzem aus dem Wasser gestapft ist. »Wo hast du so schnell die Kleidung hergeholt? Du musst doch gerade erst aus Aquarta kommen. Oder?«

Ich bugsiere ihn an den runden Holztisch, der direkt in der Mitte des Raumes steht. Es ist mein Lieblingstisch, an dem ich immer sitze, außer ich esse mit meiner Tante.

»Ist jemand gekommen?« Tante Carla steckt ihren Kopf aus der Küche, alarmiert von der kleinen Glocke über unserer Tür.

Die Neugierde blitzt sofort in ihren Augen auf, als sie ihre Hände an einem

Geschirrhandtuch abtrocknet. Atlan kommt nicht dazu, mir zu antworten, denn Tante Carla steht schon vor uns.

»Wer ist das denn?«

Dabei strahlt sie so breit, wie ich es selten gesehen haben. Ihr Ausdruck wirkt auf einmal viel jugendlicher.

»Tante Carla, das ist Atlan. Ein Freund von mir«, stelle ich ihn artig vor.

Er reicht ihr die Hand. »Es freut mich, Sie kennenzulernen. Mayla hat schon viel von Ihnen erzählt.«

Ihre Wangen färben sich rot und das sehe ich sonst nur, während sie ihren Lieblingsfilm schaut und ganz aufgeregt ist. Ich kann es nicht fassen, was für eine Wirkung Atlans Sirenengene auf sie haben.

Das erklärt allerdings auch seine Angst davor, dass ich als Mensch keine echten Gefühle für ihn aufbringen könnte. Nur dumm, dass genau dieser Punkt mittlerweile außer Frage steht. Meerhexen werden wohl eher weniger von den Sirenengenen beeinflusst. Eine bittere Erkenntnis.

Dennoch bin ich froh, dass Atlan mit mir Schluss gemacht hat, sonst hätte ich Noah niemals mit anderen Augen gesehen. Bei jedem Gedanken an ihn sticht es in meiner Brust. Er ist immer noch bei *ihnen* dort draußen. Hätten sie ihn freigelassen, dann wäre dieses Wiedersehen heute anders abgelaufen. Noah hätte mich in die Arme genommen und versprochen, dass wir unsere Liebe hinbekommen, egal was uns im Weg steht. Er hat mir doch gesagt, dass er mich liebt. Kann er mich dann auch mit all meinen Facetten lieben? Ich wage es zu hoffen.

»Mayla?« Atlans Stimme holt mich aus meinem Gedankenkarussell. Tante Carla ist wieder in der Küche verschwunden und er berührt mich vorsichtig an der Schulter. »Ich hatte wirklich gehofft, dass Noah bei dir ist. Ich mache mir langsam echt Sorgen.«

Natürlich macht er sich Sorgen, schließlich ist Noah sein bester Freund. Ich kann hier nicht rumsitzen und mein altes Leben wieder aufnehmen. Dabei wünsche ich mir im Moment nichts sehnlicher, als alles zu vergessen und wegzulaufen. Aber nicht, wenn Noah in Gefahr ist.

»Ich werde dir helfen, ihn zu finden.«

Atlan betrachtet mich skeptisch und seine dunkelblauen Augen verdüstern sich noch eine Spur mehr.

»Du kannst mir nicht helfen, Mayla. Du bist ein Mensch.«

Ach ja, sein Lieblingssatz. Ich funkle ihn böse an, doch er zuckt nur mit den Schultern. Mit einem Blick in Richtung Küche senke ich meine Stimme, damit Tante Carla uns nicht hört. »Ich befürchte, leider doch. Lass uns gehen.«

Ohne Protest steht Atlan auf und folgt mir in Richtung Ausgang. Noah hätte ich zuerst überreden müssen, unsere Bar, ohne etwas zu essen, wieder zu verlassen. Ich vermisse ihn.

»Ich bin noch mal weg«, rufe ich in Richtung Küche und ziehe dann schnell die Tür hinter uns ins Schloss, damit Tante Carla uns nicht aufhalten kann.

Es ist immer noch warm, die kleinen Straßen von Barcelona haben die Mittagshitze gespeichert. Unser Lokal liegt in der Altstadt, nicht weit entfernt vom Meer. Früher habe ich genau das an unserer Lage geliebt, aber seit gestern bin ich mir nicht mehr so sicher, ob ich nicht doch weiter vom Ozean entfernt leben möchte. Denn ich höre sie flüstern. Ich kann es nur mit meinen Wutausbrüchen übertönen oder wenn ich mich auf etwas anderes konzentriere.

»Du bist seltsam geworden.«

Atlan geht neben mir durch die schmale Straße. Sie ist gerade mal breit genug für ein Auto. Bisher hat er geschwiegen und ist mir einfach über die Steinplatten gefolgt. Die Straße geht nach nur einem Block in eine enge Gasse über. Wenn wir nebeneinander her laufen, müsste jeder von uns nur den Arm ausstrecken und unsere Finger würden das kühle Gestein der Wände berühren. Nichts für Leute mit Platzangst.

Auch am Tag verirren sich keine Sonnenstrahlen zwischen die hohen Mauern und lassen die Gegend düster wirken. Zwei Häuserblocks dauert es, bis wir auf eine der Hauptstraßen, die Ronda Litoral, treten können und uns die Sonne wieder empfängt. Augenblicklich ist auch der Straßenlärm präsent. Die innere Unruhe von Atlan überträgt sich auf mich und ich kann seine Sorge verstehen.

»Mayla, ich freue mich, dass es dir gut geht«, er seufzt und schirmt seine

Augen gegen die plötzliche Helligkeit ab, »dass du zurück in deinem alten Leben bist ... Aber ich habe keine Zeit, mit dir hier herumzulaufen.«

In seinen Augen muss ich mich wirklich wie eine Verrückte aufführen. Wie sollte ihm ein einfacher Mensch schon helfen können? Vermutlich gar nicht.

»Es ist etwas passiert, Atlan.«

Er wird hellhörig und bleibt stehen. Seufzend ziehe ich ihn am Arm weiter über die viel befahrene Straße, die sich über insgesamt sieben Spuren erstreckt. Auf der anderen Seite angekommen ist es nicht mehr so weit zum Meer, man kann es schon sehen. Zum Strand ist es aber noch ein Stück, da wir erst am Hafen von Barcelona angelangt sind.

»Ich kann dir nicht sagen, warum genau, aber ich spüre die Meerhexen. Es könnte sein, dass wir Noah auf diese Weise finden.«

»Was?« Er bleibt wieder stehen. Direkt vor einem Restaurant am Hafen. Wenn wir mit den vielen Unterbrechungen weitermachen, brauchen wir ewig zum Strand. »Warum kannst du es mir nicht sagen? Seit wann verheimlichst du mir etwas?«

Ich verschränke die Arme vor der Brust und ziehe die Augenbrauen hoch. »Ich denke, das Recht auf meine Geheimnisse hast du abgegeben, als du mich verlassen hast.«

Wenigstens hat er den Anstand, betroffen auszusehen. Er schließt wieder zu mir auf und folgt mir an den vielen Buden entlang.

»Hat es etwas mit Mayim zu tun?«, fragt Atlan und ich nicke. Es ist nicht gelogen, schließlich hat mir das Wesen vorenthalten, dass ich eine Meerhexe bin, und mich ins offene Messer laufen lassen. Ein weiterer Punkt auf meiner Liste, der meine Wut wieder hochkochen lässt. Mayim hat von Anfang an gewusst, dass ich nicht die Sirenenprinzessin bin. Als das Wesen mir das erste Mal in Sirenengestalt begegnet ist, hat es gesagt, ich wäre *sein* Kind. Nur blöd, dass es damit kein Sirenenkind gemeint hat.

Aber am meisten stört es mich, dass Mayim Noah hätte retten können und nichts unternommen hat.

»Du und Mayim, ihr habt doch so eine merkwürdige Verbindung.« Atlans Gemurmel wäre fast im Geschnatter der Touristen untergegangen.

Ich lache trocken auf und stoße ihn mit der Schulter an. »Ich bin Expertin für merkwürdige Verbindungen.«

Fahrig gehe ich mir durch meine Locken und bleibe mit der Hand an einigen Strähnen hängen. Das Rauschen des Meeres sollte noch zu weit entfernt sein, um es zu hören, und doch hallt es überdeutlich in meinen Ohren wider.

Für die nächsten Minuten schweigen wir, bis wir endlich den Hafen hinter uns gelassen haben und am Strand stehen. Von der Bar bis hierher hat es nur zehn Minuten gedauert, aber der Weg kam mir endlos lang vor.

Wir ziehen unsere Schuhe aus und gehen langsam in Richtung Wasser. Doch bevor ich es erreichen kann, bleibe ich wie angewurzelt stehen und starre es nieder.

»Okay, was ist los, Mayla?« Atlan will mir eine Hand auf die Schulter legen, doch ich mache ruckartig einen Schritt nach hinten.

Ich kann nicht. Ich kann das Wasser nicht berühren, denn die Angst, mich wieder in ein Monster zu verwandeln, droht mich zu verschlingen.

Kapitel 2

Positives Nummer 28: Ich könnte eine Hilfe sein, um Noah zu finden

Mir ist Atlans kritischer Blick mehr als bewusst. Aber ich kann keinen Schritt näher zum Meer gehen. Was ist, wenn ich mich bei der Berührung augenblicklich wieder in dieses Ungetüm verwandle? Direkt hier vor allen Leuten? Der Strand ist nicht überragend besucht, für die meisten Touristen ist es Zeit für das Abendbrot und für uns Einheimische bedeutet es Arbeit. Einige Jugendliche in meinem Alter hängen noch auf dem Sand ab und trinken warmes Bier. Auch eine absolut widerwärtige Angelegenheit.

»Ich will dich ja nicht drängeln, aber selbst Kelvin würde bemerken, dass hier etwas nicht stimmt. Seit wir uns kennen, war es immer ein Problem, dich aus dem Meer zu bekommen und nicht hinein«, sagt Atlan und hat damit verdammt recht.

Ich muss mich überwinden.

Für Noah. Wir können herausfinden, wo er gefangen gehalten wird, und das sollte das Einzige sein, was mich jetzt interessiert. Ich war früher nie so ein Angsthase, warum versagt mein Mut jetzt?

Das Flüstern in meinem Kopf wird immer lauter. Ich kann nur kein Wort verstehen, es ist mehr ein Rauschen – wie von einem alten Fernseher, aus dem einzelne Wortfetzen dringen. Atlan wird keine Ruhe geben, wenn ich mich weiterhin so verhalte. Er denkt sowieso schon, dass ich eine Schraube locker habe.

Ich lege meine schwarzen Turnschuhe in den Sand und stopfe meine kurzen Socken hinein. Es wird doch zur Kontaktaufnahme mit dem Meer reichen, wenn ich nur mit den Füßen reingehe. Meine roten Shorts sind kurz genug, um nicht nass zu werden.

»Und seit wann redest du nicht mehr mit mir?«

Atlan lässt aber auch nicht locker. Ich trage hier gerade einen inneren Kampf aus und er kann einfach nicht still sein. Immer noch mit mir ringend stehe ich auf dem nassen Sand und warte, dass eine Welle sich weit genug herauswagt, um mich zu umspülen.

»Mayla!«

Mit einem erfreuten Aufschrei reißt mich eine Gestalt von den Füßen direkt ins Wasser. Ich sehe nur noch einen roten Haarschopf, dann den blauen wolkenlosen Himmel.

Kelvin hat mich übermütig umgeworfen und ich bin dabei rücklings ins Wasser gefallen, mitten auf die kleinen spitzen Kieselsteine.

»Autsch«, entfährt es mir, als ich mich wieder aufrichten will und sich weitere Steinchen in meine Haut bohren. Panisch schaue ich auf meine Hände, aber diese sind unverändert menschlich. Mein weißes Shirt ist durchsichtig und ich trage zum ersten Mal keinen Bikini drunter. Danke an dieser Stelle an meine Trotzreaktion von heute Morgen, weshalb ich mich ausnahmsweise für einen BH entschieden habe.

Wenigstens ist der innere Kampf jetzt unnötig geworden. Ich atme erleichtert aus. Innerlich spüre ich allerdings kleinere Veränderungen – so wird der Drang, weit nach draußen zu schwimmen, immer größer. Nur meine Angst, was mir dann blüht, ist übermächtig.

»Habe ich dich überrascht?« Kelvin stemmt sich vom Boden hoch und grinst mich breit an.

»Ja, so kann man es auch nennen.« Ich strecke eine Hand zu ihm empor, damit er mich wieder auf die Beine zieht. Am besten direkt aus dem Wasser. Kelvin schüttelt sich wie ein Hund, seine roten Haare fliegen und verteilen Salzwassertropfen auf meinem Gesicht. Erst dann hilft er mir hoch.

Das Meerwasser läuft aus meinen Locken und die Tropfen bahnen sich einen Weg über meine Kleidung nach unten. Überall auf meiner Haut spüre ich den Ozean. Besonders deutlich fühle ich die Verbindung an meinen Füßen, die noch immer im Wasser stehen.

Zu den vielen aufgeregt wispernden Stimmen in meinem Kopf gesellt sich eine Präsenz, die so ruhig und übermächtig ist wie Mayim selbst. Das Meer spricht zu mir, so bescheuert es auch klingt.

Meine Beinmuskeln zucken. Sie sind bereit zur Flucht, treiben mich sogar dazu. Doch wenn ich herausfinden will, wo Noah ist, dann darf ich diese Verbindung nicht verlieren. Mein Herz schlägt so schnell in meiner Brust, dass sich mein Atem beschleunigt.

»Ist mit ihr alles in Ordnung?« Kelvin gesellt sich zu Atlan und hat mich nicht direkt gefragt, so weggetreten wirke ich also.

»Ich habe keine Ahnung. *So* habe ich sie noch nie erlebt.«

Die Stimmen von Atlan und Kelvin blende ich aus, dafür konzentriere ich mich auf die Präsenz des Meeres.

Wo ist Noah?

Diesen Satz denke ich immer wieder mit Nachdruck – eine Botschaft an Mayim. Ich weiß nicht, ob das Wesen mich auch dieses Mal anhören wird, aber ich versuche es. Alles ist mir recht, wenn ich dafür nicht selbst schwimmen muss.

Eine größere Welle schlägt gegen meine Knie und bringt mich ins Wanken. Das Meer wird unruhig und Wolken bauschen sich am blauen Himmel auf, die unheilvoll nach Regen aussehen.

»Spüre ich da etwa Wut in dir, kleine Mayla?«, raunt mir die überhebliche Stimme von Mayim entgegen. Oder wirkt sie nach all diesen Ereignissen nur so arrogant auf mich?

Ich drehe mich zu Atlan und Kelvin herum, doch sie betrachten nur mit sorgenvollen Blicken den Himmel. Die Wellen türmen sich größer auf und die letzten Strandbesucher packen hastig ihre Sachen zusammen.

»Kommst du nicht mehr zu mir?«

Höre ich da Trauer in Mayims Tonlage?

Ich bin mir nicht sicher. »Du weißt, wo Noah ist. Gib ihn frei.«

»Kleine Mayla, nicht ich habe Noah gefangen, sondern deine Familie.«

Ich keuche auf, als hätte das Wesen mir ein Messer in die Brust gerammt.

»Nenn sie nicht so!«

Atlan greift nach meinem Arm und lässt meine Konzentration abreißen. »Sprichst du mit Mayim?«

Er kann nur meine Worte hören, aber nicht Mayims Antworten. Das erklärt jedenfalls seine sorgenvoll gerunzelte Stirn und Kelvins unsicher umherschweifenden Blicke.

»Komm doch wieder zu mir, kleine Mayla«, säuselt Mayim.

Der Wind frischt auf und bläst mir die Locken ins Gesicht. Mit Mühe halte ich sie aus meinem Gesicht fern. Die schweren Regenwolken bedecken den Himmel und verstecken die Sonne hinter sich. So ein plötzlicher Wetterumschwung ist ungewöhnlich und sicherlich nicht natürlich. Der Wind kriecht unter meine nassen Sachen und jagt mir einen Schauer über den Rücken.

»Nein.« Ein kurzes Wort mit einer unvorhergesehenen Wirkung. Zunächst ist es mucksmäuschenstill, die Wellen flachen augenblicklich ab, als wäre ihnen jegliche Energie genommen worden. Ein Donner grollt näher, als mir lieb ist, und peitschender Regen prasselt innerhalb von einer Sekunde auf die andere auf uns nieder.

Da nimmt jemand meine Ablehnung aber persönlich.

Der Drang, vor dem Wasser so weit wegzulaufen wie möglich, ist übermächtig. Aber an Flucht ist nicht zu denken, solange ich nicht weiß, wo Noah gefangen gehalten wird. Ich werde alles daran setzen, ihn zu retten, auch wenn es für mich weitreichende Konsequenzen haben wird.

Da regt sich etwas in mir, ein unbestechliches Gefühl. So logisch, wie ich weiß, wo mein Zuhause liegt oder wie ich weiß, wie man schwimmt. Ich muss es nicht nachprüfen, sondern weiß es einfach. Auch der Sturm kann mich nicht davon ablenken. Die ersten größeren Wellen rauschen auf uns zu und klatschen hart gegen meinen Bauch.

Ich hebe den Arm und deute nach Südosten. »Noah wird in dieser Richtung gefangen gehalten.« Diese Gewissheit kommt ganz tief aus meinem Unterbewusstsein.

»Woher willst du das wissen?«, fragt Kelvin und richtete seine Aufmerksamkeit auf den unsichtbaren Punkt, auf den ich deute.

»Ich weiß es einfach.«

Ich spüre die anderen Meerhexen. Sie müssen wissen, wo ich mich befinde.

Ein unangenehmer Schauer jagt mir über meine nackte Haut und hinterlässt eine Gänsehaut. Sie beobachten mich.

Schwer atmend stolpere ich rückwärts aus dem Wasser, direkt in die Arme von Atlan. Mich beschleicht das Gefühl, ihn zu verraten, weil ich ihm nicht erkläre, weshalb ich wegen Noahs Aufenthaltsort so sicher bin. Ihn und Noah. Ich schüttle seine Hände ab und beobachte ihn dabei, wie er selbst ins Wasser geht.

»Lass uns die anderen zusammentrommeln, Kelvin. Wir werden in dieser Richtung nach ihm suchen.«

Kelvin nickt zwar auf seine Anweisung hin, aber seine Stirn ist in Falten gelegt. »Dort liegt Menorca. Was wollen die denn da?«

Er hat recht und ich verstehe es ebenso wenig.

Warum haben sich die Meerhexen im Mittelmeer niedergelassen? Vom nordatlantischen Ozean rund um Gran Canaria bis nach Menorca ist es ein ganzes Stück.

Mein Shirt klebt unangenehm an mir und der tosende Wind macht es nicht besser.

Atlan dreht sich noch mal um, während Kelvin schon wieder in voller Bekleidung im Meer verschwindet.

»Bist du dir sicher, Mayla?«

Ich nicke und reibe mir über meine Arme, um die Gänsehaut zu vertreiben. »Bin ich, aber ich kann dir nicht genau sagen, wo sie sind. Nur in dieser Richtung.«

Ich muss gegen den Wind anschreien. Mayim ist wirklich sauer, ich kann mir nur nicht vorstellen, wie ich das Wesen so verärgert haben könnte.

Nach wie vor ist Atlan skeptisch, völlig zu Recht. Ich wäre es auch. Doch dann folgt er Kelvin und sie verschwinden hinter der nächsten Welle. Der Regen prasselt auf mich nieder und ich will keine Sekunde länger als nötig hier verbringen.

Erleichterung durchflutet mich und ich werfe keinen Blick zurück, als ich mir meine Schuhe schnappe und mich in Sicherheit vor Mayims Einfluss bringe.

Noch nie in meinem Leben hatte ich solche Angst vor dem Meer oder vor dem, was darin lauert. Auch der direkte Augenkontakt mit den Meerhexen konnte mich nicht davon abbringen, jede freie Minute im Meer zu verbringen. Doch jetzt laufe ich wie ein Feigling davon.

Ich verstecke mich im Stadtinneren von Barcelona, renne durch die kleinen Gassen der Altstadt, bis ich auf den breiten Straßen des neueren Teils ankomme. Durch den plötzlichen Wetterumschwung haben sich viele Menschen untergestellt und lugen immer wieder unter den Markisen der Cafés hervor. Ich laufe wie ein begossener Pudel im Regen und wenn ich ehrlich bin, fehlt mir nur noch dramatische Filmmusik, um diese Situation perfekt zu machen.

Der Sand reibt unangenehm zwischen meinen Fußsohlen und den Schuhen. Es war eine absolut grandiose Idee, diese direkt nach dem Strandbesuch wieder anzuziehen. Aber scheinbar bin ich heute ein Profi in Selbstgeißelung.

Ich finde mich im Parc de la Ciutadella vor dem großen Brunnen wieder. Durch das Unwetter ist er menschenleer, was mir gelegen kommt. Die Architektur des sandsteinfarbenen Monuments hat mir schon immer zugesagt. Er ist mit vielen Statuen verziert, die alle einen Bezug zum Wasser haben, direkt neben ihm führt eine lange Treppe hinter den Brunnen, wo ein aus Stein gebauter Pavillon mir Schutz vor dem Regen bietet. Allerdings ist mir nicht nach Unterstellen, denn auch wenn ich erschreckende Angst vor dem Meer habe, fehlt mir der Kontakt zum Ozean. Der Brunnen besteht aus zwei großen Becken. Ich laufe zum unteren. Trotz der ungesunden grünen Färbung des Wassers setze ich mich an den Rand und tauche meine nackten Füße hinein.

Um mein Selbstmitleid perfekt zu machen, schwemmt der Regen meine gut versiegelte Erinnerung wieder an die Oberfläche.

Wie konnte es nur so weit kommen?

***

Zwei Tage zuvor

»Ich wusste es, sie ist meine Tochter.«

Einen Satz, den ich mein Leben lang hören wollte, nur nicht hier und nur nicht von ihr und vor ihrer gesamten Sippe. Die Meerhexe mit dem völlig verfilzten Zopf schaut beinahe entzückt auf mich herunter, wobei dieser Gesichtsausdruck mit ihren Haifischzähnen nicht harmoniert. Wie haben die anderen sie genannt? Aquila?

Noch immer bin ich wie betäubt von den Schmerzen, die dieses Monster mir mit ihrer komisch leuchtenden Hand zugefügt hat. Ich sehe nur verschwommen. Obwohl wir unter Wasser sind, bekomme ich merkwürdigerweise Luft. Sogar ziemlich gut. Meine Sicht klärt sich, als die Schmerzen allmählich abklingen. Sind wir wirklich noch unter der Oberfläche?

Alles ist so scharf, als wären wir an Land. Schon zuvor habe ich mich beim Tauchen außerordentlich gut zurechtgefunden, aber das hier ist ein neues Level.

Jede Luftblase, die aufsteigt, kann ich mit bloßem Auge verfolgen.

Es wirkt alles überdeutlich. Sogar einzelne Sandkörner unter meinen Händen kann ich ausmachen. Moment, meine Hände ... Hektisch atme ich aus. Denn ich bin mir nicht sicher, ob es wirklich meine sind.

Sie sind von hässlich schimmernden Schuppen überzogen und meine kurzen Fingernägel haben sich in Krallen verwandelt.

Aquila kommt auf mich zu, ihre Klauen nach mir ausgestreckt. Es sind die gleichen wie meine.

»Nein, nein, alles, nur das nicht!«, kreische ich und rutsche über den Sand, versuche vor ihr zu fliehen. Doch vergebens, die Meerhexen haben uns umringt. Ich kann nicht wegschwimmen. Noahs Augen sind vor Schreck geweitet, ihm sind sämtliche Gesichtszüge entglitten. Er ist immer noch gefesselt und verfolgt jede meiner Regungen.

»Schau an. Aquila, du hattest recht. Sie ist tatsächlich eine von uns.«

Das Gezische der größten Meerhexe hat sich zuvor wie kleine Stiche in mein Trommelfell angehört, doch jetzt verstehe ich jedes Wort.

»Deine verlorene Tochter, wie rührend.« Sie legt sich eine Hand auf die Brust, wo bei normalen Wesen das Herz schlagen würde. Ich bezweifle, dass sie eines besitzt.

»Aber wie zum Geier kann das sein, Sybell?! Hat der Fluch sie nicht erwischt? Warum ist sie nicht schon vor Jahren aufgetaucht, als wir sie erwartet haben?«, fragt eine andere Meerhexe und betrachtet mich mit großen Augen.

Ihre Worte sind mir egal, es ist mir egal, wie das hier möglich sein kann. Ich will nur, dass es aufhört.

»Noah.« Sein Name klingt nicht so, als hätte ich ihn ausgesprochen. Meine Zunge stößt auf merkwürdige Weise gegen meine Zähne und lässt alles gezischt klingen.

Der geschockte und versteinerte Ausdruck will nicht von Noahs Gesicht verschwinden. Seine Hände sind zu Fäusten geballt, doch ansonsten hängt er regungslos in seinen Fesseln.

»Bringt ihr einen Spiegel, damit sie ihr neues Antlitz bewundern kann«, befiehlt Sybell selbstgefällig und zwei Meerhexen eilen davon, ohne auf meine Reaktion zu warten. Denn diese wäre gewiss nicht zu ihren Gunsten ausgefallen.

Ich will es nicht sehen, will *mich* nicht sehen.

Kraftlos ziehe ich mich über den Sand, denn ich habe Angst, an mir hinunterzuschauen. Der Anblick meiner mit Schuppen bedeckten Arme reicht mir. Sie glitzern sogar ein wenig. Ich könnte kotzen.

»Noah.«

Doch er reagiert immer noch nicht. Mein Gesicht verzieht sich zu einer Grimasse, als ich zu heulen beginne. Meine Tränen vermischen sich mit dem Meerwasser.

»O Aquila, deine Tochter ist eine Heulsuse.«

Es ist mir egal, was dieses Monster von mir hält. Ihr wirrer Blick hat mich viel zu lange verfolgt. Ich bin ihr schon zweimal entwischt, da sollte es mich nicht kümmern, was sie von mir denkt.

»Halt die Fresse, Morgiana,« zischt Aquila.

Ich bin auf halber Strecke zu Noah, meine Glieder schmerzen wie vom schlimmsten Muskelkater meines Lebens. Kleine Nadeln piksen in jeden Muskelstrang. Und doch ziehe ich mich Stück für Stück heran.

»Wie armselig«, sagt Morgiana und beobachtet mich aus ihren echsenartigen Augen. Sie steht vor mir, ihre Flossen im Sand vergraben und die Arme vor der Brust verschränkt, den Kopf schief gelegt.

»Lasst ihn frei!«, zische ich mit einigen Schluchzern und schaffe es, meinen Oberkörper hochzustemmen. Dabei erhasche ich einen Blick auf meine Brust. Meine Kleidung ist wie von Zauberhand verschwunden. Glatte Schuppen bedecken meine Brüste wie einen BH, der Rest vom Dekolleté ist menschliche Haut. Die Schuppen lassen tatsächlich einen Ausschnitt frei.

»Jetzt jammert sie auch noch rum, fleht um sein abscheuliches Leben.« Die Meerhexe vor mir schnaubt verachtend. »Das ist so armselig.«

»Morgiana, ich schwöre beim Teufel persönlich, ich verfluche dich, wenn du nicht deine Fresse hältst.«

Der raue Umgangston zwischen den Meerhexen überrascht mich nicht mehr. Aquila und Morgiana scheinen mir nicht den Preis für die besten Freundinnen des Jahres zu gewinnen.

Mit Mühe unterdrücke ich weitere Schluchzer. »Lasst Noah frei.«

Sybell geht vor mir in die Hocke und legt eine ihrer langen Krallen unter mein Kinn, sodass ich in ihr hässliches Gesicht sehen muss. Besonders die Narbe, die ihre Lippen spaltet, hält meinen Blick gefangen, aber nicht auf die gute Art und Weise. Von Nahem betrachtet scheinen ihre Adern unter ihrer durchschimmernden Haut zu pulsieren.

»Du musst wohl erst noch die Rangordnung lernen. Und als Neuling bist du nicht in der Position, Forderungen zu stellen.«

Sie zischt mir die Worte ins Ohr, als wären sie ein Geheimnis nur unter uns beiden. Doch ich verzichte auf irgendwelche Verbindungen und entreiße ihr mein Kinn. Der Schmerz folgt kurz darauf. Die Kralle hat mir die Haut aufgeritzt.

»Eure Rangordnung interessiert mich nicht. Ich will nur, dass Noah frei ist.«

Ich brauche eine Reaktion von Noah, etwas, das mir verspricht, dass er mich noch liebt. Dass ich hier nicht ausweglos kämpfe, sondern für ein Wir. Doch er hat den Kopf gesenkt und sein Körper ist erschlafft.

Aber ich bin nicht bereit aufzugeben.

Die zwei Meerhexen kehren mit einem Spiegel zwischen ihren Klauen zurück. Er sieht aus, als wäre er aus einem Schiffswrack geborgen. Algen und Salzwasser haben seinem hölzernen Rahmen ordentlich zugesetzt, aber seine Oberfläche ist noch glatt. Sie rammen ihn direkt vor meiner Nase in den Sand und versperren mir die Sicht auf Noah. Ich will nicht sehen, was mit mir passiert ist. Bewusst wende ich den Blick ab. Sybell greift in meinen Nacken und zieht mich daran nach oben.

»Sag Hallo zu deinem neuen Ich.«

Nein, ich kann das nicht. Was, wenn es so schlimm ist, wie ich befürchte?

»Tu es lieber nicht«, wispert Noah.

Es sind die ersten Worte aus seinem Mund, seit mich dieses unfassbare Elend ereilt hat. Dann schreit er schmerzhaft auf, mein Kopf ruckt herum und ich blicke direkt in mein Spiegelbild. Eigentlich will ich sehen, was sie mit Noah machen, wenn er solche Laute von sich gibt. Aber ich bin zu geschockt.

Vor mir steht das hässlichste Wesen, das ich je gesehen habe. Meine widerspenstigen Locken sind im Wasser normalerweise seidig und umranden mein Gesicht, doch jetzt wirken sie so unheilvoll wie die Haare von Medusa. Wie Schlangen, die aus meinem Kopf sprießen, geneigt, jeden in meiner unmittelbaren Umgebung zu beißen. Spitze Ohren blitzen zwischen den Strähnen hervor. Schuppen bedecken die Stirn und den größten Teil der Wangen, nur die Mitte ist verschont geblieben. Es ist noch mein Gesicht, irgendwie, aber auch irgendwie nicht. Ich japse nach Luft und in diesem Moment sehe ich die spitzen Haifischzähne, die meinen Mund verunstalten und ihn wie eine Waffe wirken lassen.

Das Schlimmste sind meine sonst so katzenartigen grünen Augen, die sich in Echsenglubscher verwandelt haben und mich anstarren. Ich bekomme es selbst mit der Angst zu tun. Der Körper ist mit Schuppen überdeckt, bis auf den Ausschnitt auf der Brust. Die Klauen habe ich bereits gesehen – was ihrer Abscheulichkeit keinen Abbruch tut –, doch meine Füße sind ebenfalls verschwunden und haben Platz für Flossen gemacht. Keine schönen Flossen wie die der Sirenen. Eher wie die einer Ente, nur länger und sie schimmern durchsichtig, sodass man die Adern erkennen kann.

Ich kann nicht atmen, denn mein Fleck am Hals, den ich so sehr hasse, hat sich in Kiemen verwandelt. Gerade diese sollten mir das Atmen ermöglichen, aber ich bekomme keinen Sauerstoff mehr. Ich blicke direkt in die Augen eines Monsters, einer Killermaschine und des hässlichsten Geschöpfes im Meer. Nichts an mir ist schön.

Nie habe ich mich für überaus hübsch gehalten. Aber ich liebte mich und war im Reinen mit mir. Noch nicht einmal diese typischen Teenagerprobleme mit meiner Figur hatte ich. Aber jetzt. Alles an mir stößt mich ab. Der Vergleich zu Lucias Verwandlung schiebt sich in meine Gedanken und setzt sich fest. Sie ist die Prinzessin und ich bin nicht nur ein bloßer Sidekick, nein, ich bin das Böse in Person, ein Monster – zu hässlich, um auf der guten Seite zu stehen.

So bin ich nicht. So will ich nicht sein.

»Nein.« Ich werfe mich gegen den Spiegel, lege meine Klaue gegen die glatte Oberfläche. Das Monster mir gegenüber tut dasselbe. Das bin tatsächlich ich.

Und das ist der Moment, wo eine Panikattacke über mich kommt.

»Ich kriege keine Luft«, ächze ich mehr schlecht als recht und meine Klauen greifen an meinen Hals. Röchelnd versuche ich nach Atem zu ringen, doch ich versage. Die Panik hat mich fest im Griff. Wenn nichts geschieht, werde ich ertrinken. Dieses Monster bin nicht ich. Ich will damit nichts zu tun haben.

»Ich glaube, sie ersäuft wirklich.« Eine mir fremde Meerhexe tritt hervor und betrachtet mich wie ein wildes Tier. »Ihre Schuppen gehen zurück.«

»Wir müssen sie nach oben bringen! Sie verwandelt sich.« Aquila ist vor mich getreten und nimmt mein Gesicht in ihre Hände, dreht meinen Kopf zur Seite, um einen besseren Blick auf den Hals zu haben.

»Das ist unmöglich und faszinierend. Noch nie hat sich eine Meerhexe ohne meine Hilfe zurückverwandelt«, sagt Sybell und mustert mich mit deutlich mehr Interesse als zuvor.

Wer auch immer für das hier verantwortlich ist, wer dafür gesorgt hat, dass ich so aussehe: Bitte gib mir mein Leben als Mensch zurück! Ich will hier nicht als hässliche Kreatur verenden.

Aquila greift nach meiner Hand und zieht energisch daran. »Dafür ist jetzt keine Zeit. Wir brauchen doch alle Meerhexen für den Krieg. Morgiana, hilf mir.«

»Ich denke nicht mal dran, soll sie endlich verrecken.«

Sybell wirft Morgiana einen wütenden Blick zu, dann deutet sie nach oben. »Los, schafft sie an die Meeresoberfläche.«

Morgiana faucht wie eine Katze, dann zischt sie leise vor sich hin und packt mich grob an der anderen Hand. »Wie ich die Oberfläche hasse.« Sie reißt an mir, meine Flossen lösen sich aus dem Sand.

»Nein, lasst mich Noah mitnehmen.«

»Auch noch Forderungen stellen, ich hasse diese Göre jetzt schon.«

Beruht auf Gegenseitigkeit, keine Frage.

Aber Morgiana bleibt erbarmungslos, sie und Aquila zerren an mir wie an einem nassen Sack und ich muss dabei zusehen, wie Noah kleiner und kleiner wird. Der Meeresboden entfernt sich mit beachtlicher Geschwindigkeit. Wir sind unglaublich tief unten gewesen. Wie kann es sein, dass der Druck meinen Körper nicht zerschunden hat? Ach ja, meine Gene.

Mir wird schon ganz schummrig vor Augen, meine Sicht verändert sich abermals. Mein Körper fühlt sich auf einmal so schwer an.

»Beeil dich doch mal, Morgiana. Wegen dir wird sie noch ersaufen. Ihre Kiemen sind verschwunden.«

Aquila scheint etwas daran zu liegen, dass ich überlebe.

Ich muss Luft holen, ich kann nicht anders, der Reflex setzt unvermittelt ein. Doch ich atme keinen Sauerstoff, sondern Wasser. Es strömt in meine Lunge und lässt alles in mir verkrampfen. Das Salz brennt so sehr. Wie wild trete ich um mich, versuche schneller in Richtung Oberfläche zu kommen. Aber noch immer kann ich kein Licht sehen. Wie weit waren wir unten? Ich will kämpfen, überleben. So kann ich mein Leben nicht enden lassen.

»Halt still!«

Ich weiß nicht, wer es gesagt hat. Es tut weh, aber nicht so sehr wie diese abstruse Verwandlung. Es ist mehr mein Urvertrauen, was grundsätzlich erschüttert wird. Niemals hätte ich gedacht, dass das Meer mich töten würde.

Es gab Momente, wo ich es für einen Augenblick erschreckend fand. Doch nicht eine Sekunde ist mir in den Sinn gekommen, es nicht mehr zu lieben.

Ich kann nicht sprechen, zu viel Wasser hindert mich daran.

»Du schuldest mir etwas. Ihr beide!«, faucht Morgiana und mit einem Ruck zieht sie an meinem Arm.

Meine Gedanken werden leer. Vielleicht ist es doch zu spät.

Kapitel 3

Positives Nummer 29: Ich habe durch andere Augen gesehen

»Atme.«

Ich huste und pruste. Selbst das dumpfe Licht, das sich durch die grauen Wolken kämpft, lässt mich blinzeln. Meine Locken kleben mir unangenehm im Gesicht und mein gesamter Körper fühlt sich so kraftlos an. Bin ich eben fast ertrunken?

»Ich will hier raus«, krächze ich. »Bitte, holt mich aus dem Wasser raus.« Mein Flehen bleibt unerhört. Denn ich bin mit Aquila allein an der Wasseroberfläche, Morgiana hat sich aus dem Staub gemacht.

»Wir sind mitten auf dem Ozean, ich kann dir nur damit helfen.« Sie erzeugt einen Strudel, welcher mich über den Meeresspiegel hebt. Ich kann ein wenig aufatmen, huste immer noch und mein Hals fühlt sich an wie Schmirgelpapier.

Ihre Worte sind zwar gezischt, aber mich beschleicht das Gefühl, dass sie nun wesentlich sanfter spricht als zuvor. Das Wesen vor mir ist meine Mutter. Diese Meerhexe hat mich geboren. Ich habe viele Fragen und doch will ich keine Antworten.

»Ich muss hier weg.«

Aquila sieht mich verstört an, dabei war ich mir sicher, Meerhexen wären zu Gefühlen nicht fähig. Ich versuche etwas Liebevolles in ihren Gesichtszügen zu erahnen, doch da ist nur diese Fratze, die mich betrachtet. Interessiert und kühl. Aber sie hat sich für mich eingesetzt. »Du bist eine Meerhexe, Mayla.«

»Nein, das bin ich nicht.«

Sie greift grob nach meinem Arm und ihre Krallen bohren sich in meine Haut. Ich verziehe das Gesicht, doch es kümmert sie nicht.

»Du kannst es noch so sehr verleugnen, wir werden dich holen, dafür sorge ich.«

Hier kommen ja richtige Muttergefühle auf.

Mir geht es miserabel. Ein kleiner Trost sind meine menschlichen Hände. War das alles nur eine böse Illusion? Mit der Zunge fahre ich meine Zähne nach und auch hier ist alles beim Alten.

»Gib mir Noah zurück.« Trotz meines erschöpften Körpers muss ich an ihn denken – an Noah, der unten auf dem Meeresgrund gefangen gehalten wird.

Aquila ringt mit sich, ehe sie einen Entschluss fasst.

»Ich werde nach unten schwimmen und mir die Lage anschauen. Warte hier, bis du dich beruhigt hast, dann werden wir dich erneut verwandeln.«

Alles, nur das nicht. Ich nicke, aber nur, um sie in Sicherheit zu wiegen. Sie erwidert die Geste und taucht dann ab.

Nur über meine Leiche werde ich mich denen noch einmal ausliefern. Ich bin keine Meerhexe. Mit allem habe ich mich abfinden können. Ich bin nicht die Prinzessin – in Ordnung. Atlan verlässt mich – kann ich akzeptieren. Meine beste Freundin bekommt die Hauptrolle in dieser Geschichte – damit kann ich irgendwie leben. Aber das hier? Ich werde nicht das Monster sein. Nicht mit mir.

Bedacht beuge ich mich über den Rand des Strudels, der wie eine Art Plattform meinen Körper über den Meeresspiegel hält. Ich werde schwimmen müssen, um dem hier zu entkommen. Welche Furcht ist größer? Noch mal zu ertrinken oder ein Ungetüm zu werden? Keine Sekunde muss ich überlegen. Kopfüber stürze ich mich wieder ins Wasser, ringe meine Angst nieder und beginne zu schwimmen. Sobald jemand meine Flucht bemerkt, werden sie mich im Handumdrehen finden. Schließlich sind Meerhexen wesentlich schneller als Menschen. Die Erinnerung an Daxtons und meine Verfolgung von Morgiana kommt mir wieder ins Gedächtnis. Beide Spezies sind unfassbar geschwind im Wasser unterwegs.

Ein Zug nach dem anderen. Ich versuche mich nur auf das Schwimmen zu konzentrieren und die Angst im Nacken nicht zuzulassen.

»Kleine Mayla«, säuselt eine Stimme.

Ich atme viel zu schnell und weiß nicht, ob ich es schaffen kann. Aber solche negativen Gedanken habe ich zuvor nie zugelassen. Und bisher habe ich alle Herausforderungen gemeistert. Egal wie, ich werde entkommen.

»Lass mich dir helfen.«

»Du hast mich fast ertränkt, Mayim!«, fauche ich und schlucke dabei wieder Wasser. Bitte nicht noch einmal.

»Du hast gesagt, du wirst die Konsequenzen tragen.«

»Aber doch nicht solche, verdammt.«

»Ich kann nicht alles tun. Auch ich habe Regeln, kleine Mayla. Ich sehe doch, dass du nicht mehr kannst.«

Mayim hat recht, ich kann nicht mehr und ich weiß noch nicht mal, wohin ich schwimme. Denn ich sehe kein Land, kein Anzeichen für Menschen. Ich bin hier draußen auf dem offenen Meer, der Willkür von Meerhexen und Mayim ausgesetzt. Doch in diesem Moment wähle ich lieber Mayim, auch wenn es dieses Wesen war, das mich erst in diese Situation gebracht hat.

»Gut, hilf mir bitte.«

»Feines Kind.«

Ich bin kein Kind mehr, aber ich habe keine Kraft, um zu widersprechen. Aus diesem Wesen werde ich nicht schlau, was ist das Ziel? Warum ich? Warum muss das alles mir passieren? Vor wenigen Tagen hätte ich gejubelt, wenn diese Frage in Bezug auf die Prinzessin aufgekommen wäre.

Mayim hebt mich auf einer Welle empor, sanft und vorsichtig. Wäre all das nicht passiert, könnte ich es sogar genießen. Aber so versuche ich, meine Panik zu bekämpfen. Ich muss nichts tun, von ganz allein werde ich oben gehalten und in die entgegengesetzte Richtung getragen.

Ohne Mayim wäre ich vermutlich niemals irgendwo angekommen. Ich muss dem Wesen dankbar sein.

»Mayim, gibt es eine Möglichkeit, wieder an meinen Badeanzug zu kommen?«

Mir ist nicht kalt, aber ich bin völlig nackt und würde mich gern bedecken.

Eine zweite Welle türmt sich hinter meiner auf und braust über mich hinweg – und danach trage ich einen schwarzen Badeanzug.

»Danke«, murmle ich.

»Ich verlasse dich nun, immerhin brauchen noch mehr meiner Geschöpfe meine Hilfe. Ruh dich aus, kleine Mayla.«

Ich würde ihrer Aufforderung so gern nachkommen, mich einfach hinzulegen und zu schlafen. Aber ich kann Mayim nicht vertrauen. Also bleibe ich wach, gefühlte Ewigkeiten, bis die Sonne ihren Weg über den Horizont gewandert ist.

Dann sehe ich endlich Land. Kurz vor der mir nur allzu bekannten Bucht ebbt die Welle ab und lässt mich zurück ins Wasser plumpsen. Ohne es zu wollen, bekomme ich Panik. Was ist, wenn ich mich nicht oben halten kann? Wenn ich erneut untergehe?

Eine zweite Welle erfasst mich, wirbelt meinen Körper herum und spuckt mich erst wieder auf dem mir wohlbekannten schwarzen Sand von Gran Canaria aus. Es sind nur noch wenige Besucher am Strand und diese beobachten mich skeptisch. Sandkörner hängen in meinen Haaren, es wird Ewigkeiten dauern sie von meiner Kopfhaut zu bekommen. Das Salzwasser ist mir in die Nase gestiegen und ich kann nicht aufhören zu schniefen. Mühsam kämpfe ich mich auf meine Unterarme, um mich wieder aufzurichten.

Ein merkwürdiges Wispern setzt sich in meinem Ohr fest. Vielleicht ist es der Sand, der selbst in mein Trommelfell gespült wurde.

»Mayla?«

Ruckartig hebe ich den Kopf, sehe aber nur in das Gesicht eines ehemaligen Kollegen von mir, der ebenfalls als Rettungsschwimmer arbeitet. Ich hatte so gehofft, dass es Noah ist.

»Geht es dir gut?«

»Nein, ehrlich gesagt nicht. Ich denke, ich habe genug vom Meer.«

»Na komm.«

Er hilft mir auf und versorgt mich weitestgehend. Meine Sachen sind ebenfalls in der Rettungsstation, er hat sie aus der Grotte geholt und für mich aufbewahrt. Entschlossen nehme ich mein Handy in die Hand und schreibe Tante Carla eine WhatsApp.

Komme nach Hause. Der nächste Flieger ist meiner.

***

Niemals hätte ich gedacht, dass ich mal froh sein würde, in einem Flugzeug zu sitzen. Zwar hat es bis zum nächsten Tag gedauert, dass ich endlich einen Flug zurück nach Barcelona ergattern konnte, aber das war mir die Nacht am Flughafen allemal wert.

Das Wispern ist nicht verschwunden, sondern begleitet meine gesamte Reise, es wird nur mal lauter und leiser, je nachdem, wie nah ich dem Ozean bin.

Ich habe Celia gebeten mich vom Flughafen abzuholen. Und da ist sie auch schon.

»Mayla! Du siehst schrecklich aus.« Celia schließt mich erleichtert in die Arme.

Selbstverständlich hat sie sich in Schale geworfen, wobei ich mir mittlerweile nicht mehr sicher bin, ob das nicht einfach ihre natürlich Erscheinung ist. Im Gegensatz zu ihr muss ich ein wirklich schlimmes Bild abgeben. Ich habe nach der Attacke nicht mal geduscht, was Celia jetzt auch mit einem angewiderten Blick feststellt, als sie eine meiner Strähnen anhebt und Sandkristalle zu Boden fallen.

»Ich hab dich auch vermisst.«

»Was ist denn passiert? Mir aus heiterem Himmel eine Nachricht zu schreiben, dass ich dich abholen soll, verlangt nach einer Erklärung.«

Ich kann nicht mehr zählen, wie oft ich schon in Tränen ausgebrochen bin. Und vermutlich wird es auch nicht das letzte Mal sein. Denn ich stürze mich schluchzend in Celias Arme, die mir zunächst unbeholfen den Kopf tätschelt. Dann drückt sie mich fest an sich und wiegt mich sanft hin und her, mitten in der Ankunftshalle des Flughafens. In diesem Moment bin ich froh, sie als Freundin zu haben.

Auf dem Weg nach Hause erzählt mir Celia von Alegrias minimalen Fortschritten, die nicht wirklich nennenswert sind. Aber sie platzt vor Stolz, als sie mir von einem kleinen Anflug eines Lächelns berichtet. Ich erzähle ihr nicht, was passiert ist, und sie fragt auch nicht noch einmal. Ab und zu streicht sie mir durchs Haar, bis sie sich wieder daran erinnert, dass es voller Sand ist.

Dann schimpft sie darüber, dass ich ihr Auto verschmutze, und regt sich über den Verkehr auf.

Ich gebe es nicht gern zu, aber ich habe sie vermisst.

Als die Häuser von Barcelona an dem Fenster vorbeiziehen und mich das Gefühl von Heimat beschleicht, fasse ich einen Entschluss: Ich werde weglaufen, egal was das Wispern zu bedeuten hat. Ich werde solange weglaufen, bis mich etwas davon abhält, und ich hoffe, dass es, wenn überhaupt, ein verdammt guter Grund sein wird.

***

Zwei Tage nach meiner Flucht vom Meer weg zum Brunnen hält mich tatsächlich ein verdammt guter Grund vom Weglaufen ab. Ich bekomme erneut Besuch.

Ich wasche das benutzte Geschirr vom Mittagessen ab, als es gegen die Fensterscheibe klopft. Tante Carla ist auf dem Markt, um ein paar Zutaten für das Wochenende einzukaufen, daher bin ich allein im Lokal und wurde zum Spülen verdonnert, da man mich in letzter Zeit zu nichts gebrauchen kann. Celia war schon zweimal mit ihren Freundinnen hier, hat sich den Bauch vollgeschlagen und mich dabei mit sorgenvoller Miene beobachtet. Niemals würde sie es zugeben, aber dank unserer gemeinsamen Zeit auf Gran Canaria weiß ich, wann sie sich Sorgen macht.

Ich schaue zum Fenster und hinter dem Glas stehen zwei Gestalten. Nur der Stich in meiner Brust verrät mir, dass ich auf Noahs Rückkehr gehofft habe. Doch dafür muss ich gar nicht mal genauer hinschauen. Die beiden Silhouetten sind zu groß für Noah.

Mit nassen Händen mache ich das Fenster auf und vor mir stehen Kelvin und Atlan. Bedrückt und sehr müde.

»Ihr habt ihn nicht gefunden.« Wenigstens versuche ich meine Feststellung nicht in einer völlig verzweifelten Tonlage wiederzugeben.

»Nein.« Atlan starrt auf den Boden, während Kelvin die Hände tief in seinen Hosentaschen vergraben hat und immer wieder gen Himmel schaut. Ich trockne meine Hände an einem Geschirrhandtuch ab und hänge es über eine Stuhllehne. Es zerfrisst mich, dass sie ihn nicht gefunden haben. Ich weiß, dass etwas zwischen Noah und mir passiert ist, als er gesehen hat, dass ich eine Meerhexe bin. Leider kann ich nicht genau bestimmen, *was* sich verändert hat. Ist unsere Beziehung daran zerbrochen?

Nein, ich klammere mich an diesen Kuss in der Grotte. Halte mich daran so fest, dass ich mir immer wieder sage: Wir haben einiges überwunden, dann kriegen wir das auch noch hin.

Wie schon zwei Tage zuvor bei Atlan drehe ich den Schlüssel im Schloss herum und lasse die beiden Jungs rein, begleitet von dem leisen Läuten der Glocke. Es soll niemand unangemeldet hier reinplatzen können.

»Wir haben noch etwas vom Mittagstisch übrig«, sage ich und lasse die Tür offen, gehe in die Küche, um schnell etwas zusammenzustellen. Wir haben keine Mikrowelle, weil Tante Carla meint, dass sich damit der Zauber des Essens verflüchtige. Nach meiner Meinung verflüchtigt sich dieser bei kalten Gerichten erst recht.

Atlan schließt die Tür hinter sich und setzt sich an den runden Tisch direkt neben der Küche. In ein paar Schälchen bereite ich die Tapas vor und trage sie auf.

»Sie sind allerdings kalt.«

»Macht nichts, danke dir.« Atlan nickt mir zu und beginnt von den kleinen grünen Paprikas zu naschen.

Kelvin schnappt sich etwas von der Salami und beißt herzhaft hinein.

»Das ist köstlich.« Seine Augen leuchten für einen Moment auf, doch dann lässt er sein Essen wieder sinken. Mit der freien Hand wuschelt er sich selbst durch seine rote Mähne und seufzt enttäuscht.

»Was ist, wenn er schon tot ist?« Kelvin spricht das aus, was wir alle befürchten, und doch will es niemand hören.

»Sag so etwas nicht«, fauche ich und stehe ruckartig vom Tisch auf, um den beiden Wasser zu holen.

»Aber was wollen diese verdammten Meerhexen von ihm?« Atlan schluckt und schiebt einen der Teller von sich.

»Vermutlich, dass er singt und ihnen Seelen bringt. Aber das wird er nicht machen.«

Eine tiefe Sorgenfalte entsteht auf Atlans Stirn.

Die letzten zwei Tage habe ich mich mit allem möglichen abgelenkt, immer im Glauben, dass sie Noah finden werden. Ich bin nicht noch einmal zurück zum Meer gegangen. Das ist die wohl längste Zeit, die ich ohne Schwimmen verbracht habe – in meinem gesamten Leben.

Das Wispern und Flüstern hat nicht abgenommen, aber es ist zu einem Hintergrundgeräusch geworden, wie das ständige Rauschen eines Radios. Irgendwann bemerkt man es gar nicht mehr und wenn ich dem Meer nicht zu nahe komme, dann kann ich es ignorieren.

»Warum habt ihr aufgegeben zu suchen?«

Atlan und Kelvins Köpfe wenden sich ruckartig mir zu.

»Wie bitte?« Atlans unterdrückte Wut schreit mich schon fast an. Kelvin rutscht auf seinem Stuhl hin und her.

»Ihr habt doch aufgegeben, sonst wärt ihr nicht hier, sondern noch draußen und würdet ihn suchen«, zische ich. Mir ist bewusst, dass ich Atlan provoziere, aber ich weiß nicht, wohin mit meinen Gefühlen. Ich brauche ein Ventil und die Wut zeigt mir einen Ausweg.

»Aufgegeben?! Ich würde Noah niemals aufgeben. Für ihn habe ich sogar meinen Posten an Lucias Seite verlassen.«

»Ach, und wo ist Lucia?! Warum kann sie nicht helfen? Warum kann sie ihre Wachen nicht für die Suche einsetzen?«

Kelvin ist es sichtlich unangenehm, zwischen den Fronten zu sitzen. Schweigend beobachtet er uns und umklammert seinen Anhänger.

Atlan knallt die Hände auf den Tisch, sodass die silbernen Schalen klirren. »Werd nicht unfair, Mayla. Du weißt genau, dass sie als Prinzessin nicht einfach den Palast verlassen kann. Wir befinden uns im Krieg.«

»Und Noah ist ein Kriegsgefangener.«

»Ich weiß, verflucht, ich weiß!« Atlan atmet schwer und funkelt mich wütend an. Etwas brodelt in ihm.

»Lass hören, was du zu sagen hast.« Besser, er spuckt es direkt aus, als dass er in einem völlig unpassenden Moment explodiert.

»Schön! Warum hilfst du nicht? Wo du dir angeblich solche Sorgen machst.«

Ich springe vom Stuhl auf, der rücklings umfällt und einen Heidenkrach veranstaltet, als er auf den Boden aufschlägt.

»Hast du nicht zu mir gesagt, ich wäre nur ein Mensch?«

»Ein Mensch, der mit Mayim erstaunlich oft kommuniziert. Du weißt, wo Noah ist, und trotzdem willst du ihn nicht retten.«

Er hätte auch ein Messer nehmen und es mir direkt ins Herz rammen können. Vielleicht wäre es dann weniger schmerzhaft gewesen als seine Worte.

»Ich will ihn mehr retten, als du dir vorstellen kannst.«

»Sprechen da gerade deine echten Gefühle aus dir oder dein vernebeltes menschliches Gehirn, das von seinen Sirenengenen eingelullt wurde.«

Genau das ist das Problem mit Seelenverwandten. Sie finden immer den Punkt, der dir am meisten wehtut.

Ich versuche meinen Atem wieder unter Kontrolle zu bringen. »Kelvin, könntest du uns kurz allein lassen?«

Als hätte er auf diese Frage gewartet, springt Kelvin auf und bringt sich durch unsere Tür auf den Straßen von Barcelona in Sicherheit.

Atlan und ich starren uns feindselig an, dabei ist dieser Streit doch albern. Wir beiden wollen Noah retten und fetzen uns darüber, wer es mehr will.

Ich gebe uns eine Minute, in der bedrückende Stille zwischen uns herrscht.

»Du hast mich mit deinen Worten verletzt«, sage ich so ruhig wie möglich, »denn du weißt, dass Noah mir viel bedeutet. Und ich kann dir versichern, dass meine Gefühle nichts mit der blendenden Schönheit von euch Sirenen zu tun haben. Bei dir früher übrigens auch nicht.«

Atlan verschränkt die Arme vor der Brust, doch die Zornesfalte auf seiner Stirn hat sich geglättet – ein gutes Zeichen.

»Das kannst du nicht wissen. Oder woher kommt die plötzliche Gewissheit? Verheimlichst du mir etwas?«

Ich werfe ihm einen skeptischen Blick zu, woraufhin er die Augen verdreht und seine abwehrende Haltung aufgibt. Atlan weiß schon, dass er keinen Anspruch auf meine Geheimnisse hat. Auch wenn es diese merkwürdige Verbindung zwischen uns gibt, so hat er mich zu sehr verletzt, um ihn noch einmal so nah an mich heranzulassen.

»Ich werde mich nicht entschuldigen, Mayla. Alles, was dazu führt, dass wir Noah finden, ist mir recht.«

Gut, ich habe keine Entschuldigung erwartet. Ich werde es ihm sagen müssen, zwar hatte ich die Hoffnung, dass sie ihn ohne mein Zutun retten könnten, aber dann werde ich mich eben meiner Furcht stellen müssen.

Etwas in mir hat sich grundlegend verändert. Vor mir liegt ein neues Abenteuer. Ich müsste nur danach greifen, aber ich habe solche Angst davor, dass ich mich lieber in der Küche meiner Tante verstecke und Geschirr spüle.

»Okay, ich werde dir alles erzählen, aber du musst mir etwas versprechen, Atlan.« Ich mache eine Pause und warte auf seine Reaktion.

»In Ordnung. Was denn?«

»Bring mich nicht um.«

Kapitel 4

Positives Nummer 30: Er hat es versprochen

»Und du bist dir sicher, dass wir Kelvin auch mitnehmen sollen?«, fragt Atlan, als wir schon wieder am Strand sind und ich gut fünf Meter vom Meer entfernt mit mir ringe. Meine Klamotten habe ich direkt in meinem Zimmer gelassen und stehe nur noch in einem roten Badeanzug vor dem Wasser.

»Nein, ich bin mir bei gar nichts sicher.«

Wir haben es spontan entschieden, denn sollten wir wirklich auf die Meerhexen treffen, dann wäre es mir lieber, wenn Atlan und ich ihnen nicht nur zu zweit gegenübertreten müssten.

Stumm wartet Kelvin wie ein verlorenes Kind hinter Atlan und mir.

Ich habe ihnen beiden noch nichts erzählt, da ich erst einmal die Hürde hinter mich bringen muss, wieder ins Meer zu gehen.

»Verrätst du mir jetzt, was eigentlich los ist?«

Das Wispern in meinem Kopf ist wieder lauter geworden, sodass ich Schwierigkeiten habe, Atlan zu verstehen. Dennoch habe ich eine Entscheidung getroffen. Noah soll nicht darunter leiden, dass ich mich wie ein Kaninchen in meinen Bau flüchten möchte.

»Noch nicht, aber wir drei gehen jetzt schwimmen.« Ich weiß nicht, wie ich es schaffen soll, wie ich mich überwinden soll. Im Moment kann ich Lucia so gut verstehen. Aber auch sie hat ihre Angst vor dem Meer überwunden.

Es hat meistens schon gereicht, wenn Lucia mich angelächelt hat, dann hätte ich Berge versetzen können, weil ich wusste, sie steht hinter mir. Nichts wünsche ich mir jetzt sehnlicher als ihre Anwesenheit. Gut, außer

Noahs, denn dann müssten wir diesen ganzen Terz überhaupt nicht veranstalten.

Bisher habe ich mir die Frage nicht erlaubt, was geschieht, wenn Lucia von meinen Genen erfährt, vielleicht weil ich die Antwort schon kenne. Es wäre ihr egal, Lucia und ich sind ein Herz und eine Seele, seit wir nebeneinander im Kinderbett gelegen haben.

Meine Gedanken schweifen schon wieder ab, während ich versuche das Meer niederzustarren.

»Sie bewegt sich nicht«, wispert Kelvin viel zu laut.

»Ich sehe es auch.«

»Und ich höre euch«, seufze ich und drehe mich zu ihnen um. »Atlan, du wirst mich tragen müssen. Anders kriegen wir das hier nicht über die Bühne.«

Es kommt mir wie die einfachste Lösung vor, schließlich hat Lucia ihre Angst vor dem Ozean auch auf Atlans Armen bekämpft. Egal was zwischen uns beiden vorgefallen ist, ich vertraue ihm. Jedenfalls solange er noch nicht weiß, wen er auf dem Arm trägt.

Selbstsicher kommt er auf mich zu und legt mit eine Hand unter die Kniekehle, um mich dann mit Schwung hochzuheben, als wäre ich so leicht wie eine Feder. Nur die Zahl auf meiner Waage straft dieses Gefühl Lügen.

»Wirst du mir bald erzählen, warum du auf einmal so eine Angst vor dem Meer hast?«

Ich nicke auf seine Frage hin und klammere mich an ihm fest. »Wird sich ja nicht vermeiden lassen.«

Jeden seiner Schritte beobachte ich kritisch – wie der Meeresspiegel beunruhigend steigt, je tiefer Atlan ins Wasser geht. Als die erste Welle gegen meine Füße und dann gegen meinen Hintern schwappt, atme ich tief durch, um nicht in Panik zu verfallen. Ich reiße meinen Blick vom Ozean los und schaue lieber über Atlans Schulter auf Kelvin, der uns mit ein wenig Abstand folgt. Er lächelt mich vorsichtig an, was ich zaghaft erwidere.

»Autsch, Mayla, deine Finger.«

»Oh, entschuldige.« Ich löse meine Hand wieder von seiner Schulter, wo meine Nägel schon rote Halbmonde hinterlassen haben. Zischend atme ich ein, als mir das Wasser bis zur Brust steht. Ich kann mich noch nicht einmal entscheiden, ob die Angst vor dem Ertrinken größer ist als die Angst, sich in ein Monster zu verwandeln. Es hält sich vermutlich die Waage.

»Warte kurz.« Atlan lässt die mir bekannten Strudel aufkommen und wie von Zauberhand schlägt neben mir seine Flosse. Sie ist wunderschön und ich beneide ihn darum – mehr als zuvor. Kelvin schwimmt neben uns und streicht sich durch seine roten Haare, um sie nass zu machen.

»Bereit ihr beiden? Sonst bringt uns Roana wirklich noch um.«

»Wer ist Roana?«, frage ich und verstärke den Griff um Atlan noch einmal.

»Eine andere Sirene, eine gute Bekannte von uns, die bald zu uns in die Gruppe wechseln wird.«

Argwöhnisch nehme ich die Information auf, behalte sie jedoch erst einmal im Hinterkopf. Darüber kann ich mir auch noch später Gedanken machen.

»Wo müssen wir lang, Mayla?«, fragt Atlan.

Die Stimmen in meinem Kopf wurden tatsächlich erfolgreich von meiner Panik verdrängt, sodass ich sie nicht beachtet habe. Mit meiner Konzentration auf sie sind sie auch wieder präsent. Doch gleichzeitig kribbelt mein Körper unangenehm. Reflexartig greife ich mir an den Hals, wo sich meine Pigmentstörung befindet. Nein, ich will keine Kiemen, ich will kein Monster sein. O bitte, wer auch immer dafür verantwortlich ist, ich kann mich nicht hier in Atlans Armen in eine Meerhexe verwandeln.

Mit meinen Gedanken unterdrücke ich jedes noch so kleine Kribbeln und kämpfe mit aller Macht dagegen an, während ich gleichzeitig versuche auf mein Gefühl zu hören.

Widerwillig löse ich die Hand von meinem Hals und deute nach Süden.

»Dort entlang.«

Kelvin folgt der Richtung, wohin ich gedeutet habe. Aber sein skeptischer Gesichtsausdruck gibt mir zu denken.

»Wie kannst du dir so sicher sein? Ich weiß, du willst es nicht hören, aber du bist ein Mensch. Woher willst du wissen, wo Noah ist?«, fragt Kelvin.

Atlan seufzt und presst mich näher an sich. Will er mich vor Kelvins Worten schützen? »Uns gehen langsam die Möglichkeiten aus, Kelvin. Versuchen wir es einfach. Mayla wusste schon einmal, wo die gefangenen Mädchen und Celia waren.«

Trotz seiner Worte spüre ich auch den Widerstand, mir zu vertrauen. Ich bin ihm nicht böse, kann ihn verstehen.

»Okay, ich tauche jetzt mit dir unter. Wenn wir vom Weg abkommen oder dir die Luft ausgeht, dann tippe zweimal gegen meine Brust.«

Ich nicke und mir bleibt gerade genug Zeit, um tief durchzuatmen. Dann umfängt mich der Ozean. Es sollte mich befreien, das Gefühl von Glückseligkeit sollte mich sanft hin und her wiegen. Aber ich bekommen Panik, fast schon augenblicklich tippe ich gegen Atlans Brust und trete um mich. Eisern hält er mich fest und taucht wieder mit mir auf.

»Sind wir falsch geschwommen?«

Doch ich kann seine Frage nicht beantworten, weil ich wie eine Verrückte huste, dabei ist gar kein Wasser in meine Lunge gekommen. Doch allein das beklemmende Gefühl unter Wasser hat ausgereicht, die Erinnerungen wieder lebendig werden zu lassen.

Neben uns platscht es und Kelvins Kopf durchstößt die Wasseroberfläche. »Okay, was auch immer mit dir passiert ist, es muss ja echt schlimm gewesen sein. Ich erkenne dich gar nicht mehr wieder.«

»Es tut mir leid«, röchle ich und versuche mich wieder zu fangen, »wir können sofort weiterschwimmen.« Sonst habe ich mich doch immer in Atlans Armen so beschützt gefühlt. Ich betrachte ihn eingehend, aber meine Gefühle für ihn sind verblasst wie eine alte Fotografie. Man kann sie noch erahnen, aber die Farbintensität hat nachgelassen.

Für Noah muss ich mich zusammenreißen. »Okay, versuchen wir es noch mal.«

Atlan wartet auf mein Zeichen und wir tauchen erneut unter. Dieses Mal halte ich die Augen geschlossen und versuche mich ganz allein auf Noah zu konzentrieren. Es hilft und wir kommen weiter als zuvor. Doch wir können es nicht durchziehen, immer wieder muss Atlan auftauchen, weil ich Panik in seinen Armen bekomme. Dabei schimpfe ich am meisten mit mir und nehme mir jedes Mal vor mich zusammenzureißen.

Mit jedem Abtauchen kommen wir dem Ort näher, an dem ich die anderen Meerhexen fühle. Wie ein Magnet werde ich von einer bestimmten Stelle angezogen.

»Wir müssen ab jetzt vorsichtig sein«, sage ich beim nächsten Auftauchen.

Kelvin schließt die Augen und atmet ein paar Mal tief durch, ehe eine verwirrte Miene seine Gesichtszüge überschattet. »Ich spüre die Meerhexen nicht. Du, Atlan?«

Auch Atlan horcht in sich hinein, während er mich zappelndes Bündel in den Armen hält. Am liebsten würde ich auf seine Schultern klettern, um so weit wie möglich aus dem Wasser zu ragen. Im Moment bin ich schon froh, dass Mayims Stimme sich aus meinem Kopf zurückgezogen hat. Nur das Wispern wird eindeutig lauter und unangenehmer.

»Nein, ich auch nicht«, sagt Atlan.

Ich finde es noch nicht einmal merkwürdig, dass sie beide nichts spüren, sonst würden die Meerhexen doch auch die Anwesenheit der beiden Sirenen bemerken. Gerade will ich zu einer Erklärung ansetzen, als meine Intuition sich meldet.

»Warte, ich spüre eine.«

Atlan greift nach seiner Kette und hält nur zwei Sekunden später seinen Dreizack in der Hand, genauso wie Kelvin. Kampfbereit schwimmen sie im Meer.

»Lasst eure Waffen sinken«, zischt jemand und kurz darauf durchbricht der Kopf von Aquila die Oberfläche.

Atlan wirbelt mich schwungvoll herum, sodass ich hinter ihm bin. Vor dieser Begegnung habe ich mich ebenfalls gefürchtet, aber auch auf sie gehofft. Denn ich glaube, dass nur Aquila mir Noah zurückgeben kann. Kelvin richtet seine Waffe auf die Meerhexe. »Nenn mir einen Grund, dich nicht sofort zu töten.«

»Stopp!« Umständlich schwimme ich hinter Atlans Rücken hervor und positioniere mich zwischen den beiden Fronten. »Hier wird niemand getötet.«

»Das hast nicht du zu entscheiden, Mayla. Eine Meerhexe weniger tut dem Ozean verdammt gut«, erwidert Atlan.

Ich atme tief durch und betrachte Aquila. Sie hat keinerlei Angst, ihr Blick ist leer.

»Du bist wieder ein Mensch, mein Kind.« Aquila hebt den Arm und will mich mit ihrer Klaue berühren, doch ich schrecke zurück.

»Nenn mich nicht so.«

»Woho! Auszeit! Was?!«

Ich kann Kelvin seine Reaktion nicht verübeln, es war unvermeidlich, dass die beiden erfahren, *was* ich bin. Atlan ist beunruhigend still, ich drehe mich zu ihm um und erwarte den gleichen Ausdruck, den mir auch schon Noah gezeigt hat. Stattdessen empfängt mich eine wütende Miene, gefolgt von einem tiefen Seufzer, der wohl in die Geschichte aller Seufzer eingeht.

»Das erklärt natürlich einiges.«

Was genau ist mir jetzt auch nicht klar, aber ich habe keine Zeit nachzuhaken. Wir müssen befürchten, dass die anderen Meerhexen bald Aquilas Verschwinden bemerken und hier ein Kampf ausbricht.

»Bist du allein? Und wie hast du uns gefunden?«, frage ich sie.

»Du bist doch zurückgekommen.« Sie betrachtet Kelvin und Atlan angewidert und lässt dabei ihre Haifischzähne aufblitzen. »Und hast noch mehr von diesem Pack mitgebracht. Willst du dich mit Sirenen als Gefangene bei Sybell einschleimen?«

Ich hebe abwehrend eine Hand, weil ich die andere als zusätzliche Hilfe brauche, um über Wasser zu bleiben. »Ich glaube, du verstehst hier etwas grundlegend falsch. Ich will das Gleiche wie schon letztes Mal. Noah.«

Nun wird Atlan hinter mir doch unruhig, kein Wunder, schließlich liegt diese Situation außerhalb seiner Kontrolle, womit er bekanntlich nicht ganz so gut umgehen kann.

»Du forderst also, dass ich dir unseren Sklaven übergebe. Einfach so. Warum sollte ich das tun?«

»Weil du meine Mutter bist und Mütter tun so etwas für ihre Kinder. Außerdem ist es das Richtige.«

Hinter mir ziehen beide Jungs scharf die Luft ein. Ich kann sogar Kelvin flüstern hören: »O mein Gott, sie ist eine Meerhexe.«

Er sollte unbedingt trainieren, wie man leise spricht. Es kommt mir schmutzig vor, dass ich die Mutter-Karte ziehen musste. Dabei bin ich mir nicht einmal sicher, ob sie etwas bewirkt.

Aquila betrachtet erst mich, dann meine grimmig dreinblickenden Begleiter. Sie ringt mit sich und ist unschlüssig, was sie tun soll.

»Kehrst du dann mit mir zu den anderen zurück? Dann könnten wir uns kennenlernen.« In ihren Augen blitzt so etwas wie Neugier auf, keine Zuneigung, sondern das Verlangen nach Wissen. »Als Mutter und Tochter.«

Alles in mir wehrt sich gegen diese Aussage. Sie hat mich im Stich gelassen, mich als Baby unter einem Torbogen zurückgelassen und es war ihr egal, was mit mir geschieht. Wie könnte ich sie als meine Mutter anerkennen?

»Ich wollte immer eine Mutter haben, immer jemanden, der mich unterstützt und für mich da ist. Jemand, der mich in den Arm nimmt und festhält. Ich wollte alles, was andere Kinder bekommen haben. Aber ich bezweifle, dass du so eine Mutter sein kannst und ich dir vergeben kann. Du hast mich ausgesetzt.« Der letzte Teil klingt so vorwurfsvoll, als wäre in diesen vier Worten all meine Wut über die letzten achtzehn Jahre gespeichert.

Aquila bleibt gelassen und zuckt lediglich mit den Schultern. »Aber ich habe dich nicht mit dem Fluch belegt.«

Wow, wie schön, dass sie mich kleines wehrloses Bündel nicht verflucht hat. Soll ich ihr dafür den roten Teppich ausrollen? Ich werde nicht schlau aus ihr.

»Was für ein Fluch?«, mischt sich Kelvin ein.

Aquila wirft ihm einen bösen Blick zu, der selbst mich zurückschrecken lässt. Ein Zischen verlässt ihren Hals und sie schwimmt ein wenig näher in seine Richtung. Sofort erhebt Kelvin seinen Dreizack, als Atlans Arm vorschnellt und sich zwischen die beiden drängt. »Wage es nicht, ihm zu nahe zu kommen.«

»Sirenen wie euch verspeise ich zum Frühstück.«

Ich verdrehe die Augen, dieses Hin- und Hergeplänkel finde ich ermüdend. Vielleicht ist es aber auch das Wechselbad meiner Gefühle, das mich auslaugt.

»Aquila, was für ein Fluch?«, wiederhole ich Kelvins Frage.

Widerwillig löst sie ihren Blick von ihm, kann es jedoch nicht lassen, noch mal die Zähne zu fletschen.

»Meerhexen werden verflucht ein schreckliches Leben zu haben, von ihrer Geburt an bis zu ihrem sechzehnten Lebensjahr. Dann können sie dem Ruf des Meeres, *unserem* Ruf, nicht mehr standhalten und wollen sich ertränken. Das ist der Augenblick, wo wir sie in unserer Mitte aufnehmen.«

Sie macht eine Pause und diese habe auch ich bitternötig. Denn ich weiß nicht genau, wie ich reagieren soll. Die Synapsen in meinem Gehirn sind lahmgelegt. Für einen Moment vergesse ich sogar zu schwimmen und mein Körper zieht mich nach unten. Geistesgegenwärtig greift Atlan nach meinem Arm und hält mich über der Wasseroberfläche. Ich nicke ihm dankbar zu, bin aber nicht fähig etwas zu sagen. So etwas Schreckliches habe ich mir nie vorgestellt. Die Meerhexen verfluchen ihre Kinder, damit diese sich dann irgendwann aufgrund ihrer schrecklichen Lebensumstände ertränken wollen. Wenn ich allein daran denke, wie mein Leben hätte ablaufen können.

»Aber du bist doch mein Kind, Mayla.« Aquilas Stimme hat sich verändert, das ist das erste Mal, dass ich eine echte Emotion wahrnehme. Eine Spur von Trauer und Verzweiflung mischt sich in ihre Tonlage.

Atlan lässt mich los und ich schwimme wieder selbstständig auf der Stelle. Die Meerhexe hebt die Klauen, doch ich zucke erneut zurück. Ich muss das hier erst einmal verarbeiten.

Wieder beobachtet sie mich aus ihren echsenartigen Augen und der Verzweiflung ist eine gewisse Sehnsucht gewichen.

»Ich wollte so viel mehr für dich.«

Es klingt aufrichtig. Niemals hätte ich gedacht, dass ich das mal über eine Meerhexe sagen würde. Ich drehe mich zu Kelvin und Atlan um, die ebenfalls unschlüssig wirken. Diese Situation ist so surreal. Direkt vor uns befindet sich der Feind, ein Wesen, das Schuld an dem Tod von Daxton trägt, das Alegria die Seele ausgesaugt und die Cheerleader entführt hat. Das jetzt sogar noch Noah gefangen hält – und das sind nur die Dinge, die wir wissen.

Dennoch sehe ich die Meerhexe an und die Skepsis weicht.

»Wenn du mich liebst, dann hilf mir«, sage ich und schwimme ein wenig näher zu ihr.

Aquila schüttelt den Kopf. »Lieben können Meerhexen nicht. Versteh das nicht falsch. Auch unsere Fluchmagie hat ihren Preis, wie alles im Leben. Sie raubt uns die Fähigkeit zu lieben.«

Dabei starrt sie auf ihre Klauen, als könnte sie da ihre Magie sehen. Nicht mehr lieben zu können, der Preis wäre mir zu hoch. Dabei meine ich gar nicht mal die große, die einzigartige Liebe, von der ich denke, dass Noah und ich sie teilen. Sondern die Liebe zum Leben, die Liebe für die kleinen Momente, die doch erst unsere Existenz ausmachen. Und all das nur, um anderen Lebewesen Leid zuzufügen?

»Selbst wenn ich diese Fluchmagie besitze«, weiter komme ich nicht, denn Aquilas Blick schnellt hoch und sie unterbricht mich: »Natürlich besitzt du sie, Mayla.«

Ich hebe meine Hand, damit sie mich aussprechen lässt. »Ich sagte, selbst wenn. Das ist nicht bewiesen.« Gleichzeitig muss ich allerdings an die Männer denken, die ihren Müll im Meer abgeladen haben. Ich habe ihnen gewünscht, dass sie in ihrer eigenen Plörre verenden. Danach sind sie tatsächlich ins Meer gefallen und zum Opfer ihrer eigenen Umweltverschmutzung geworden. Habe ich den Fluch da angewendet? Ich weiß es nicht. »Ich will diese beschissene Magie nicht benutzen.« Das will ich wirklich nicht, dennoch: Von der eigenen Mutter gesagt zu bekommen, dass sie einen nicht lieben kann, aus welchem Grund auch immer, tut weh. Als hätte sie mir nicht schon genug Bauchschmerzen damit verursacht, dass ich erfahren musste, wer ich bin. Ich hole tief Luft und die nächsten Worte kommen mir nur schwer über die Lippen. »Wenn du mich schon nicht lieben kannst, dann gib mir Noah zurück. Ich brauche ihn.«

Ihre Gesichtszüge verhärten sich wieder. »Wozu brauchst du diese Sirenen? Sie sind Abschaum.«

Wie witzig, genau das sagen die Sirenen über die Meerhexen.

Atlan erhebt wieder den Dreizack und hält ihn ihr unter die Kehle. »Du wagst es, so etwas zu sagen?!«

Er wird doch nicht … Ich lege vorsichtig meine Hand auf den Stiel der Waffe und versuche, sie sanft zu senken.

»Nicht, bitte, Atlan.«

»Sie schindet doch nur Zeit, um die anderen Meerhexen zu holen«, erwidert er erbost und gibt nur wenige Zentimeter nach.

»Tz, eingebildetes Pack, das hätte ich schon längst tun können. Wenn du mir weiterhin so drohst, werde ich …«

»Niemand hält dich davon ab, je mehr von euch tot sind, desto besser.«

»Kelvin!«, entfährt es mir und ich schaue ihn entgeistert an. Vielleicht hat er es nicht so gemeint, aber leider Gottes bin ich auch eine von ihnen.

»Sie haben Daxton umgebracht!« Er hat Tränen in den Augen, der Schmerz des Verlustes muss immer noch tief sitzen.

»Ich weiß, aber sie haben immer noch Noah.« Vielleicht war es doch keine gute Entscheidung, ihn auch mitzunehmen, wobei ich nicht weiß, ob Atlan ohne Kelvin nicht schon kurzen Prozess mit Aquila und mir gemacht hätten. Ich kann das Ausmaß seiner Treue der Krone gegenüber einfach nicht einschätzen. Aber er würde mich nicht töten. Das glaube ich einfach nicht.

»Die anderen Meerhexen sind bereits auf Beutezug, sie haben mich und Morgiana zurückgelassen, um auf den Schönling aufzupassen.« Gegen Morgianas Tod hätte ich wenig einzuwenden, ihre Fratze verfolgt mich seit unserer ersten Begegnung in meinen Albträumen und so schnell werde ich sie wohl nicht los. Aber bin ich bereit, meine Mutter zu opfern? Ich habe noch so viele Fragen. Warum hat sie mich zurückgelassen? Wer ist mein Vater? Warum tötet sie Menschen?

Ich drehe mich vollends zu Atlan um. Er muss mich doch verstehen, er tut es doch sonst auch.

»Sieh mich nicht so an, Mayla. Weißt du, was du von mir verlangst?«, raunt Atlan und lässt seine Waffe dennoch sinken.

»Ich weiß es und doch bitte ich dich darum. Lass uns Noah befreien und dann nach Hause schwimmen.« Meine Kräfte verlassen mich langsam und im Moment will ich nichts sehnlicher, als Noah zu retten und dann zurück in mein altes Leben zu kriechen, zusammen mit ihm. So einfach wird es natürlich nicht werden, aber das ist mein Wunsch. »Ohne sie zu töten.«

»Außerdem würde ich euch vermutlich zuvorkommen und ihr würdet euch in Säure auflösen«, zischt Aquila.

»Nicht hilfreich«, entgegne ich gereizt, doch die Hexe ignoriert mich.

Aquila fasst sich an ihren Kopf und es wird erschreckend still auf dem Ozean. »Schön, das ist mein letzter Gefallen an dich. Das nächste Mal, wenn wir uns sehen, Mayla, wirst du zu uns gehören. Oder ich muss dich töten.«

Worte, die man schon immer von seiner Mutter hören wollte. Ich schlucke und nicke.

»Holt ihn und tötet dabei Morgiana nicht. Wenigstens ein einziges Mal könnt ihr euch ja wohl beherrschen kein Blutbad anzurichten, Sirenen.« Dabei hört sich das letzte Wort wie eine Beschimpfung an.

Sollte es so einfach sein? Lässt sie uns wirklich gehen?

Argwöhnisch runzelt Atlan die Stirn, nach einem eingehenden Blick auf mich stimmt er zu. Vor wenigen Stunden hätte er mich niemals allein mit einer Meerhexe gelassen, doch jetzt sieht er mich mit anderen Augen. Dabei bin ich doch immer noch ich. Und ehrlich, es gibt niemanden, der wütender über diese Entwicklung ist als ich selbst.

»Gut, dann beeilt euch, sie kommen bald zurück.«

Kelvin und Atlan tauchen unter und ich paddle auf der Stelle.

Es ist bedrückend still zwischen uns. Wir trauen einander nicht über den Weg. Ich suche ihr Gesicht nach einer möglichen Ähnlichkeit ab, werde jedoch nicht fündig.

Wenn ich mich nicht selbst unter Wasser in ein Monster verwandelt hätte, würde ich eine Verwandtschaft anzweifeln.

Aber vielleicht kann sie mir weiterhelfen, denn nach wie vor habe ich Angst, in mein Spiegelbild zu blicken und das Ungetüm wiederzusehen.

»Wenn ich mich, warum auch immer, wieder in eine Meerhexe verwandeln sollte, wie kann ich es rückgängig machen?«

Aquila betrachtet mich mit hochgezogenen Augenbrauen, das denke ich jedenfalls, sie hat nämlich keine.

»Du wirst dich wieder verwandeln.«

Sie sagt es so trocken, als führte kein Weg daran vorbei. Aber mit solchen Aussagen werde ich mich sicher nicht zufriedengeben. Wenn ich kann, werde ich eine Verwandlung verhindern. »Gut, aber wie kann ich es dann rückgängig machen?«

»Keine Ahnung, niemand von uns wollte jemals wieder ein Mensch sein. Ich wusste auch nicht, dass es möglich ist. Mayla, wenn du uns erst einmal verstehst, dann wirst du ebenfalls nicht mehr zu dieser schwachen menschlichen Gestalt werden wollen.«

Vielen Dank auch, ich mag meine schwache Gestalt. Gut, es ist ärgerlich, dass ich schon wieder aufpassen muss nicht unterzugehen. Dennoch bin ich nicht bereit, den Preis zu zahlen, um die Vorteile einer Meerhexe zu genießen. Die paar wenigen, die es gibt.

»Warum solltest du überhaupt zurück an Land wollen? Dort gibt es doch nichts mehr, was dich hält«, sagt Aquila und mich beschleicht langsam das Gefühl, dass sie es nicht verstehen kann. Es ist keine böse Absicht von ihr.

»Wie kommst du darauf? Selbstverständlich, ich habe dort Tante Carla, Alegria und, Gott bewahre, dass ich das einmal sage, aber auch Celia. Personen, die ich liebe. Ich kann nicht einfach so verschwinden. Ganz abgesehen davon, dass mich Alegria braucht, weil ihr ihr die Seele gestohlen habt.« Vielleicht war es nicht schlau von mir, Aquila so vor den Kopf zu stoßen. Aber was erwartet sie? Sie haben so viel Schlimmes angerichtet und dann geht sie davon aus, dass ich mich dazugeselle? Niemals im Leben.

Sie legt den Kopf schief, lauscht dem Meer bei seinem Treiben. Dabei kann ich ihre Halsschlagader pochen sehen. Wie können diese Wesen so stark sein, wenn sie so verletzlich scheinen?

»Deine Freunde kommen zurück. Dieses Mal werde ich dich, wie versprochen, gehen lassen. Du wirst uns wiederfinden, das tun sie alle. Die Stimmen werden dich leiten. Das Siegel an deinem Hals ist gelöst, du musst nur genug dunkle Magie aufwenden, dann bekommst du die Meerhexengestalt.«

Was für eine gruselige Vorstellung, ich werde sie sicher nicht nutzen. »Dunkle Magie?« Ich kann mir die Nachfrage dennoch nicht verkneifen.

»Düstere Gedanken, traurige Erlebnisse … so etwas. Denk einfach daran.«

Wenigstens weiß ich jetzt, was ich tunlichst vermeiden werde.

Ich will Aquila noch so viel mehr fragen, doch in diesem Moment tauchen drei Gestalten auf.

»Noah.« Mir kommen die Tränen, als ich ihn endlich wiedersehe. Zwar ist er völlig entkräftet und muss von Atlan gestützt werden, aber er ist die Fesseln endlich los. Sein blondes Haar hängt kraftlos herunter, den Kopf hält er gesenkt und seine Atmung geht schwerer als sonst.

Bitte, sieh mich an und sag, dass alles in Ordnung ist, dass wir es schaffen werden. »Noah«, wispere ich noch einmal und traue mich, ein wenig näher zu ihm zu schwimmen. Endlich schaut er auf und mir stockt der Atem. Ich komme aus dem Takt beim Paddeln und für einen Moment versinke ich tiefer im Ozean.

Niemals hätte ich gedacht, dass sein warmes Lachen für mich verschwinden würde und seine hellblauen Augen, kälter als Eis, mich durchbohren könnten. Vielleicht ist Untergehen doch eine Option.

Kapitel 5

Positives Nummer 31: Er ist frei

»Bis dann, Mayla.«

Die Stimme von Aquila nehme ich nur gedämpft wahr, genauso, wie das Platschen beim Untertauchen wie ein weit entferntes Echo in meinem Kopf verschwindet.

Ich weiß nicht, was ich tun soll. In den letzten Tagen habe ich versucht, nur an das Positive zu denken, daran, wie wir diese Situation überwinden können, daran, dass Noah mich wieder in seine Arme schließen wird. Doch es reicht ein Blick in seine Augen, um mich vom Gegenteil zu überzeugen.

Immer noch atmet er schwer. Sein Starren liegt bedrohlich auf mir.

Kelvin scheint Mitleid mit mir zu haben, denn er schwimmt zu mir und stützt mich. Endlich kann ich meinen Gliedern ein wenig Ruhe gönnen. Die drei Jungs können sich völlig gelassen über Wasser halten, während ich wie eine Ente vor mich hin paddeln muss.

Ich will Noah umarmen, ihn an mich pressen und ihm versprechen, dass dies nie wieder geschehen wird. Doch ich bin wie gelähmt. Bitte ihn nur stumm, dass er doch endlich etwas sagen soll.

»Du bist also eine Meerhexe«, spricht Atlan das aus, was wie ein Henkersbeil über unseren Köpfen schwebt.

»Wir sollten erst mal von hier verschwinden, bevor sie zurückkommen«, sage ich und deute in Richtung Barcelona. Also, ich denke jedenfalls, dass es da lang geht.

»Nein, wir klären das jetzt.« Selbst Noahs Stimme ist schneidend und sie duldet keinen Widerstand. Sie durchfährt mein Herz und lässt es verwundet zurück.

Nervös fahre ich mir durch die Haare und verheddere mich mit den Fingern in meinen Locken. »Da gibt es nicht viel zu klären. Ich wusste es nicht.« Meine Stimme bricht mehrmals.

»Also bist du wirklich eine?«, fragt Kelvin und ich habe das Gefühl, er versucht sich von mir zu entfernen, ohne mich untergehen zu lassen.

»Ja.«

Es war nicht meine Antwort. Sondern Noahs. Entschieden und kalt.

Etwas in mir zerbricht und setzt andere Gefühle frei. Wut und Ärger darüber, wie er es hinstellt. Als hätte ich die Wahl gehabt, als wäre es meine Schuld.

»Es ist nicht so, als hätte ich es mir ausgesucht«, erwidere ich bestimmt.

»Sie haben meine Eltern getötet! Und meine Geschwister!«

Ich zucke unter seinem Geschrei zusammen, werde jedoch nicht klein beigeben. Das hier werde ich aussitzen und dann eine Lösung finden. Es muss eine geben. »Und auch das ist nicht meine Schuld.«

»Aber die deiner Familie.«

Wohin ist der sanfte Junge verschwunden? Mit schmerzender Brust denke ich an unsere Nacht unter dem Sternenhimmel, seine ungestümen Annäherungsversuche, den Kuss in der Grotte und seine leuchtenden Augen. Vor mir schwimmt ein Mann, von Hass zerfressen. Er hat mich als seinen neuen Feind auserkoren.

Atlan lässt Noahs Arm von seiner Schulter gleiten und mustert mich ebenfalls, allerdings nicht direkt feindselig, eher wachsam. »Ich muss Lucia und meiner Königin davon berichten. Sie müssen über alles informiert werden.«

Ich schnaube. Hier kämpfe ich auf verlorenem Posten.

»Ja, super Idee, sag meiner besten Freundin, dass meine«, ich werfe meine Hände in die Luft und lasse sie mit einem Platschen auf der Wasseroberfläche niedersausen, »Familie sie tot sehen will. Ganz großartig.« Dabei spucke ich das Wort Familie wie ein Schimpfwort aus und werfe Noah einen giftigen Blick zu. Anschließend wende ich mich mit bittender Stimme an Atlan: »Ich möchte es Lucia selbst sagen.«

Atlan schweigt. Er traut mir nicht. »Das ist nicht dein Ernst, oder? Lucia ist seit unserer Geburt meine beste Freundin und du denkst jetzt, weil du etwas über mich herausgefunden hast, dass ich ihr etwas antun will?!«

Atlan schüttelt den Kopf. »Es tut mir leid, du hast natürlich recht. Aber ich kann dich nicht nach Aquarta lassen, erst recht nicht als Meerhexe.«

Am liebsten würde ich die Jungs schütteln, vor allem Noah, und ihnen begreiflich machen, dass ich dieselbe bin wie zuvor. Es hat sich doch nichts geändert.

»Können wir jetzt bitte zurück an Land? Ich will nicht noch länger im Meer bleiben als nötig.«

Dieses Betteln geht mir gehörig gegen den Strich, aber sie müssen mich zurückbegleiten. Denn ich habe keine Ahnung, wo wir sind und wie ich wieder sicher an Land kommen soll. Auf Mayim möchte ich mich lieber kein zweites Mal verlassen. Das Wesen wirkte am Strand außerordentlich wütend.

»Also gut, bringen wir Mayla zurück nach Barcelona«, beschließt Atlan und schwimmt mir sogar entgegen. Aber sein Griff ist zaghafter, als er mich von Kelvin herunterzieht und selbst in den Arm nimmt.

Was habe ich nur gedacht? Dass Noah sagt, meine Verwandlung sei ja nicht so schlimm? Ich war naiv.

»Lasst uns schnell hier abhauen, bevor die Meerhexen zurückkehren«, sagt Kelvin und macht sich schon bereit zum Aufbruch, seinen Dreizack fest umklammert.

Wir nicken und Atlan wartet auf mein Zeichen. Erst dann tauchen wir ab.

Kaum befinden wir uns unter Wasser, tippe ich ihm auf die Brust. Doch Atlan reagiert nicht. Die Panik steigt in mir wieder hoch. Es ist zu viel Meer um mich herum. Mit der Faust trommle ich auf ihn ein und er durchbricht endlich die Oberfläche.

»Mayla, das war nicht weit.«

Ich keuche und versuche, mich zu beruhigen. Es ist ein Albtraum, alles ist einfach nur schrecklich.

Noah ist direkt hinter uns, ich kann seinen Blick in meinem Nacken spüren, während ich mich an Atlans Schulter kralle und mich bemühe, wieder zu Atem zu kommen.

Ich gebe mein Bestes, aber immer, wenn mein Kopf unter Wasser ist, verliere ich die Kontrolle und muss an das Salzwasser in meinem Rachen denken.

»Wartet.« Wir drei halten inne und schauen zu Noah. »Gebt mir eine Sekunde mit Mayla.«

»Kann das nicht warten?«

»Nein, Atlan, gib mir die Zeit. Wir haben uns doch ein wenig von der vorherigen Stelle entfernt.«

Mir ist unwohl dabei, mit Noah zu sprechen, weil ich mich vor dem Ausgang fürchte.

Diskret entfernen sich Atlan und Kelvin in jeweils zwei Richtungen, vermutlich um zu erfühlen, ob sich Meerhexen nähern. Zu schade, dass sich eine bereits in ihrer Mitte befindet.

Die Erschöpfung nagt an mir, doch ich will Noah nicht um seine Hilfe bitten. Auch ohne meine Frage leitet er das Wasser so, dass ich eine kleine Plattform bekomme, die mich über der Oberfläche hält.

»Danke«, wispere ich.

Noah ist abgekämpft und erst jetzt fallen mir die Striemen auf seinem nackten Oberkörper auf. Seine Flosse hat ebenfalls Schaden davongetragen, die Farbe wirkt stumpfer und sie ist sogar eingerissen.

»Es tut mir leid, dass wir dich nicht eher gefunden haben.«

Noah fährt sich durch seine Haare, sodass die Narbe deutlich hervorsticht. Er legt seine Arme auf der Plattform ab. Sie liegen neben meinen Beinen, auf denen ich halb sitze. Der Drang, ihn zu berühren, ist stark. Die Angst vor seiner Reaktion sollte mich zurückhalten. Doch ich bin keine ängstliche Person, es wird Zeit, dass ich zu meinem alten Ich zurückkehre. Vorsichtig lege ich eine Hand auf seinen nackten Arm. Kleine Stromschläge schießen durch meine Finger und verteilen sich im ganzen Körper. Ich kann einfach nicht anders. Glücksgefühle strömen durch mich, nur allein von dieser Berührung.

»Ich bin froh, dass du wieder frei bist.«

»Vermutlich nur dank dir«, brummt er und legt den Kopf schief. Es ist doch ein gutes Zeichen, dass er seinen Arm nicht weggezogen hat, oder? »Mayla, es tut mir leid. Ich versuche die ganze Zeit, die Bilder von dir als Mensch, als

Mädchen, das ich liebe, und die der Meerhexe zu trennen. Aber es geht nicht. Du musst verstehen, wie schwer es mir fällt.« Er legt die Stirn auf seinen Arm. »Warum musst ausgerechnet du eine von ihnen sein?«

Diese Frage stelle ich mir die ganze Zeit, doch die Antwort wird nichts an dieser Situation ändern. Ich könnte wieder sagen, dass ich es mir nicht ausgesucht habe. Aber ich bin in diesem Moment zu glücklich über seine Aussage, dass er mich liebt. Oder es getan hat. Bedacht lege ich eine Hand auf seinen Kopf. Ruckartig hebt er sein Haupt und ich schrecke zurück. Noah traut meiner Berührung nicht und es verletzt mich mehr, als ich geahnt habe. Darum schweige ich und verfolge seinen inneren Kampf auf seinem Gesicht.

Er schnaubt ungläubig und fährt sich durch seine antrocknenden Haare.

»Warum ausgerechnet eine Meerhexe?«

Ich schlucke und beobachte den Horizont, der sich langsam dunkel verfärbt.

»Aber jetzt bin ich ein Mensch.« Meine Stimme klingt so zaghaft, ich erkenne sie schon nicht mehr als meine.

Noah tippt mir gegen die Stirn und lächelt mich vorsichtig an. »Ich bin echt egoistisch, wenn es mir für mich schon schwer ist, wie muss es dann erst für dich sein.«

Erleichtert atme ich auf und erwidere sein Lächeln. Von dem Punkt auf meiner Stirn, wo er mich berührt hat, geht ein warmes Gefühl aus. Ich weiß, dass Noah es versucht und mehr kann ich nicht verlangen.

»Danke.«

Wir schauen einander an und ein Funken unserer Verbundenheit knistert wieder.

»Sie kommen! Das muss reichen.«

Augenblicklich bricht die Verbindung ab, als Atlans Stimme uns auseinanderfahren lässt. Er und Kelvin schwimmen auf uns zu, das Wasser spritzt zu allen Seiten. Ohne zu fragen, hebt Atlan mich von der Plattform herunter.

»Du schaffst das jetzt, Mayla. Du musst«, sagt Atlan und drückt meine Hand, während er mich wieder im Arm hält. Aber ich spüre deutlich den Unterschied. Die Zurückhaltung in seiner Berührung. Sie nimmt mir das

Vertrauen, das ich zuvor bei ihm hatte, wenn wir getaucht sind. Was, wenn er mich allein im Meer zurücklässt?

»Bereit?«

Ich wende meine Atemtechnik an und im nächsten Moment bin ich wieder vollständig von Wasser umgeben. Dabei versuche ich mich wirklich zusammenzureißen, aber es bringt nichts, die Panik hat mich fest im Griff. Unwillkürlich beginne ich zu strampeln, mein Körper versucht zur Oberfläche zu gelangen.

»Mayla, beruhig dich, bitte. Nur noch ein bisschen.« Atlans Stimme wirkt nicht beruhigend, sondern macht es schlimmer. Länger kann ich einfach nicht unter Wasser sein. Es geht nicht.

»Sie sind dort hinten.« Das Zischen kommt mir verdammt bekannt vor und trägt nicht gerade zu meiner Besänftigung bei. Ich weiß nicht, welche Meerhexen hinter uns her sind, klar ist aber, ich will nicht in ihre Fänge geraten. Aquilas Drohung ist mehr als präsent: *Das nächste Mal, wenn wir uns sehen, Mayla, wirst du zu uns gehören.*

Die Meerhexen sind nicht weit entfernt. Aber ich kriege keine Luft mehr, ich brauche Sauerstoff. Meine Beine strampeln, treffen immer wieder Atlans Flosse und ich schlage unkontrolliert um mich. Ein kleiner Teil von mir, der nicht von der Panik in Gefangenschaft gehalten wird, merkt an, dass ich Atlan Vertrauen schenken soll, und rät dringend dazu, mich nicht selbst ins Verderben zu stürzen.

Atlan vertraut mir auch nicht. Es fällt mir leicht, mich aus seinem lockeren Griff zu befreien, was nicht meine beste Idee war.

Wie ein Stein sinke ich nach unten in die Tiefen und das Licht von der Oberfläche schwindet. Noch mal will ich das nicht erleben. Ich schreie, doch nur Blubberblasen verlassen meinen Mund. Verdammt, ich weiß nicht, wie ich es immer wieder schaffe, mich in solche Situationen zu bringen. Mein Gehirn schaltet sich aus und nur mein Überlebensmodus ist aktiviert. Wo muss ich hinschwimmen? Wo ist oben und wo unten?

Ohne es zu wissen, strample ich einfach nur. Mein Hals beginnt zu kribbeln. Nein! Ich will mich nicht verwandeln, ich will kein Monster sein.

»Verdammt, Mayla.« Atlan sieht mir nach, wie ich sinke, dann kommt endlich Regung in seinen Körper.

Ich habe Angst und strecke meine Hände nach ihm aus. Doch er ist so weit weg und unsere Verfolger haben uns fast erreicht.

»Hab dich!« Eine überraschend warme Hand greift nach meiner. Noch nie habe ich Noahs Augen so klar gesehen.

Er zieht mich an seine Brust. Dabei hält er mich sicher und ich kann mein Gesicht an seinem nackten Oberkörper vergraben. Meine Fingerspitzen berühren dabei seine roten Striemen und Schuldgefühle plagen mich. Doch für den Moment geht mir der Atem aus. »Noah«, blubbere ich.

»Wir haben keine Zeit zum Auftauchen.«

Das weiß ich, ich spüre es ebenfalls.

Dann beugt er sich plötzlich vor und legt seine spröden Lippen auf meine. Noah küsst mich, aber nicht so voller Leidenschaft wie bei unserem ersten Kuss. Dann verstehe ich, was er damit bewirken will. Und ich atme seinen Sauerstoff ein.

»Alles wird gut, ich bin da.«

Seine gewisperten Worte beruhigen mich wie ein Schlaflied. Wir nehmen wieder an Fahrt auf, dicht an ihn gepresst fühle ich mich beschützt. Ich weiß nicht, wie wir das hier hinbekommen sollen, aber er hat mir Hoffnung gegeben. Bitte lass mich nicht im Stich.

***

Wir schwimmen lange, schlagen Haken und schaffen es tatsächlich zu entkommen. Völlig erschöpft gelangen wir an den Strand von Barcelona. Es ist mittlerweile schon Nacht geworden. Am Ende habe ich nichts mehr unter Wasser gesehen, sondern mir nur ab und zu Sauerstoff von Noah geholt und ansonsten versucht solange wie möglich die Luft anzuhalten. Wir kriechen an den Strand und ja, ich meine kriechen. Endlich kann ich das Meer verlassen. Meine Glieder haben sich noch nie so schwer angefühlt und die Erschöpfung lässt mich die Schwerkraft überdeutlich spüren. Ich lasse mich in den weichen, kalten Sand plumpsen, der sofort an meinem nassen Körper klebt. Sogar an meinem Gesicht haften die kleinen Körner und verschaffen mir ein unfreiwilliges Peeling. Mir ist kalt und diese Tortur mit dem ständigen Gefühl, ertrinken zu müssen, hat mich völlig entkräftet.

Die Jungs verwandeln sich in Menschen. Es überrascht mich noch nicht einmal, dass sie wieder ihre Kleidung tragen, auch wenn sie nur aus Badeshorts und T-Shirts besteht. Tante Carla wird sicherlich nicht gerade erfreut sein, dass ich mich bis spät rumgetrieben habe. Dabei weiß ich noch nicht einmal, *wie* spät es genau ist.

Noah setzt sich ein Stück von mir entfernt hin und atmet die kühle Nachtluft ein, dabei legt er den Kopf in den Nacken. Barcelona ist jetzt nicht gerade bekannt für seinen Sternenhimmel, aber es erinnert mich an unser Gespräch auf Gran Canaria. Unwillkürlich muss ich lächeln. Die Erinnerung wärmt mich von innen.

»Danke, Noah«, sage ich und stütze mich auf meine Unterarme, um wenigstens mein Gesicht aus dem Sand zu hieven. Kelvin und Atlan haben sich ein wenig von uns entfernt niedergelassen. Sie wirken ebenso erschöpft, wie ich mich fühle, aber auch erleichtert.

Noah wendet den Kopf zu mir und sieht dabei traurig aus, was ich nicht verstehen kann. Er hat mich doch gerade mehrmals geküsst, gut, um mich am Leben zu erhalten, aber es muss doch etwas zählen.

»Dank mir nicht.« Er betrachtet mich, dann fährt er sich durch seine blonden Haare.

Ein Schauer läuft mir über den Rücken und ich fröstele. Was sicher nicht nur von dem kalten Boden kommt.

»Warum?«, setze ich an, stocke jedoch. Seine Finger vergräbt Noah im Sand und baut kleine Häufchen.

Sollten wir nicht glücklich sein? Wir haben ihn gerettet.

Ein tiefer Seufzer verlässt seinen Mund. »Das war gerade das Schwerste in meinem Leben.«

»Mich zu retten?« Meine Stimme bricht mehrmals, ein Kloß in meinem Hals verhindert, dass ich souverän wirke.

Noah beobachtet, wie der Sand durch seine Finger rinnt, wobei es eher kleine Klumpen sind, da der Strand noch feucht vom Regen ist. Er kann mich nicht ansehen.

»Deine Augen, sie sind die einer Meerhexe. Du hast dich erneut verwandelt, wenn auch nur in deinem Gesicht. Kannst du dir vorstellen, wie es war, dich zu küssen? Du hast mich mit diesen Echsenaugen angestarrt.«

Ich weiß nicht, was ich sagen soll. Mir war schon immer bewusst, dass Worte einen zerstören können, aber es am eigenen Leib zu erfahren, ist eine ganz neue Dimension von Schmerz.

Ich fasse mir nur in mein Gesicht, aber ohne Spiegel kann ich mich nicht selbst betrachten. Bleibt die Frage, ob ich das überhaupt will. Aber es stimmt, plötzlich wurde meine Sicht unter Wasser besser.

»Sie haben meine Familie ausgerottet.« Ein Satz gefüllt mit so viel Zorn und Schmerz, wie ich es noch nie bei Noah erlebt habe.

»Aber ich bin doch nicht *sie*. Noah, ich weiß nicht, was ich noch sagen soll. Ich bin immer noch ich. Mayla, die mit dir zusammen den Sternenhimmel betrachtet hat. Die dich in den Armen gehalten hat.« Ich klinge flehend, dabei habe ich nichts verbrochen. »Sprich mir das nicht ab.« Mein Wispern vermischt sich mit dem Rauschen der Wellen.

»Ich weiß! Verdammt, ich weiß.« Er tritt Sandhügel von sich und fährt sich übers Gesicht, wobei Körner daran kleben bleiben.

»Wenn du das nicht mit dir vereinbaren kannst, dann hättest du mich zurücklassen sollen.«

»Was denkst du denn von mir? Ich wollte dich nicht sterben lassen. Ich bin hier nicht das Monster.«

Seine Worte bohren sich tief in mein Herz. Eine Schockstarre erfasst mich und für einen Moment kann ich ihn einfach nur anstarren. Dann springe ich trotz jeglicher Erschöpfung auf, Adrenalin prescht durch meine Venen und gibt mir die nötige Kraft. Sand wirbelt bei jedem eiligen Schritt auf. Ich muss hier weg, egal wie, ich muss vor diesem Schmerz davonlaufen. In den letzten Wochen wurde ich zu oft verletzt, um mich dem noch einmal zu stellen. Ich glaube, jeder kann nur ein begrenztes Maß an Schmerz ertragen, bevor man an seine Grenzen stößt. Meine Grenze wurde überschritten. Mein Körper sagt mir, dass er nicht mehr kann. Ich müsste hier stehen bleiben. Doch dieses eine Mal setzt sich mein Geist durch.

Bitte trage mich von seinen Worten weg!

Und tatsächlich renne ich weg, aber nicht nach Hause, sondern in die entgegengesetzte Richtung, in diesem Moment ertrage ich niemanden. Vielleicht muss ich erst einmal selbst zurechtkommen. Vielleicht hätten mich die Worte nicht so getroffen, wenn sie von jemand anderem als Noah gekommen wären. Vielleicht hätte ich anders reagieren sollen. Aber für den Augenblick sind es mir zu viele Vielleichts.

Ich wollte etwas Besonderes sein, aber darum, ein Monster zu werden, habe ich nie gebeten.

***

Noah

»Großartig gemacht, Noah.« Atlan klatscht neben mir langsam in die Hände und ich kann nur die Augen verdrehen.

»Tz, du hast ihre Verwandlung nicht gesehen.« Ich umarme meine herangezogenen Beine und starre auf das ruhige Meer. Meine Worte habe ich in dem Moment bereut, als ich sie ausgesprochen hatte und in ihre wieder menschlichen Augen blicken konnte. Ich hatte mir doch geschworen Mayla zu beschützen, wollte das Beste für sie und jetzt flieht sie vor mir.

Kelvin schüttelt seine roten Haare und kommt zu uns beiden rüber. »Ist noch jemand so geschockt wie ich?« Er schaut Mayla hinterher, die schon lange zwischen den Häusern verschwunden ist.

»Geschockt ist gar kein Ausdruck«, sagt Atlan und lässt sich neben mir in den Sand plumpsen, »ich habe ja mit allem gerechnet, aber sicher nicht damit, dass sie eine Meerhexe ist. Das hätte selbst ich mir nicht ausdenken können.«

Seine Worte machen mich wütend, ich kann es noch nicht einmal erklären, warum. Alles muss er als Geschichte verkaufen. Es geht mir auf die Nerven. Denn das hier wäre eine ganz makabre. Warum sie?

Ich versuche den Sand von meinen Fingern zu wischen, um irgendeine Beschäftigung zu haben. Ihr Anblick in der Grotte kommt mir wieder in den

Sinn. In diesem Augenblick war ich wohl die glücklichste Sirene der Welt. Unser Kuss ist atemberaubend gewesen und meine liebste Erinnerung. Es hat einfach alles gepasst, der Sonnenuntergang, wie sich das Licht auf dem Meer gespiegelt hat, der Moment nach einem Kampf, wo wir gemeinsam die Meerhexen bezwungen haben, und das Mädchen selbst. Meine Mayla, so verwegen und unerschrocken, eine Kämpferin und der Mut in Person. Ich weiß alles noch ganz genau. Die Salzwasserperlen sind ihr von der Stirn über die Wangen gelaufen und sie hat mich so verwirrt aus ihren wundervollen grünen Augen angesehen. Zunächst unsicher, was ich vorhatte. Aber ich konnte nicht mehr warten. Und dieser Kuss war anders, auch jetzt noch erinnere ich mich genau an das Gefühl ihrer Lippen auf meinen. Etwas, das ich seit unserer ersten Begegnung gewollt habe. Und es war so besonders, wie ich es mir ausgemalt hatte. Doch dann wurde ich von diesen Hexen gefangen genommen.

Ich schiebe die Erinnerung an alles Folgende von mir. Aber den Anblick von Mayla nach ihrer Verwandlung bekomme ich nicht aus dem Kopf. Sie sah genauso aus wie sie alle. Ein schreckliches Monster, das zu allem fähig ist.

»Das ist einfach nur unfair.« Meine Stimme ist brüchig und trieft vor Verzweiflung. Wie kann es sein, dass ausgerechnet Mayla eine Meerhexe ist? Auch wenn ich weiß, was sie ist, möchte ich sie immer noch in meine Arme schließen und sie zum Lachen bringen. Gefühle kann man so schnell wohl nicht abstellen.

»Komm, wir bringen dich jetzt erst mal nach Aquarta. Dann können wir auch deine Wunden versorgen.« Atlan hält mir eine Hand hin, um mir aufzuhelfen. Ich greife danach und mit einem Ruck zieht er mich wieder auf die Füße. Kelvin steht schon bis zur Hüfte wieder im Meer und wartet auf uns. Seufzend werfe ich noch einen letzten Blick auf die Stelle, wo Mayla verschwunden ist. Sie hat mich so entgeistert und verletzt angesehen, dass ich mich langsam frage, wer in diesem Moment das Monster war.

Kapitel 6

Positives Nummer 32: Home Sweet Home

Im Schutz der Nacht kommen wir ohne Probleme nach Aquarta. Es dauert bis zum Morgengrauen, da Aquarta und Barcelona auch nicht gerade einen Katzensprung voneinander entfernt sind. Die meiste Zeit haben wir geschwiegen, beziehungsweise ich habe eisern eine Stille provoziert, auch wenn Atlan und Kelvin immer mal wieder versucht haben ein Gespräch zu beginnen. Doch ich wollte ihnen nichts erzählen. Nichts von Mayla, von meiner Gefangenschaft oder wie es in mir drin aussieht.

»Roana wird dir um den Hals fallen. Sie hat bereits ihre Versetzung in unsere Gruppe in Auftrag gegeben«, sagt Kelvin, als wir uns dem magischen Schild rund ums Schloss nähern.

»Hm«, mache ich nur.

Ich mag Roana, sie ist eine gute Kämpferin, hat ein Auge für Details und ist auch sehr angenehm im Umgang. Unsere Abneigung gegen die Meerhexen verbindet uns, auch ihre Familie kämpft mit Verlusten ihretwegen. Roana könnte unsere Einheit wirklich gut ergänzen, auch wenn ich überrascht bin, dass so schnell ein Ersatz für Daxton gefunden wurde. Das erklärt auch, warum Kelvin nicht begeistert von dieser Neuigkeit ist. Verständlicherweise.

Immer wieder beeindruckt mich der Anblick der hohen Türme. Viele Meeresbewohner schwimmen gern bei uns vorbei, die friedliche Atmosphäre scheint sie anzuziehen. Aquarta konnte noch nie von den Menschen oder Meerhexen lokalisiert werden, dank der Kraft unserer Königin und des Schildes.

Nach wie vor bin ich nicht ihr größter Fan, aber ich kann ihre Bemühungen, ihr Volk zu beschützen, wertschätzen. In einem gewissen Maß.

»Zuerst nach Hause?«, frage ich, doch Atlan schwimmt bereits zielstrebig auf den Palast zu. Na wunderbar, also doch erst zu *seiner* Königin.

Kelvin zuckt mit den Schultern und folgt ihm.

Hier unten ist es immer ein wenig duster, selbst für unsere Augen. Das Schloss liegt auf dem Grund des Meeres, so tief verborgen, dass hier noch nie natürliches Sonnenlicht hingelangt ist. Künstliche Beleuchtung weist uns den Weg.

Atlan schwimmt nicht wie üblich durch den Haupteingang, sondern nimmt auf direktem Weg Kurs zum Thronsaal. Eigentlich verstößt das gegen die Etikette, worauf er sonst immer großen Wert legt, aber heute ist alles anders.

Ich habe noch immer ein beklemmendes Gefühl in der Brust. Habe ich mich nach unserem Abschied in der Grotte in der Gefangenschaft an dem Anblick von Mayla festgehalten, wie sie mir nachgeschaut hat – mit wund geküssten Lippen und einem seligen Funkeln in den Augen, so verfolgt mich jetzt ein anderes Bild. Es ist noch nicht einmal ihre Meerhexengestalt, die mich heimsucht. Obwohl, das stimmt nicht ganz, natürlich macht mir auch dieser Anblick zu schaffen. Aber am meisten hat mich die Veränderung ihrer Augen in meinen Armen mitgenommen. Die Menschlichkeit ist aus ihnen gewichen und hat ihr etwas Echsenartiges gegeben. Zu oft musste ich schon in solche Augen sehen und danach ist nie etwas Gutes passiert.

»Noah!« Der Ruf von Kelvin reißt mich aus meinen Gedanken und ich folge den beiden in den Thronsaal. Atlan kniet schon vor unserer Königin, das Haupt tief gesenkt. Kelvin reiht sich dahinter ein, verbeugt sich nicht ganz so tief. Ich selbst neige nur kurz meinen Kopf als Zeichen des Respekts. Nach wie vor kann ich unserer Königin viele ihrer Handlungen nicht verzeihen.

»Ihr seid zurück.« Ihre melodische Stimme ist nach wie vor beeindruckend, weil alles, was ihrem Mund entweicht, wie ein Lied klingt, obwohl sie nur spricht. Sie ist mit Abstand die schönste und größte Sirene von allen. Sie überragt uns alle, was wohl vor allem an dem vergleichsweise großen Anteil an Meeresmacht in ihrem Körper liegt. Ihre Flosse schimmert golden, genauso wie ihr Haar, welches im Wasser hin und her wogt. Es ist ständig in Bewegung, was mich bei unserer ersten Begegnung ziemlich verunsichert hat. Ihre spitzen Ohren ragen dennoch imposant aus ihren Haaren hervor. Ihre goldenen Augen mustern uns drei. »Schön, dass auch du heil zurückgekehrt bist, Noah.«

Ich würde sie gern fragen, was ihrer Meinung nach *heil* ist. Aber mir ist es untersagt, mit ihr zu sprechen, weil ich mir schon oft unpassende Bemerkungen geleistet habe.

»Atlan?« Lucias Stimme hallt von überall im Raum wider. Sofort erhebt sich Atlans Kopf und er schaut sich suchend um. Hinter einer der vielen Säulen schwimmt Lucia hervor und steuert sofort auf ihn zu, um in seine Arme zu stürzen. Ich beobachte die Szenerie stirnrunzelnd. Es ist merkwürdig für mich, die beiden zusammen zu sehen. Für mich gehörten Atlan und Mayla zusammen. Ihre synchronen Bewegungen, ihre verliebten Blicke, ihr Gespür für den jeweils anderen und wie vertraut sie miteinander umgingen. Von Anfang an war ich mir sicher, dass Atlan und Mayla seelenverwandt sind. Umso bescheuerter ist es, dass ausgerechnet ich auch Gefühle für diesen Wirbelwind entwickelt habe. Natürlich war ich froh, dass Mayla scheinbar ebenfalls etwas zu empfinden schien.

Es nervt mich, dass ich in der Vergangenheit denke. Was für ein Bullshit. Mayla ist immer noch großartig und allein der Gedanke, dass ich sie in den Armen gehalten habe, oder die Erinnerungen an die gemeinsame Zeit beschleunigen meinen Puls und zaubern mir ein dümmliches Grinsen auf die Lippen.

Nur leider überschattet von den neuesten Entwicklungen. Mein Grinsen verschwindet wieder.

Stumm beobachte ich, wie Atlan seine Prinzessin in die Arme schließt und über ihre braunen Haare streicht. Lucia ist richtig in ihrer Rolle aufgeblüht, ihr steht die Sirenengestalt hervorragend. Sie ist unfassbar schön geworden, seit ihre Gene erwacht sind.

Die Königin hat einen wohlwollenden Blick für die beiden übrig, dann wendet sie sich wieder mir zu.

»Noah, bitte erzähl uns, was geschehen ist.«

Ich tausche einen Blick mit Atlan, da ich nicht sicher bin, was ich erzählen soll. Am liebsten würde ich ihr gar nichts sagen, es geht nämlich niemanden etwas an, was sich in mir abspielt. Für den Moment muss ich mich selbst erst einmal sammeln.

Nur Lucia hat ein Recht darauf zu erfahren, was mit Mayla geschehen ist. Sie ist doch ihre beste Freundin, vielleicht kann sie helfen. Unsicher, was ich gleich sagen werde, trete ich vor und auch Kelvin erhebt sich wieder, während Lucia zu ihrer Mutter schwimmt. Sie himmelt die Königin an.

»Auf der Rückreise nach Aquarta haben mich einige Meerhexen gefangen genommen. Sie wollten, dass ich erneut für sie singe.« Die Erinnerung an das schwarzhaarige Mädchen, welches wegen mir ertrunken ist, blitzt kurz auf, aber ich kann sie abschütteln, bevor sie wieder einen zu großen Platz in meinem Bewusstsein einnimmt. »Ich habe mich geweigert, also haben sie mich erst einmal bei sich behalten.«

Überraschenderweise haben sie mich nicht gefoltert oder dergleichen. Sie haben mich einfach gefesselt mitgeschleppt und ich musste mitansehen, wie sie Menschen vor meinen Augen die Seelen ausgesaugt haben. Es war so schlimm, dass ich sogar überlegt habe zu singen, nur um ihnen die Qual zu erleichtern. Aber dann hätte ich den Meerhexen genau das gegeben, was sie im Sinn gehabt hatten. Mein Gesang hätte mehr Menschen angelockt und es wäre nicht nur bei den beiden Schiffbrüchigen geblieben.

Lucia wendet sich mir zu und schließt mich ebenfalls in die Arme.

»Es tut mir so leid, Noah.« Sanft streicht sie mit ihren Fingerspitzen über die roten Striemen auf meiner Brust. »Und alles nur meinetwegen.«

Nicht ganz richtig, aber ich will vor der Königin nicht die Einzelheiten breittreten.

Atlan mischt sich ein und nimmt ihre Hände von meinem Körper. »Wir tun alles, um die Krone und dich zu schützen, dafür sind wir da.«

»Ich bin jedenfalls erleichtert, dass du zurück bist«, sagt die Königin und auf ihre lapidare Handbewegung schwimmt Roana auf uns zu. Ich habe sie bis eben nicht bemerkt. Ihr blondes Haar hat sie zu einem praktischen Zopf gebunden. Sie ist eine unserer besten Kämpferinnen, was ihrer Schönheit keinen Abbruch tut.

Ihre Augen leuchten auf, als sie uns gegenübersteht. Ich betrachte sie für einen Moment. Viele der anderen sagen, dass Roana selbst für uns sehr hübsch sei. Wahrscheinlich habe ich irgendwann einfach den Blick dafür verloren.

»Sie wird ab heute eure Einheit vervollständigen.«

Kelvin sieht aus, als hätte er nach den Worten der Königin auf eine Zitrone gebissen. Ich kann ihn verstehen. So kurz nach Daxtons Tod seinen Ersatz vor sich zu sehen ist hart. Aufmunternd lege ich einen Arm um seine Schultern.

Doch Roana scheint nichts an der Situation zu stören. Sie ist eine würdige Mitstreiterin, wenn sie auch nicht die Lücke, die durch Daxtons Tod aufgerissen wurde, schließen kann.

»Ich freue mich auf unsere gemeinsame Zeit.« Dabei strahlt sie so breit, als hätte man ihr gerade das beste Geburtstagsgeschenk der Welt bereitet.

***

Kurze Zeit später befinden wir fünf uns an Land. Oberhalb vom Schloss liegt der zweite Teil von Aquarta. Viele kleine Inseln ragen rund um das Herzstück aus dem Meer empor. Den überwiegenden Teil unseres Lebens verbringen wir hier oben. Nur unsere Königin ist die meiste Zeit unter Wasser. Ich gebe zu, ihre menschliche Form habe ich noch nie gesehen.

Jede Familie hat eine Hütte für sich allein. Die wichtigsten Personen besitzen ihr Zuhause direkt am Meer. So können Soldaten schnell eingreifen und sofort ins Wasser springen, um das Schloss zu verteidigen. Atlan und ich haben die Ehre, ein Häuschen in der zweiten Reihe zu besitzen. Für unser Alter ist das eine große Auszeichnung, vor allem, da wir jeweils allein wohnen. Lucias Hütte steht selbstverständlich vorn am Wasser, umgeben von den besten Soldaten, die unsere Garde zu bieten hat.

Durch unseren technischen Fortschritt konnten wir uns bisher immer gut vor dem Rest der Welt verbergen. Die Inseln sind auf keiner Karte vermerkt.

»Ich bin wirklich froh, dass es dir gut geht.« Roana ist ebenfalls mit aufgetaucht.

Es fühlt sich komisch an, sie dabeizuhaben, wo Mayla doch in den letzten Tagen vor meiner Entführung unsere Gruppe vervollständigte.

»Dank dir, ich bin auch froh zurück zu sein.« Das stimmt nicht ganz. Ich mochte das Leben aus dem Koffer und auf der Suche nach der Sirenenprinzessin immer wieder neue Orte zu bereisen. Und jetzt steht sie in unserer Mitte.

»Okay, was ist passiert?«, platzt es unvermittelt aus Lucia heraus. Sie verschränkt ihre Arme vor der Brust und mustert Atlan, ihre Stirn in Falten gelegt.

»Wie kommst du darauf?«, beginnt er, kommt jedoch nicht weit, denn Lucia zieht eine Augenbraue in die Höhe.

»Nenn es einen siebten Sinn, aber ich habe das Gefühl, dass ihr mir etwas verschweigt.«

Sie hat wirklich ein gutes Gespür, dass sie das sofort bemerkt hat. Auch schon auf Gran Canaria hat sie bewiesen, dass ihr Kleinigkeiten sofort auffallen.

Atlan fährt sich durch seine nassen Haare und nickt dann mit dem Kopf in Richtung Strand. Ich verstehe und ziehe Roana am Arm von der Dreiergruppe fort.

»Komm, die drei wollen etwas allein besprechen. Du kannst mich ja in der Zwischenzeit updaten«, schlage ich vor und grinse sie breit an.

Sie erwidert mein Lachen und hakt sich bei mir ein, während wir über den feinen weißen Sand spazieren.

»Sie ist was?!«, schallt es viel zu laut aus Lucias Richtung zu uns hinüber. Sie muss ebenso geschockt sein, wie ich es war. Schließlich haben sie und Mayla ihr gesamtes Leben miteinander verbracht. Roana dreht sich um, doch mit einer geschickten Drehung wende ich sie wieder nach vorn und setze mit ihr zusammen den Weg fort.

Eigentlich weiß ich nicht viel über sie und habe mich bisher auch nicht für sie interessiert.

Wenn wir jetzt zusammenarbeiten, sollten wir das ändern. Denn im Kampf muss man sich aufeinander verlassen können. So, wie wir vier Jungs es immer getan haben.

»Hast du nicht auch einen großen Bruder?«, beginne ich das Gespräch.

»Ja, habe ich. Er ist ebenfalls in der Garde.«

Natürlich ist er das, jeder halbwegs sportliche Mann wird in der Armee aufgenommen und führt fortan ein Leben im Kampf. Nicht dass es bei den Frauen groß anders wäre. Roana gehört definitiv zu den stärksten und könnte es locker mit Kelvin aufnehmen. Wenn nicht sogar mit Atlan. Ihre Waffe trägt sie auch als Kettenanhänger – einen Eisbären.

»Wieso? Möchtest du ihn um Erlaubnis fragen?«

»Erlaubnis wofür?«

»Na, um mich auf ein Date auszuführen.«

Ich muss mich sehr zusammenreißen, dass mein Auflachen nicht gehässig klingt. Bisher habe ich nicht einmal darüber nachgedacht, mit ihr auszugehen. »Nein, und wenn, bin ich der vollsten Überzeugung, dass du diese Entscheidung auch ganz allein treffen könntest.«

Ich lächle sie breit an, was ihr eine sanfte Röte auf ihre weichen Gesichtszüge zaubert. Wieso habe ich denn nie darüber nachgedacht? Sie ist eine Kriegerin, eine Sirene und sehr ansehnlich. Aber auch jetzt kommt sie einfach nicht für mich infrage.

Vielleicht ist Mayla deshalb so besonders für mich, weil ich jeden Tag in Aquarta von so viel Schönheit umgeben bin, dass sie unbedeutend wird. Gerade weil Mayla durch ihre Wildheit und ihren Charakter glänzt, finde ich sie viel faszinierender als Roana. Äußerlich betrachtet sind Lucia und Roana Mayla bei Weitem überlegen. Aber Mayla zieht mich auf eine andere Art und Weise an. Es ist ihr Lachen, was mich breiter strahlen lässt, ihr Funkeln in den Augen, wenn ein Abenteuer zum Greifen nah ist, ihre unerschrockene Miene, was auch immer sich ihr in den Weg stellt. Das sind die Dinge, die sie ausmachen und so besonders sind.

Ich betrachte Roana und fühle tief in mich hinein. Doch da ist nichts, es regt sich nichts bis auf den tiefen Respekt für ihre Kampfkraft.

»Danke, Roana.« Mit Schwung drücke ich sie kräftig an mich. »Du hast mir etwas klargemacht. Ich muss weg!«

»Was? Wie meinst du das?«

Sie ist sichtlich erschüttert, aber darauf kann ich keine Rücksicht nehmen. Ich muss dringend zu Mayla, egal wie. Es sollte nicht wichtig sein, wie sie aussieht, sondern wer sie ist. Und Mayla ist für mich der Grund, warum ich lachen will – damit sie es auch tut.

»So, wie ich es gesagt habe. Ich trommle die Jungs zusammen.« Und damit lasse ich sie stehen und sprinte zurück zu meinen Freunden, um mit Kelvin und Atlan erneut nach Barcelona zu reisen. Und niemand wird mich davon abhalten.

***

»Auf keinen Fall! Du bleibst hier.« Atlans wütende Stimme schallt durch Lucias neues Zimmer im Schloss. Es steigen sogar ein paar Blubberblasen auf, so sehr regt er sich auf. Normalerweise kommunizieren wir mit einer bestimmten Sprachtechnik, sodass keine Blasen aufsteigen oder es gegurgelt klingt. Doch sein Ausbruch muss ihn selbst so überrascht haben, dass er in die menschliche Sprachtechnik verfallen ist. Wenn es hier nicht um ein Verbot gehen würde, dass ich Mayla sehen kann, würde ich lachen. Kelvin und Lucia sitzen auf der Couch und beobachten unseren Streit. Diese gesamte Situation kommt mir verdammt bekannt vor.

»Es geht um Mayla!«

Atlan zuckt zusammen, sammelt sich im nächsten Moment jedoch wieder. »Deine Aufgabe ist es, Lucia zu beschützen.«

Lucia hebt ihre Hand. »Also ich fühle mich ziemlich beschützt in diesem Schloss. Und an Land auch.«

Atlan wirft ihr einen wütenden Blick zu, den sie unberührt erwidert.

»Was erwartest du? Es geht hier um meine beste Freundin. Selbstverständlich bin ich dafür, dass Noah zu ihr geht.« Sie zuckt mit den Schultern und nimmt Atlan damit jegliches Argument. Triumphierend verschränke ich die Arme vor der Brust und sehe ihn grinsend an.

»Versenkt«, flüstert Kelvin und Lucia stupst ihn mit den Ellenbogen an.

Dann erhebt sie sich vom Bett und schwimmt auf Atlan zu, legt ihm eine Hand sanft gegen die Wange. »Ich mache mir Sorgen um Mayla. Sie muss mit vielem fertig werden und wenn du mich schon nicht gehen lässt, dann lass Noah zu ihr. Kelvin kann doch mit ihm schwimmen.«

Atlan sieht nun deutlich ruhiger aus. Lucia hat eine wirklich faszinierende Wirkung auf ihn.

»Na schön, aber nehmt Roana nicht mit. Sie kennt Mayla nicht und ihr wisst, wie sie mit Meerhexen umgeht.«

Er gibt sich tatsächlich geschlagen. Dass ich das noch erleben darf. Wir drei jubeln, wobei ich Lucia fest umarme.

»Danke.«

»Geh dich entschuldigen und pass mir gut auf Mayla auf. Wir werden eine Lösung finden«, wispert sie mir ins Ohr.

Ich habe die Freundschaft der beiden unterschätzt. Lucia hat nicht eine Sekunde gezögert und die Situation sofort akzeptiert. Von ihr kann ich noch etwas lernen. Wir lösen uns voneinander und ich sehe zu Kelvin.

»Bereit?«

»Wer braucht schon Schlaf? Lass uns sofort losschwimmen«, jubelt er und ist schon halb aus dem Fenster. Ich bleibe noch einen Moment und sehe zu Atlan. Dieser sieht unglücklich aus. Bedacht lege ich ihm eine Hand auf die Schulter.

»Es sind genug Wachen hier, die Lucia beschützen.«

»Darum geht es nicht. Ich habe dich gerade erst wieder und dann willst du abhauen. Was, wenn du wieder gefangen genommen wirst?«

»Kelvin ist bei mir und dieses Mal bin ich aufmerksamer«, verspreche ich und hebe die Hand.

Er seufzt tief. »Du bist beeindruckend, ich weiß nicht, ob Mayla und ich diese Hürde auch noch gemeistert hätten. Allerdings: Leibwächter und Meerhexe, das wäre auch eine spannende Geschichte geworden.«

Ich lache auf und schwimme schon mal zum Fenster, dann verweile ich doch noch einen Moment. »Atlan, sei mir nicht böse, aber ich bin der Richtige für Mayla.« Ich drehe mich noch mal um, weil es mir wichtig ist, dass Atlan jedes Wort von mir mitbekommt. Es ist mir egal, ob es wie ein Besitzanspruch klingt, aber ich will, dass ihm klar ist, dass er sie verloren hat – für immer. »Du hast sie schon fallen gelassen, als sie noch ein Mensch für uns war. Geschichte hin oder her – das zu überwinden braucht mehr als eine gute Story.«

»Sie braucht also *dich*? Jemanden, der einen enormen Hass auf Meerhexen hat, weil seine gesamte Familie von ihnen ermordet wurde?« Seine Stimme klingt nicht herausfordernd, sondern ruhig und bedacht.

»Nein, sie braucht jemanden, der sie liebt, so, wie sie ist.« Dann verschwinde ich durchs Fenster und folge Kelvin hinaus ins offene Meer.

***

Es ist später Nachmittag, als wir endlich vor der Tapasbar in Barcelona stehen.

»Und du bist dir sicher, dass es hier ist?«, frage ich noch einmal nach.

»Absolut, geh einfach rein, dann sehen wir es ja.« Kelvin reibt sich müde über die Augen. »Und wenn wir schon da sind«, er gähnt einmal herzhaft, »dann könnten wir auch gleich nach einem Bett fragen, ich bin nämlich ziemlich kaputt.«

»Machen wir, versprochen.«

Die Bar ist überaus gut besucht. Menschen aller Altersklassen und Schichten haben sich darin versammelt, stoßen an und knabbern an ihren Tapas. Ich öffne die Tür und ein leises Glöckchen verkündet unsere Anwesenheit. Eine kleine dickliche Frau mit wilden Locken steckt den Kopf aus der Küche.

»Willkommen, Jungs, sucht euch einen freien Platz, ich bin gleich bei euch.« Sie grinst breit und verschwindet auch sogleich wieder in dem kleinen Raum in der Bar.

Kelvin tritt hinter mir hervor und hält sich die Hand vor den Mund, um ein erneutes Gähnen zu verstecken.

Ich halte Ausschau nach Mayla, kann sie jedoch nirgendwo entdecken. Etwas benommen setzen wir uns an den einzig noch freien Tisch und warten ab. Die rundliche Frau kommt mit zwei Karten zurück und legt diese auf den Holztisch.

»Wollt ihr etwas trinken?« Sie schaut von ihrem Notizblock hoch, direkt zu Kelvin. Dann lässt sie ihren Block sinken. »Du warst doch neulich hier und ihr habt Mayla abgeholt, oder?«

Täusche ich mich oder sieht sie ein wenig verärgert aus.

Kelvin wirft mir einen hilflosen Blick zu, doch ich zucke nur mit den Schultern. »Ja, das ist richtig.«

Die Frau stemmt ihre Hände in die Hüfte. »Danach ist sie erst im Morgengrauen wiedergekommen und sah schlimm aus.« Ihr vorwurfsvoller Blick geht mir durch Mark und Bein und erinnert mich stark an den von meiner Mutter. So können nur Mütter schauen.

»Wer von euch auch immer ihr das Herz gebrochen hat, wird hier nicht bedient.«

Verdammt ... Dabei sah das Essen auf den Tellern der anderen Gäste so verdammt lecker aus und es duftet auch noch himmlisch aus der Küche.

»Wo ist Mayla denn?«, frage ich und stelle mich damit der uneingeschränkten Musterung durch die ältere Frau. Ich vermute mal, dass sie Maylas Tante Carla sein müsste. Sie durchleuchtet mich und seufzt dann schwer.

»Sie ist schon vor einiger Zeit zum Strand gegangen. Wohin genau kann ich euch nicht sagen.« Sie steckt ihren Notizblock ein und macht sich wieder auf den Weg zu einem anderen Tisch, dabei höre ich sie noch murmeln: »Woher kennt dieses Kind auf einmal so viele gut aussehende Jungen?«

Ich rücke den Stuhl wieder zurück, während Kelvin mich mitleiderregend ansieht.

»Wirklich? Können wir denn gar nichts essen? Oder ein bisschen schlafen?«

Ich wuschle ihm durchs Haar. Vielleicht sollte er sich wirklich ein wenig hinlegen, während ich Mayla suche. Denn ich kann keinen Moment länger warten. Egal was sie vorhat, es ist sicher etwas Dummes.

»Sie will zu Mayim.«

Celias Stimme löst mich aus meinen Gedanken. Sie lehnt sich gegen einen unscheinbaren Türrahmen und hat die Arme vor der Brust verschränkt. Anders als auf Gran Canaria ist sie vollständig geschminkt und steckt in knappen Klamotten, die jeden Vorzug an ihrem Körper betonen. Es ist beeindruckend, wie Menschen sich ändern können. Immer wenn ich sie sehe, muss ich an Daxton denken. Ich bin mir sicher, dass er eine andere Seite als wir gesehen hat.

Erst jetzt kommt der Kern ihrer Aussage bei mir an. So viel zu meiner

Bestätigung, dass Mayla etwas Dummes machen wird. Na großartig, tolle Idee, sich direkt mit einem übermächtigen Wesen anzulegen. Auch wenn mir noch nicht ganz klar ist, warum Mayla so eine Sonderbehandlung bekommt und das Geschöpf tatsächlich sehen darf. »Warum das denn?«

Celia seufzt theatralisch und schüttelt den Kopf. Die nächste Frau, die mich stark an meine Mutter erinnert. Und ich bin der kleine Junge, dem man alles erklären muss.

»Warum wohl? Wegen dir natürlich.«

Kelvin schaut überrascht auf und deutet auf mich. »Weshalb denn wegen Noah?«

»O wow, ihr seid wirklich nicht die Hellsten.«

Ich kann mir schon denken, warum, und damit ist leider Kelvins Möglichkeit auf ein Schläfchen gestorben.

Kapitel 7

Positives Nummer 33: Ich überwinde mich

Mayla

Hier stehe ich also wieder in meinen Badeanzug, allerdings dieses Mal in ein Handtuch gehüllt, weil allein schon der Gedanke an das Meer mich frösteln lässt.

Ich bin hier nicht das Monster. Unzählige Male hallt dieser Satz in meinem Kopf wider und hat mich nur schwer schlafen lassen. Wenn es bei dem vielen Gewisper überhaupt möglich war, ein wenig Ruhe zu finden. Die Füße habe ich im Sand vergraben und schaue schon eine Weile auf das ruhige Wasser. Aber mein Entschluss steht fest, ich muss etwas verändern. Die ganze Zeit bin ich weggelaufen, obwohl es so gar nicht zu mir passt. Ich stelle mich lieber den Dingen. In diesem Fall brauchte ich einfach eine Weile, um mich zu sammeln. Nicht etwa, um diesen Umstand zu akzeptieren, o nein. Ich werde ihn verändern.

Deshalb bin ich wieder hier, um mich erneut meiner Angst zu stellen. Wenn ich kein Monster mehr sein will, muss ich den Ursprung dieses ganzen Problems angehen und der liegt eindeutig bei Mayim. Dieses Wesen ist doch das Wasser selbst, dann sollte es auch eine Lösung für diesen Schlamassel haben.

Seufzend lasse ich das Handtuch von meinen Schultern gleiten. Okay, ich schaffe das, ich muss einfach nur ins Meer gehen, das sollte doch kein Problem darstellen.

Vorsichtig taste ich mit kleinen Schritten an den dunkel gefärbten Bereich des Strandes, wo die Wellen ihre Spuren hinterlassen.

»Okay, ich kann alles überwinden, gar kein Problem«, rede ich mir selbst

Mut zu, allerdings bin ich mit der unsicheren Stimme alles andere als überzeugend. Celia war da bei ihrer Motivationsrede eindeutig besser.

Ich hätte nicht gewusst, was ich ohne sie gemacht hätte. Sie ist direkt vorbeigekommen, hat ihre Lockenmähne nach hinten geworfen, ihre perfekt manikürten Finger auf meine Brust gelegt und mich gefragt, wen zum Geier sie hier vor sich habe. Und sie hatte mit der Frage verdammt recht.

Die Sonne scheint kräftig vom Himmel und durch ihre Wärme fühle ich mich unterstützt. Das Handtuch lasse ich achtlos zurück. Ich habe extra ein altes gewählt, falls es jemand klauen sollte.

Einen Fuß hebe ich hoch und tauche ihn in eine heranpreschende Welle. Stimmengewirr stürzt in einer großen Flut auf mich ein und mein Kopf kann nichts davon greifen. Mayims Präsenz nimmt mich völlig ein, als würde das Wesen direkt vor mir stehen und mich niederstarren. Nur die Verbindung zum Meer fühlt sich an wie eine Umarmung.

Die Wucht von alldem überrascht mich so sehr, dass ich zurückstolpere und auf meinem Hintern lande.

Was, zum Henker, tue ich hier? Das Meer ist mein Zuhause, mein Zufluchtsort, meine Heimat. Und das werde ich mir nicht wegnehmen lassen, von keinem Umstand und von keiner Person.

Wild entschlossen meine Heimat zu verteidigen, stelle ich mich mit beiden Füßen ins Meer und blende jegliche Veränderung aus.

»Du hast mir den Rücken gekehrt, kleine Mayla. Was willst du also von mir?«, faucht Mayim in meinem Kopf.

Oh, es hat die Ablehnung wohl sehr persönlich genommen.

Der Wind frischt auf und bläst mir ins Gesicht. Doch ich bin vorbereitet, meine Haare habe ich mit dem stärksten Haargummi, das ich finden konnte, zu einem Zopf gebunden.

»Ich habe auch ein Recht darauf im Meer zu sein.«

»O nein, hast du nicht. Ich bin das Meer und entscheide, wer zu mir gehört.«

»Witzig, müsstest du dann nicht auch etwas gegen den Müll in dir tun können?«

»Vorlautes Kind, scher dich fort!«

Waren die Wellen eben noch klein und gut zu bändigen, so türmen sie sich jetzt bedrohlich auf. Jede einzige von ihnen versucht die zuvor an Größe zu übertrumpfen. Sie brechen viel später und klatschen mir das Salzwasser ins Gesicht. Der Himmel hat sich erneut verdunkelt und die ersten Tropfen vertreiben die letzten Badegäste. Einer ruft sogar: »Laut Wetterbericht sollte es doch gar nicht regnen.«

Mayim hat das alles schon einmal getan, nicht in diesem Ausmaß, aber zu genau diesem Zeitpunkt habe ich wie ein verschrecktes Tier das Weite gesucht. Doch nicht dieses Mal.

Ich will zu Mayim und die Dinge klären, es dazu zwingen, mir zu sagen, wie ich all das rückgängig machen kann.

Wie ich einfach nur wieder ein Mensch sein kann.

Mein Ziel fest vor Augen mache ich noch drei weitere Schritte ins Meer hinein.

»Dummes Kind.«

Die Wolken lassen nicht nur prasselnden Regen auf mich niedersausen, auch Blitz und Donner gesellen sich dazu. Großartig.

»Versuch es nur, Mayim. Ich habe keine Angst.«

Mit knirschenden Zähnen taste ich mich Schritt für Schritt voran. Eine Welle reißt mich von den Füßen, wirbelt mich herum und spuckt mich am Strand wieder aus. Sand hat sich in Schichten auf meiner Kopfhaut gesammelt. Das Salzwasser brennt im Rachen, in den Augen und eigentlich überall.

Ich kämpfe mich wieder hoch und renne ins Meer, sodass ich es sogar bis zu den Knien schaffe. Eine erneute hohe Welle prescht auf mich zu. Ihre Größe ist absurd.

Das ist wohl Mayims Art, mich rauszuwerfen. Aber keine Chance. Ich schwimme, seit ich denken kann, und kenne das Meer mit all seinen Eigenarten. Ich warte lange genug, dann tauche ich unter der Welle hindurch. Unter der Wasseroberfläche ist es erstaunlich ruhig, kein Vergleich zum Unwetter, das über mir wütet.

Ich mache ein paar Züge und lasse die Wellen über mich hinwegrollen. Wenn ich unter Wasser bleibe, können sie mir erst einmal nichts antun. Mayim müsste schon eine Strömung zu mir schicken, und ich weiß nicht, ob das so unauffällig wäre. Meine Panik vor dem Meer ringe ich nieder. Ich werde meine momentane Situation verändern. Mir bleibt keine andere Wahl, wenn ich nicht ertrinken oder immer wieder an Land ausgespuckt werden will. Ich muss atmen.

Egal wie. Im Moment liegt meine Priorität darin, zu Mayim zu gelangen und wieder ein Mensch zu werden. Wenn ich mich dafür kurzfristig in ein Monster verwandeln muss, nehme ich das gern in Kauf.

Also gut, wie war das? Genug negative Energie sammeln? Kein Problem. Der Satz von Noah hallt sowieso wie ein Mantra in mir.

Ich denke an alles, was mich irgendwann einmal verletzt hat: meine erste Erinnerung an den Torbogen, wo ich ausgesetzt wurde, ein Streit mit Lucia und Noahs Blick unter Wasser. Die dunklen Erinnerungen durchfluten meinen Kopf.

Ich nehme das Meer viel deutlicher wahr, fühle das Wasser auf meiner Haut, obwohl es mich vollständig umgibt. Die Stimmen in meinen Gedanken kreischen und schreien mich an, dabei verstehe ich sie immer noch nicht.

Mein Körper kribbelt unangenehm, er beginnt zu brennen und ich habe das Gefühl, meine Haut würde sich von den Knochen lösen. Quälend langsam verebbt der Schmerz. Dann verändert sich mein Blick, er klärt sich. Einzelheiten treten stärker hervor, die Sandkörner auf dem Grund wirken wie einzelne Kristalle. Die erste Schicht bewegt sich wie ein Teppich über dem Boden, so aufgeregt ist das Meer.

Dann atme ich. Ich weiß nicht, wie es geht, aber ich tue es einfach. Mit den Klauen streiche ich mir über den Hals und bleibe an den Kiemen hängen. Der Schreck lässt mich zusammenzucken und am liebsten würde ich sie mit meinen Krallen auskratzen. Verdammt, ich habe es geschafft. Statt Füßen treten Flossen im Wasser.

Da ist sie wieder: Mayla, die Meerhexe.

Hart muss ich schlucken und fahre mit einem Finger vorsichtig über meine Lippen, anschließend über meine spitzen Haifischzähne, mit denen ich mir die Haut einreiße.

Ich verschiebe das erneute Entsetzen über meine Erscheinung auf später, denn jetzt habe ich Wichtigeres zu tun.

»Kleine Mayla, glaubst du, dass du dich mir so entziehen kannst?«

Die Stimme von Mayim ist so laut und durchdringend, dass ich dem Drang nachgebe, mir die spitzen Ohren zuzuhalten. Natürlich völlig wirkungslos, da die Stimme in meinem Kopf hallt.

»Ich will mich dir nicht entziehen, Mayim. Ich will dich sogar sehen.«

Ich kämpfe gegen die Strömung an und schwimme mit ein paar kräftigen Zügen hinaus aufs weite Meer. Verdammt, bin ich schnell. Wenn diese Situation nicht so abwegig wäre, könnte ich es glatt genießen. Meine Schwimmflossen sind stark und treiben mich geschwind voran. Nach nur wenigen Zügen kann ich den Strand nicht mehr sehen und befinde mich auf dem offenen Ozean. Das ist unheimlich faszinierend. Wenn mein Plan aufgeht, werde ich niemals wieder so schnell im Wasser unterwegs sein. Das muss ich jetzt auskosten und erhöhe mein Tempo. Auch wenn alles an mir vorbeirast, so kann ich doch die kleinsten Fische erkennen. Einmal pralle ich sogar fast mit einer Schildkrötenkolonie zusammen, was ich im letzten Moment verhindern kann.

Ich bin so glücklich, bis mir etwas Entscheidendes auffällt: Ich habe absolut keine Ahnung, wo ich bin. Aus den Tiefen des Meeres schwimme ich wieder nach oben, dem Sonnenlicht entgegen. Prustend tauche ich auf und halte mich mühelos über Wasser. So hässlich diese Gestalt auch ist, praktisch ist sie. Was mich aber nicht von meiner Entscheidung abbringt.

Es ist überraschend still, nur das Rauschen des Ozeans dringt an mein Ohr, ansonsten bin ich mutterseelenallein. Wenn ich mich hier wieder in einen Menschen verwandeln sollte, habe ich ein echtes Problem. Mayim ist mir im Moment wohl nicht so wohlgesonnen, dass das Wesen mich erneut nach Barcelona leiten würde.

Auch um mich herum sehe ich nur den weiten Horizont.

Ich schließe meine Augen und versuche mich vollkommen auf das Gefühl des Wassers zu konzentrieren, auf die Schwerelosigkeit und die Tropfen, die von meinen Haaren über mein Gesicht laufen. Alles davon schiebe ich in den Vordergrund meiner Gedanken, bis ich wieder das wohlige Gefühl in mir wahrnehme, das ich so gut kenne. Eine Umarmung des Meeres, das mich sanft hin und her wiegt. Es ist nicht Mayim selbst, sondern eine behutsame Kraft.

»Wo finde ich Mayim?«, wispere ich.

Tatsächlich beschleicht mich die Gewissheit, wohin ich schwimmen muss. Es ist ein ganz schönes Stück, aber das kann mich nicht aufhalten. Gerade jetzt nicht.

***

Ich habe jegliches Zeitgefühl verloren, aber irgendwann habe ich die Grotte aus meinem Fiebertraum leibhaftig vor mir. Sie sieht genauso aus wie vor ein paar Wochen. Sogar die dicken Algenstränge tanzen in der Strömung. Mein Respekt vor Mayim lässt mich einen Moment zögern. Es ist unnötig, auf mich aufmerksam zu machen, schließlich weiß das Wesen, dass ich schon längst hier bin.

»Mayim, lass uns reden.« Ein unheilvolles Grollen kommt aus der Grotte. Was macht man bitte, wenn man ein überirdisches Wesen verärgert hat und es sich jetzt wie ein Kleinkind benimmt? Darüber steht bestimmt nichts im Internet. »Warum bist du wütend?« Einen Versuch ist es wert.

»So etwas wie Wut oder Ärger kann ich nicht empfinden.«

Das klingt aber meiner Meinung nach anders, eher wie Celia, die einen ihrer bockigen Anfälle hat.

»Komm raus!« Denn ich will sicher nicht reinkommen, da drinnen ist es stockfinster, sodass ich noch nicht einmal etwas mit meiner schärferen Sehkraft erkennen kann. Doch da! Ein Aufblitzen. Dann setzt die Strömung ein, der ich mit ein wenig Kraftaufwand standhalten kann. Ich bin eben ein Raubtier geworden.

Die wunderschöne Gestalt einer goldenen Sirene taucht vor mir auf, sie leuchtet von innen heraus und erhellt damit nicht nur die Grotte.

Ihre gesamte Erscheinung verschlägt mir die Sprache und macht mir bewusst, wie hässlich ich im Gegensatz zu ihr bin.

»Mayim, ich weiß, es ist absolut unhöflich, dich in deinem Zuhause zu stören und dann noch etwas von dir zu verlangen.«

Die Sirene verschränkt die Arme vor der Brust und mustert mich mit ihren goldenen Augen. Mit einem tiefen Seufzer lässt sie die Arme wieder sinken.

»Das ist es allerdings, kleine Mayla. Dennoch kann ich mir denken, was du möchtest. Aber ich kann dir nicht helfen.«

»Ich habe doch noch gar nichts gesagt.«

»Das brauchst du auch nicht, ich habe dich beobachtet. Du bist mein Wesen, Mayla. Ich habe dich erschaffen und ich mache keine Fehler.«

»Du hast mich erschaffen?« Skeptisch ziehe ich eine Augenbraue nach oben. Vielleicht sieht man auch nur meinen Augenbrauenbogen. So genau wollte ich mich im Spiegel nicht betrachten.

»Ich habe beide Völker erschaffen. Sirenen und Meerhexen.« Das ist mir neu.

»Was war bitte deine Intention, wenn du zwei verfeindete Völker auf die Welt loslässt?« Tief in meinem Bauch spüre ich das erste Aufflammen von Wut. Hatte es damals nicht schon genug Probleme gegeben? Oder war es ein reiner Zeitvertreib für dieses gelangweilte Wesen?

Mayim sieht mich aus ihren undurchschaubaren Augen an und legt mir eine Hand an die Wange. Sie ist kalt und die Angst vor Mayim kriecht mir den Nacken hinauf. Auch wenn sie manchmal gütig wirkt, so kann ich nie ihren Ausdruck in den Augen und die Kälte ihrer Hand vergessen.

»Das verstehst du noch nicht. Du solltest an der richtigen Stelle fragen.«

Ich traue mich nicht, weiter nachzubohren, sondern belasse es dabei. Dennoch will ich nicht gehen, bevor ich Mayim mein eigentliches Anliegen unterbreitet habe. »Kannst du mich in einen Menschen zurückverwandeln?«

»Nein.«

Eine simple Antwort, die dennoch meinen Magen verkrampfen lässt. Warum, zum Teufel, weigert sich dieses Wesen mir zu helfen?

Ruckartig entziehe ich mich ihrer Berührung und mein Blick verfinstert sich. Doch sie sieht mich nur mitleidig von oben herab an. Blickt auf ein Kind, welches nichts von der Welt zu verstehen scheint.

»Du warst nie ein Mensch, wie sollte ich dich da zurückverwandeln? Außerdem bin auch ich nicht allmächtig. Ja, ich habe eure Völker erschaffen, aber ich bin nicht für eure Taten verantwortlich. Ich habe meine eigenen Probleme.« Als sie das sagt, bröckelt ihre Maske zum ersten Mal und ich erhasche einen Blick hinter ihre überirdische Erscheinung. Doch es hält nur einen Bruchteil einer Sekunde an, dann hat sie sich wieder im Griff.

»Ich dachte, du wärst das Meer selbst. Was hast du für Probleme?«

Mayim schwimmt fort von mir und streicht mit ihren filigranen Fingern über die Algenstränge. Sie ist ein riesiges Geschöpf, größer als alle Menschen, denen ich je begegnet bin.

»Was denkst du denn, kleine Mayla? Meine Geschwister tanzen mir auf der Nase herum und schleimen sich bei unserer Mutter ein. Und Menschen kippen Zeug ins Wasser und viel zu viel davon.«

Ich verstehe nicht, was sie mir damit sagen will. Soll ich jetzt Mitleid mit ihr haben, weil sie Streit mit ihren Geschwistern hat? Bis zu diesem Zeitpunkt wusste ich nicht einmal, dass Mayim Verwandte hat. Aber mit dem Müll hat sie absolut recht.

»Und ich muss mich um diesen belanglosen Krieg kümmern.«

Das ist wieder einer dieser Momente, wo etwas in mir reißt, meistens mein Geduldsfaden. In diesem Fall kippt das letzte Quäntchen Verständnis um.

Ich beiße die Zähne fest aufeinander und versuche, meinen Ärger zu kontrollieren. »Bei diesem Krieg sind schon Lebewesen gestorben. Er ist *nicht* belanglos.«

»Davon verstehst du nichts, kleine Mayla.«

Ich möchte ihr die Augen auskratzen. Dieser heiße Klumpen Wut im Bauch lähmt mich und ein Kloß bildet sich im Hals. Ich weiß nicht, wohin mit meinen Gefühlen, und möchte auf sie losgehen. Nur ein kleiner Teil meines Verstandes hält mich davon ab.

»Und nun geh, ich habe noch anderes zu tun.« Sie macht eine wegwerfende Handbewegung, mit der man eine lästige Fliege verscheucht.

So viel bin ich in ihren Augen also wert.

Damit lässt sie mich stehen und schwimmt zurück in ihre Grotte, die mir mittlerweile wie ein Versteck vorkommt. Dort verbirgt sie sich vor der Außenwelt. Ich könnte ihr hinterherschwimmen, dem Abenteuergeist in mir folgen. Aber mein Bauchgefühl hält mich davon ab und bisher hat es mich noch nie im Stich gelassen. Ich bin abenteuerlustig, aber nicht lebensmüde und einem Wesen einfach in eine stockfinstere Höhle weit unter dem Meeresspiegel zu folgen, ist keine gute Idee, wenn man überleben möchte.

***

Wenig später bin ich auf dem Rückweg, keinen Deut schlauer und mit einem gescheiterten Vorhaben im Gepäck.

Wenigstens musste ich mir um die Rückreise keine Sorgen machen, meine Meerhexengestalt ist vielleicht scheußlich, monsterähnlich und abartig, aber verdammt resistent, ausdauernd und stark. Nicht ein Mal musste ich eine Pause machen. Nur manchmal innehalten und mich erneut orientieren.

Immer noch sind da diese Stimmen. Stimmen, die mich anschreien und mir gemeine Dinge ins Ohr flüstern. Ich habe sie eher ertragen, als ich ihre Worte noch nicht verstanden habe.

»O Mann! Seid doch endlich mal still!«, brülle ich mehr zu mir selbst. Denn sie haben mich schon wieder vom Kurs abgebracht. Es ist schwierig, auf seine Intuition zu hören, wenn das Stimmengewirr so laut ist, dass es die eigenen Gedanken übertönt.

»Willkommen zurück.«

Ich fahre sofort herum, als mir die zischende Stimme von Morgiana durch jeden Muskel zuckt. Shit, wo bin ich hier gelandet? Barcelona ist es nicht, aber unter Wasser hat man verdammt wenig Anhaltspunkte. Es gibt unter uns ein großes Korallenriff, ansonsten ist nicht viel zu sehen außer ein paar Fischen. Genau aus diesem Riff taucht Morgiana auf, ein fieses Grinsen auf das Gesicht gepinnt und ihre irren Augen leuchten vor Freude.

»Lass mich in Ruhe!«, zische ich zurück und will meinen Weg fortsetzen. Hauptsache weg von ihnen.

»Du willst schon gehen? Dabei habe ich gute Nachrichten für dich, du undankbares Geschöpf.« Ihr Gezische verspricht mir alles, nur keine guten Neuigkeiten.

»Kein Interesse.«

»Hör ihr zu, Mayla.«

Und ich dachte, ich hätte erst einmal genug von einem Mutter-Tochter-Wiedersehen. Aber scheinbar sieht Aquila das anders. Zwar sehe ich sie noch nicht, aber hören kann ich sie auf jeden Fall.

»O nein, ich werde jetzt nach Hause schwimmen zu Tante Carla und vergessen, dass ich jemals eine Meerhexe war.«

Aquila taucht vor mir auf und versperrt mir so den Fluchtweg. Es wäre ein Leichtes, über sie hinwegzugleiten oder mich woanders vorbeizudrücken, doch etwas in ihrem ernsten Blick weckt meine Neugierde. Wenn ich schon bei Mayim nichts ausrichten konnte, dann vielleicht hier.

»Du warst bei Mayim.«

Eine Feststellung von Morgiana. Sie schwimmt um mich herum und betrachtet mich wie eine Beute. Ich recke das Kinn höher, um mich größer vor ihr zu machen und sie wenigstens mit meiner Erscheinung einzuschüchtern.

»Ich wüsste nicht, was dich das kümmert.«

»Was wolltest du von ihr und woher weißt du, wo sie lebt?« Höre ich da etwa eine Spur Neid heraus? Dann wissen die anderen Meerhexen wohl nicht, wo Mayim ihr Versteck hat. Nicht dass dieses Wissen mir irgendwie weitergeholfen hätte, aber wenn ich sie damit auch nur einen Millimeter ärgern kann, war es das wert. »Das verrate ich dir nicht. Es ist meine Sache.«

»Bullshit. Du trägst das Kleid der Meerhexen, damit bist du eine von uns. Also, spuck's schon aus.«

Ich muss bitter auflachen. Das Kleid ist wohl die dümmste Bezeichnung für meine Erscheinung.

»Nur um das noch mal klarzustellen, ihr habt meine Freundin Alegria entführt, sie zu einer leeren Hülle gemacht, Daxton getötet, Noah gekidnappt, mich angegriffen und glaubt immer noch allen Ernstes, ich würde zu euch gehören wollen?«

Ungläubig schüttle ich den Kopf und kann mir ein weiteres trockenes Lachen nicht verkneifen.

Denn das alles hier ist einfach zu absurd, doch weder Aquila noch Morgiana stimmen mit ein. Nicht dass ich es erwartet hätte, aber eine kleine Regung zu meinen Vorwürfen wäre ganz nett gewesen.

»Ja, genau das denkt Sybell«, erwidert Morgiana trocken und verschränkt die Arme vor der Brust.

Sybell muss sich für unglaublich mächtig halten, wenn sie ernsthaft in Betracht zieht, ich würde mich ihr einfach so beugen.

»Ich werde einen Weg finden, wieder ein normaler Mensch zu werden. Und wenn es das Letzte ist, was ich tue.«

Morgiana verdreht die Augen und atmet tief durch.

»Du verschwendest deine Zeit. Noch nie hatten wir so einen sturen Neuankömmling wie dich. Ausnahmslos alle sind froh, wenn wir sie in unserer Mitte aufnehmen.«

»Vielleicht weil ihr sie zuvor verflucht und ihnen ein beschissenes Leben beschert habt?!« Ich kann mir nur schwer vorstellen, dass die Mädchen froh sind, wenn sie sich als Monster entpuppen. Oder wissen die neuen Meerhexen nicht, wer verantwortlich für ihr trauriges Leben ist? Es ist so frustrierend, dass die Meerhexen scheinbar gegen jegliche Logik immun sind. Selbst mit einer Wand zu reden wäre deutlich effektiver.

»Mayla.«

Mein Name allein aus dem Mund von Aquila genügt, damit ich zusammenzucke.

»Du hast ein falsches Bild von uns«, fährt sie fort, »ich werde ehrlich zu dir sein und all deine Fragen beantworten.«

Aquila nickt Morgiana zu, auch wenn diese die Augen verdreht, schwimmt sie ein wenig von uns weg und setzt sich schmollend auf den Meeresgrund.

»Alle meine Fragen?«

»Jede einzelne, sofern es mir möglich ist.«

»Gut, warum bist du so jung Mutter geworden und wer ist mein Vater?«

Aquila ringt einen Moment mit sich, ehe sie seufzt und sich ebenfalls in den Sand setzt. Geduldig wartet sie, bis ich mich niedergelassen habe.

»Das war eigentlich nicht so geplant. Ich sollte eine andere Hexe auf ihrer Pirsch begleiten.«

»Auf ihrer *Pirsch*?«

Sie lächelt zaghaft und es ist das erste Mal, dass ich es bei ihr sehe. Diese Gefühlsregung macht Aquila deutlich jünger. Nun kann ich eher glauben, dass sie erst in ihren Dreißigern sein soll. Ich bin überrascht, wie menschlich sie auf einmal wirkt. Vor allem, wenn sie nur so vorsichtig lächelt, ohne dass man ihre Haifischzähne sehen kann.

»So nennen wir das, wenn eine Meerhexe loszieht, um sich mit einem Mann zu paaren. Wir haben ja keine Männer in unserem Kreis. Wenn die Zeit reif ist, dann gewährt uns Sybell einen Landgang und wir können uns einen Mann aussuchen.«

Das erklärt einiges, denn bei all meinen Begegnungen mit den Meerhexen habe ich nie ein männliches Wesen gesehen. Ich habe eher ans Eierlegen gedacht, aber es kommt mir im Nachhinein etwas albern vor. Allein die Vorstellung, dass ich aus einem Ei geschlüpft bin …

»Ich habe damals eine Hexe begleitet, weil wir nie allein losziehen. Es wird immer die Jüngste von uns als Begleitung ausgewählt, da sie sich noch am ehesten an ihr menschliches Leben erinnern kann.« Ein Schmerz durchfährt sie und das Lächeln ist erloschen. Sogar ihre Hand ist zur Faust geballt, so sehr muss die Erinnerung an ein anderes Leben sie quälen.

Ich lasse ihr einen Moment Zeit und betrachte lieber meine Flossen, die mal Füße waren, als Aquila direkt ins Gesicht zu sehen. Sie sollte mir unsympathisch sein, aber die Echtheit und die Wucht ihres Schmerzes machen es mir schwer, den Groll aufrechtzuerhalten.

»Ich habe an diesem Abend einen Mann kennengelernt, jung, gut aussehend und auf ein Abenteuer aus. Das zu erleben war mir nicht gestattet. Spontan habe ich mich dazu entschlossen, mit ihm mitzugehen.«

Von Freundinnen habe ich immer gehört, dass ihnen die Liebesgeschichte ihrer Eltern peinlich sei und ihnen schlecht würde, wenn sie auch nur daran dachten, dass diese einmal Sex gehabt haben sollen. Bei mir ist es nicht so, sofort tauchen Bilder von einer Mondnacht am Strand in meinen Gedanken auf. Es ist romantisch und erinnert mich an Noah.

»Ich habe nichts gefühlt, aber er war vorsichtig, weshalb ich ihn in guter Erinnerung behielt und leben ließ.«

Das lässt mich schlucken. Es klingt so, als wäre es nicht selbstverständlich, dass die Väter am Leben bleiben. Jetzt ist mir auch klar, warum es mir nichts ausmacht, die Liebesgeschichte meiner Eltern zu hören. Es war keine.

Aquila greift nach ihrem verfilzten Zopf und legt ihn sich über die Schulter, um einzelne Strähnen um ihre Krallen zu wickeln.

»Sybell hat einen furchtbaren Aufstand gemacht, weil ich schwanger zurückkehrte. Sie sagte, ich sei noch nicht so weit und könne es nicht verkraften, mein Baby auszusetzen. Tja, ich war jung und wollte ihr das Gegenteil beweisen.«

Sie zuckt mit den Schultern, als wäre es eine belanglose Anekdote.

Es sticht in meiner Brust, wie kalt sie darüber reden kann, dass sie mich unter einem Torbogen zurückließ. Warum tue ich mir das hier an? Warum lasse ich zu, dass sie mich weiter verletzt? Die Antwort ist offensichtlich, ich will alle Fakten wissen, um neu beurteilen zu können. Da hatte Alegria wohl doch einen guten Einfluss auf mich.

»In einem Punkt hatte sie allerdings recht.«

Wenn ich nicht wüsste, wie diese Geschichte ausging, dann hätte ich große Hoffnung, dass Sybell recht behalten hat und Aquila es nicht übers Herz brachte, mich zurückzulassen.

»Mein richtiges Leben als Meerhexe war noch zu jung. Bis zu diesem Tag hatte ich nur einen Fluch ausgesprochen, meine Seele war noch unbelastet – jedenfalls, was Magie betraf. Du musst wissen, wir geben mit jedem Fluch etwas von uns selbst auf. Deshalb brauchen wir von anderen die Seelen.«

Mir fällt es nicht leicht, sitzen zu bleiben und ihr nicht die unzähligen Dinge an den Kopf zu werfen, die mich gerade durchfahren. Es ist absolut keine Rechtfertigung, die Seelen von Menschen zu fressen, nur damit ihre beschissenen Flüche funktionieren. Wie egoistisch können Lebewesen sein?

Ich hole tief Luft. »Aber du hast mich ausgesetzt …«

Aquila dreht sich zu mir und betrachtet mich eingehend.

»Ja, aber ich habe dich nicht verflucht.«

»Warum nicht?«

Sie hebt eine Klaue und nähert sich meinen Haaren, ich weiche nicht zurück, doch sie lässt sie von selbst wieder sinken. Es ist still um uns herum.

»Du bist mein Kind, Mayla. Ich wollte etwas Besseres für dich.«

Und dann beginnt sie zu erzählen, ruhig, gelassen, ohne merkliche Emotionen. Und doch berührt es mich auf eine Weise, die ich nicht für möglich gehalten hätte.

Kapitel 8

Positives Nummer 34: Ich bekomme Antworten auf meine Fragen

Aquila

Ich drücke das kleine Bündel fest an meine Brust, während ich durch die dunklen Straßen von Barcelona wandere. Meine nackten Füße hinterlassen platschende Geräusche auf den großen Pflastersteinen. Es ist ungewohnt, wieder in einer menschlichen Gestalt in meiner Heimat unterwegs zu sein. Die Bewegungen an der Luft fühlen sich anders an als unter Wasser. Dieser Körper ist völlig anders, er wirkt so zerbrechlich, genauso wie das süße Geschöpf in meinen Armen.

Auch wenn mir der Regen nichts ausmacht, so möchte ich nicht, dass sie nass wird.

Die Laternen brennen bereits und auf den Straßen ist fast nichts mehr los. Vorsichtig halte ich an einer Ecke an und wage einen Blick auf das kleine Wesen. Die Kleine hat jetzt schon dunkle Härchen auf dem Kopf und sieht mich aus großen grünen Augen an. Vorsichtig streiche ich über ihre Wange. Ein unbeabsichtigtes wohliges Lächeln ist mein Lohn und erwärmt etwas in meiner Brust, von dem ich geglaubt habe, es schon lange verloren zu haben.

»Es tut mir leid, Mayla.« Ich spreche den Namen wie ein Geschenk aus, denn das ist sie. Ein Geschenk, das mir wieder einen Lebenssinn gegeben hat. Sie greift nach meinem Finger und hält ihn fest umklammert.

Noch nie habe ich etwas Schöneres auf dieser Welt gesehen. Doch meine Zeit läuft ab, ich habe nicht mehr lange, bis Sybell mich zurückruft. Nervös sehe ich mich um.

»Es tut mir leid, dass du so leiden wirst.«

Aber allein, dass ich dieses Wunder erleben darf, weckt etwas in mir, das all diese Strapazen wert war. Auch wenn ich dafür an den schmerzhaften Ort voller grauenhafter Erinnerungen zurückkehren muss. Es muss kühl sein, denn mein Körper reagiert mit einer Gänsehaut auf den Wind. Ich selbst kann keine Kälte empfinden, die Temperaturen tief im Meer sind völlig andere als hier an Land. Dennoch mache ich mir Sorgen um Mayla. Was ist, wenn sie friert?

Sorgfältig schlinge ich das Tuch noch fester um sie. Ich will sie nicht hergeben und an einer Ecke mit einem verfluchten Schicksal sich selbst überlassen. Morgiana wird mich bald finden und mich zurück ins Wasser schleifen. Noch nie habe ich eine Meerhexe getroffen, die ihre menschliche Gestalt weniger leiden konnte als Morgiana. Es bleibt mir also nicht mehr viel Zeit mit meinem Kind. Ich stelle mich in einen Hauseingang und muss beim Anblick von Mayla unwillkürlich lächeln.

»Du wirst etwas ganz Besonderes sein, mein Schatz. Es wird nicht leicht werden, ich weiß das.«

Nun kommen mir doch die Tränen und ehe ich sie aufhalten kann, tropft eine von ihnen auf ihre Stirn. Mayla hat aufgehört zu lächeln, stattdessen wischt sie unkoordiniert mit ihrer winzigen Faust über ihr Gesicht.

Ich will das nicht, mein menschliches Leben war so grauenhaft. Die Erinnerungen daran versetzen mir Stiche, auch jetzt noch. Das Bild von meinem trinkenden Pflegevater, wie er immer wieder ausholt und mich trifft, kämpft sich herauf. Wie oft habe ich schluchzend in einer Ecke gehockt und den lieben Gott gebeten mich zu erlösen. Soll sie das gleiche Schicksal ereilen? Wird *das* ihr Leben sein, bis ich sie wieder in die Arme schließen kann?

Ich habe Angst. Als ich meine Mutter wiedergesehen habe und in der Mitte der Meerhexen aufgenommen wurde, hat sie anerkennend genickt. Ein paar Mal haben wir miteinander gesprochen, aber mehr auch nicht. Sie ist genauso kalt wie alle anderen.

Mayla streckt ihre Ärmchen nach mir aus und ich beginne leise zu summen. Nicht so wie diese schrecklichen Melodien der Sirenen, sondern zischender. Beruhigt schließen sich ihre Augen und sie dämmert langsam weg.

Nein, ich kann dieses Mädchen nicht dem gleichen Schicksal überlassen. Es ist mir egal, was die anderen Hexen tun. Ich war dabei, als die andere Mutter ihr Kind verflucht hat, sie hat nicht einmal mit der Wimper gezuckt und nur gesagt, das sei der Lauf der Dinge, um unser Geschlecht erhalten zu können.

»Ich werde dich beschützen, kleine Mayla. Das Universum wird viel für dich bereithalten.«

Vorsichtig hauche ich ihr einen Kuss auf die Stirn. Morgiana kommt näher, ich spüre sie. Noch einmal presse ich Mayla an mich und laufe ein Stück zu einer Kreuzung in der Altstadt. Ein einzelnes Licht brennt noch in einer Tapasbar.

Ein lautes Geräusch von einem Auspuff weckt Mayla auf und sie beginnt augenblicklich zu schreien.

»Aquila! Komm endlich!«, zischt es hinter der nächsten Ecke. Morgiana hat mich gefunden. Schnell lege ich Mayla unter einem Torbogen ab. Sie weint so herzzerreißend, dass ich sie sofort beruhigen will, sie in den Armen halten und wiegen möchte.

Aber wenn ich das jetzt tue, wird Morgiana etwas bemerken und sie womöglich noch selbst verfluchen.

Ein letztes Mal streiche ich ihr über die Wange. »Ich wünsche dir ein wundervolles Leben, wo du für deine Überzeugungen einstehst und jeden Moment wertschätzt. Genieße jeden Augenblick, bis das Schicksal dich einholen wird. Du bist etwas Besonderes. Du wirst es schaffen.« Es schmerzt so sehr, als ich den letzten Rest meiner Seele zurücklasse. Mayla weint, schreit und das Tuch bewegt sich unaufhörlich.

»Lass uns endlich gehen, ich habe keinen Bock mehr auf dich zu warten. Ich will endlich zurück ins Meer.«

Ich folge Morgiana, aber es fühlt sich nicht richtig an. Dennoch gehe ich mit ihr weg von meinem Kind, aber eine ungewöhnliche Leere füllt mein Herz und lässt es schwer werden.

***

Sechzehn Jahre später

Heute ist es so weit, wir werden eine neue Meerhexe in unserem Kreis begrüßen.

Ich habe nicht bemerkt, wie die Jahre ins Land gezogen sind. Sybell hat mich heute Morgen daran erinnert, dass mein Kind heute zu uns stoßen wird.

Ich bin neugierig, wie sie aussehen mag. Es herrscht ein reges Treiben und selbst Morgiana hat bessere Laune als sonst.

»Endlich eine neue Kriegerin. Mit meiner Ausbildung wird sie vielleicht sogar meinen Rekord an toten Sirenen brechen.« Ihre Augen blitzen dabei auf, ihre Freude ist echt und ein seltener Anblick. Sie hält überraschend viel von meiner Tochter. Wahrscheinlich weil sie selbst nie auf die Pirsch gegangen ist und wir beide von Sybell immer zusammengesteckt werden. Seit Tagen ist nichts anderes Thema bei uns außer der Ankunft von der Neuen, und auch wenn es mehrmals im Jahr vorkommt, ist es immer ein großes Ereignis in unserem Clan.

»Komm, Aquila, es wird langsam Zeit. Die Begrüßungsgruppe hat sich bereits versammelt.«

Ich werde mitschwimmen, aus reiner Neugierde.

»Wie hast du noch mal das kleine Bündel – den Schreihals – genannt?«, fragt Morgiana neben mir, während wir uns auf den Weg in Richtung Barcelona machen. Wir haben gerade unser Camp vor Südfrankreich aufgeschlagen, daher ist es nicht weit nach Spanien.

»Wüsste nicht, was dich das angeht. Aber gute Frage.« Ich muss wirklich ein bisschen überlegen.

»Ist ja auch egal, sie wird es uns schon sagen.«

Ich wünschte, Morgiana würde mich mit ihrer Vorfreude anstecken. In der letzten Zeit habe ich einige Kämpfe mitgemacht und dementsprechend viele Flüche ausgesandt. Das unbehagliche Gefühl von Leere ist schon ziemlich nervig.

Auf dem Weg nach Barcelona sammeln wir noch eine verlorene Seele ein, die wohl von einem Boot gefallen ist. Menschen machen immer so einen großen Wirbel, wenn sie sterben, es ist mir unbegreiflich, warum sie nicht einfach ihr Schicksal akzeptieren.

»Dann hat das neue Kind direkt ein wenig Nahrung«, sagt Morgiana und hält das dunkle Glas hoch erhoben.

Wir sammeln nicht oft Seelen ein, sondern verspeisen sie meistens sofort. Wenn doch, dann haben sich Gläser mit einem Schraubverschluss als äußerst nützliche Behälter herausgestellt.

Wenige Zeit später sind wir vor Ort. Für ihre Ankunft haben wir extra einen großen Sandplatz ausgesucht. Sogar Sonnenstrahlen schaffen es bis zum Boden, um ihr den Übergang so einfach wie möglich zu machen.

»Wo bleibt sie?« Sybell wird langsam unruhig, was nicht oft vorkommt. Sie spürt wie wir alle, dass etwas im Argen liegt. Denn wir warten schon eine Weile. Morgiana malt mit ihren Flossen Muster in den Sand und spielt mit ein paar anderen Bilderraten.

»Eine tote Sirene«, rät eine.

»Korrekt!«, jubelt sie und klatscht ihre Partnerin ab.

Sybell schüttelt den Kopf über die anderen, unternimmt aber nichts dagegen. Sie ist eine großartige Anführerin, die immer ihren Willen durchsetzt, uns aber genug Freiraum gibt, damit wir ihr folgen können. Noch nie gab es eine Revolte, jedenfalls nicht, seit ich denken kann.

»Dann wird sie wohl gestorben sein. Wie schade«, sagt Sybell und ich stimme ihr zu.

Es ist wirklich schade, ich glaube, ich hätte mich irgendwie gefreut sie zu sehen. Aber da kann man nichts machen. Es ist nun mal so.

»Vielleicht solltest du dann doch noch mal an Land gehen. Vielleicht klappt es ja dieses Mal.«

Ich zucke mit den Schultern auf Sybells Vorschlag, der mehr einem Befehl gleicht. Das könnte ich tun. Die letzten Jahre hat es sich nicht richtig angefühlt und auch jetzt tauchen allein bei dem Gedanken die stechend grünen Augen von dem Baby auf.

»Hey, was ist das?« Morgiana schwimmt in die Mitte unserer Gruppe auf den Grund, wo eine Muschel liegt.

»Nein!«

Sofort fahren all unsere Köpfe herum, denn dieser Ausruf kam von keiner von uns. Es war eine männliche Stimme und das bedeutet, hier gibt es Sirenen.

»Angriff!«, ruft Sybell aus und fixiert sofort zwei von diesen widerlichen

Geschöpfen im Algenfeld. Wie die Silberfische schwirren die Sirenen aus ihrem Versteck und vergessen ist die Ankunft meiner Tochter.

»Dieser Tag wird immer besser«, kreischt Morgiana und visiert ihr nächstes Opfer an, das sich gurgelnd in Säure auflöst.

Mir gegenüber baut sich ein junger Mann mit einem blonden Haarschopf auf. Seine hellen Augen fallen mir als Nächstes auf, da sie selbst für Sirenen ungewöhnlich hell sind.

»Mayla«, rufe ich aus. So habe ich mein Kind mit diesen grünen katzenhaften Augen genannt. Faszinierend, dass es mir jetzt einfällt.

Die Augen des blonden Mannes strahlen so viel puren Hass aus, dass es mich für einen Moment überrascht.

»Atlan, nein ...«, haucht er, den Blick fest auf eine andere Sirene geheftet, und lässt mich dann links liegen. Ich schaue ihm nach, wie er der anderen Sirene zur Hilfe eilt. Das muss dann Atlan sein. Ihre Namen werde ich nie behalten, denn sie sterben sowieso. Auch dieser blonde Sirenenmann wird als namenloser Abschaum schon in der nächsten Sekunde aus meinem Gedächtnis gelöscht sein, wie die Säure es mit ihren Körpern macht. Ich lege mir einen Fluch zurecht, den ich ihm auf den Hals hetzen kann, doch etwas hält mich davon ab. Verdient hätte er es, denn er hat gerade zwei von uns getötet. Vielleicht hätte ich doch gern seinen Namen gewusst. Er ist noch so jung, fast so alt wie ich, als ich Mayla bekam.

Mayla. Das ist wirklich ein hübscher Name ...

***

Mayla

Ich atme geräuschvoll aus, sodass einige Luftblasen entstehen und ihren Weg zur Wasseroberfläche bestreiten. Das waren einige Informationen, die ich erst einmal verarbeiten und auf die Reihe bekommen muss.

»Ich bin dir dankbar, dass du mich nicht verflucht hast.«

Mehr kann ich gerade nicht sagen, denn dieses Gefühl von tiefer Dankbarkeit ist momentan überall in meinem Körper präsent. Egal was geschehen ist, es hätte so viel schlimmer kommen können.

Ich hätte Aquila gern kennengelernt, als sie noch nicht so abgestumpft war. Wir hätten uns sicherlich verstanden und ich wünschte, ich hätte ihre Liebe damals gespürt. Aber vielleicht habe ich das auch, denn schließlich sind ihre Wünsche für mich in Erfüllung gegangen. Bis all diese schrecklichen Dinge auf Gran Canaria passiert sind, hatte ich ein wundervolles Leben – dank Tante Carla, Lucia und Alegria.

»Der Junge, den ich damals nicht getötet habe, das war doch der Gefangene, den du unbedingt retten wolltest. Im Nachhinein eine wirklich nervige Entscheidung.«

Für sie ist es vermutlich wirklich nicht mehr als eine *nervige Entscheidung*, dass sie Noah hat leben lassen. Für mich hat es alles verändert. Doch jetzt komme ich mir dumm vor, dass ich Noahs Narbe als wunderschön empfunden habe. Ich habe ihm dafür gedankt, dass er Atlan damals gerettet hat und im Gegenzug diese Wunde in Kauf nahm. Dabei sollte ich an diesem Tag zu den Meerhexen stoßen. Weil ich nicht gekommen bin, kam es zu diesem Massaker.

Obwohl, selbst wenn ich mich an diesem Tag aufgrund des Fluches hätte ertränken wollen, wäre es zum Kampf gekommen, oder?

»Ja, er heißt Noah.« Ich weiß auch nicht, warum ich ihr das sage.

»Also, kommst du jetzt mit zu Sybell?« Sie übergeht den Namen einfach.

»Nein, ich muss zurück zu Tante Carla.«

»Ich habe dir doch all deine Fragen beantwortet. Du weißt jetzt alles. Was soll also dieses Gelaber von wegen, du willst zurück an Land.«

Ich muss trocken auflachen. Ihre Aussage sollte mich nicht überraschen. Ihr einziges Ziel ist es, mich zu den anderen Meerhexen zu schleppen und mich an ihrer Seite kämpfen zu sehen – gegen die Sirenen. Aber das wird niemals passieren. Ich stehe auf. Der Sand wirbelt unter meiner Bewegung auf.

»Du kannst versuchen mich zu zwingen, aber ich werde niemals das tun, was du möchtest«, sage ich und stoße mich ab, sodass ich vor ihr schwimme, »ich kann eure Gemeinschaft einfach nicht verstehen. Ihr seid doch keine Einheit, jede ist sich selbst die Nächste.«

Aquila verdreht die Augen und schwimmt zu mir. Mir ist nie aufgefallen, dass wir gleich groß sind und auch wenn ich es nicht wahrhaben will, schimmert unsere Haut in dem gleichen bläulichen Ton.

»Das siehst du später nicht mehr so, Mayla. Wenn dein Leben so furchtbar gewesen wäre wie meines, dann hättest du uns auch eher als Rettung empfunden.«

»Bereust du es also, dass du mich nicht verflucht hast? Ist es auch eine nervige Entscheidung?« Ich sollte sie nicht so provozieren, aber die Worte verlassen meinen Mund schneller, als ich über sie nachdenken kann. Vermutlich, weil sie direkt aus meinem dummen verletzten Herzen kommen.

Aquila überlegt und mustert mich dabei eingehend, dann grinst sie, sodass ihre Zähne nur so blitzen.

»Nein, damals habe ich das so entschieden. Es wird schon für irgendetwas gut gewesen sein.«

Ich kann jedenfalls nicht behaupten, dass ich eine Mutter hätte wie jeder andere.

»Danke jedenfalls dafür«, bringe ich noch heraus und schwimme dann in die andere Richtung, weg von Morgiana. Sie würde mich sicherlich nicht so einfach gehen lassen.

»Hey, hol deine dämliche Göre zurück. Wir müssen sie zu Sybell bringen!«, kreischt sie auch sogleich auf.

Obwohl ich schon einige Züge entfernt bin, kann ich ihr Gejammer noch deutlich hören.

»Sie kommt schon noch zu uns.«

Darauf würde ich keine Wette abschließen, Aquila. Denn diese wirst du verlieren. Ich werde meinen eigenen Weg finden, mit all dem umzugehen.

***

Ich schwimme zurück nach Barcelona, es überrascht mich noch nicht einmal, dass ich genau weiß, wo ich entlang muss. Auf dem Weg begegnen mir einige Fischschwärme und ich darf sogar eine Rochenfamilie bewundern.

Kleine Glücksgefühle über diesen majestätischen Anblick bringen mich zum Lächeln. Die Rochen wirken von dem Meeresgrund aus wie Vögel in der

Luft, so mühelos gleiten sie durchs Wasser. Sie sehen dabei wunderschön aus und ihr Mund, der mit ihren Kiemen wie ein Gesicht aussieht, hat mich schon oft fasziniert. Doch diese Schönheit jetzt hier hautnah zu erleben – ohne andere Menschen, die in ihren Taucherausrüstungen dieses Wunder nicht zu würdigen wissen – ist ein einzigartiges Geschenk.

Für einen Moment wage ich es sogar, zwischen sie zu schwimmen und ein Stück mit ihnen zu gleiten. Sie nehmen mich nicht als Bedrohung wahr, jedenfalls greifen sie mich nicht an.

Ich habe Freude daran und das beunruhigt mich. Ich sollte keinen Spaß daran haben in dieser Gestalt zu schwimmen, zu atmen. Es sollte mich verschrecken und mich nach einer Lösung suchen lassen, wie ich schnellstmöglich all das loswerden kann.

Aber wäre es nicht eine pure Verschwendung, diese Augenblicke nicht zu genießen? Ich habe mir immer gewünscht, im Ozean mehr Zeit verbringen zu können und jetzt kann ich es. Über den Zwiespalt mache ich mir später Gedanken. Jetzt werde ich alles daran genießen.

Langsam gelange ich nach Barcelona. Tante Carla wird mich umbringen, in den letzten Tagen war ich nicht wirklich eine gute Tochter.

Kurz vor dem Strand habe ich Sorge, dass ich mich nicht mehr zurückverwandeln kann.

Aber es ist völlig unbegründet, denn nach einigen Versuchen habe ich den Bogen raus. Um wieder ein Mensch zu werden, beruhige ich mich und denke an all die positiven Erlebnisse in meinem Leben. Dann kann ich etwas fühlen, das wie ein Prickeln über meine Haut zieht. Es gipfelt darin, dass ich an meinen Hals fasse und befehle, dass diese dämlichen Kiemen verschwinden sollen. Mit diesem Fleck hat alles begonnen, als Sybell mein Siegel gelöst hat, und schließlich beendet er auch die Verwandlung als Meerhexe. Das Prickeln zieht von der Stelle über meine gesamte Haut und ich habe meine menschliche Gestalt wieder. Niemand hat mir gezeigt, wie es geht. Es ist mehr ein Instinkt.

Ich verabschiede mich vom Meer und tauche auf. Es dauert deutlich länger, an den Strand zu gelangen, wenn man zuvor so viele Kilometer in einem hohen Tempo zurückgelegt hat.

Das Meer hat mir den schwarzen Badeanzug wiedergegeben, mit dem ich jetzt aus dem Wasser stapfe. Warum eigentlich immer schwarz? Was ist mit meinem roten passiert?

»Mayla!« Sofort reiße ich den Kopf herum.

»Noah?«

Kapitel 9

Positives Nummer 35: Manchmal passt es einfach

Noah

Mayla ist in Menschengestalt, als sie sich aus dem Wasser kämpft. Aber sie wirkt erschöpft, so, wie sie ihre Schultern hängen lässt, und auch ihre Augen sind müde.

Dennoch legt sich ein breites Grinsen, welches ich so sehr liebe, auf ihre Züge, nachdem sie mich erkennt. Ein gutes Zeichen, oder?

Stundenlang habe ich das Meer nach ihr abgesucht, so lange, dass Kelvin schon genervt war. Und jetzt ist sie endlich hier.

Ich kann nicht anders, ich renne weiter auf sie zu und ziehe sie in eine feste Umarmung.

»Es tut mir leid, es tut mir so leid«, wispere ich neben ihrem Ohr und halte ihren Kopf an mich gedrückt. Augenblicklich erwidert Mayla die Umarmung. »Egal.«

»Nein, das ist es nicht.« Sie so zu halten ist die größte Freude, die ich mir vorstellen kann. Was macht es schon, wer ihre Familie ist, solange sie die gleichen Werte hat wie wir. Solange sie einfach meine Mayla ist, die sich für Umweltschutz einsetzt und nach jedem Abenteuer jagt – mit einem breiten Grinsen auf den Lippen.

Ich traue mich nicht sie anzuschauen, weshalb ich sie immer noch an mich drücke, während die Worte nur so aus mir heraussprudeln.

»Ich war so ein Idiot. Ich habe Dinge gesagt, die dich unfassbar verletzt haben müssen. Dabei bist du doch genau die gleiche Person, du hast genau die gleichen Dinge getan. Nur weil du diese schreckliche Fluchmagie besitzt, heißt das ja noch lange nicht, dass du sie auch einsetzen musst.«

»Noah«, wispert sie hoffnungsvoll und meinen Namen mit ihrer menschlichen Stimme aus ihrem Mund zu hören ist der schönste Klang weit und breit. Schöner als jede Melodie der Sirenen. Dieses eine Wort gibt mir den Mut, sie anzusehen.

Vorsichtig schiebe ich sie an den Schultern ein Stück zurück.

»Gib mir noch eine Chance, Mayla.«

Sie hebt eine Hand und streicht mir die Haare über meiner Narbe zur Seite. Dabei betrachtet sie diese so eingehend, als würde sie die Stelle zum ersten Mal sehen.

»Ich habe mal zu dir gesagt, dass ich deine Narbe wunderschön finde, weil du Atlan das Leben gerettet hast und ich dir unendlich dankbar dafür bin. Erinnerst du dich?«

So ganz ist mir nicht klar, warum sie das Thema gerade jetzt anbringt, aber ich erinnere mich sehr gut an den Moment. Das war das erste Mal, dass ich meinem Drang, sie in die Arme zu schließen, nachgegeben habe. Und diese Worte haben mich tief berührt, weil jeder zu Beginn nur einen mitleidigen Blick für meine Verletzungen am Kopf übrig hatte. Es waren viele Sirenenmänner im Kampf gefallen und meine Narbe schien sie alle daran zu erinnern, was wir verloren hatten. Mayla aber nicht.

»Ja, das war im Hotelzimmer.«

»Diese Narbe hast du nur meinetwegen, Noah. An dem Tag, wo ihr diesen Kampf hattet und du Atlan das Leben gerettet hast ... das war der Tag, an dem ich zu den Meerhexen hätte stoßen sollen. Aber weil Aquila mich als Baby nicht verflucht hat, hatte ich kein schlechtes Leben und wollte mich nicht ertränken.«

Ihre Fingerspitzen streichen über die Narbe. »Deshalb tut es mir leid, dass ich sie als wunderschön bezeichnet habe. Dabei ist sie doch meine Schuld.«

Sanft nehme ich ihre Hand in meine und führe sie weiter vom Wasser weg.

»Dann trage ich sie eben noch stolzer. Sie ist der Beweis dafür, dass du kein grauenhaftes Leben hattest.«

Mayla nickt und mir fällt auf, dass sie wirklich nicht lügen kann, ihre grünen Augen verraten sofort ihre Trauer, als sie auf meine Narbe blickt.

»Sei nicht traurig. Lieber habe ich sie, als dass du damals aufgetaucht wärst.«

Denn leider erinnere ich mich auch zu gut daran, was ich damals gesagt habe, als wir auf die Ankunft der neuen Meerhexe gewartet haben.

Ich werde diesen schrecklichen Menschen töten. Wer auch immer sich dazu bereit erklärt, eine Meerhexe zu werden, hat nichts anderes außer den Tod verdient.

»Du hast recht«, sagt sie, ihren Blick an die Narbe geheftet.

»Wer weiß, wie wir damals aufeinandergetroffen wären.« Zwar sage ich das, aber tief in meinem Inneren weiß ich es. Wir hätten versucht einander zu töten – oder ich zumindest hätte alles daran gesetzt, sie mit dem Dreizack zu erstechen.

Und dieser Gedanke tut mir weh.

Ich möchte dieses Mädchen beschützen und allein die Vorstellung, dass ich schuld an ihrem Tod gewesen wäre, lässt sie mich wieder in die Arme nehmen und tief aufseufzen. Mein Herz klopft schnell in meiner Brust und ich versuche bewusst wahrzunehmen, wie es sich anfühlt, sie zu halten. Mayla streckt sich in meiner Umarmung und drückt mir einen Kuss auf die Narbe. Es fühlt sich richtig an, egal was noch kommen mag, dieses Mädchen in meinen Armen ist das Beste, was ich jemals gespürt habe.

»Es wird nicht einfach werden, aber wenn ich noch mal etwas wagen will, dann nur mit dir«, sagt sie und kuschelt sich an mich. In diesem Moment ist vieles perfekt, das Rauschen der Wellen als Hintergrundmusik und Mayla nah an meinem Herzen.

Ich will nichts davon aufgeben, aber ich weiß, dass ich bald nach Aquarta zurückkehren muss. Doch jetzt noch nicht.

»Komm, ich zeige dir mein Zuhause.« Mit einem verschmitzten Lächeln kämpft sie sich frei, um meine Hand zu nehmen. Ihre sanften Wellen wippen im Wind auf und ab, während sie mich in Kelvins Richtung zieht.

»Hat er sich wirklich mit dem Rücken zu uns da hingesetzt?« Mayla deutet auf die flache Mauer, die den Strand von der Straße trennt. Kelvin hockt einsam da und betrachtet das wenige Treiben in der Strandpromenade, genau so, wie ich ihn vor ein paar Minuten zurückgelassen habe, als ich spürte, dass Mayla nicht weit sein kann.

»Vielleicht wollte er uns nicht stören.«

»Das ist verflucht richtig«, faucht Kelvin und dreht sich mit verschränkten Armen zu uns um.

Ich bin ihm dankbar, dass er uns ein wenig Freiraum gegeben hat.

»Dieses filmreife Geturtel kann sich doch keiner antun.«

Er beäugt Mayla skeptisch und schaut auf unsere verschlungenen Hände.

»Also, alles wieder gut bei euch?«

Wir nicken beide. Er springt von seiner Mauer und kickt einen Stein aus dem Weg.

»Gut, denn ich habe verflucht großen Hunger.«

»Dann sollten wir zu mir nach Hause gehen. Wenn Tante Carla mich nicht umbringt, macht sie das beste Essen in ganz Barcelona.«

»Das ist doch mal ein Vorschlag, mit dem ich was anfangen kann.«

Kelvin beobachtet Mayla mit Argusaugen, will sich aber nichts anmerken lassen. Seine erste wirklich schreckliche Erfahrung mit Meerhexen hat ihn deutlich geprägt. Ich erinnere mich, wie unbedarft er vor seinem ersten Aufeinandertreffen auf Gran Canaria war.

»Gut, dann los«, sagt Mayla und zieht mich sanft in Richtung Innenstadt.

Ihre Hand in meiner fühlt sich warm an. Dennoch kann ich nicht verhindern, dass ich mir Sorgen machen. Die Meerhexengestalt gehört zu Mayla genauso wie ihr menschliches Aussehen. Ich weiß nicht, ob ich damit umgehen kann, aber ich möchte es unbedingt. Für sie – für uns.

***

Mayla

Kelvin traut mir nicht über den Weg, das spüre ich deutlich anhand seiner Blicke und seiner vorsichtigen Bewegungen. Aber ich kann es ihm nicht verübeln. Wir müssen uns alle wieder annähern und gemeinsam eine Lösung finden.

Ich ziehe die beiden Jungs in die Richtung unserer Tapasbar. Die Sonne geht unter und ich weiß nicht, ob Tante Carla mich am Leben lässt, weil ich so spät zurückkehre. Vielleicht nehme ich die beiden deshalb auch mit – zu meinem eigenen Schutz. Meerhexen schön und gut, aber der wahre Endgegner ist doch meine Tante.

***

Wenig später bekommt Kelvin sein wohlverdientes Essen sowie einen Schlafplatz im Bett meiner Tante. Sie war so überglücklich, dass ich wieder da war, und drückte die beiden Jungs an sich. Wobei ich mir nicht sicher bin, ob das alles ohne Sirenengene so einfach gewesen wäre.

Jetzt liegen Noah und ich in meinem Bett mit Tapas auf einem Tablett zwischen uns. Es ist das erste Mal, dass wir beide zusammen Zeit verbringen … nach unserem ersten Kuss. Vor Aufregung kribbelt sogar meine Haut und ich bin völlig unruhig.

Noah lacht viel und jedes Mal fällt ein Stückchen mehr von meiner Sorge ab.

Er sucht meine Hand und hält sie so fest, als hätte er Angst, dass ich fortgespült werde.

»Wie machen wir weiter?«, stellt er irgendwann die unheilvolle Frage.

»Ich weiß es nicht. Ich war bei Mayim und habe versucht, wieder ein vollwertiger Mensch zu werden. Aber sie meinte nur, sie könne nichts bewirken, was noch nie so war.« Genervt verdrehe ich die Augen.

»Das heißt?«

Ich liebe es, dass Noah keine Hemmungen hat, mir all diese Frage zu stellen. Mit seiner direkten Art gibt er mir das Gefühl, dass wir das alles zu zweit lösen können.

»Ich habe überlegt mich einfach nie mehr zu verwandeln.«

Er schüttelt den Kopf und grinst mich dabei verschlagen an. »Mayla, du liebst das Meer wie niemand anderes. Wenn ich an dich denke, dann kommt mir automatisch der Ozean in den Sinn.«

»Ich habe ja auch nicht gesagt, dass ich nicht mehr schwimmen gehe.«

Aber er hat recht, es gab schon einmal einen Zeitpunkt, wo ich zu große Angst vor dem Wasser hatte. Wäre es wieder so? Müsste ich das Schwimmen aufgeben?

Schließlich setzen mittlerweile andere Sinne ein, wenn ich das Wasser berühre, und diese Geräuschkulisse aus Stimmen wird auch nicht mehr verschwinden.

»Meinst du, ich kann das alles ignorieren?«, frage ich, nachdem ich ihm all meine Sorgen erzählt habe.

»Wir werden eine Lösung finden, für alles. Vielleicht musst du mit der Königin reden.«

»Du hast gerade bei dem Wort Königin dein Gesicht verzogen.«

»Ach echt?« Überrascht streicht er sich über seinen Unterkiefer und glättet seine Nase, die er unwillkürlich krausgezogen hat.

»Kein großer Fan?«

»Ich freue mich darauf, wenn Lucia Königin wird.«

»Sehr diplomatisch.« Ich beuge mich vor und gebe ihm einen Kuss auf die Stirn. Ich freue mich so sehr, dass es trotz aller Geschehnisse zwischen uns weiterhin diese Verbindung gibt. Dennoch müssen wir über ein paar Dinge sprechen, die unausgesprochen zwischen uns im Raum stehen, und ich will diese Distanz überbrücken. Am liebsten würde ich mich auf ihn werfen und für immer einfach in seinen Armen liegen bleiben. Es fühlt sich einfach richtig an, bei ihm zu sein.

Er betrachtet mich und streicht mir eine meiner wirren Locken aus dem Gesicht.

»Wir werden für alles eine Lösung finden.« Dann stellt er das Tablett runter und zieht mich zu sich heran. »Komm her, du bist so weit weg.«

Seine Nähe verursacht Schmetterlinge im Bauch und eine Aufregung, wie ich sie bei Atlan nie empfunden hatte. Mit Atlan war alles immer natürlich, normal. Wir wussten, was der andere tun würde. Es gab wenig Überraschungen. Doch Noahs Handlungen sind immer unvorhersehbar und die damit einhergehende Aufregung will einfach nicht verschwinden.

»Sie haben wieder ein Schiff sinken lassen«, sagt er völlig unvermittelt und vergräbt seine Nase in meinem Nacken.

Ich muss nicht fragen, wen er meint. Der Clan hat es abermals getan. Aber warum? Brauchen sie noch mehr Seelen, bereiten sie sich auf ein erneutes Zusammentreffen mit den Sirenen vor?

Wir schweigen eine Weile, in der ich ihm über die Arme streiche.

»Ich finde es schrecklich, wie unsere letzten Küsse waren.«

»Sie haben mir das Leben gerettet«, scherze ich und stupse ihn an, froh darüber, das Thema zu wechseln. Doch sein Ausdruck verrät mir, dass es ihn wirklich belastet. Deshalb nehme ich sein wunderschönes Gesicht in meine Hände und ziehe ihn zu mir runter.

»Du hast doch schon einmal meine Erinnerungen überschrieben. In der Grotte. Dann mach das doch noch mal.«

Er lässt sein kehliges Lachen hören und drückt mich sanft auf den Rücken, beugt sich über mich. Ich streiche mit den Daumen über seine Wangen und betrachte seine wundervollen Augen. Präge mir die Farbe genau ein, jede noch so kleine Regung seiner Züge.

»Ich habe Angst davor, dass es anders wird, wenn du mein Meerhexen-Ich wieder vor dir hast. Wirst du mich trotzdem noch so halten können?« Ich wollte diese Frage nicht stellen, aber ich konnte nicht anders. Allein der Gedanke, dass er mich ablehnen könnte, macht mir Angst. Mehr, als es eine Armee von Hexen könnte.

Noah wickelt sich eine meiner widerspenstigen Locken um den Finger. »Das bist noch immer du, Mayla. Es ist egal, wie du aussiehst. Wichtig ist das, was du tust.«

Und einfach so wischt er meine Bedenken vom Tisch. Zwar vergesse ich seine Worte von unserem Streit nicht, aber ich verzeihe ihm, denn ich weiß nicht, wie ich an seiner Stelle reagiert hätte.

Und dann küsst er mich.

Es ist völlig anders als die letzten Male. Das erste Mal hatte Noah keine Zeit, weil er kurz darauf wieder nach Aquarta musste, es war gehetzt und übereilt, dennoch wunderschön und besser als jeder andere Kuss, den ich je bekommen hatte. Die anderen Male hat er es fast schon widerwillig getan, weil die Meerhexenaugen ihn verrückt gemacht haben – und das auf keine gute Art und Weise. Doch jetzt schmelze ich unter seinen Berührungen dahin. Er ist so vorsichtig und streicht mit seinen Fingerspitzen über meine Arme, was mir eine Gänsehaut beschert. Seine weichen Lippen bewegen sich auf meinen und ich kann mir keine schönere Beschäftigung vorstellen, als ihn zu küssen.

Ich vergrabe meine Finger in seinen blonden Haaren und möchte ihn noch näher an mich ziehen. Wir werden einen steinigen Weg vor uns haben und es ist noch vieles nicht gesagt. Aber hier in diesem Bett, weit genug vom Meer entfernt, dass ich die Stimmen beiseiteschieben kann, fühlt es sich wieder an wie unter dem Sternenhimmel. Nichts hat eine Bedeutung außer unserer Nähe. Wir klammern uns aneinander wie Ertrinkende, nur dass wir niemals untergehen werden und vielleicht ist es das, was uns beflügelt.

***

»Ich will nicht, dass du gehst«, jammere ich am nächsten Morgen, als wir im Sonnenaufgang am Strand stehen.

»Hey, ich gehe auch«, lacht Kelvin und stemmt die Hände in die Hüfte.

Ich strecke ihm die Zunge heraus, doch im nächsten Moment legt Noah einen Arm um meine Schultern und zieht mich zu sich heran.

»Ich komme, sobald wie möglich, wieder, aber Atlan bringt mich um, wenn ich weiterhin meine Pflichten vernachlässige.« Die letzten Worte sagt er in einem tiefen Tonfall, um Atlan nachzuahmen.

»Das stimmt, pass mir bitte gut auf Lucia auf, ich vermisse sie schrecklich.« Es ist nicht leicht, dass ich all dieses Chaos nicht mit ihr teilen kann. Bisher haben wir unser gesamtes Leben ausgetauscht und jegliche Höhen und Tiefen gemeinsam überwunden. Doch jetzt ist sie so weit von mir entfernt wie noch nie. Und das ist einfach falsch. Wir sollten zusammen sein wie schon unser gesamtes Leben lang.

»Werde ich.«

Noah und ich haben die ganze Nacht nach Lösungen gesucht, wie wir dennoch zusammen sein können. Gut, nicht die gesamte Nacht, eigentlich haben wir uns die meiste Zeit nur geküsst und gekuschelt, aber zwischendurch kam auch das Gespräch zu unserer aktuellen Problematik auf. Es wird nicht so leicht sein, eine Fernbeziehung zwischen Aquarta und Barcelona zu führen. Der Palast mit seinen Inseln ist eine Halbtagesreise von meiner Heimatstadt entfernt, selbst mit unserer Geschwindigkeit unter Wasser. Es fühlt sich surreal an, dass ich unsere Geschwindigkeit denke.

Noch immer möchte ich meine andere Gestalt nicht annehmen und es wird sicher möglich sein, auch als Mensch zu leben. Wenn ich schwimmen gehe, muss ich nur die vielen Stimmen ausblenden. Apropos Stimmen, es ist heute überraschend ruhig, vielleicht schlafen selbst die Meerhexen noch.

Ich weiß, dass Noah gesagt hat, er würde mich auch als Meerhexe zu akzeptieren versuchen. Allerdings möchte ich unsere junge Beziehung nicht auf die Probe stellen. Mit seiner Vergangenheit kann ich mir vorstellen, wie es sein muss, wenn seine Freundin aussieht wie die Wesen, die seine Familie getötet haben.

»Ich werde dich vermissen«, wispere ich ihm ins Ohr und schlinge meine Arme um seinen Oberkörper. Niemals hätte ich gedacht, dass ich eine Person so sehr lieben könnte. Bei Atlan habe ich es kurz geglaubt, aber Noah hat mich einfach anders umgehauen.

»Hab Spaß und ich bin bald zurück, dann überlegen wir, wie wir weitermachen.«

»Aber dieses Mal bitte wirklich und nicht wieder gefangen nehmen lassen, ja?«

Noah verdreht die Augen und haucht mir einen Kuss auf die Stirn.

»Versprochen, Kelvin ist ja da.« Er macht eine Kopfbewegung zu seinem Freund.

»Sehr richtig, ich pass schon auf ihn auf.«

Ich löse mich von Noah und stelle mich vor Kelvin hin, ich möchte ihn in die Arme nehmen, aber ich habe Angst vor seiner Ablehnung.

»Ach, komm her!«, lacht er und hebt mich mit Leichtigkeit hoch, um mich herumzuwirbeln. Dann setzt er mich ab und ich schließe ihn in eine feste Umarmung.

»Ich danke dir, Kelvin.«

»Wofür?«

»Dafür, dass du Noah begleitet hast, dass du auf ihn aufpasst und dass du … na ja …« Ich breche ab, weil ich nicht weiß, wie ich es ausdrücken soll.

»Dass ich keine Angst vor dir habe?«

Ich schaue zu ihm auf, zu seinem roten Haarschopf, der so faszinierend anders ist als beim Rest der Gruppe. »Ja.«

»Ach, Mayla, am Anfang war es ein Schock, aber du bist nicht wie die anderen. Und Daxton war auch dein Freund.«

Auch wenn der Ausdruck in seinen blauen Augen noch immer die Traurigkeit widerspiegelt, so wirkt sein Lächeln doch hoffnungsvoll.

»Passt auf euch auf.« Ich beiße auf meiner Unterlippe herum, als die beiden ins Wasser gehen. Vorsichtig winke ich ihnen, als sich Noah auf einmal umdreht.

Er lacht auf und sprintet noch mal zurück zu mir.

»Etwas vergessen?«

»Ja, das hier.« Und dann küsst er mich erneut und ich habe mich noch nie im Leben so geliebt gefühlt wie in diesem Moment. Viel zu schnell löst er sich von mir und stürzt sich in die Fluten.

Es macht mich traurig, sie gehen zu lassen, zu gern hätte ich alle vier bei mir. Wäre es nicht viel sicherer, wenn alle Sirenen einfach an Land leben würden? Dann könnten die Meerhexen sie nicht zu fassen kriegen.

Die Stelle, an der sie verschwunden sind, liegt ruhig und verlassen da, kleine Wellen preschen über sie hinweg.

»Mayla.«

Erschrocken fahre ich herum und traue meinen Augen nicht. Hinter mir steht eine fremde große Frau mit schwarzen raspelkurzen Haaren und einer Narbe, die die Lippen spaltet. Das kann nicht sein. Ich schaue sofort an ihr hinunter. Menschliche Füße stehen auf dem Sand.

»Sybell?«

So viel zu meiner Theorie, dass man an Land vor den Meerhexen sicher ist.

Kapitel 10

Positives Nummer 36: Ich bekomme Besuch? Wow, das klingt wie eine Frage

Sybell steht als Mensch vor mir, ihre bläuliche Haut hat eine gesunde Farbe angenommen und auch die Adern sind verschwunden. Keine Klauen, nur etwas zu lange Fingernägel, keine Flossen, nur menschliche Füße im Sand.

»Ach du heilige Scheiße«, entfährt es mir und ich mache unwillkürlich zwei Schritte zurück.

»Das ist aber keine nette Begrüßung, wo ich extra für dich an Land gekommen bin.«

Sie hat normale Zähne, lediglich ihr Gesicht und ihre Haare gehören ganz klar zu der Anführerin der Meerhexen.

Panisch schaue ich mich um, aber um diese Zeit ist niemand am Strand, um mir beizustehen. Aber kann sie mich an Land verfluchen? Ich möchte es eigentlich nicht herausfinden. Vögel kreischen über unseren Köpfen und diese Situation kommt mir hier wie der finale Showdown vor. Aber ist es wirklich schon so weit? Außerdem bin doch gar nicht ich die Protagonistin dieser Geschichte, sondern Lucia.

Oder will Sybell mich aus dem Weg räumen, um somit Lucia zu schaden? O Gott, ich will noch nicht sterben.

»Ich nehme mal an, du gerätst gerade in Panik?«

Ihre Stimme klingt ganz anders als unter Wasser, nicht so gezischt, sondern einfach … menschlich? Diese Situation ist so surreal.

»Du bist ein … Mensch!«

»Gut erkannt, ich war ja nicht immer eine Meerhexe.«

Wahrscheinlich haben Noah und Kelvin sie deshalb nicht wahrgenommen.

Shit, ich habe sie auch nicht gespürt. Vielleicht weil die Stimmen verstummt sind.

»Was willst du hier? Von mir?« Ich komme mir gerade ein wenig bescheuert vor, denn ich gebe sicherlich ein jämmerliches Bild ab.

Sie seufzt und hebt die Hände, als würde sie sich ergeben.

»Jetzt beruhig dich erst einmal, ich kann deinen Kolibriherzschlag bis hierher hören.«

Das ist nicht so leicht, wenn die Erzfeindin deines Freundes vor dir steht, die Anführerin deiner Spezies, der du nicht angehören willst. Dennoch atme ich tief durch und kämpfe meine Panik runter.

Andere, schlauere Wesen würden vor ihr weglaufen. Aber erstens weiß ich nicht, ob das wirklich was bringt, und zweitens bin ich einfach zu neugierig, was sie hier an Land will. Außerdem ist die Erkenntnis, dass anscheinend Meerhexen auch an Land gehen können, nicht besonders erbaulich. Eine kleine gehässige Stimme in meinem Kopf fragt hämisch, ob ich mich wieder für etwas Besonderes gehalten habe, weil ich beide Gestalten annehmen kann.

Manchmal kann mein Inneres wirklich nervig sein.

»Ich möchte mit dir reden.«

Reden? Einfach nur reden? Misstrauisch sehe ich mich um, ob Aquila oder noch schlimmer Morgiana hier auch herumschwirren.

»Ich bin allein gekommen, weil es mir wichtig ist, dass du auch unsere Seite erfährst.«

»Eure Seite? Also, warum ihr Menschen die Seele stehlt, diese zum Verfluchen braucht, um die Sirenen zu töten? Kenne ich schon, danke.«

Sybell schüttelt den Kopf und geht an mir vorbei. Bedacht verfolge ich jede ihrer Bewegungen, sie ist wirklich außergewöhnlich groß. Sie überragt bestimmt sogar Kelvin.

»Komm, ich erzähle dir alles bei einem Strandspaziergang.«

Ein Strandspaziergang. Ich glaube, ich bin im falschen Film, dennoch folge ich ihr. Irgendwann wird mich meine Neugier noch umbringen und ich bete zu egal wem, dass irgendwann bitte nicht heute sein soll.

***

Sybell ist überraschend ruhig, ich habe gedacht, dass alle Meerhexen so blutrünstig wie Morgiana sind. Ihre Stimme klingt fast schon beruhigend, aber vielleicht ist das auch pure Taktik.

»Was weißt du eigentlich über die Anfänge von den Sirenen und Meerhexen?«

Wenn sie so fragt, dann eigentlich nichts. Ich habe mir auch nie darüber Gedanken gemacht. Ich habe die beiden Wesensarten einfach als gegeben angesehen und nie hinterfragt, wie sie entstanden sind.

»Nicht viel, ich dachte, ihr wärt einfach da gewesen, ein Teil der Evolution – genauso wie Eisbären, Pinguine oder Tiger.«

»Nicht ganz, das trifft auf die Sirenen zu, aber nicht auf uns.«

Es fühlt sich merkwürdig an mit Sybell am Strand entlangzuwandern. Ich sollte sie als Feindin sehen, aber das kann ich in der aktuellen Situation nicht. Sie ist so ruhig und gelassen, es liegt ihr offensichtlich wirklich am Herzen, dass ich von der Entstehungsgeschichte erfahre. Wenn sie überhaupt ein Herz hat. Bei ihren ganzen Handlungen könnte man das glatt anzweifeln.

»Ich lebe schon ein paar Jahrhunderte.«

Das ist mal eine Ansage. »Wie lange genau?«

Sybell grinst und ihre Lippen verziehen sich durch ihre Narbe dabei ein wenig merkwürdig, dennoch muss ich einfach eingestehen, dass sie durch und durch menschlich wirkt.

»Weißt du, Mayla, irgendwann zählst du nicht mehr, aber es dürften mittlerweile über zweitausend Jahre sein.«

Niemals hätte ich gedacht, dass ich noch irgendwie überrascht werden könnte, aber offensichtlich habe ich mich getäuscht.

»Über zweitausend? Dann hast du ja schon alles mitbekommen, sogar geschichtliche Ereignisse.«

Alegria hätte das gefallen, sie hätte Sybell mit Fragen bombardiert und sich alles genau aufgeschrieben. Aber jetzt nicht mehr, Alegrias jetziger Zustand ist noch ein Grund mehr, besonders vorsichtig zu sein. Schließlich tragen die Meerhexen die Schuld daran, dass meine Freundin nur noch ein Schatten ihrer selbst ist.

»Nicht alle, wir verbringen unsere Zeit unter Wasser, also bekommen wir von dem Leben der Menschen nur dann etwas mit, wenn sich welche von uns an Land wagen, um auf die Pirsch zu gehen.«

Dabei betont sie das Wort Pirsch verschwörerisch und zwinkert mir zu, was sie zum ersten Mal menschlich in meinen Augen wirken lässt.

»Vor über zweitausend Jahren war ich ein ganz normaler Mensch. Ich habe in der Nähe des heutigen Madrid mit meiner Familie gelebt. An einem wundervollen Sommertag stachen mein geliebter Mann und seine Mannschaft in See. Ich weiß es noch, als wäre er erst vor einigen Stunden aufgebrochen. Er war dir gar nicht so unähnlich. Wild und verwegen, er traute erst Menschen, wenn er wusste, woher sie kamen und was ihre Geschichte war. Wir hatten einen gemeinsamen Sohn, der tapfer meine Hand hielt und mit großen Augen beobachtete, wie sein Vater die Segel vorbereitete. Die Mannschaft würde nicht lang weg sein und dennoch versammelten sich alle Frauen am Steg, um sich gebührend zu verabschieden. Der Wind ist durch seine braunen Locken gefahren und er hat so befreit aufgelacht. Es war das schönste Geräusch auf der ganzen Welt. Zum Abschied warf er uns Hunderte Luftküsse zu und winkte, bis wir ihn nicht mehr erkennen konnten.«

Ich sauge jedes Wort von Sybell auf. Es überrascht mich, dass sie mal ein völlig normaler Mensch und scheinbar auch in der Lage war zu lieben. Ihre Augen funkeln so hell, wie es nur die von Verliebten können. Doch ich vermute mal, dass es kein Happy End für diese Geschichte gibt.

Sybell schaut für einen Moment hinaus aufs Meer, als könnte sie noch das Schiff mit ihrem Mann erkennen, wie es dem Horizont entgegensteuert. Ihre Emotionen sind für mich fassbar, als müsste ich nur nach ihnen greifen. Der Schmerz steht ihr deutlich ins Gesicht geschrieben.

»Doch sie kamen nicht zurück, egal wie lange wir warteten, wie oft wir auch zum Steg liefen, um Ausschau zu halten. Niemand von ihnen kehrte zurück. Ich bin fast wahnsinnig geworden zu dieser Zeit.«

Fast? Das würde jedenfalls ihren emotionalen Zustand erklären, aber das war vor zweitausend Jahren. Nagt es immer noch an ihr?

»Dennoch lebten wir vom Handel, also mussten weitere Schiffe auslaufen. Es ging einige Monate gut, dennoch liefen ein paar andere Frauen und ich Tag für Tag auf den Steg und hielten Ausschau. Wir wussten, dass wir mit unserem Leben weitermachen mussten, doch niemand konnte genau sagen, was auf offener See geschehen war. Vielleicht hatten sie sich auch nur verirrt oder waren in ein Unwetter geraten. Die Ungewissheit fraß uns fast auf, aber sie war besser als die Erkenntnis, dass sie tot waren. Viele Monate später im Frühling sollte die erste Reise meines Sohnes als Schiffsjunge beginnen. Ich hatte große Angst, konnte ihn aber auch nicht ewig zurückhalten.«

Sybell bleibt stehen und schließt für einen Moment die Augen. Niemand ist so ein guter Schauspieler, ich glaube ihr jedes Wort. Und ich habe Mitleid, denn ich kann mir denken, was als Nächstes kommt.

»Er hatte so wundervolle grüne Augen und die Haare seines Vaters. Sein Abenteuerdrang und seine Neugier waren unaufhaltsam, ich konnte ihn einfach nicht mehr von dieser Reise abhalten. Doch er hielt meine Hand ganz fest in seiner und sah mir tief in die Augen. Er sagte, er komme bald zurück und bringe seinen Vater mit, denn er würde in Erfahrung bringen, was auf dem offenen Meer mit ihm geschehen sei, damit ich wieder lachen könne.«

Sie schaut auf ihre zur Faust geballte Hand, dann öffnet sie diese vor dem Horizont und lässt etwas Unsichtbares los. »Ich habe ihn gehen lassen, auch wenn es mir das Herz gebrochen hat. Aber ich dachte, die See sei nicht so grausam mir auch noch meinen Sohn zu nehmen.«

Sybell wendet den Blick vom Meer ab und schaut mich an. Noch nie habe ich so viel Leid in den Augen einer Person gesehen, mir kommen selbst die Tränen.

»Nein«, hauche ich. Am liebsten will ich sie in den Arm nehmen. Das ist absurd, das weiß ich, aber ihr gesamter Körper schreit vor seelischem Schmerz.

»Auch dieses Boot verschwand am Horizont und ward nie wieder gesehen. Ich war ein Wrack, die See hatte mir alles genommen, was ich je geliebt hatte.

Auf dieser Welt gab es nichts Schönes mehr für mich und allein der Gedanke und meine Gebete, dass einer von ihnen zurückkehren würde, hielten mich am Leben.«

Eine kleine Pause folgt, wo sie sich sammelt und mir Zeit gibt, mich ein bisschen zu beruhigen. Mir geht Sybells Geschichte unfassbar nah, vielleicht auch, weil sie ihre gesamten Emotionen noch einmal durchlebt.

»Eines Tages sollte mein Flehen erhört werden. Mein Sohn kehrte als Einziger zurück, aber er war nicht mehr derselbe. Er sprach die ganze Zeit von einem Mädchen, schöner als der Sonnenuntergang und alles andere auf dieser Welt. Ihre Stimme melodischer als jeder Klang, der je auf der Erde gehört wurde. Seine Sinne waren vernebelt, er hielt wieder meine Hände und wollte sie mir vorstellen, zog mich immer mehr zum Meer hin, damit wir sie gemeinsam suchen könnten. Er war verloren, wir mussten ihn fesseln, damit er nicht wieder ins Wasser sprang. Doch das hielt ihn nicht davon ab, nach ihr zu rufen. ›Aquarta, Aquarta‹, immer wieder rief er nach ihr. Wir brauchten einige Stunden, um aus ihm herauszubekommen, was geschehen war. Er und seine Mannschaft waren ganz normal hinausgefahren und ein paar wenige Tage unterwegs gewesen, als sie plötzlich diesen Gesang vernommen hatten. Es muss das schönste Lied gewesen sein, welches je gesungen worden war. Denn er hatte dem Lied folgen wollen, unbedingt der Melodie des Ozeans hinterherjagen wollen, um mehr davon zu hören. Dann hatte er sie gesehen. Aquarta, ein Mensch im Wasser, so wunderschön und betörend. Halb Mensch, halb Fisch. Niemand hat ihm geglaubt, aber er war doch mein Kind. Ich glaubte ihm. Immer wieder sprach er davon, wie sehr die beiden einander liebten und dass Aquarta ihn gerettet hätte.«

Sie schnaubt ungläubig.

»Gerettet, wie sehr ich dieses Wort gehasst habe. Denn er war nicht gerettet, er war in einem Strudel gefangen. Er wollte immer wieder ins Wasser springen, um bei ihr zu sein. Aber Tatsache war, er lebte noch. Nicht wie die anderen, deren Körper sich vermutlich auf dem Grund des Meeres bereits auflösten. Niemand konnte das leugnen, also tat ich das einzig Richtige: diese Sirene zu fangen und zu erfahren, woher sie ihre Teufelskraft nahm.«

Sybells Ton wird augenblicklich harsch, nachdem sie das Wort Sirene ausgesprochen hat, ihre Züge verhärten sich und sie richtet sich wieder gerade auf. Und da ist er, der blinde Hass, den ich bei allen Meerhexen leibhaftig spüren konnte. Aber auch hier ist Sybell extrem. Nach all den Jahren, Jahrtausenden hat sie diesen Hass nicht überwinden können. Aber ich habe auch keine Kinder, wie rachsüchtig wäre ich bereits, wenn jemand Noah verletzen würde?

»Die Männer sagten, es sei schwachsinnig, doch wir Witwen hörten nicht auf sie. Wir hatten bereits alles verloren, was es zu verlieren galt. Warum dann nicht einen letzten Versuch wagen? Doch wir waren auch nicht dumm, irgendetwas musste es mit der Stimme dieses Wesens auf sich haben. Unsere Ohren schützten wir mit Stoff und Wachs. Wir zogen los, um diese Aquarta zu finden – mit meinem Sohn als Lockvogel. Er war so verrückt geworden, dass wir ihn abermals festbinden mussten, um ihn an Bord unseres kleinen Fischerkahns zu halten. Dennoch schrie er immer wieder nach Aquarta. Und da tauchte sie auf. Bis zu diesem Moment hatte ein Teil von uns allen gehofft, dass es Blödsinn war, was er erzählte. Einige der Frauen sagten, dass sie wunderschön sei, doch ich erkannte sofort das Monster in ihr. Ihre Schönheit konnte mich nicht blenden, ich habe sie vom ersten Augenblick an gehasst. Und glaub mir, so einen tiefen Hass kannst du nur empfinden, wenn du nichts anderes mehr hast, wofür es sich zu leben lohnt.«

Und ich glaube ihr aufs Wort. Diese Geschichte schockiert mich – alles daran. Mittlerweile werden Sybells Fußspuren im Sand tiefer, so sehr stampft sie auf. Ein Ventil ihrer Wut und des Hasses. Sie tut mir leid.

»Wenigstens in diesem Moment war uns das Glück hold, denn sie war ein besonders dummes Exemplar. Ohne unsere Netze zu beachten, schwamm sie an den Rand des Bootes und wollte nach meinem Sohn greifen. Sie rief seinen Namen, jedenfalls sahen ihre Mundbewegungen danach aus. Ich wusste, wir hatten nur diesen einen Versuch. Wir packten die Netze und zerrten sie aus dem Wasser, das Wesen verhedderte sich und war gefangen. Das war das erste Mal, dass ich eine Sirene sah. Lange nasse Haare, spitz zulaufende Ohren, eine bläulich schillernde Schwanzflosse und zwei merkwürdige

Flügel auf dem Rücken. Damals wussten wir nicht, dass wir die Prinzessin der See gefangen hatten, denn nur diese haben diese merkwürdigen Rückenflügel. Immer wieder streckte sie eine Hand durch das Netz und versuchte an meinen Jungen heranzukommen. An meinen Jungen!«

Sybell stößt einen Schwall Luft aus, vielleicht, um sich zu beruhigen, aber ich weiß nicht, ob das möglich ist. Schon oft habe ich gehört, wie jemand sagte, Augen glühten vor Hass, aber ich habe es noch nie gesehen – bis jetzt.

»Hätte ich damals ein Beil zur Hand gehabt, dann hätte ich ihr den Arm abgehackt. Als sie sich ihrer Lage bewusst wurde, hat sie zu singen begonnen. Einige wenige Frauen hatten sich keinen Stoff in die Ohren gestopft und stürzten sich wie Besinnungslose ins eiskalte Wasser. Sogar durch meinen Schutz habe ich ganz leise ihre Stimme vernommen und musste mich aktiv dagegen entscheiden, mich ebenfalls über die Reling zu werfen. Ich gebe zu, dieses Lied hat sich schön angehört, aber ich wusste genau, was es war – Musik des Teufels.«

Ich nicke, denn ich weiß noch genau, wie unangenehm sich Lucias Gesang im Musikunterricht angehört hat. Einige Male musste ich mich sogar entschuldigen und rausgehen, weil mein Kopf es sonst nicht mehr ertragen hätte. Mit der Zeit wurde es allerdings besser und mittlerweile berühren mich die Stimmen der Sirenen nicht mehr. Vielleicht habe ich als Baby Lucia zu oft schreien gehört und mich irgendwann daran gewöhnt. Den Ausdruck Musik des Teufels würde ich allerdings nicht unterschreiben. Vor diesem Gespräch war ich fest überzeugt, dass die Meerhexen direkt aus der Hölle geschickt wurden, aber so langsam macht mich Sybells Geschichte stutzig, ob sie wirklich die alleinigen Bösewichte sind.

Sybell hebt einen Stein vom Strand auf und lässt ihn mehrmals über die glatte Oberfläche flippen. Selbst das Meer lauscht gespannt ihrer Geschichte und liegt vollkommen ruhig da. Dann dreht sie sich wieder zu mir und lässt ihren Blick an mir auf- und abgleiten. Sie kann doch keine Gedanken lesen, oder? Doch sie fährt unbeirrt fort, bemüht, die Wut in ihrer Stimme zu unterdrücken, was ihr nur mäßig gelingt.

»Wir haben das Monster geknebelt, sie zu uns ins Boot geholt und versucht einige der Frauen zu retten. Ein paar konnten wir einfach nicht aus ihrer Trance holen und sie sind jämmerlich ertrunken. Es war gruselig, denn die anderen, die wir retten konnten, berichteten das Gleiche. Sie hatten dieses Lied gehört und wollten unbedingt ins Meer und bis auf den Grund schwimmen, um der Melodie des Ozeans zu folgen. Mein Sohn benahm sich immer noch wie von Sinnen und schluchzte laut auf, weil er nicht bei der Sirene sein konnte. Ich habe ihn seit seiner Kindheit nicht mehr weinen sehen – und dann das. Um seinen Vater hätte er trauern können, aber nur wegen dieser Sirene ließ er sich völlig gehen. An Land haben wir vieles ausprobiert, um sie zum Reden zu bringen, aber jedes Mal, wenn sie ihr Schandmaul öffnete, gab es Verletzte und es bestand Lebensgefahr für jeden von uns.«

Wieder ballt sie ihre Hände zu Fäusten und bleibt im Sand stehen. Sie schließt die Augen und atmet wieder tief durch. Es herrscht plötzlich eine bedrückende Stille, nur das Pfeifen des Windes dröhnt uns um die Ohren. Geduldig warte ich, doch Sybell schweigt beharrlich.

»Und dann? Was habt ihr dann gemacht?«, frage ich schließlich. Wobei ich mich nur zu flüstern traue.

»Wir haben meinen Sohn … benutzt.«

Ich weiß nicht, was sie mit *benutzt* meint, aber ihr Gesichtsausdruck verrät mir, dass es etwas Schreckliches sein muss.

Unvermittelt setzt sie sich in den Sand und starrt auf das Meer hinaus, mit etwas Abstand geselle ich mir zu ihr. Sie fährt sich mit einer Hand über ihre Haare und legt den Kopf in den Nacken.

»Wir wollten unbedingt wissen, woher sie ihre Kraft nahm und wie wir uns dagegen schützen konnten. Noch mal sollte es nicht geschehen, ich würde nicht noch mehr Frauen zu Witwen werden oder sie ihre Söhne verlieren lassen, nur weil ich nichts unternommen hatte. Also musste ich meinen eigenen Sohn einsperren. Tagelang ohne Sonnenlicht und weit entfernt von diesem Biest. Er hat sich langsam erholt und wieder einen klaren Verstand bekommen. Jedenfalls dachte ich das. Er versprach sie zu fragen, woher sie ihre Kraft hatte und was mit seinem Vater geschehen sei. Vielleicht lebte die Mannschaft noch. Ich hatte einen Funken Hoffnung, dass ich mein altes Leben zurückbekommen würde. Wir zogen ein Mütterchen zurate, sie war schon taub geworden, also für unsere Zwecke perfekt. Ohne irgendwelche Scheu hockte sie sich vor das Monster, sah ihm direkt in die Augen und forderte, dass sie uns endlich verriet, woher sie ihre Macht hatte und was mit unseren Männern geschehen war. Die Sirene schrie und wand sich, doch das Mütterchen scherte es nicht. Dann ließen wir meinen Sohn zu ihr, ich war mit im Raum, doch er stürzte sofort zu ihr, nahm sie in den Arm und übergoss sie mit Wasser. Er hatte uns verraten, er war nicht mehr mein Sohn. Dieses Monster war dafür verantwortlich, dass unsere Männer gestorben waren. Wer wusste schon, wie viele Seelen sie auf dem Gewissen hatte. Also musste ich etwas unternehmen ... für die Menschheit.«

Ihre Augen werden glasig und wenn ich nicht grundlegend davon überzeugt wäre, dass Meerhexen zu solchen Gefühlen eigentlich nicht fähig sind, dann hätte ich gesagt, Sybell steht kurz vor dem Weinen. Sie vergräbt ihre Finger im Sand und baut kleine Häufchen. So, wie sie vor mit sitzt, ist es nicht mehr relevant, dass sie über zweitausend Jahre alt ist und unaussprechliche Dinge getan hat. Sie ist einfach nur eine gebrochene Frau.

»Was hast du getan?«, frage ich, nachdem ihre Erzählung ins Stocken geraten ist.

Jetzt fließen doch zwei einsame Tränen ihre Wangen hinunter. Hat sie diese Geschichte jemals erzählt? Ihre Emotionen wirken real, als hätte sie all diese Erlebnisse zuvor tief in sich eingesperrt.

»Ich habe meinem Sohn eine Klinge an den Hals gehalten. Das Mütterchen hat der Sirene sehr deutlich erklärt, dass mein Sohn sterben würde, wenn sie uns nicht alles verriet, was wir wissen wollten. Das Monster begann zu singen, doch es hatte keinen Einfluss auf mich oder auf das Mütterchen. Ich hatte vorgesorgt und meine Ohren verschlossen, aber ich denke auch, dass mich der Hass in mir vor ihrem Teufelswerk beschützte. Unbeeindruckt schob das Mütterchen der Sirene ein Pergament rüber, wo sie den Ursprung ihrer Kraft aufschreiben sollte. Immer noch weigerte sie sich, also musste ich meinem Sohn Verletzungen zufügen.«

Ihrem eigenen Sohn. Ich kann mir diese Lage nicht einmal vorstellen, so grausam ist sie. Wie verzweifelt und voller Hass muss eine Mutter sein, dass sie ihrem Sohn so etwas antut.

»Gab es keinen anderen Weg?«

»Nein, er war besessen von ihr. Es war ein Opfer, das ich bereit war zu geben, wenn ich dafür Frieden erwirken konnte.«

Ich kann Sybell verstehen, aber dennoch kommt sie mir auch eine Spur größenwahnsinnig vor. Aber ich kann sie nicht verurteilen, da ich mir ihren Schmerz nicht ausmalen kann.

»Jedenfalls schrieb die Sirene irgendwann ein Wort auf: Mayim.«

Damit habe ich schon gerechnet und das macht diesen Krieg noch um so vieles komplizierter, als ich es erahnt habe.

»Ihr seid zu Mayim gegangen?«

»Richtig. Wir sind mit mehreren Booten rausgefahren, falls es mehr von diesen Sirenen geben sollte, wollten wir vorbereitet sein. Wir haben viele Tage auf dem Meer verbracht und immer wieder nach Mayim gerufen. Es war schrecklich, diese Tagen zogen sich wie Wochen und Monate, wir verloren jegliches Zeitgefühl und immer wieder kamen Sirenen, um uns anzugreifen. Wir konnten sie zwar jedes Mal vertreiben, aber nicht ohne Opfer. Am Ende waren wir nur noch zu acht, als Mayim sich endlich erbarmte und uns zu sich holte. Mayim ist unbeschreiblich, ich dachte schon, dass ich mit den Sirenen alles gesehen hatte. Aber dieses Wesen machte sogar mir Angst, dennoch trug ich ihr unsere Bitte vor, dass wir eine Fluchmacht benötigten, mit der wir die Sirenen kontrollieren konnten, so, wie ihre Stimmen uns kontrollierten. Wir wollten bei diesem Krieg nicht die Schwachen sein. Mayim warnte uns, dass jede Macht einen Tribut fordere, aber ich – wir alle – hatten zu diesem Zeitpunkt schon zu viel verloren, zu viel geopfert, um umzukehren. Es war mir einerlei, ich stimmte zu und Mayim gab uns nicht nur die Fluchmacht, sondern auch eine neue Gestalt, mit der wir den Sirenen gewachsen waren. Damit waren wir Meerhexen geboren. Aber Mayim hatte recht, der Preis für diese Macht war hoch.«

»Den du zu zahlen bereit warst«, sage ich, da ich mittlerweile Sybells Art ein wenig durchschaue. Sie ist bereit dazu, alles auf sich zu nehmen, nur um die Sirenen zu vernichten.

»Sehr richtig, ich war bereit, leidgeplagte Seelen zu verspeisen, wenn ich dafür genug Kraft hatte, alle Sirenen zu vernichten.«

»Was ist mit deinem Sohn passiert?«

Über Sybells Gesicht legt sich eine Maske der Gleichgültigkeit. Ihre Gefühle sind wieder sorgfältig verschlossen.

»Dieses Monster hat ihm all seine Gedanken und Gefühle vernebelt, sodass er nicht mehr klar denken konnte. Nachdem Aquarta uns verraten hatte, woher sie ihre Macht nahm, löste sie sich in Schaum auf und mein Sohn ertränkte sich vor Kummer im Meer.«

Ich weiß nicht, was ich von dieser Geschichte halten soll. Mir tut Sybell leid, aber ihre Handlungen sind nicht zu entschuldigen. Sie lebt seit zweitausend Jahren und tötet seitdem Menschen und Sirenen, weil sie wütend auf das Schicksal oder was auch immer ist. Es stößt mir sauer auf, dass Mayim den Meerhexen ihre Kraft gab. Diesen ganzen Krieg mit all seinen Ausmaßen kann man direkt auf Mayim zurückführen. Ich wusste es schon, aber es noch mal zu hören, lässt meine Wut nicht verebben. Hätte Mayim ihnen damals die Kraft nicht gegeben, dann wäre kein Leid geschehen, von den Machenschaften der Sirenen mal abgesehen.

»Ich verstehe etwas dennoch nicht, Sybell.«

Sie wendet den Blick vom Meer ab zu mir. »Ja?«

»Ihr tötet Menschen, um ihre Seelen zu fressen, damit ihr weiter Flüche aussprechen könnt. Das widerspricht doch deinem Wunsch, die Menschen zu beschützen.«

»Das sind kleine Opfer, Mayla, die für den Sieg erbracht werden müssen. Wenn der Krieg erst einmal gewonnen ist, müssen wir das nicht mehr tun. Ich bin bereit, Seelen zu opfern, wenn damit diese Monster endlich ausgerottet werden können.«

Ich stolpere regelrecht über ihre Worte. Für Sybell gibt es kein Zurück mehr. Sie handhabt es seit zweitausend Jahren so, wenn sie auf einmal davon abkommen würde, könnte sie all ihre Taten nicht mehr vor sich rechtfertigen. Aber einfach weiterzumachen ist auch keine Lösung. Und schon gar nicht, wenn der Ausgang bedeutet, dass eine Spezies komplett ausgerottet werden soll.

»Ihr verflucht eure eigenen Kinder, damit sie sich eurer Sache anschließen, und beschert ihnen ein verdammtes Leben. Um mehr Kriegerinnen zu haben?«

»Ja, freiwillig würden sich nur wenige für unsere Sache so weit opfern, aber wir müssen es tun, es ist unsere Mission.« Sybell zuckt mit den Schultern, als wäre es die natürlichste Erklärung der Welt.

»Also hat eigentlich alles damit begonnen, dass dir dein Mann und dein Sohn von den Sirenen genommen wurden?« Ich muss es noch mal zusammenfassen, weil es sich so unbegreiflich für mich anhört. Ein einziges Schicksal wurde verändert und ein Krieg über Tausende von Jahren brach aus.

»Ja, die Sirenen haben auf der gesamten Welt dafür gesorgt, dass Schiffe einfach untergingen und die Besatzungen starben. Das wollten wir verhindern. Auch heute noch schaffen wir es nicht vollständig, ihre Machenschaften zu durchkreuzen, aber die Opferzahl ist deutlich geringer geworden.«

»Mooooment!« Mir entgleisen sämtliche Gesichtszüge. »Was soll das heißen, geringer geworden? Auch heute noch bringen sie Schiffe zum Untergehen? Aber doch wegen euch, oder? Weil ihr es fordert.«

Sybell schüttelt den Kopf und ein leichtes Grinsen schleicht sich auf ihre Lippen, was selbst in ihrer menschlichen Gestalt zum Fürchten aussieht.

»Nein, wir brauchen nicht so viele Seelen, dass ganze Passagierschiffe daran glauben müssten. Das ist allein ihr Werk. Der Name *Titanic* sagt dir etwas? Dieses Unglück, das waren die Sirenen.« Bei dem Wort Unglück verzieht sie fast schon spöttisch das Gesicht.

»Aber das war 1912, ist also weit über hundert Jahre her.«

Sybille zuckt mit den Schultern. »Das macht es nicht weniger grauenvoll. Ich war damals vor Ort, als das Schiff, begleitet von ihrem ohrenbetäubenden Gesang, gegen den Eisberg prallte und über tausend Menschen starben. Allein die Erinnerungen daran bereiten mir Kopfschmerzen.«

»Du willst mir also sagen, dass die Sirenen auch heute noch Schiffe zum Untergehen bringen – mit ihrem Gesang?«

»Du hast doch sicherlich die Nachrichten verfolgt. Glaubst du wirklich, das Passagierschiff von gestern ist einfach nur vom Radar verschwunden?«

Ich glaube im Moment nur, dass mir schlecht wird.

Kapitel 11

Positives Nummer 37: Ich kenne nun eine Seite – und jetzt die andere

Ich starre Sybell eine Weile an, weil ich es nicht glauben möchte. Vielleicht versucht sie mich einfach nur zu manipulieren und das Schiff wurde von den Meerhexen zum Sinken gebracht, damit sie genügend Seelen haben für was auch immer sie vorhaben.

»Du traust meinen Worten nicht«, stellt sie nüchtern fest.

Ich atme schwer aus und verdrehe die Augen. »Ist das denn so überraschend? Ich kann mir nicht vorstellen, dass die Sirenen die Menschen umgebracht haben. Lucia ist meine beste Freundin, sie würde das niemals zulassen.«

»Dann frag sie doch.« Sybell zuckt mit den Achseln, als sei es völlig offensichtlich, dass das der nächste Schritt ist.

Aber ich kann ja schlecht nach Aquarta schwimmen, ich habe keine Ahnung, wo die Heimat der Sirenen liegt. Das ist so frustrierend, weil ich unbedingt die Wahrheit herausfinden und auch Aquarta sehen will … Aquarta?

Die Stadt trägt den gleichen Namen wie die Sirene in der Geschichte von Sybell. Ist das Zufall? Oder hat es eine tiefere Bedeutung?

Im Moment weiß ich nur, dass mir der Kopf schwirrt und ich diese ganzen Informationen verarbeiten muss. Ich richte mich auf und streiche mir den Sand von den Oberschenkeln. Eines ist mir allerdings immer noch schleierhaft. »Ich danke dir, dass du es mir erzählt hast, aber warum?«

Sybell bleibt sitzen und sieht dabei zu, wie die Sonne über den Horizont wandert. Die Wellen haben wieder Fahrt aufgenommen und rauschen an den Strand.

»Ich habe meine Geschichte noch nie erzählt, das ist richtig. Aber ich wollte, dass du unsere – meine – Vergangenheit verstehst und zu uns kommst.«

»Das kann ich ja verstehen, aber glaub mir, ich habe in letzter Zeit sehr deutlich gemerkt, dass ich nicht so besonders bin, wie ich es mir immer gewünscht habe. Du gibst dir zu viel Mühe, mich zu überzeugen. Die Sirenen sind nicht meine Feinde, sondern meine Familie.«

Niemals würde ich Lucia, Noah, Atlan und Kelvin hintergehen oder Daxtons Andenken beschmutzen.

Sybell seufzt und wackelt mit den Zehen im Sand, was sie eingehend beobachtet. Vermutlich hatte sie eine sehr lange Zeit keine Füße mehr.

»So schwer es dir auch fällt, mir zu glauben, aber wir sind deine Familie. Und du bist durchaus etwas Besonderes, denn du bist immun gegen den Sirenengesang und damit vor unserer größten Gefahr gewappnet.«

Worte, die ich hören wollte, aber nicht so, nicht von ihr. Du bist schon etwas Besonderes, hallt es in meinem Gedanken wider. Aber soll ich dem noch mal Glauben schenken?

Ich schüttle den Kopf.

In einem Punkt hat sie recht, ich bin immun gegen den Sirenengesang. Das muss ich erst einmal sacken lassen, denn mir war nicht klar, dass die Meerhexen davon wissen. Jetzt verstehe ich es natürlich. Wenn ich mich ihnen anschließen würde – was ich selbstverständlich niemals tun werde –, dann hätten sie in diesem Krieg einen entscheidenden Vorteil.

»Ich danke dir jedenfalls, dass du mir deine Vergangenheit erzählt hast. Dennoch habe ich das Gefühl, dass die anderen Meerhexen nur um des Kampfes willen in den Krieg ziehen. Und das kann ich nicht nachvollziehen.«

»Dank des dummen Fehlers deiner Mutter, dich nicht zu verfluchen, kannst du das wirklich nicht. Nur wer echten Schmerz gefühlt hat, weiß, warum wir so handeln.«

Ich zucke zusammen, denn ich habe echten Schmerz gespürt. Das hat mir die erste Verwandlung zur Meerhexe sehr deutlich bewiesen, als ich dort jeden Moment erneut durchlebt habe. Es verletzt mich, dass diese Gefühle einfach so abgetan werden, als wären sie nicht schlimm genug, um anerkannt zu werden. Jedes Gefühl, jede Emotion ist gleich viel wert.

Ich will mich verabschieden, aber ich weiß nicht genau, mit welchen Worten. Denn ich will sie nicht wiedersehen.

»Mach's gut, Sybell«, sage ich schließlich in der Hoffnung, die richtige Formulierung gefunden zu haben. Damit lasse ich sie am Strand zurück, wo sie aufs Wasser hinausstarrt. Vielleicht braucht sie auch ein wenig Zeit, um sich zu sammeln. Sicherlich war es auch nicht so leicht für sie, ihre Vergangenheit erneut zu durchleben.

***

Ich laufe den Strand weiter entlang und versuche meine Gedanken zu sortieren, was gar nicht so einfach ist. Sybell hat mir ziemlich viele Zweifel in den Kopf gesetzt, was sicherlich zu ihrem Plan gehörte. Dennoch bin ich mir einfach nicht so sicher, ob sie gelogen hat. Die Wellen umspülen meine nackten Füße und mit jedem Mal strecken sie sich ein wenig weiter nach mir aus – oder bilde ich mir das nur ein?

»Mayim?«, frage ich in die Stille hinein und komme mir dabei ein bisschen dämlich vor.

»Ich bin hier, kleine Mayla.«

Natürlich ist sie das, irgendwie tröstlich, aber auch unheimlich. Die Stimme hat heute einen besonders sanften Klang über das Rauschen des Meeres hinweg – wie ein wunderschönes Echo.

»Hast du gehört, was Sybell mir erzählt hat?«

»Ich habe doch gesagt, du musst an anderer Stelle nachforschen. Was willst du jetzt tun, kleine Mayla?«

Das weiß ich nicht, mein Kopf ist so voll. »Ist es denn die Wahrheit?«

»Jeder hat seine eigene Geschichte und damit seine eigene Wahrheit.«

»Du hast die Meerhexen erschaffen, das hast du mir schon gesagt, aber warum?«

Ich sollte nicht so vorwurfsvoll klingen, aber hätte dieses Wesen damals nicht so entschieden, dann würden eine Menge Leute noch leben.

»Gleichgewicht, es muss immer einen Gegenpol geben.«

»Ach, hast du dann auch einen?«

»Wenn es nur einer wäre, kleine Mayla. Ich habe vier Gegenpole. Also? Was unternimmst du jetzt mit diesen Informationen?«

Ich mache auf dem Absatz kehrt und laufe auf und ab, dabei bemerke ich, wie ich immer tiefer ins Meer hineingehe. Mayims Stimme zieht mich unweigerlich an, ein Ruf, dem ich folgen muss. Zwischen dem feinen Sand unter meinen Füßen liegen auch größere Steine, auf die ich vorsichtig trete.

»Ich will zu Lucia und sie fragen. Um zu entscheiden, wie ich weiter vorgehe, muss ich beide Seiten kennen.«

Oder ob ich entscheide, dass mich das alles nichts angeht und ich einfach meine Zeit mit Noah genieße. Das würde ich auch ziemlich gut finden. Aber ich habe keine Ahnung, wie ich nach Aquarta kommen soll.

»Na dann, ich weise dir den Weg.«

Ich rutsche auf einem glitschigen Stein aus und falle seitlich ins Wasser, so überrascht bin ich von ihren Worten. Einer Meerhexe den Weg nach Aquarta zeigen? Ich bin unsicher, ob das nicht gegen die Spielregeln ist.

»Warum hilfst du mir immer wieder?«

Ich spüre, wie Mayim leise auflacht, dabei eine warme Stimmfarbe anschlägt, die sofort meine Alarmglocken läuten lässt.

»Der Krieg wird durch dich enden, kleine Mayla. Selbstverständlich helfe ich dir. Du wirst noch schwerwiegende Entscheidungen treffen müssen.«

Gott sei Dank ist dieses Wesen niemals kryptisch. Kann es es mir nicht einfach sagen, dann können wir alle mit der Lösung nach Hause gehen.

Doch stattdessen werde ich mich wohl gleich wieder in eine Meerhexe verwandeln. Ärgerlich, dass ich es scheinbar nur so kurz in meiner menschlichen Gestalt ausgehalten habe. Bitte lass Noah die Wahrheit gesagt haben und es ihm wirklich nichts ausmachen, wie ich aussehe. Dieses ganze Hin und Her und die Reisen sind wirklich unnötig. Können wir nicht einfach alle an einem Ort sein? Oder Unterwassertelefone benutzen?

Bis ich in Aquarta bin, dürfte wohl schon der nächste Morgen beginnen.

»Ich spüre sehr wohl, dass du genervt bist, kleine Mayla. Komm, du hast noch viel zu tun.«

Und während ich augenverdrehend untertauche, habe ich wieder mal das Gefühl, eine Marionette zu sein, die Mayim lenkt. Aber im Moment habe ich keine Wahl oder finde die Alternativen nicht akzeptabel.

***

Lucia, einen Tag zuvor

Ich mache mir Sorgen. Noah und Kelvin sind noch nicht zurück und ich will endlich wissen, wie es Mayla geht. Es macht mich wahnsinnig und da kann mich mein wirklich schönes Zimmer auch nicht ablenken.

Okay, ich muss mich anders beschäftigen. Ich schwimme aus meinem Zimmer im Palast hinaus zum Krönungssaal. Meine Mutter hat eigentlich genug zu tun, aber ich will sie unbedingt sehen. Wir hatten viel zu wenig Zeit zusammen und vielleicht finde ich auch Atlan.

»Lucia, was machst du denn hier? Ich wollte dich gerade holen kommen.«

Ich grinse breit, als mir Atlan auch schon entgegenschwimmt.

»Das freut mich, warum?«

Wir biegen um die letzte Ecke, wo wir vor den offenen Türen des Saales zum Stehen kommen.

»Die Königin schickt mich, wir haben eine Sondermission.«

Er versucht es sich nicht anmerken zu lassen, aber seine vor Stolz geschwellte Brust verrät ihn. Atlan bekommt von meiner Mutter ziemlich viel Aufmerksamkeit, seit er mich wohlbehalten ins Schloss gebracht hat. Nun weicht er mir nur noch ziemlich selten von der Seite.

»Hat es vielleicht etwas mit Mayla zu tun?«, frage ich und richte meine Flügel. Ich liebe sie wirklich, auch wenn sie mich von den anderen Sirenen unterscheiden. Eines Morgens bin ich aufgewacht und hatte sie plötzlich auf meinem Rücken. Seitdem bin ich auch besser im Stimmtraining mit meiner Mutter und meine Leistungen können sich sehen lassen.

Atlan grinst verschmitzt, doch nur für einen Augenblick, dann sitzt seine

Kriegermaske wieder perfekt. »Ich weiß es nicht, aber ich würde mich sehr für euch freuen, wenn ihr euch bald wiedersehen könntet.«

»So? Dann darf ich zurück zu ihr?«

»Auf keinen Fall aus dem Palast.«

Das dachte ich mir, Atlan wacht mit Argusaugen über mich. Die einzigen Orte, die er mir zu besuchen erlaubt, liegen innerhalb von Aquarta. Man könnte meinen, als Prinzessin dürfte ich hingehen, wohin auch immer es mich verschlägt, aber weit gefehlt.

»Komm, die Königin erwartet dich.«

Er bietet mir den Arm, ich hake mich ein und wir betreten gemeinsam den Thronsaal. Doch meine Mutter sitzt nicht wie üblich auf ihrem Thron, sondern steht daneben und spricht mit einem Mann mit grau meliertem Haar. Seine Haltung ist steif und seine Rüstung ähnelt der von Atlan. Sie besteht aus glänzendem Gold und schmiegt sich an den Oberkörper des Mannes, er ist überaus gut trainiert und sieht topfit aus.

»Lucia, Liebes!« Die Augen meiner Mutter erhellen sich, sobald sie mich sieht. Jedes Mal löst dieses kleine Funkeln ein wohliges Gefühl in meiner Magengegend aus.

»Mama.« Es ist immer noch ungewohnt, sie so zu nennen, aber es fühlt sich einfach richtig an. Auch wenn wir uns erst beim Frühstück gesehen haben, schließen wir einander in die Arme. Ein Ritual, was mich wenigstens die Sehnsucht nach der Umarmung von Mayla ein wenig stillen lässt. Und meine Mutter ist verdammt gut darin. Sie will mich manchmal gar nicht mehr loslassen und erinnert mich damit an meine Adoptivmama. Und genau dann mache ich mir Sorgen, wie meine menschliche Mutter ohne mich klarkommt, aber Atlan hat mir versichert, dass sich Roana darum gekümmert hat.

»Du bist weit genug in deiner Ausbildung. Du hast den Schutzwall schon hervorragend gemeistert, aber jetzt will ich dir etwas zeigen«, sagt sie verschwörerisch und streicht mir eine Strähne zur Seite. Eine eigentlich unnötige Geste, da meine Haare im Wasser eh immer um mich herumwabern, aber dennoch herzlich.

»Ich bin so stolz auf deine Flügel, mein Schatz. Sie sind in kurzer Zeit so groß geworden, du wirst eine wundervolle Königin sein.«

Atlan und der fremde Mann halten sich im Hintergrund und sprechen nur sehr leise miteinander. Erst jetzt fällt mir ihre große Ähnlichkeit zueinander auf.

»Ich möchte dich mit jemandem bekannt machen«, sagt meine Mutter und löst sich von mir. Wir stehen dem älteren Mann gegenüber, er dürfte in den Vierzigern sein.

»Eure Hoheit.« Er verbeugt sich vor mir, was ich mit einem Kopfnicken registriere.

»Das ist Nubuk, er ist mein Vertrauter in der königlichen Garde und Atlans Vater.«

»Es freut mich sehr, euch kennenzulernen, Nubuk.«

»Es ist mir eine Ehre, Prinzessin.« Nubuk richtet sich wieder auf und wirft seinem Sohn einen tadelnden Blick zu. Doch ich greife schnell ein.

»Nicht, Nubuk. Ich habe Atlan verboten sich vor mir zu verbeugen und glaubt mir, es hat sehr lange gedauert, bis ich mich durchsetzen konnte.«

Meine Mutter lächelt warm auf meine Worte hin und nimmt meine Hand, um mich in die Richtung eines großen Fensters zu ziehen.

Doch dann legt sich ein Schleier über ihr Gesicht. »Was wir euch heute zeigen wollen, ist eine heilige Aufgabe, die wir von Mayim übertragen bekommen haben. Sie muss unter allen Umständen erledigt werden und das kann nur von einem ausgewählten Kreis ausgeführt werden.«

Ihr ernster Ton gefällt mir nicht. Ich schaue mich nach Atlan um, der sofort zu mir schwimmt. Manchmal habe ich das Gefühl, ich muss nur etwas angestrengter ausatmen und Atlan ist sofort an meiner Seite.

Ich spüre den Blick meiner Mutter auf uns beiden, doch sie sieht nicht verärgert aus, sondern eher wohlwollend. Nach wie vor ist es merkwürdig, dass Atlan bei mir ist, dabei waren er und Mayla doch so glücklich. Ich weiß, dass er nie vollständig mein sein wird und manchmal frage ich mich, ob ich es überhaupt wollen würde.

»Also dann los!« Meine Mutter holt mich aus meinen Gedanken und wir schwimmen aus dem Palast. Nur begleitet von Nubuk und Atlan. Mit den beiden fühle ich mich ein bisschen sicherer, aber die Angst vor einer weiteren Begegnung mit den Meerhexen verfolgt mich mehr, als es die Hexen an sich könnten.

In solch ungewissen Momenten wünschte ich, Mayla würde meine Hand halten, mit ihr habe ich mich immer stark gefühlt. Als könnte ich alles erreichen, nur weil sie mich mitgerissen hat. Es ist sicherlich gut für mich, dass ich auf mich allein gestellt bin und viele Dinge nun selbst regeln muss. Dennoch fehlt mir Mayla so sehr.

Wir schwimmen eine Weile. Nubuk erklärt hier und da ein paar Gegebenheiten der Umgebung, wo die besten Verstecke sind und wo Atlan mit einem Hinterhalt rechnen könnte.

»Du brauchst keine Angst zu haben, Liebes. Du bist wohl die stärkste Waffe gegen die Meerhexen. Atlan wird dich immer nur zur Zierde begleiten, denn du allein kannst es mit ganzen Gruppen aufnehmen.«

Das beruhigt mich dann doch.

»Bevor wir weiter an die Oberfläche schwimmen, musst du etwas wissen, mein Kind. Und du auch, Atlan.« Meine Mutter winkt ihn näher zu uns heran. »Wir sind Mayims Schöpfungen. Ihr beide seid dem Wesen noch nicht begegnet, aber spätestens zur Zepterübernahme wird Mayim dich sehen wollen. Es ist ein überirdisches Wesen, das Meer selbst und lebt schon seit Anbeginn der Zeit.«

Meine Mutter nimmt meine Hände in ihre und streicht mit ihren Daumen über meine geschuppte Haut. Ihr Blick ist eindringlich und macht mir Angst.

»Wir wurden zu Beginn nur für einen Zweck geschaffen: um eine heilige Aufgabe zu erfüllen.«

Sie tauscht einen Blick mit Nubuk aus, der ebenfalls angespannt wirkt.

»Soll ich, meine Königin?«, fragt er, doch sie schüttelt den Kopf.

»Lucia muss es von mir hören, damit sie versteht, welche Bedeutung wir haben.«

Dann wendet sie sich wieder mir zu. Sie kämpft mit sich und das ist das erste Mal, dass ich meine Mutter in Unruhe erlebe. Sie hat ebenso Angst vor ihren Worten wie ich.

»Der Kreislauf des Lebens besteht aus Leben und Tod, jedes Wesen hat Feinde und andere, die ihm überlegen sind. Genauso auch der Mensch. Der Mensch hat sich aber über viele Gefahren hinweggesetzt. Doch jeder Kreislauf muss im Einklang sein und dafür sorgt unter anderem Mayim. Es ist seine Aufgabe, das Gleichgewicht des Universums aufrechtzuerhalten, auch mithilfe des Meeres.«

Sie hält meine Hände viel zu fest und verkrampft sich dabei. Ich höre, was sie sagt, warte aber auf den großen Knall, bevor ich vermutlich das Ausmaß ihrer Worte begreifen kann.

Wieder ringt sie mit sich, doch dann strafft sie den Rücken und ist wieder die Königin, die ich kenne.

»Lucia, Mayim nimmt auch mal Leben, um den Kreislauf im Gleichgewicht zu halten, und wir helfen dem Wesen dabei.«

Und da ist er, der große Knall, auf den ich gewartet habe und von dem ich mir jetzt wünsche, er wäre nur heiße Luft gewesen.

Kapitel 12

Positives Nummer 38: Wie macht Mayla das immer? Also ich lerne jedenfalls meine richtige Mutter besser kennen

Mit einem Ruck entziehe ich meiner Mutter meine Hände und starre sie völlig fassungslos an, direkt danach wende ich mich zu Atlan, der nicht weniger geschockt aussieht.

»Wir helfen Mayim dabei, Menschen zu töten?«, krächze ich.

Nubuk und meine Mutter tauschen einen sorgenvollen Blick aus, der mich noch mehr beunruhigt.

Atlan starrt unentwegt vor sich hin, völlig vor den Kopf gestoßen und ich kann es absolut verstehen. Wir sind doch die Guten in diesem Krieg. Wie kann es dann sein, dass wir Menschen das Leben nehmen? Unwillkürlich muss ich an Alegria denken, mein Herz zieht sich zusammen.

»Nein, so ganz ist es natürlich nicht. Lass mich dir etwas zeigen.« Meine Mutter bietet mir wieder die Hand an, doch ich zögere. Ich weiß nicht, was mich erwartet, wenn ich sie ergreife. Am liebsten möchte ich zurück in mein Zimmer und mich vor dem, was nun folgt, verstecken. Mayla wüsste, was zu tun ist. Aber sie ist nun mal nicht hier, nicht sie ist die Sirenenprinzessin, sondern ich. Und zum ersten Mal, seit wir es herausgefunden haben, wünschte ich vom ganzen Herzen, dass es nicht so wäre.

Nur der Gedanke, dass die Königin meine Mutter ist, lässt mich nach ihrer Hand greifen. Die Erleichterung steht ihr ins Gesicht geschrieben.

Wir schwimmen nach oben, dem Sonnenlicht entgegen. Laut meiner neuen genbasierten Orientierung müssten wir uns dennoch mitten auf dem Ozean befinden, ziemlich weit von Aquarta entfernt.

Wir kommen der Oberfläche näher und ich kann erste Schiffsteile erkennen.

»Nein.« Ich will da nicht hin, doch die Hand meiner Mutter ist unerbittlich, sie zieht mich mit sich. Die Angst vor dem Anblick kriecht mir den Nacken empor. Wir durchbrechen die Oberfläche und vor uns erstreckt sich das pure Chaos. Wrackteile schwimmen herum, aber wenigstens keine Menschen. Es ist gespenstisch ruhig, viel zu ruhig für einen Untergang. Die sanften Wellen klatschen gegen die Überreste eines Schiffs, aber das ist auch das einzige Geräusch.

»Was ist hier passiert?« Wieder lasse ich die Hand los und drehe mich zu Atlan um, der sofort hinter mir ist und mich in den Arm nimmt.

Nubuk mustert seinen Sohn mit Argusaugen und beginnt mit neutraler ruhiger Stimme zu erzählen.

»Vor ein paar Tagen musste leider dieses Passagierschiff sinken, die Gründe dafür verrät uns Mayim nicht, auch nicht, wie es bestimmte Unfallopfer aussucht. Aber wir stellen dies auch nie infrage. Mayim ist das Meer selbst und seine Befehle sind unumgehbar. Wir unterstützen Mayim dabei, weil wir den Menschen helfen wollen.«

»Helfen?« Meine Stimme überschlägt sich und wird quietschig, so sehr, dass sogar Atlan das Gesicht schmerzerfüllt verzieht.

»Ja, denn wenn wir nicht wären, dann hätten diese Menschen einen qualvollen Tod. Ob durch Ertrinken oder Verdursten. Keiner dieser Tode ist angenehm. Durch den Gesang ihrer Hoheit ist das Ableben geradezu eine Wohltat. Sie merken nicht, dass sie sterben.«

»Ich möchte nicht der Richter über Leben und Tod sein«, entfährt es mir sofort und ich verberge mein Gesicht an Atlans Brust.

»Und das bist du auch nicht, Liebes. Sondern Mayim. Wir sind nur für die Unterstützung der Menschen da ... Wenn wir nicht wären, dann wäre ihr Lebensabschied grausam. Sterben müssen sie leider in jedem Fall.«

Ich will mir nicht ausmalen, wie es ist zu ertrinken. Vielleicht hat meine Mutter nicht ganz unrecht.

»Also ist dieses Schiff vor einer Woche verschwunden?«, fragt Atlan und ich spüre seine Brust an meiner Wange vibrieren. Dass er da ist, gibt mir Halt, ich weiß nicht, ob ich es ohne ihn ertragen würde.

»Ja«, sagt Nubuk, »Mayim hat sich bereits um die Leichen gekümmert, das Wesen hat einen besonderen Ort, wo sie ihre letzte Ruhe finden.«

Er klingt dabei so abgeklärt, wie oft haben sie solch ein Unterfangen schon begleitet? Wie oft haben sie Menschen in den Tod gesungen. Wenn meine Stimme so etwas kann, dann will ich sie nicht benutzen. Fassungslos greife ich an meinen Hals. Ich dachte, sie wäre zum Schutz des Volkes da, um die Meerhexen fernzuhalten, aber sie ist ein Werkzeug, um Menschen in den Tod zu ziehen.

»Das wolltest du mir also zeigen?«, frage ich. Mein Hals kratzt und jedes Wort tut weh, als wollten meine Stimmbänder sich gegen ihre Benutzung sträuben. Vorsichtig traue ich mich, mich von Atlans Brust zu lösen und meine Mutter anzusehen. Ihr Gesicht ist von Trauer durchzogen.

»Nicht nur«, sagt sie, wobei ihre Stimme eher einem Hauchen gleicht. Da höre ich es: Das Geräusch eines kleinen Motorboots durchbricht auf fast schon erschreckende Weise die Stille.

Nein. Ein grausamer Gedanken durchzuckt mich. Meine Mutter strafft die Schultern und ist wieder durch und durch die Königin der Sirenen.

Aber Mayim wird doch nicht verlangen, dass wir die zu Hilfe kommenden Menschen ebenfalls töten. Das kann ich mir nicht vorstellen. Instinktiv greife ich nach Atlans Hand und halte mich an ihm fest. Er schlingt einen Arm beschützend um meine Mitte. Als könnte er mich vor dem bewahren, was gleich geschehen würde.

Ich hoffe, ich irre mich – ich hoffe es so sehr.

Sie kommen näher, ihr Boot erscheint am Horizont und wenig später kämpfen sie sich durch die Trümmer des Passagierschiffs. Keiner von uns gibt einen Ton von sich.

Ich weiß nicht, warum die anderen schweigen. Mir bleibt jegliches Geräusch im Hals stecken, denn ich habe Angst davor, was geschieht, wenn sie uns finden.

»Was für ein Schlachtfeld.« Einer der Männer nimmt seine Cappi ab und streicht sich den Schweiß von der Stirn.

Der Wind fegt über die Wasseroberfläche hinweg und die bedrückende

Stille verschwindet. Dunkle Wolken ziehen auf, obwohl vor wenigen Sekunden nichts davon am Himmel zu sehen war.

»Wir sollten uns beeilen«, sagt einer der Männer und betrachtet mit sorgenvollen Blick das aufkommende Unwetter.

Die anderen suchen mit den Augen das Meer ab, bis sie bei uns hängen bleiben.

»Da sind Menschen im Wasser«, ruft einer von ihnen.

Das ist der Moment, wo ich mich aus meiner Schockstarre löse. Bittend sehe ich zu meiner Mutter, doch sie starrt nur auf das Boot mit den fünf Männern. Ich strecke eine Hand nach ihr aus, doch Atlan hält mich zurück. Unter dem strengen Blick von Nubuk lasse ich den Arm wieder sinken. Ich habe mich nicht getäuscht.

»Was machen Sie denn da? Schwimmen sie rüber! Wir helfen Ihnen«, ruft der Mann uns zu.

»Ich will das nicht«, wispere ich. In diesem Moment kracht es über unseren Köpfen zusammen, als die Wolken gegeneinanderstoßen und das Unwetter seinen Lauf nimmt.

»Heilige Scheiße! Wir müssen hier weg! Nun kommen Sie doch endlich!«

Doch wir bewegen uns nicht vom Fleck, dafür starten die Männer wieder den Motor und fahren zu uns hinüber. Großer Fehler!

»Wie haben Sie das Unglück überlebt?«, fragt ein anderer Mann, als sie bei uns ankommen. Regen setzt ein und er streckt die Hand nach meiner Mutter aus.

Selbst jetzt, als sie elegant nach seiner Hand greift, sieht sie atemberaubend schön aus. Ihre Finger wirken so elegant in seinen, als sie das Wasser befehligt, ihren Körper ein Stück weit nach oben zu drücken.

»Das sind keine Menschen.«

Die Augen der Besatzung werden riesig und sie alle starren uns an, auf die Rüstung von Nubuk, den nackten Oberkörper von Atlan, die Flügel an meinem Rücken und die goldenen Schuppen meiner Mutter.

»Meerjungfrauen?«, fragt einer und schüttelt fassungslos den Kopf.

»Fast«, erwidert meine Mutter und ihre Stimme klingt dabei so lieblich sanft, so melodisch. Gerade als sie das Wort ausgesprochen hat, verdunkelt sich der Himmel vollends und peitschender Regen trommelt auf die Oberfläche. Doch niemanden von der Besatzung scheint es zu stören, denn sie starren meine Mutter an. Bis auf einen. Ein junger Mann mit dunklen Locken hat den Blick auf mich geheftet. Seine Augen wirken so jugendlich, er müsste in unserem Alter sein. Seine Haare sind wild und unbändigbar, sie erinnern mich stark an Maylas. Hat er sich freiwillig gemeldet, um Überlebende zu bergen?

Ich will das nicht, nichts davon. Was wird von mir erwartet? Was muss ich tun?

Doch diese Fragen werden mir abgenommen. Die Wellen türmen sich immer höher auf und reißen das Schiff hin und her. Noch immer hält einer der Männer die Hand meiner Mutter, als das Wasser ihn vom Boot reißt. Er schreit auf, das kalte Nass überrollt ihn und er schlägt mit den Armen panisch um sich – ein kläglicher Versuch, über Wasser zu bleiben.

Nubuk legt eine Hand auf die Schulter meiner Mutter, langsam wendet sie sich ihm zu und legt ihre Finger auf seine.

»Ich weiß«, seufzt sie und schließt für einen Moment die Augen. Weitere Schreie erklingen, als die nächsten zwei Männer über Bord gehen. Der Junge war noch nicht dabei, er klammert sich an der Reling fest und hält seinen Blick auf mich gerichtet. Als könnte ich ihm helfen.

Atlans Hand verkrampft sich an meiner Schulter, er hält mich so fest an sich gepresst, dass es mir wehtun sollte, aber es ist beruhigend. Ohne ihn wäre ich geflüchtet, hätte mich versteckt und gehofft, dass alles nur ein böser Traum ist.

»Du musst singen, bevor sie zu sehr leiden.« Nubuks Stimme ist ruhig, gefasst. Die Dynamik zwischen ihm und meiner Mutter ist beeindruckend und sie erinnert mich stark an die zwischen Atlan und mir. Er ist ihre Stütze, der Halt, damit sie nicht selbst verloren geht. Ich will nicht hinsehen, aber kann auch nicht wegschauen. Gleichzeitig krallen sich meine Finger in Atlans Arm. Er hält mich fest.

Meine Mutter setzt an, vorsichtige Töne kommen aus ihrem Mund, die den Krach des Unwetters gedämpft wirken lassen. Es gibt nur noch sie und ihre Stimme, der Rest wird unbedeutend. Es ist faszinierend und erschreckend.

Sie formt keine Worte, sondern nur wunderschöne Melodien.

Drei der Männer im Wasser hören auf zu schreien und zu kämpfen, sie betrachten ihre Gestalt und lächeln. Sie lächeln einfach!

Da hustet meine Mutter und ihr Lied bricht ab. Das Unwetter bricht mit seiner gesamten Macht über uns herein, die Wellen türmen sich erneut auf und reißen auch die letzten zwei standhaften Männer von Bord.

Nein, der Junge wird ertrinken!

Reflexartig strecke ich meine Hand nach ihm aus, ich muss ihm doch helfen. Er prustet und spuckt Wasser. Doch Atlan hält mich zurück.

Sein Gesicht ist verkrampft, während er sich um eine neutrale Miene bemüht, doch immer wieder verrutscht die Gelassenheit. In ihm brodelt es und doch weiß er, was seine Pflicht ist. Das hier – dieses grausame Schauspiel. Seine Muskeln zucken. Er muss sich selbst davon abhalten einzugreifen. Ich kann ihn verstehen, das hier widerspricht allem, wofür Atlan steht.

Immer wieder stimmt meine Mutter ihren Gesang an, aber es will nicht klappen.

»Eure Hoheit! Was passiert mit Euch?«, fragt Nubuk und ist sofort an ihrer Seite. Legt ihr eine Hand auf den Rücken, doch meine Mutter umfasst ihren Hals und schüttelt den Kopf.

»Was ist los?« Ich muss rufen, um gegen die Schreie der Männer, das Donnergrollen und das Tosen der Wellen anzukämpfen. Es gelingt mir so leicht, dass es mir Angst macht.

»Ich kann nicht mehr singen«, krächzt meine Mutter. Sie setzt zu einem erneuten Versuch an, aber nach nur drei Tönen verstummt sie wieder. Die Männer versuchen sich gegen die Wellen zu behaupten, was ihnen sichtlich schwerfällt.

»Helft uns!«, ruft einer von ihnen, aber Atlan und ich sind wie erstarrt. Wir können, wir dürfen ihnen nicht helfen.

»Lucia, du musst singen.«

Das kann doch nicht ihr Ernst sein? Wie soll ich diesen Männern den Weg in den Tod weisen? Sie ertrinken lassen? Ich kann das nicht.

Vehement schüttle ich den Kopf, als eine riesige Welle uns alle unter sich begräbt, doch ich denke nicht daran, wieder aufzutauchen und mir den Überlebenskampf anzusehen. Ich will ihnen helfen, ihr Leben retten.

Wir sind nicht allein unter Wasser, die fünf Männer schauen sich verwirrt um, sie werden von den Strömungen umhergeschleudert. Niemand von ihnen weiß, wo oben und unten ist. Die Panik ist ihnen deutlich ins Gesicht geschrieben. Ihnen ist bewusst, dass sie keine Chance haben. Einer von ihnen röchelt bereits.

»Wir müssen ihnen helfen«, schreie ich.

»Du kannst ihnen nur helfen, wenn du singst, dann wird es leichter für sie.«

»Nein.« Ich weigere mich, egal was Nubuk sagt. Ich werde nicht singen.

»Lucia.« Meine Mutter versucht einen sanften Ton anzuschlagen, aber sie ist sichtlich darum bemüht, das Zittern daraus zu verbannen. »Es wäre egoistisch, es nicht zu tun. Ertrinken ist ein grausamer Tod, tu ihnen das nicht an.«

Wann ist es meine Verantwortung geworden, dass sie ertrinken und leiden? Ich habe sie nie in diese Lage gebracht. Ich wusste noch nicht einmal, was hier geschehen wird.

Nubuk wird unruhig, er umschließt den Anhänger an seiner Kette mit der Hand und kurz darauf hält er seinen Dreizack fest umklammert. Er wird doch nicht ...?

»Was hast du vor, Nubuk?«, schreie ich über den Lärm hinweg.

»Atlan, es ist unsere Pflicht, wenn unsere Königin es nicht mehr kann, diese Menschen von ihrem Leid zu erlösen.« Nubuk wirkt so gefasst und abgeklärt, als hätte er gerade ein vertrauliches Gespräch mit seinem Sohn geführt und sich nicht selbst zum Vollstrecker von fünf Todesurteilen gemacht. Er wird ihnen das Leben nehmen.

Ein Blick in Atlans Augen genügt, um seinen inneren Kampf zu sehen, nur einen winzigen Moment später strafft er seine Schultern. Seine Entscheidung ist gefallen und ich kenne sie bereits, bevor er zu seinem Dreizack greift. Es sollte mich schockieren, dass Atlan nur einen Moment gezögert hat. Aber ich kenne ihn, niemals würde er sich über seine Pflicht hinwegsetzen.

Vielleicht war Mayla wirklich die Einzige, die seine Loyalität jemals ins Wanken gebracht hat. Es tut mir nicht weh, dass er nicht die gleichen Gewissensbisse bei mir hat, sondern es ihm leichtfällt, sich für die Krone zu entscheiden. Weil ich auch irgendwo die Krone verkörpere. Niemals könnte es mich schmerzen, aber mein Herz wird für ihn schwer. Für den Mann, der seine eigenen Werte hinten anstellt, weil es von ihm verlangt wird. Dem die Krone über alles geht und wofür er bereit ist, Dinge zu tun, zu denen ich nicht in der Lage bin.

Will ich ihm wirklich diese Bürde auflasten? Ich kenne die Antwort bereits. Er hat schon zu viel geopfert.

»Wartet«, wispere ich und ziehe Atlan am Arm zurück. Überrascht halten beide inne. »Ich werde singen.«

»Lucia.« Die Stimme meiner Mutter klingt so brüchig. Sie kann es selbst nicht fassen, dass ihr Gesang versagt hat.

»Ich weiß …«

In ihrem Blick liegen Unverständnis und Entschuldigungen dafür, dass ich es tun muss, dass ich ihre Pflicht erfüllen *muss*. So war es doch sicherlich nicht geplant.

Ich beginne zu singen, wie meine Mutter es mir beigebracht hat. Zunächst verlassen die Töne zögerlich meinen Mund, doch dann werde ich sicherer. Die Männer hören auf zu kämpfen, sie starren mich an, als wäre ich das schönste Geschöpf, das sie jemals erblickt haben. Die ersten Luftblasen steigen auf, als sie sich tiefer sinken lassen. Ihre Körper werden in der Dunkelheit der See verschwinden, einfach so.

Was singt man, wenn man andere zu ihrem Totenbett begleitet? Ich weiß es nicht, also entscheide ich mich für eine Melodie, die ich irgendwo schon mal gehört habe. Ihr Starren ist schrecklich. Dann sehe ich plötzlich nichts mehr.

»Schau nicht hin!«, wispert Atlan in mein Ohr. Seine Hand liegt auf meinen Augen und sie beruhigt mich. Wo ich ihre Blicke nicht mehr sehe, fällt es mir leichter zu singen – von Momenten, wo ich nicht unglücklich war, von Lachen und Albernheiten unserer Dreiergruppe. Ich flüchte mich in diese Momente mit Mayla und Alegria, weil ich vergessen will, was ich hier tue.

Atlan hilft mir sehr dabei.

Plötzlich höre ich, wie jemand hektische Bewegungen unter Wasser macht. Ich reiße Atlans Hände von meinem Gesicht und sehe, wie der Junge sich als letzter Überlebender nach oben kämpft. Er will nicht aufgeben.

Hilfe suchend sehe ich zu meiner Mutter. Vielleicht kann er gewinnen? Die Melodie verstummt. Wer bin ich, dass ich ihm diese Chance nehme?

»Er wird nicht überleben, Mayim wird es nicht zulassen, egal was du tun wirst.« Ihre Augen sind traurig und klar, als wüsste sie genau, wovon sie spricht. »Wenn er es jetzt überlebt, was bei diesem Sturm schon unmöglich ist, dann erwarten ihn mehrere Tage auf See ohne Essen und Trinken. Und glaube mir, Verdursten oder Verhungern bringen schreckliche Qualen hervor.«

Sie hat recht, bestimmt, aber so, wie er kämpft, wie er strampelt, dabei untergeht und immer wieder auftaucht, erinnert er mich an Mayla. Ich kann ihn nicht sterben lassen.

»Lucia, bitte, tu es für dein Volk.«

Mein Volk? Was hat mein Volk damit zu tun, ob dieser Junge überleben wird oder nicht?

»Ich will ihn retten.«

»Nein!« Noch nie hat meine Mutter so schnell geantwortet, ihre Augen sind weit aufgerissen und ihr Schrei durchzuckt das Unwetter wie ein Blitz.

»Wieso kann ich ihn nicht retten? Wir haben doch die Macht dazu!«

»Sei nicht kindisch, Lucia.«

Mein Kopf schnellt zu Nubuk herum. Wie kann er es wagen? »Nubuk«, zische ich und straffe mich, drücke meinen Rücken durch, »ich benehme mich sicherlich nicht wie ein Kind, weil ich das Leben von einem unschuldigen Jungen retten will. Er ist so alt wie ich.«

Meine Mutter wirft Nubuk ebenfalls einen entgeisterten Blick zu. »So redest du nicht mit deiner zukünftigen Königin«, entfährt es ihr und Nubuk zieht den Kopf ein, nicht viel, aber ich habe es gesehen. Er hat eine Grenze überschritten.

Sie atmet einmal tief durch und kommt dann zu mir, um meine Hände in ihre zu nehmen. »Es gibt einen Grund, warum es verboten ist, dass Sirenen sich in Menschen verlieben.«

Fassungslos versuche ich sie abzuschütteln, aber sie hält meine Finger fest umklammert.

»Ich liebe ihn doch nicht. Er hat es nur nicht verdient zu sterben, ich werde ihn retten!«

Eindringlich taxiert sie mich mit ihrem Blick und verwandelt sich von meiner Mutter in meine Königin.

»So hat es mit Aquarta auch angefangen. Sie wollte einen Menschen retten und hat sich gegen Mayim aufgelehnt.« Sie verleiht ihrer Stimme so einen Nachdruck, dass mir ganz anders wird. »Sie hat ihn gerettet und musste damit nicht nur mit ihrem Leben bezahlen, sondern wir alle kämpfen seither mit den Meerhexen.«

»Was haben die Meerhexen jetzt damit zu tun?« Wir haben nicht mehr viel Zeit, der Junge kämpft um sein Leben, während wir hier reden. Ich will keine Geschichtsstunde, sondern etwas ändern, dieses Schicksal vor mir verändern.

»Nur weil sie ihn gerettet hat, gibt es Meerhexen, die uns jagen. Ein winziger Fehler und wir kämpfen noch zweitausend Jahre später mit den Folgen. Ich verspreche dir, ich werde dir alles erzählen, doch jetzt musst du ihn gehen lassen.«

Ich komme nicht gegen sie an, also nicke ich und es macht mich fertig, dass ein Nicken reicht, um sein Leben zu nehmen.

Ich beginne wieder zu singen und er beruhigt sich augenblicklich. Wie ein Stein sinkt er direkt zu mir, entfernt sich von der rettenden Oberfläche. Er lebt ... noch. Gerade als er an mir vorbeizieht, kann ich nicht anders. Seine verzweifelten Augen halten mich davon ab, ihn einsam sterben zu lassen.

»Ich werde dich nicht allein lassen«, verspreche ich, wie ich es schon einmal Mayla versprochen habe. Doch dieses Mal werde ich es halten, dieses Mal wird es anders sein. Bis zu seinem Ende werde ich bei ihm bleiben.

Ich halte sein Gesicht in meinen Händen und presse seine Stirn gegen meine. Er soll nicht allein sterben, ich will ihm beistehen, auch wenn ich der

Grund für seinen Tod bin. Obwohl – bin ich es? Bin ich wirklich schuld daran? Oder ist es Mayim? Ich habe es nicht entschieden, ich versuche nur es angenehmer zu machen, sanfter.

»Es tut mir leid, so leid«, schiebe ich zwischen dem Gesang ein. Vorsichtige Worte, um seine Trance nicht zu stören. Ich summe, singe Laute, wie es schon die Königin getan hat. Das Lied ist nicht so schön wie das ihrige, aber es ist mein Herzenslied. Voller Trauer, unzähliger Entschuldigungen und dem Wunsch, es *nicht* tun zu müssen.

Dieser wunderschöne Junge stirbt in meinen Händen, dabei lächelt er auch noch und schaut mich aus seinen dunklen Augen an, völlig unbeirrt von dem, was hier gerade geschieht. Ich weiß nicht einmal, ob er überhaupt versteht, was passiert.

Laute, von denen ich nicht dachte, dass ich sie erzeugen könnte, entkommen meiner Kehle. Sie klingen nach Schmerz und Unverständnis und kurioserweise auch noch überirdisch schön.

Er lächelt weiter, auch als sein Körper erschlafft und seine Augen sich schließen – diese Augen, die mich an Mayla erinnern. Gott, es fühlt sich an, als hätte ich sie verraten. Ihren Lebenswillen mit meiner Stimme gebrochen. Und das zerreißt mir das Herz. Es ist wie ein friedlicher Schlaf unter Wasser. Er wird schwer und ich habe Mühe, ihn noch zu halten.

»Lass los, Lucia.« Atlan legt seine Hände auf meine, die noch immer das Gesicht des Jungen halten.

»Ich kann nicht«, wispere ich. Meine Tränen vermischen sich mit dem Ozean und perlen von meinen Wangen, als wären sie nie da gewesen. Keine Spuren werden davon zeugen, dass ich um diesen fremden Jungen geweint habe.

»Das ist so grausam.«

Atlan nickt auf meine Worte hin und beginnt vorsichtig meine Finger zu lösen, ich lasse es zu.

»Ich weiß, aber du hast gesehen, was geschehen ist, als du nicht gesungen hast. Das war viel grausamer.«

Gibt es eine Steigerung von grausam? Der Junge entgleitet mir und sinkt hinab in die Tiefen des Meeres. Durch das Unwetter ist es so dunkel, dass selbst ich nicht den Grund erkennen kann. Und es auch nicht will.

Eine warme Strömung umspült meinen Körper, die sich wie eine Umarmung des Meeres anfühlt.

»Das hast du gemacht, Prinzessin.« Eine ruhige, schwere Stimme umfängt mich, wie ein Echo halt sie in meinem Kopf wider. Ohne dass sich diese Person vorstellt, weiß ich, dass es Mayim ist. Mayim hat zum ersten Mal mit mir gesprochen und mich dafür gelobt, dass ich Menschen in den Tod geführt habe.

Noch immer starre ich in die Dunkelheit, wohin der Junge verschwunden ist. Atlan umarmt mich, doch ich kann es nicht erwidern. Denn ich fühle mich so hilflos. Das ist also meine Bestimmung.

»Woher wusste Mayim, dass das Boot an dieser Stelle ankommen würde?«, frage ich meine Mutter, doch diese schweigt nur beharrlich, stattdessen antwortet mir Mayim.

»Ich kann in die Zukunft schauen, Prinzessin.«

Das erklärt es natürlich. Also steht alles schon fest? Ist das hier meine Zukunft? Mein Schicksal, dem ich mich beugen muss? Ich lache, weil es genau so ist. Mayim weiß schon genau, was passieren wird, und das Wesen lenkt mich. Ich kann nichts mehr ändern und mich nur seinem Willen ergeben.

Kapitel 13

Positives Nummer 39: Lucia

Mayla

Zugegeben, der Weg nach Aquarta ist nicht gerade kurz und ich habe mich mehrmals verschwommen. Ein paar Mal musste ich schon umkehren und einen Teil der Strecke zurückschwimmen. Oder Mayim hat mich mit Absicht so viele Irrwege entlanggeführt, damit ich mich beim nächsten Mal ja nicht erinnern kann.

Langsam tut mir Tante Carla aufrichtig leid, immer wieder verschwinde ich ohne ein Wort und bleibe dann tagelang weg. Dass sie mich noch nicht rausgeschmissen hat, grenzt an ein Wunder. Vielleicht schreibt sie es aber auch einer rebellischen Phase zu.

Wenn sie nur wüsste.

»Wie weit ist es noch?«, maule ich zum gefühlt hundertsten Mal und drehe mich wieder in eine andere Richtung, um an einem Riff vorbeizuschwimmen. Mayim muss es mit Absicht machen, so oft kann man doch gar nicht falschliegen, vor allem nicht als überirdisches Wesen.

»Du bist wirklich ungeduldig, kleine Mayla.«

Wohl eher genervt von seinen Spielchen, aber ja, nennen wir es ungeduldig.

»Nicht mehr lang.«

Hat dieses Wesen nichts anderes zu tun? Hätte es mir nicht eine Karte in die Hand drücken oder dieses Wissen in den Kopf pflanzen können? Aber nein, mit Mayims Stimme im Kopf lasse ich mich durch den Ozean führen. Sie gleicht einem Navigationsgerät.

Wieder sehe ich etwas Weißes mitten im Wasser schweben.

»Das darf doch nicht wahr sein.« Ich schwimme darauf zu und greife nach der Plastiktüte, um sie zusammenzuknüllen und in eine andere große Tüte zu stopfen. Mir ist auf dieser Reise schon so viel Müll begegnet, dass mein Geduldsfaden mittlerweile zum Zerreißen gespannt ist.

»Kein Wunder, dass wir solange brauchen, wenn du bei jedem Müllkrümel anhältst.«

»Ich kann ihn ja schlecht einfach vor sich hin gammeln lassen, dann fressen Fische das Mikroplastik oder Schildkröten verheddern sich und sterben. Wenn du mich schon all die Umwege schwimmen lässt, dann lass mich wenigstens was Gutes tun.« Ich schaue auf die Tüte, die schon gut gefüllt ist. Aber Mayim hat recht, ich kann nicht alles mitnehmen. Vieles musste ich schon auf dem Weg dahinschwimmen lassen.

»Hat Aquarta so etwas wie eine Mülldeponie?«

In meinem Kopf kichert es.

Das ist das erste Mal, dass ich Mayim lachen höre. Auf einmal hört sich das mächtige Wesen wie ein kleines Kind an, das etwas ausgefressen hat.

»So etwas in der Art.«

Ich schwimme um das Riff herum und sammle dabei noch eine Coladose und einen Strohhalm ein, die direkt vor meiner Nase geschwommen sind. Mittlerweile ist es regelrecht duster. Sonnenlicht kommt hier unten wohl nicht so gut an. Ich befinde mich so tief unter der Meeresoberfläche, dass es hier nur Fische geben sollte. So weit unten zu sein, sollte ich genießen, an Orten zu sein, wo noch nie zuvor ein Mensch war. Aber meine Wut unter Kontrolle zu halten fällt mir wirklich nicht leicht. Ich will auch nicht in Aquarta ankommen und schlechte Laune verbreiten.

»Sagst du eigentlich irgendjemandem Bescheid, dass ich komme?«, frage ich wieder ins Blaue hinein. Wenn mich jemand sieht, denkt er auch, ich wäre verrückt.

Endlich lasse ich das Riff hinter mir und tauche noch ein Stück tiefer.

»Shit, ist das dunkel.« Es hilft gegen die Angst, wenn ich meine Gedanken laut ausspreche, so kann Mayim mich wenigstens hören. Selbst mit meinen Echsenaugen fällt es mir schwer, etwas zu erkennen. Vorsichtig taste ich mich voran. Mayim hat mich tatsächlich zwischen Felsen durchbugsiert. Ich fluche, als ich mich hindurchquetsche und mir die Haut aufratsche.

Nicht zum ersten Mal möchte ich Mayim verfluchen, halte mich aber zurück. Endlich komme ich durch und staune nicht schlecht. Das plötzliche Licht blendet mich schon fast und vertreibt die Dunkelheit.

»Wow!«, entfährt es mir und ich halte fasziniert die Luft an. Die Macher von *Ariel* müssen hier unten gewesen sein, denn der Palast sieht aus wie aus einer Märchenverfilmung. Ein Anblick, der mich überwältigt und traumhafter wirkt als jedes Gebäude an Land. Der Wunsch, hier zu leben, keimt in mir auf und ich stelle mir vor, wie es wäre, mit unserer Gruppe hier unserem Alltag nachzugehen. Als Erstes kann ich riesige schlanke Türme ausmachen, die sich kunstvoll in Richtung Wasseroberfläche recken. An mir schwimmt ein Delfin vorbei. Ein verdammter Delfin. Am liebsten würde ich ihm hinterhereilen, nur um ihn anzufassen. Fischschwärme in den schillernsten Farben tummeln sich rund um den Palast und Meeresbewohner, die ich noch nicht einmal in Büchern gesehen habe, bahnen sich ihren Weg zwischen den Türmen hindurch. Der Palast ist die einzige Lichtquelle hier unten und wenn mich nicht alles täuscht, ist es ausschließlich künstliches Licht, das gegen die Dunkelheit ankämpft.

Das ist so faszinierend, dass ich mehrere Minuten einfach nur ehrfürchtig auf Aquarta starre. Wie es wohl wäre, jedes Detail dieses Palastes zu erkunden?

»Vorsicht, hier gibt es einen Schutzschild, der dich verletzen wird.«

Ich habe ganz vergessen, dass Mayim noch da ist.

»Soll ich jetzt hier warten, oder wie?«, frage ich ungeduldig.

»Eine Meerhexe, die Selbstgespräche führt, na herrlich.«

Ich fahre erschrocken herum. Hinter mir schwimmt eine Sirene mit gezücktem Dreizack. Ihr Blick ist wild entschlossen, sodass ich mich wundere, warum die Waffe nicht schon längst in meinem Rücken steckt. Dabei achtet sie darauf, dass sie mir nicht in die Augen schaut. »Kopf nach vorn!«, schreit sie und ich schaue wieder in Richtung Palast. Sie will wohl jeden Blickkontakt vermeiden, damit ich sie nicht verfluchen kann. Ergeben hebe ich die

Hände, um zu zeigen, dass ich unbewaffnet bin – bis auf die Plastiktüte mit dem Müll darin.

»Eine Meerhexe, die Selbstgespräche führt und auch noch Müll sammelt. Du bist wohl eines der ganz dummen Exemplare, wie?« Ihr hämisches Grinsen kann ich sogar aus ihren Worten hören.

Fieberhaft suche ich nach einer bissigen Bemerkung und wünschte, Celia wäre hier. Sie wüsste, was zu sagen wäre. Aber vielleicht ist es auch nicht so schlau, wenn man Leute mit einem Dreizack in der Hand reizt. Die Frau hinter mir trägt ihre braunen Haare kurz und ihr Blick ist eindeutig der einer Jägerin, soweit ich das in dem kurzen Moment sehen konnte. Meine Chance, hier unbeschadet rauszukommen, schätze ich als nicht besonders hoch ein.

»Ich bin Mayla, eine Freundin von Lucia und Noah«, versuche ich es auf die sanfte Tour.

Sie zischt allerdings nur. »Blödsinn! Wo sind die anderen Meerhexen? Sprich, bevor ich dich töte.«

»Das sind aber miese Verhandlungsaussichten.« In dem Moment, wo die Wörter meine Lippen verlassen, seufze ich schon über meinen dummen, dummen Fehler.

»Wie war das? Abschaum!«

Ich fahre herum und kann gerade noch die Tüte vor meinen Körper spannen, als sie schon ausholt. Der Dreizack durchbohrt die Tüte und verheddert sich in dem vielen Müll. Dass ausgerechnet Müll mal mein Leben retten sollte, ist auch eine Ironie des Schicksals. Die Tüte reißt und die verschiedenen Sachen schwimmen um uns herum.

»Mayim?!«, kreische ich leicht panisch und schwimme nach oben. Die Sirene direkt hinter mir her.

»Was hast du mit Mayim zu schaffen?! Bleib hier!«

»Ja, genau, damit du mich aufspießen kannst, sicher nicht!«, rufe ich zurück.

Da packt mich eine Hand an den Haaren und reißt meinen Kopf unsanft herum.

Was habe ich für Möglichkeiten? Ich könnte sie verfluchen, aber das habe ich nur einmal gemacht und sofort bereut. Noch immer tut es mir leid, was ich den Männern an Bord des kleinen Schiffes nahe der Müllinsel angetan habe.

»Hiergeblieben, Miststück!«

Als hätte ich eine Wahl.

Sie hält ihren Dreizack an meinen Hals und ritzt sogar über meine schuppige Haut. Kleine Blutstropfen vermischen sich mit dem Meerwasser und die Wunde brennt wie Feuer.

»Wie hast du Aquarta gefunden?«, zischt sie und hält meinen Kopf fest in ihrer Gewalt.

»Mayim hat mir den Weg gezeigt.« Und sich direkt verzogen. Na großartig.

»Lüg nicht!«

Sie drückt mich gegen den nächsten Felsen und das raue Gestein schrammt an meinem Gesicht entlang. Ja, ist genauso angenehm, wie es klingt.

»Noch eine Lüge und ich singe.« Was für eine Drohung. Am liebsten würde ich sie fragen, ob sie sich dabei nicht lächerlich vorkommt, aber mit einem Dreizack im Rücken sind sarkastische Bemerkungen eher nicht angebracht.

Trotz der Schmerzen an meinem Kopf drehe ich mich zu ihr, grinse und lege dabei meine Haifischzähne frei. »Tu es doch.«

Sofort beginnt sie zu singen, auch wenn die Töne mich erreichen, so ist alles, was sie mir bescheren, leichtes Kopfweh. Da ist ihr Griff deutlich schmerzhafter.

Fast muss ich auflachen, als sie diesen in ihrer Überheblichkeit lockert.

Ich reiße den Kopf zur Seite und ramme ihr gleichzeitig meinen Ellenbogen in den Bauch. Ein paar Haare reißen und ein stechender Schmerz zuckt mir durch den Schädel, aber ich bin frei. Die Sirene stöhnt auf und ihre Augen werden groß. Doch das kümmert mich nicht, ich muss sofort zu Lucia, bevor noch mehr Sirenen auf mich aufmerksam werden.

Ich bin ihr Feind, das war mir noch nie so bewusst wie in diesem Moment. Die Prinzessin ist meine beste Freundin und doch schert es hier niemanden, sondern sie werden mich töten, wenn sie die Gelegenheit dazu haben. Sie hören mir noch nicht einmal zu und stellen alle meine Aussagen als Lüge hin. Nicht sehr kooperativ.

»Mayla!«

Eine pure Welle der Erleichterung durchfährt mich, als ich seine Stimme höre.

»Noah!«, quietsche ich erfreut und will in seine Arme stürzen, doch er zückt seinen Dreizack. Ich habe gar keine Zeit, mir darüber Gedanken zu machen, denn er brüllt schon: »Ducken!«

Ich zögere keine Sekunde und ziehe den Kopf ein. Nur haarscharf über meinen Haaren zischt der Dreizack meiner Verfolgerin hinweg. Noah wehrt ihn mit seiner Waffe ab und kann ihn auffangen, bevor er zu Boden geht.

»Noah! Was soll das?«

Ach, wie schön, meine Verfolgerin kennt ihn, vielleicht wird sich ja jetzt alles aufklären. Noah ignoriert sie und sieht mich stattdessen mit offenem Mund an, ehe er breit zu grinsen beginnt, was ich nur erwidern kann. Egal welche Umstände uns immer wieder zusammenführen, ich bin für jeden Moment dankbar. Meine Sorge, dass er mich nicht in meiner Meerhexengestalt akzeptieren könnte, kommt mir auf einmal so weit weg vor.

Ich weiß, dass er es versprochen hat, aber das freudige Glitzern in seinen Augen zu sehen, beweist es mir mehr, als Worte es jemals könnten.

Endlich kann ich mich in seine Arme stürzen. Er hält beide Dreizacke in einer Hand und mit der anderen drückt er mich an seine Brust.

»Wie? Was?«, stammelt er an meinem Schopf und küsst meine wirren Haare.

»Ich hatte solche Sehnsucht, dass ich dir direkt hinterhergereist bin und das gesamte Meer nach dir abgesucht habe.«

Er schnaubt belustigt und hält mich ein Stück von sich weg, damit er mich mit einer Augenbraue erhoben mustern kann. »Na klar.«

»Kurz hast du meinen Worten geglaubt.« Völlig überdreht lache ich und bin einfach nur glücklich, dass er bei mir ist.

»Noah, was willst du mit diesem Miststück? Das ist eine verdammte Meerhexe.«

»Ich habe einen Namen und der lautet Mayla.«

»Es interessiert mich einen Scheißdreck, wer du bist.«

So ausfallend, wie sie ist, könnte sie glatt Morgiana Konkurrenz machen, aber das sollte ich wohl besser nicht erwähnen. Ich komme dazu, mich von Noah zu lösen und die Fremde zu betrachten. Sie ist wirklich unfassbar schön, nicht so sehr wie Lucia in ihrer Sirenengestalt, aber dennoch atemberaubend, was wohl alle Sirenen gemeinsam haben. Ihr schmales Gesicht strotzt vor Entschlossenheit, ihr Körper ist trainiert, aber wirkt dennoch weich, genauso wie ihre Gesichtszüge.

»Sie ist eine Freundin. Es ist viel komplizierter, als du es dir vorstellen kannst.«

»Eine *Freundin*? Eine Meerhexe? Was ist mit dir passiert?!«

Noch immer ist die Sirene außer sich, sämtliche Gesichtszüge sind ihr entglitten. Jedenfalls bis sie wieder mich ansieht und vollkommene Verachtung in ihrem Blick liegt.

»Das habe ich versucht zu erklären«, beginne ich, »ich bin Mayla und die beste Freundin von Lucia.«

»Blasphemie! Niemals könnte eine Meerhexe unserer Prinzessin nahestehen. Ihr seid der Abschaum der See, und du weißt das am besten, Noah!«

Ich glaube, ich habe ihr Weltbild vollkommen erschüttert. Ihre Hände zucken immer wieder, als wollte sie endlich wieder ihren Dreizack in den Händen halten und diesen in meiner Brust versenken.

»Ach ja? Und du bist wer?« Es fällt mir nicht leicht, ruhig zu bleiben und keine bissige Bemerkung hinterherzuwerfen. Abschaum der See, Miststück, was kommt als Nächstes?

»Jedenfalls kein Monster wie andere hier!«

Ach ja, Monster, das Wort hat noch gefehlt. Die Beleidigungen sollten an mir abprallen, aber irgendwie tun sie doch weh.

»Roana, es reicht, verdammt. Beruhige dich, damit ich dir alles erklären kann.«

Bevor ich mich einmischen kann, zieht mich Noah wieder an seine Brust und hält schützend eine Hand auf meinen Rücken.

Ich sollte nicht dieses schwache Mädchen sein, das sich von ihrem Freund beschützen lässt. Aber ich bin nicht schwach, sondern im Moment einfach nur unfassbar glücklich darüber, dass er mich vor seinesgleichen schützt, zu mir steht und das trotz meiner Meerhexengestalt. Vieles habe ich jetzt allein geschafft, da tut mir ein Moment in seinen Armen einfach gut. Das Wissen, dass wir wertvoll genug sind, um darum zu kämpfen.

»Muss wirklich ich dir jetzt erklären, was die Meerhexen uns alles angetan haben? Dir und deiner Familie. Sie ist eine von *denen!*« Roana redet sich immer weiter in Rage. Ihre Stimme ist gepresst und ich denke, diese Frau ist zu allem fähig.

»Nein, denn es ist meine Vergangenheit, nicht deine.« Er holt tief Luft und versucht sich an einem ruhigeren Tonfall. »Ich habe nichts davon vergessen. Und ich will immer noch genauso wie du alle Meerhexen auslöschen, daran hat sich nichts geändert und daran wird sich auch nichts ändern.«

Mir ist klar, dass Noah so empfindet, ich weiß nicht genau, was die Meerhexen ihm angetan haben. Und nur das, was er mir erzählt, reicht aus, um seinen Hass auf meine Spezies nachvollziehen zu können. Es dennoch genauso zu hören, verunsichert mich und tut weh.

»Dennoch ist Mayla anders. Sie hat nichts mit den anderen Meerhexen zu schaffen, glaub mir.«

***

»Was ist denn hier los?«

Ich kämpfe mich augenblicklich aus Noahs Umklammerung frei, als ich ihre Stimme höre. Lucia! Ich würde sie immer wiedererkennen, egal wo, so oft habe ich sie gehört ... mein Leben lang.

Ob sie mich erkennt? Was ist, wenn sie mich abstoßend findet? Die mittlerweile altbekannte Angst kriecht mir den Nacken empor. Aber das ist Lucia. Meine beste Freundin, meine Familie.

Und schon sehe ich sie vor mir, wunderschön in ihrer Sirenengestalt mit unglaublich filigranen Flügeln auf dem Rücken. Ihre hellblauen Augen kommen noch besser zur Geltung als zuvor. Atlan ist bei ihr mit versteinerter Miene, bis er mich sieht und ungläubig den Kopf in den Nacken wirft.

Unschlüssig schwimmen Lucia und ich uns entgegen. Sie mustert mich. Ihre Gesichtsfarbe ist ungewöhnlich bleich und sie wirkt erschöpft, ausgelaugt. Dann weiten sich ihre Augen, als die Erkenntnis sie trifft.

»O mein Gott! Mayla!«, kreischt sie.

Jeder verzieht für einen Moment schmerzhaft das Gesicht, selbst Atlan und Noah. Doch es kümmert sie keine Sekunde, sie stürzt auf mich zu, schließt mich so fest in ihre Arme, dass ich fast von ihr zerdrückt werde. Keine Anzeichen von Scheu, Ekel oder Angst.

Ihre Liebe zu mir ist bedingungslos wie am ersten Tag. Wie sehr habe ich sie vermisst.

Ich vergrabe augenblicklich meine Nase an ihrem Hals und halte sie einfach nur fest.

»Sind denn hier alle verrückt geworden?«, flüstert Roana hinter uns. Am liebsten würde ich ihr die Zunge rausstrecken, beherrsche mich aber.

»Du riechst ein bisschen nach Fisch.« Lucia lacht glockenhell und löst sich von mir. »Und du hast etwas machen lassen, neue Frisur vielleicht?«

»Ich wusste, es fällt dir sofort auf. Wobei du scheinbar auch bei einem Friseur warst, seit wann tanzen deine Haare im Wasser?« Ich halte sie grinsend ein wenig von mir weg, um sie besser betrachten zu können, und muss auflachen, als ich auf ihren Kopf schaue. Obwohl es hier keine Strömung gibt, schwingen ihre Haare hin und her. Genauso wie die von Mayim.

»Ach, sei ruhig.« Sie drückt mich wieder an sich und wird mich wohl so schnell nicht wieder loslassen.

Atlan schwimmt an mir vorbei und berührt mich für einen Moment am Kopf, dann legt er Roana die Hände auf die Schultern, um ihr in die Augen sehen zu können. »Keine Sorge, es ist alles gut. Mayla wird Lucia nichts tun.«

»Nichts tun? Sie ist eine Meerhexe.«

Ich kann es nicht mehr hören. Augenverdrehend wende ich mich an sie. »Na und? Meine Güte, ich kann nichts für mein Aussehen. Entscheidend ist doch, wer ich bin.« Und vielleicht ist genau das meine Erkenntnis. Das, was ich selbst am meisten akzeptieren muss.

Alles an Roana verrät mir, dass sie es anders sieht, dass sie mir sofort einen Dreizack in meinen Körper rammen würde, wenn sie nur die Gelegenheit dazu bekäme.

Noah legt einen Arm von hinten um meinen Bauch und zieht mich zurück zu sich, was unfassbar süß ist. Und für einen Moment ist meine Welt wieder in Ordnung, für einen Moment kann ich lachen und fühle mich geborgen, geliebt, trotz allem. Vielleicht ist meine Gestalt doch nicht so schlecht.

»Wie bist du nach Aquarta gekommen? Niemand hat jemals vor dir den Palast gefunden.«

Ich wünschte, wir wären an Land, dann würde ich Noahs Atem an meinem Ohr spüren können, so nah ist er mir.

»Mayim hat mir den Weg gezeigt.«

Lucia versteift sich sofort und sucht Atlans Blick. Die beiden bilden eine Einheit, zu der ich im Moment nicht gehöre.

»Was ist?«, frage ich. Wieder ein Blickaustausch.

»Lasst uns an Land gehen, dort können wir alles besprechen«, schlägt Atlan vor und löst sich von Roana, die zu einem Schlag in seine Seite ansetzt.

»Ihr tut so, als wäre es das Normalste der Welt, dass eine verdammte Meerhexe hier auftaucht. Hier direkt beim Palast. Das ist doch eine Falle.«

Irgendwo kann ich ihre Sorge verstehen, ich würde mir auch nicht über den Weg trauen, wenn ich in ihrer Lage wäre.

***

»Wow, das ist ja der Wahnsinn!« Ich staune nicht schlecht, als wir wenig später an Land gehen. Rund um den Palast von Aquarta befinden sich viele kleine Inseln, auf denen Holzhäuser stehen und viele Sirenen in Menschengestalt ihren täglichen Beschäftigungen nachgehen.

»Ich will mich nur kurz umgucken.«

»Keine Chance.« Noah hält mich am Arm fest, wirbelt mich herum und wirft mich wie einen Kleidersack über seine Schulter. Einfach so, als würde ich nichts wiegen.

»Hey!« Mein Protest wird einfach ignoriert.

Lucia grinst mich glücklich an und tippelt immer wieder vor und zurück.

Roana läuft mit einem grimmigen Gesichtsausdruck neben Atlan her, der sie mit einem strengen Blick bedenkt. Am liebsten wäre sie wohl zu den Soldaten gerannt und hätte ihnen von mir erzählt. Ich bin mir nicht sicher, ob es Atlans strenge Art ist, die sie davon abhält, oder der verständnislose Blick zu Noah.

»Du gehst hier nirgendwohin, es muss nicht das gesamte Volk wissen, dass wir hier eine Meerhexe unter uns haben.« Ich weiß, dass Noah nur scherzt, dennoch schmolle ich.

»Im Moment bin ich ein Mensch, genauso wie du.«

Als er lacht, vibriert sein gesamter Brustkorb. »Ich bin niemals nur ein Mensch.«

Vermutlich hat er recht. Wir begeben uns an den Rand einer Insel, wo wir uns alle im Sand niederlassen können.

»Kelvin kommt gleich und nimmt dich mit, er erklärt dir alles«, sagt Atlan und bleibt noch für einen Moment stehen, bis der Rothaarige auftaucht. Es bleibt gerade genug Zeit, dass ich ihn in die Arme schließen kann, ehe er sich mit Roana verzieht, die immer noch ein Gesicht zieht wie nach dem Biss in eine Zitrone.

Nachdem sie von dannen gezogen ist, liegt Atlans strenger Blick auf mir.

»Also, was machst du hier, Mayla? Mayim hat dir sicher nicht umsonst den Weg zu uns gezeigt.« Die Frage musste kommen und ich habe mich vor ihr gefürchtet.

Ich vergrabe meine nackten Füße im warmen Sand und lehne mich gegen Noah, der locker einen Arm um mich geschlungen hat.

An diesen kleinen natürlichen Berührungen halte ich mich fest, denn ich weiß nicht, was geschehen wird. Wird die Sicht der Sirenen noch mal alles verändern?

Ich sollte Sorge oder Angst empfinden, aber egal, wie die Geschichte ausgeht, ich will einfach nur Klarheit haben.

»Sybell hat mir ihre Geschichte erzählt, die der Meerhexen, wie sie entstanden sind. Und jetzt bin ich hier, weil ich wissen will, was mit Aquarta damals war, also, wie *eure* Sicht der Dinge ist.«

Lucia und Atlan tauschen einen bedeutungsvollen Blick aus, den ich nicht zuordnen kann.

»Aquarta, unsere Stadt?«, fragt Noah und wir drei schütteln zeitgleich den Kopf.

Vorsichtig legt Lucia ihre Hand auf meine, die im Sand liegt. Wir verschränken unsere Finger miteinander, geben uns Halt, als könnten wir jeden Moment auseinanderbrechen und uns verlieren.

»Komm, Noah, wir gehen nach Roana schauen. Auf dich hört sie am meisten.« Atlan steht galant auf und macht eine auffordernde Handbewegung.

»Aber jetzt wird es spannend und ich will bei Mayla bleiben.«

»Wir kommen gleich wieder, du verliebter Gockel.« Er grinst, geht hinter Noah in die Hocke und legt ihm die Arme um die Taille, um ihn mit Schwung auf die Beine zu heben. Murrend lässt sich Noah wegziehen, haucht mir aber noch einen Kuss auf den Kopf.

Wir schweigen und es tut gut, bei Lucia zu sein, sie wiederzuhaben. Mein Ruhepol in diesem Chaos.

»Du bist glücklich«, stellt sie nach kurzer Zeit fest.

»In diesem Moment? Schon irgendwie. Noah trägt viel dazu bei.«

Wieder schweigt sie.

»Ich will es dir nicht erzählen, weil ich Angst davor habe, was danach geschieht.« Die Worte brechen aus Lucia heraus, als hätte sie diese sorgsam zurückgehalten.

»Ich weiß, mir geht es ähnlich. Aber wir müssen es lösen. So kann es nicht weitergehen. Es tobt ein Krieg und wir werden ihn beenden. Du und ich.« Ich drücke ihre Hand und warte auf eine Erwiderung.

Doch Lucia verbleibt regungslos. »Du und ich«, wiederholt sie langsam. »Was weißt du bisher?«

Ich beginne zu erzählen, nicht alles und auch nicht in allen Einzelheiten, denn es ist Sybells Geschichte. Ich habe nicht das Recht, sie breitzutreten und ihrem größten Feind davon zu berichten.

Lucia hört aufmerksam zu, nickt immer wieder und unterbricht mich kein einziges Mal. Am Ende atmet sie tief durch und setzt sich direkt vor mich, damit ich sie ansehen kann.

»Meine Mutter – also die Königin – hat mir erst gestern erzählt, warum es verboten ist, sich gegen Mayim aufzulehnen. Und warum eine Liebe zwischen Menschen und Sirenen nicht vorkommen darf. Jetzt kann ich Atlans Handlung verstehen, warum er … na ja …« Sie kämpft mit den richtigen Worten.

»Warum er mich verlassen hat?«, helfe ich ihr. Lucia nickt.

»Damals hat sich Aquarta in einen Mann verliebt und obwohl es Mayim verboten hat, rettete sie ihm das Leben. Hals über Kopf hat sie sich in ihre Gefühle gestürzt.« Sie schmunzelt leicht und tippt mir gegen die Nase. »Genauso wie du. Einfach kopflos drauflos.«

Ich muss ebenfalls lächeln und ziehe die Nase kraus.

»Aquarta wollte das einzig Richtige tun und ihren Geliebten vor dem Ertrinken retten. Egal wie gut der Sirenengesang ist, er nimmt alle Schmerzen und treibt die Menschen dazu, sich nicht gegen das Ertrinken zu wehren. Und sie wollte ihn nicht sterben lassen.« Ich habe große Mühe, sie nicht zu unterbrechen. Also stimmt es, die Sirenen sind dafür da, Menschen in den Tod zu begleiten.

»Sie rettete ihn also und er erwiderte ihre Gefühle. Vielleicht wäre es gut gegangen, aber er musste zurück an Land. Ein Mensch kann nicht auf dem Wasser überleben, noch dazu vor zweitausend Jahren. Aber Aquarta folgte ihm. Meine Mutter erzählte, dass die Menschen wahre Monster waren, sie hatten ihn einfach gefesselt und zurück auf See gebracht. Es brach ihr das Herz, also schlug sie alle Vorsicht in den Wind und stürzte sich vom Wasser aus über die Reling, um ihn zu befreien. Doch die Menschen nahmen sie gefangen, einfach so.«

Lucias Stimme klingt merkwürdig, nicht wie ihre eigene. Sie erzählt genau wie ich, was sie gehört hat. Es sind nicht ihre Worte, sondern die der Sirenenkönigin. Das macht es so befremdlich, weil ich nicht das Gefühl habe, direkt mit meiner besten Freundin zu sprechen.

»Wir wissen nicht, was dann geschehen ist. Aber die Menschen nahmen

Aquarta gefangen und dann hat sie niemand mehr gesehen. Wenig später gab es ein paar Frauen auf Booten, die zu Meerhexen wurden. Ich wusste nicht, dass Menschen so grausam sein können. Vielleicht hat der Mann Aquarta auch einfach verraten. Ich habe keine Ahnung.« Fahrig geht sich Lucia durch die Haare und senkt den Kopf.

»Sie wurde zu Schaum.« Auf meine Worte hin schaut sie wieder auf. »Aquarta meine ich, sie wurde zu Schaum, nachdem sie den Menschen erzählt hat, dass Mayim sie erschaffen hat.«

»Das passt, ja. Sie hat einen Fehler begangen und jemanden geliebt, den sie nicht lieben durfte. Dann wurde sie zu Schaum. Ein Fehler, dessen Konsequenzen wir heute noch alle zu tragen haben.«

Scharf ziehe ich die Luft ein und lege eine Hand auf mein Herz. »Autsch. Ein Fehler? Und die Konsequenz bin ich?«

»Was? Nein! So meinte ich das nicht, Mayla, das weißt du doch.«

Ich sollte es wissen, aber ich habe nicht das Gefühl, mit Lucia – *meiner* Lucia – zu sprechen. Mama Bär hätte mich niemals so vor den Kopf gestoßen.

»Du hast es aber so gesagt, nur weil es Meerhexen gibt, gibt es auch mich. Ohne diesen *Fehler* würde es mich nicht geben. Meine gesamte Existenz beruht darauf.«

»Seit wann bist du so empfindlich?«, fragt sie, nicht gehässig, sondern ehrlich besorgt, nimmt meine Hände in ihre und streicht mit den Daumen über meinen Handrücken.

»Seit meine wahre Gestalt ziemlich hässlich ist.« Ich versuche mich an einem albernen Lächeln, aber Lucia richtet sich auf und legt ihre Stirn an meine.

Ich liebe diese Geste von ihr, schon immer.

»Du bist wundervoll, Mayla. Egal wie du aussiehst.«

Manchmal braucht man einfach jemanden, der einen wieder aufbaut, einem genau die richtigen Dinge ins Ohr flüstert. Ich habe Angst, seit ich eine Meerhexe geworden bin – nur noch Angst. Egal ob ich schlafen gehe oder aufwache. Sie ist allgegenwärtig, zusammen mit tausend Fragen, auf die ich keine Antworten finde. Man könnte meinen, dass genug geschieht, um mich von allem abzulenken, doch es reicht nie aus, um die Zweifel aus meinem Kopf zu verbannen. Meine Gestalt ist hässlich, Tiere, Sirenen und Menschen haben Angst vor mir. Damit kann ich noch nicht umgehen. Aber Lucia ist nicht so, Lucia hat nicht eine Sekunde gezögert, nachdem sie wusste, wer ich war. Sie hat mich sofort in den Arm genommen und auch jetzt spüre ich einfach nur eine tiefe Dankbarkeit, dass sie in meinem Leben ist.

Sie sagte mal, dass ich ihre Strömung sei, die sie mitreißt, um ein aufregendes Leben zu haben. Für mich ist sie der Fels in der Brandung, egal wie klischeehaft das auch klingen mag. Aber sie gibt mir die Kraft, mich gegen alles zu behaupten.

»Danke.«

Einen Moment verharren wir so. Nicht wissend, wie wir uns aus dieser Lage befreien sollen. Aber es gibt noch einiges zu klären. Also atme ich tief durch und verlasse unsere kleine Blase, in der wir einfach nur Mayla und Lucia waren.

»Ihr lasst immer noch Schiffe sinken?«

Sie schüttelt den Kopf und setzt sich wieder richtig hin. »Nein, nicht wir, sondern Mayim. Denke ich. Für mich ist das auch alles neu und ein großer Schock.«

»Du weißt es also und du bist damit einverstanden?«

All das passt nicht zusammen, nicht mit meinem Bild, das ich von Lucia habe.

»Wir sind nur für die Unterstützung der Menschen da, wenn sie sterben. Wenn wir nicht dazukämen, dann wäre ihr Lebensabschied grausam.«

Ich lache trocken auf. »Was sagst du da, Lucia? Wer bist du und was hast du mit meiner besten Freundin gemacht?«

Lucia wiegt überlegend ihren Kopf hin und her. Sie sucht nach den richtigen Worten, doch hierfür gibt es keine richtigen Worte.

»Wir helfen den Menschen. Denk doch mal daran, wenn wir es nicht tun würden. Wenn sie ertrinken würden oder nach einem tagelangen Kampf dann doch sterben würden, weil sie verdursten und keine Hilfe kommt. Das wäre noch grauenhafter.«

»Lucia, *ich* will entscheiden, wie ich abtrete. Es ist meine Entscheidung, mein Todeskampf. Wer sagt mir, dass ich nicht überleben würde? Niemals würde ich wollen, dass ich nicht einmal die Möglichkeit zum Kämpfen hätte.«

»Du hast doch keine Vorstellung davon, wie es ist zu ertrinken.«

»O doch, Lucia! Mehr als du, glaub mir!« Sofort spüre ich das Kratzen in meinem Hals und die Szenerie spielt sich wie ein Film vor meinen Augen ab, wie ich um mich schlage und trete. Aber ich bin hier, ich habe diesen Kampf gewonnen.

Ich schüttle ungläubig den Kopf. »Wo ist meine Mama Bär hin? Diejenige, die immer zu jedem Zeitpunkt dafür gesorgt hat, dass Alegria und ich trotz allem Unsinn in unserem Kopf überlebten? Und jetzt bist du der Richter über Leben und Tod?«

»Das ist Mayim«, wispert sie so leise, dass ich es ohne meine Meerhexenohren vermutlich nicht gehört hätte.

»Mayim ist keine Ausrede für alles.«

»Das Wesen kann in die Zukunft schauen, es ist alles schon vorherbestimmt. Wie soll ich mich gegen die Zukunft wehren?« Tränen stehen ihr in den Augen und sie schlägt ihre Hände vors Gesicht, um sich dahinter zu verstecken. Sonst liebe ich diese kleine Eigenheit an ihr, dass sie sich vor allem verstecken möchte, doch jetzt geht es nicht mehr. Sie hat so viel Verantwortung, aber ich kann sie nicht damit allein lassen.

»Lucia.« Ich nehme sie vorsichtig in den Arm, habe dennoch Angst, dass sie mich zurückweist. Wann ist es so zwischen uns geworden?

Doch diese Sorge war völlig unberechtigt, als meine Hände sanft ihren Rücken berühren, stürzt sie sich an meine Brust und weint hemmungslos. Ich halte sie einfach fest, so, wie ich es schon immer getan habe, auch als kleines Mädchen.

»Die Zukunft ist nicht in Stein gemeißelt«, sage ich sanft. Lucia drückt mich weg und schnieft geräuschvoll. »Wie meinst du das?«

»Du bist der Schöpfer deiner Zukunft, wenn du beschließt, jetzt etwas anders zu machen, dann ändert sich auch deine Zukunft. Du hast es nach wie vor in der Hand.«

Ruppiger, als ich es von ihr gewöhnt bin, stößt sie mich weg und steht auf.

Lucia ist völlig fertig mit den Nerven. »Nein, Mayim weiß das alles schon. Was sie sagt, ist Gesetz.«

»Das ist Blödsinn.«

»Mayla, du weißt nicht, wovon du redest. Ich habe alles gesehen, auf mir liegt die Last eines ganzen Volkes. Wie soll ich mich da gegen das Meer selbst stellen? Wo wir leben!«

Kapitel 14

Positives Nummer 40: Die Wahrheit ist endlich ausgesprochen

»Ich habe nicht verlangt, dass du dich gegen Mayim stellen sollst. Aber es geht um Menschenleben.« Wir sind an einem Punkt angekommen, wo sich beide Seiten verhärtet haben. Ich hasse Meinungsverschiedenheiten zwischen Lucia und mir, es fühlt sich immer wie etwas Unnatürliches an, als hätte es niemals so weit kommen sollen.

»Sie werden sowieso sterben, es geht nur darum, wie. Warum verstehst du mich nicht?« Lucia klingt wirklich verzweifelt, sie will meine Absolution, meine Genehmigung für ihr Handeln, damit sie sich besser fühlt.

Was würde ich an ihrer Stelle tun? Würde ich das machen, was Mayim von mir verlangt, weil es meine Pflicht ist?

Ich lehne mich zurück, stütze mich auf den Händen ab.

»Ich versuche es und kann es irgendwo auch. Ich weiß wirklich nicht, was ich an deiner Stelle tun würde.«

Ihre Gesichtszüge werden wieder weicher und ihre Haltung entspannt sich.

Sie schaut auf und lächelt wohlgesonnen, vorsichtig, als sich auch schon Arme um meine Brust schlingen und sich jemand hinter mir fallen lässt. Es ist Noah, seine Körperwärme überträgt sich sofort auf mich.

»Fertig mit Roana?«, frage ich und drücke einen Kuss auf einen seiner Arme.

»Tz, sie ist stoisch und versteht das alles nicht.« Sein Brummen lässt den Brustkorb vibrieren.

Atlan setzt sich direkt neben Lucia in den Sand und überprüft ihren Zustand.

»Ich habe sie nicht aufgegessen, Atlan. Nur angeknabbert.«

Er verdreht die Augen auf meinen Scherz hin, unterbricht aber seine Musterung.

»Und? Was ist deine Schlussfolgerung, Mayla?«, fragt er.

Es kommt mir so offensichtlich vor, dass es mich ärgert, dass dieser Krieg schon über zweitausend Jahre tobt und es auf beiden Seiten so viele Tote gibt. Ganz zu schweigen von den menschlichen Opfern, die damit nichts zu tun haben, aber mit reingezogen werden. »Nur um das noch mal zusammenzufassen. Die Meerhexen und die Sirenen bekriegen sich, weil die Sirenen etwas tun, was Mayim anordnet. Und Mayim hat den Meerhexen die Kraft gegeben, sich gegen die Sirenen zu behaupten. Also führt dieser Krieg auf Mayim zurück oder sehe ich das falsch?«

Es herrscht betretenes Schweigen, nur das Meeresrauschen ist zu hören.

Noahs Kopf taucht neben mir auf und er schließt mich noch fester in seine Umarmung. »So einfach ist das nicht.«

Atlan fährt sich übers Gesicht und lacht freudlos auf. »Irgendwie schon. Mayla hat nicht ganz unrecht.«

Ich nicke ihm zu. Wenn mehrere Personen auf beiden Seiten ein wenig umdenken würden, könnten wir diesen Konflikt lösen. »Warum haben sich die Sirenen und die Meerhexen nicht mal an einen Tisch gesetzt und das besprochen?«

Noah löst die Umarmung und sofort spüre ich, dass seine Körperwärme fehlt.

»Vielleicht, weil die Meerhexen keine Gelegenheit auslassen, uns auf der Stelle zu töten?«

Ich hole schon Luft, um Noah zu unterbrechen. Ihn haben sie auch nicht getötet, sondern gefangen gehalten, aber er fährt einfach fort.

»Oder uns gefangen zu nehmen und zu Dingen zu zwingen, die unmenschlich sind.«

Ich drehe mich zu ihm um, doch er ist schon aufgestanden und läuft zu Atlan, um sich neben ihm in den Sand zu werfen.

»Aber es war nur ein Missverständnis. Das könnten wir aus der Welt schaffen. Ich bin sicher, Sybell würde sich darauf einlassen.«

Lucia keucht auf und durchbohrt mich mit ihrem Blick. »Ein *Missverständnis*? Mein Volk wurde jahrhundertelang verfolgt, gefangen genommen, getötet. Das können wir nicht mit einem Gespräch einfach so aus der Welt schaffen.« Sie verstellt sogar ihre Stimme gegen Ende, um mich nachzuahmen.

»Ach, und sich weiter gegenseitig umbringen … Ist das die Lösung? Roana hätte mir am liebsten unter Wasser den Hals aufgeschlitzt.« Mit den Fingerspitzen fahre ich über die kleine Wunde, wo mittlerweile kein Blut mehr fließt. Dennoch spüre ich den feinen Ritz in meiner Haut.

Sie sehen nur ihre Seite und versuchen nicht mal, auf die andere einen Blick zu werfen. Ich würde sie so gern zum Umdenken bewegen, aber mir ist auch klar, dass ich dafür nicht die Richtige bin.

Noah legt den Kopf in den Nacken, seine jugendlichen Züge sind verhärtet.

»Lucia hat recht, meine Eltern wurden von Meerhexen ermordet. Du bist anders, Mayla, ohne Frage, aber das ändert nichts daran, dass wir jahrelang unterdrückt wurden. Ich glaube, du kannst dir nicht vorstellen, was wir schon unser gesamtes Leben lang erdulden müssen.« Noah lässt Sand durch seine Hände rieseln.

Alle drei schauen betreten zu Boden und da wird mir klar, wie tief dieser Konflikt sitzt. Wie viele Leben er in Mitleidenschaft gezogen hat. Im Moment ist niemand von ihnen auf meiner Seite. Hatte ich eben noch ein wenig Hoffnung bei Atlan, so ist mir bewusst, dass er immer zu Lucia und der Krone stehen wird.

Gerade ihr Schweigen verärgert mich. Ich will das hier lösen. Ich will nicht, dass noch mehr Leben für einen bescheuerten Krieg verschwendet werden, wo es keine Gewinner geben kann. Aber dazu müssen wir bei uns anfangen, bei meinen Freunden, bei meinen Liebsten.

»Das kann ich auch nicht wissen, Noah. Dennoch sollte der Frieden mehr wiegen als einzelne Schicksale.«

Noahs Kopf ruckt nach oben und in diesem Moment weiß ich, dass das definitiv die falschen Worte waren, der falsche Zeitpunkt, alles daran war falsch.

»Wir werden jetzt streiten«, wispert Lucia.

Und sie hat recht. Das wird hässlich werden ... Könnte ich es doch nur verhindern.

Noahs wundervolle Augen verdunkeln sich und sein Gesicht ist zu einer Fratze verzogen. »Ach? Du meinst also, ich soll mich nicht so anstellen, nicht so viel rumheulen?«

»Das habe ich nicht gesagt«, versuche ich noch irgendetwas zu retten.

»Aber gemeint.«

»Leg mir nicht irgendwelche Worte in den Mund, die ich nicht gesagt habe.«

Atlan verdreht die Augen und krabbelt zwischen uns. »Hey, beruhigt euch!«

Allerdings schweigt er sofort, als nicht nur ich ihm einen vernichtenden Blick zuwerfe.

»Wir sollten das mal loswerden, damit jeder den Standpunkt des anderen kennt«, zischt Lucia. Zwischen ihren Augenbrauen hat sich ihre Wutfalte gebildet und ihre Hände sind zu Fäusten geballt.

Mit Schwung werfe ich den Sand in meinen Händen auf den Boden.

»Ach ja? Was für Standpunkte? Lucia, du hast dich deinem neuen Volk verschrieben und tanzt jetzt nach Mayims Pfeife, Atlan hat die Meinung der Krone und Noah«, ich halte für einen Moment inne, als mir seine Worte zu Roana wieder einfallen, »lässt sich von seinen Rachegedanken leiten.«

Lucia lacht trocken auf. »Ach ja, du tanzt doch ebenfalls nach Mayims Pfeife. Wer ist denn schließlich nach Aquarta gekommen, nur weil Mayim ihr den Weg gezeigt hat?«

»Aber es war meine Entscheidung, meine Wahl.«

Das hat Lucia getroffen, denn sie schluckt und sagt nichts mehr. In diesem Punkt habe ich recht und das weiß sie. Und es wurmt sie, so verbissen, wie sie schaut.

Noah steht auf und tritt gegen einen Sandhaufen, ehe er frustriert aufschreit. »Du kannst das nicht alles so wegwischen. Du hast nichts davon erlebt, was wir durchgemacht haben.«

»Gut, was treibt dich an, Noah? Hm? Was ist dein Ziel im Leben? Willst du dich davon leiten lassen, dass dir Scheiße passiert ist?«

Er ballt die Hände zu Fäusten. Sein gesamter Körper steht unter Spannung. »Dir ist sowas nie passiert«, presst er hervor.

»Jedem ist Scheiße passiert. Lass die Vergangenheit ruhen! Deine Eltern sind tot, deine Rachegedanken bringen dich nicht weiter.«

»Das kannst du nicht verstehen. Du hattest keine Eltern, die du hättest vermissen können. Aber meine haben mich geliebt.«

»Weil ich also nie elterliche Liebe erfahren habe, kann ich das nicht nachvollziehen?!«

»So habe ich das nicht gemeint.«

»Aber gesagt! Warum versteht denn hier niemand, was die eigenen Worte auslösen können. Ich habe auch eine Familie.«

»Das ist was anderes. Du bist nicht blutsverwandt mit Tante Carla! Oder jemandem von uns.«

Wir stocken einen Moment im Streit, die Stille wird nur von unserem lauten Atmen unterbrochen.

Zu weit, Noah, zu weit.

Er beißt sich auf die Lippe, doch davon wird seine Aussage nicht weniger verletzend.

»Ganz ehrlich, Noah? Du kannst mich mal!« Die Worte kommen nur gepresst über meine Lippen – zu mehr bin ich gerade nicht in der Lage.

Das ist eine Form von Streit, wo niemand gewinnen kann, sondern beide sich nur gegenseitig verletzen. Bis dieser Punkt kommt, an dem es kein Zurück mehr gibt. Wo einer den anderen so stark angreift, dass man nicht weiß, ob eine Entschuldigung die Wunde noch heilen können wird.

Ich versuche verbissen über seine Worte hinwegzusehen. Blinzle, um aufkommende Tränen zurückzuhalten.

Als ich wieder zu sprechen beginne, ist meine Stimme nicht mehr so fest, wie ich es gehofft habe. »So kommt man nicht vom Fleck. Jemand muss anfangen zu vergeben.«

»Und das werde nicht ich sein, Mayla.«

»Du hast mich doch gebeten, dir noch eine Chance zu geben. Ich habe dir vergeben.«

»Jetzt wirst du unfair.«

Unfair? Es gibt hier keine Regeln, wogegen jemand verstoßen kann. Ich beiße meine Zähne so fest aufeinander, dass es wehtut, ansonsten würden Worte aus mir herausbrechen, die ich nicht zurücknehmen kann. Noahs Äußerungen haben eine ganz andere Kraft, mich zu verletzen. Roanas Beleidigungen waren auch nicht angenehm, aber sie bedeutet mir nichts, anders als Noah.

»Ich habe jedes Recht der Welt unfair zu sein, nachdem, was du mir gerade an den Kopf geworfen hast.«

Ich springe auf die Füße und er tut es mir gleich. Dieser Streit wird kein gutes Ende nehmen. Und doch kann ich nicht aufhören mich zu verteidigen. Lucia hätte schon längst eingelenkt und versucht es auf sich beruhen zu lassen. Aber ich bin nicht Lucia. Mein Hitzkopf treibt mich immer weiter an.

»Ich habe nur gesagt, dass du niemals meinen Hass gegenüber Meerhexen nachvollziehen kannst. Sie haben meine Eltern, meine Schwester, meinen Bruder getötet. Vor meinen Augen. Das sind Dinge, die kannst du nicht vergeben.«

Feindselig stehen wir uns gegenüber, verletzen einander mit Worten.

Noah hält so fest an der Vergangenheit, dass ihm nicht bewusst ist, dass er seine Zukunft aufs Spiel setzt. Ich wünschte, ihm den Schmerz der Vergangenheit nehmen zu können.

»Wenn das so weitergeht, werden sich beide Seiten immer weiter umbringen, bis eine Spezies vollständig ausgerottet ist. Das kannst du nicht wollen.«

»O doch! Und wie ich das will.«

»Du willst also, dass alle Meerhexen sterben? Alle?!«

»Ja, die Welt wäre ein besserer Ort, wenn ihre Leichen verrotten würden.«

Das hat er nicht gesagt, oder? Am liebsten würde ich ihm die Möglichkeit geben, es zurückzunehmen. Wir beide starren uns an und wissen, dass wir zu weit gegangen sind. Doch niemand von uns wird aufgeben. Ich kann es nicht und sehe ihm an, dass es auch ihm nicht möglich ist.

»Schön! Dann hoffe ich für dich, dass ich auf dem Meeresgrund verrotten werde. Aber dafür wirst du schon Roana auf mich hetzen müssen, denn freiwillig werde ich dir diesen Gefallen nicht tun.« Ich drehe mich um und stapfe auf das Meer zu.

Wenn das hier Mayims Plan war, mich in einen großen Streit mit allen zu verwickeln, dann hat das Wesen sein Ziel auf jeden Fall erreicht.

»Mayla, warte!«, ruft Atlan mir hinterher, aber ich werde sicher nicht stehen bleiben. Und er wird mir nicht folgen, denn dafür müsste er Lucia verlassen.

Ich betrete das Meer und schaue keinen Augenblick zurück, während ich nach rausschwimme und dann untertauche, solange, bis meine Lunge nach Sauerstoff verlangt. Es fällt mir leichter denn je, die negativen Gedanken aufkommen zu lassen, und schon nach kurzer Zeit spüre ich das altbekannte Kribbeln, den zerreißenden Schmerz. Jede Schuppe tut weh, als sie meine Haut bedeckt. Es fühlt sich fast schon natürlich an, wenn ich mich in das Monster verwandle. Wenn meine Hände sich zu Klauen formen, meine Zähne zu Waffen werden und meine Füße verschwinden, um Platz für Flossen zu machen. Diese Gestalt habe ich akzeptiert, sie gehört zu mir. Das macht sie nicht weniger hässlich oder schrecklich, aber sie ist ein Teil von mir. Und ich brauche niemanden, der mir bestätigt, dass ich auch als Meerhexe etwas wert bin. Selbst wenn die kleine Stimme wispert, dass Noah durchaus viel dazu beigetragen hat. Im Moment will ich sie nicht hören, ich will wütend sein, verletzt sein dürfen und nach Hause. Zu Tante Carla und da ist es mir egal, was Noah denkt.

Kapitel 15

Positives Nummer 41: Ich bin zu Hause

»So weit der Stand der Dinge.«

»O Mann, Mayla, war dieser Streit wirklich nötig?«

Celia hockt auf einer Decke unter einem großen Sonnenschirm und spielt nebenbei mit den Haaren von Alegria. Wir haben es uns am Strand gemütlich gemacht. Alegria liegt mit dem Kopf auf Celias Schoß und schaut abwechselnd zu mir und zum Meer. Es tut gut zu sehen, wie es ihr langsam besser geht. Je mehr Celia mit ihr unternimmt, desto weniger apathisch wirkt sie. Das Leben kehrt im Schneckentempo in Alegria zurück, aber wenigstens tut sich überhaupt etwas.

»Ich hätte ihn auch gern vermieden.« Ich verschränke die Arme vor der Brust, doch Celias Musterung dringt durch diesen Schild hindurch.

»Hättet ihr euch nicht gegen Mayim verbünden sollen? Ich meine, es ist doch schuld an allem.«

Genau das habe ich Sybell, Aquila und Morgiana auch gefragt, die mir auf dem Rückweg aufgelauert haben. Ich konnte ihnen die Grundzüge von der Geschichte der Sirenen erzählen, aber so richtig haben sie mir nicht geglaubt. Stattdessen hat Sybell mich angefahren, ob ich ihnen verraten hätte, wo sie ihr Nest haben.

Natürlich, ich verrate immer Informationen, die ich nicht einmal selbst zur Hand habe. Die drei haben mich dann ziemlich schnell gehen lassen, vielleicht mussten sie selbst erst darüber nachdenken.

Ich puste mir eine Strähne aus der Stirn. Aber nein, ich glaube nicht, dass Mayim an allem schuld ist. Wenn es so einfach wäre … Noch vor Wochen hätte ich Celia absolut recht gegeben. Habe es schwarz-weiß gesehen, wer gut und wer böse ist. Aber meine Meinung wird immer wieder über den Haufen geworfen.

»Mayim ist nicht das alleinige Problem. Es ist ein überirdisches Wesen, ich kann mir nicht vorstellen, dass mein geliebtes Meer wirklich das Böse sein soll.«

Celia lächelt und da wird mir klar, dass sie genau das mit ihren Worten bezweckt hat. Sie beugt sich zu Alegria nach unten. Vorsichtig streicht sie ihr durch die Haare und kichert. »Hat die große Mayla es etwa verstanden? Was meinst du, Alegria? Gott bewahre, dass dieses Kind noch mal erwachsen wird.«

Ich greife nach dem Strandkissen neben mir und schleudere es in ihre Richtung.

Grinsend wehrt sie es ab.

»Ich weiß dennoch nicht, was ich tun soll. Wer bin ich in diesem ganzen Spiel? Eine Marionette von Mayim? Das Wesen hat einen Plan, in dem ich eine bestimmte Rolle spielen soll. Aber was ist, wenn ich das nicht will? Oder bin ich einfach nur ein Fußsoldat?«

Vorsichtig hocke ich mich vor Alegria hin, um ihr tief in die Augen zu schauen, doch es ist immer noch wenig Leben darin zu finden. »Du wüsstest, was zu tun ist.« Sanft stupse ich ihr gegen die Nase, was sie diese krausziehen lässt, doch sie bleibt schweigsam.

Celia seufzt. »Du weißt auch, was du tun musst. Im Moment weigerst du dich einfach nur zu erkennen, wer du wirklich bist.«

Sie hat recht. »Wann bist du so weise geworden, Celia?«

»Seit Alegria es nicht mehr sein kann und du einen absolut unnötigen Streit mit Lucia hast.« Sie wirft ihre blonden Haare zurück und drückt einen Kuss auf Alegrias Schläfe, wo sie einen roten Lippenstiftabdruck hinterlässt. Selbst hier am Strand ist Celia top gestylt. Alegria lächelt und kuschelt sich näher an sie.

»Danke, dass du dich so um sie kümmerst. Ich verspreche, ich werde bald wieder eine bessere Freundin sein.«

»Du musst einen Krieg beenden. Ich mag da meine Rolle deutlich lieber, sie ist einfacher und wesentlich angenehmer. Zeit mit Alegria zu verbringen ist meine liebste Beschäftigung.«

Uns ist beiden klar, dass sie das nur sagt, um Alegria aufzubauen. Noch immer wissen wir nicht, wie viel sie mitbekommt.

Bedacht strecke ich eine Hand nach Alegria aus und tippe gegen ihre Wange.

»Wir sollten in die Altstadt gehen. Ihr ein Eis kaufen und ein Buch«, sage ich.

Da ist ein kurzes Funkeln in ihren Augen. Langsam kehrt sie zurück, meine Alegria. In ihrem Zimmer stapeln sich die vielen Bücher schon zu unordentlichen Haufen. Ihr Regal platzt aus allen Nähten, aber Alegria hat es geliebt, in Buchhandlungen zu stöbern. Meistens hat sie Sachbücher gekauft.

»Wirklich noch ein Buch?«

»Ihre Augen haben dabei geleuchtet.«

Celia beugt sich über uns, um Alegria selbst in die Augen zu schauen. Die Erleichterung breitet sich auf ihrem Gesicht aus.

»Dann machen wir das. Aber nicht heute.« Celia wendet sich mir zu und macht eine scheuchende Handbewegung. »Und jetzt geh endlich. Du wolltest doch Müll einsammeln. Wobei ich eindeutig dafür wäre, dass du etwas machst, was nur du möchtest. Was weder Mayim noch sonst jemand von dir erwartet, egal was deren Plan mit dir ist. Du bist Mayla, mach, was du willst, so wie immer. Meine Güte, das ist hier doch keine Soap.«

Celia macht mich wirklich fertig, aber ich schätze alles an ihr. Deshalb widersetze ich mich ihr auch nicht sinnloserweise, sondern streiche Alegria über die Stirn, ehe ich einen Kuss daraufhauche.

»Bin gleich zurück, mein Wissenschaftsnerd.«

Ich richte mich auf, schnappe mir eine alte Plastiktüte und winke den beiden zu. Diese Zeit mit ihnen hat mir unfassbar gutgetan und einen Stein von meinem Herzen genommen. Allein noch mal alles zu erzählen hat mir enorm geholfen. Etwas, das nur ich tun will? Etwas, was Mayim nicht für mich vorgesehen hat? Der Gedanke ist so verlockend keine Marionette in ihrem Plan zu sein.

»Ach, und Mayla?«

»Hm?« Mitten im Schritt drehe ich mich noch mal zu ihr um, halte dieses Bild von den beiden fest in meinem Herzen.

»Egal was Mayims Plan auch sein mag, du bist kein Fußsoldat.«

Eine Welle der Dankbarkeit durchflutet mich, egal was die letzten Wochen mich gekostet haben, sie haben mir diesen besonderen Menschen geschenkt. Gerade will ich ihr das sagen, doch sie ist schneller.

»Dafür bist du viel zu nervig, Fußsoldaten sind stiller.«

Ich lache auf und setze meinen Weg zum Wasser fort, nicht ohne ihr über die Schulter zurückzurufen. »Ich liebe dich auch, Celia.«

Ihr Kichern begleitet mich noch, bis das Meer meine Waden umspült.

Ab und zu greife ich in das klare Wasser, um Plastik herauszuziehen.

Eine frustrierende Aufgabe.

Warum ist den Menschen scheißegal, was mit ihrem Müll passiert? Es reicht ihnen nicht, sich und ihre Umgebung zu vergiften, sondern sie müssen auch noch den Lebensraum von Milliarden von Fischen verseuchen, die sie dann wieder selbst verspeisen. Was für ein großartiger und dämlicher Kreislauf.

»Glücklich siehst du nicht aus.«

Von ihren Worten aufgeschreckt sehe ich hoch zu Celia. Ich bin schon wieder an unserem Platz angelangt, hier hatte ich doch erst vor Kurzem sauber gemacht. Celia trägt ihren überdimensionalen Sonnenhut und achtet penibel darauf, dass ihre Füße vom Wasser nicht berührt werden.

»Ich weiß, du hältst es für sinnlos.« Wieder bücke ich mich und greife nach einer durchsichtigen Verpackung.

»Nicht unbedingt sinnlos, aber wenn ich an die Müllinsel im Pazifik denke, kommt es mir wie ein Tropfen auf den heißen Stein vor.«

»Ach, du hast mir zugehört?« Dabei hat sie sich immer über meine Vorträge beschwert. Ich kann nicht anders, als zu lächeln, dann war es doch nicht ganz sinnlos.

Celia zuckt mit den Schultern. »Manchmal.«

Die Müllinsel – bei dem Gedanken an all die Reportagen und Berichte verkrampft sich mein Herz. Und trotzdem hat es zu keinem Umdenken geführt.

»Wie groß sie mittlerweile wohl ist? Mein letzter Stand war, dass sie dreimal so groß wie Frankreich sein soll. Kannst du dir das vorstellen? Achtzigtausend Tonnen Müll.«

»Nein, ehrlich gesagt nicht.«

»Ich will sie sehen.«

Celia schaut mich so schockiert an, wie ich mich fühle. Auch ich habe nicht mit diesem Wunsch gerechnet, aber ich will mit eigenen Augen sehen, was die Menschen dem Ozean antun.

»Vielleicht weiß ich dann, wer ich bin.«

»Wenn du in Müll herumschwimmst? Gott, Mayla. Du bist auf jeden Fall immer für eine Überraschung gut. Wann willst du das denn noch unterbringen?«

»Jetzt.«

Und schon ziehe ich mir mein schwarzes Kleid über den Kopf und werfe es Celia zu. Natürlich fängt sie es nicht, sondern sieht ihm dabei zu, wie es neben ihr im Sand landet. Aber ich vertraue mal drauf, dass sie es später mitnimmt.

»Mayla, die ist im Pazifik. PAZIFIK! Du bist hier noch nicht einmal im Atlantik. Das ist Wahnsinn!«

Lachend drehe ich mich um, während ich schon bis zum Bauchnabel vom Meer verschluckt werde.

»Na und? Du hast doch gesagt, tu etwas, was nicht Mayims Plan entspricht. Ich brauche das jetzt.«

»Damit meinte ich doch nicht so was! Ich dachte an eine neue Frisur, das Techtelmechtel mit Noah, aber doch nicht daran, ans andere Ende der Welt zu ... schwimmen!«

Sie schimpft immer noch. Dumpf kann ich ihre Stimme hören, als ich abtauche. Ich bin umgeben von meinem geliebten Meer. Das Gewisper der Meerhexen ist mein ständiger Begleiter, unter Wasser sind sie sogar deutlicher und lauter. Aber ich habe gemerkt, dass ich sie hervorragend ignorieren kann.

Nur wünschte ich, dass die Verwandlung irgendwann nicht mehr so wehtun würde. Doch egal wie oft ich die Meerhexengestalt auch annehme, es ist jedes Mal keine angenehme Sache. Verständlich, dass die anderen lieber in der Meeresform bleiben. Vor allem weil sie kein Leben an Land haben – keine von ihnen. Aber ich habe eines. Alegria, Celia und Tante Carla, immer wieder werde ich zu ihnen zurückkehren. Egal wie sehr ich das Meer liebe und die Sehnsucht nach ihm an meinem Herzen zieht, diese drei werden mich zurück an Land scheuchen.

Mittlerweile bin ich schon eine Weile unterwegs. Niemand von den Meerhexen hat mich kontaktiert, was ich sicherlich Sybell zu verdanken habe.

Man könnte meinen, dass ich einen Plan habe, aber nein, nicht einmal ansatzweise. Ich weiß nur, dass ich die Müllinsel mit eigenen Augen sehen will, um dann zu entscheiden, was ich tun will. Es ist irrational. Ich werde Wochen brauchen, vielleicht auch nur Tage.

»Kleine Mayla«, knurrt es plötzlich in meinem Ohr und ich muss schon auflachen.

»Mayim, wie schön von dir zu hören.«

»Was soll *das hier* werden?«

Keine Begrüßung? Ich könnte ja glatt eingeschnappt sein, wenn ich nicht wüsste, dass mein Vorhaben wahrscheinlich so gar nicht in Mayims Plan passt. Sonst wäre seine Stimme nicht wieder in meinem Kopf aufgetaucht.

»Ich schwimme zur Müllinsel.«

Stille. Ich habe das Wesen wirklich überrascht. Ein kleiner Triumph und Stolz breiten sich in meiner Brust aus.

»Das dauert selbst als Meerhexe Tage.«

»Ich habe nichts vor.« Das Wasser um mich herum brodelt, Blubberblasen steigen auf und ich kann bis hierher spüren, dass sich Mayim lieber jemand anderen zur Beilegung dieses Krieges gewünscht hätte.

»Schön, kleine Mayla. Wir spielen jetzt das Spiel so, wie du willst, doch danach bist du mir etwas schuldig. Und das wird teuer.«

Ich habe gar keine Gelegenheit, diesen Handel auszuschlagen, denn in dem Moment reißt mich ein Strudel in die Tiefe.

»Ich will nicht«, keuche ich und versuche, mich mit aller Macht dagegen zu wehren, muss aber einsehen, gegen das Meer selbst keine Chance zu haben.

Vor einiger Zeit habe ich mich mal gefragt, wie tief der Ozean eigentlich ist. Die Antwort ist lapidar: verdammt tief. So tief, dass ich irgendwann einfach das Bewusstsein aufgrund der Geschwindigkeit und des Drucks verliere.

Kapitel 16

Positives Nummer 42: Ein kleiner Sieg für mich

Ich wache auf, weil mich etwas anstupst. Verwirrt sehe ich mich um und rechne fest mit einem Delfin, aber es ist ein verdammter Seevogel, der sich an meinen Haaren zu schaffen macht. Natürlich, ein Delfin hätte wohl auch besser zu einer schönen, anmutigen Sirene gepasst. Man wird sich ja noch Dinge wünschen können.

Ruckartig richte ich mich auf und muss mich für einen Moment orientieren. Die Sonne brennt auf meine Haut herunter und ich muss die Augen vor dem Licht abschirmen.

Unkontrolliert rudere ich mit den Armen, der linke verheddert sich sofort in einem Fischernetz, der andere schlägt gegen etwas Hartes.

»Was zum Teufel?«

Meine Umgebung wird klarer. Ich befinde mich inmitten von Müll, Tonnen von Müll … Panisch versuche ich, den Arm aus dem Netz zu reißen, mit dem Ergebnis, dass er sich nur noch mehr verheddert und Seile in meine Haut schneiden. Ich muss mich beruhigen. Einatmen … ausatmen. Dann beginne ich, mit der freien Hand Strang um Strang von meinem eingewickelten Arm zu ziehen. In dem Netz hat sich noch viel mehr anderer Müll gesammelt, Seetang und sogar Fische, die sich ebenfalls rauszukämpfen versuchen. Ein paar haben es nicht geschafft und ihre Leichen liegen zwischen den Plastikkappen von Flaschen.

Mir wird schlecht. Es stinkt. Meinen freien Arm zieren einzelne bunte Punkte. Mikroplastik, darüber habe ich so viel gelesen, doch es jetzt auf der Haut zu spüren macht all das hier realer. Schon immer wusste ich, dass Müll ein großes Thema ist, doch das hier hat ganz andere Ausmaße als das

Zeug am Straßenrand oder am Strand vor Barcelona. Egal wohin mein Blick fällt, ich bin umgeben von Müll. Meine Flossen stoßen bei jeder Bewegung an etwas Neues und ich ekle mich so sehr davor, dass ich nicht nachsehen will, was es ist.

Endlich kann ich den Arm befreien und nehme von dem Netz Abstand. Nur um gegen einen verdammten Toilettensitz zu prallen. Hier schwimmt einfach ein Klodeckel herum. Es ist keine feste Insel, wie ich es mir immer vorgestellt habe, sondern unfassbar viel Müll auf einem Haufen, der auf der Wasseroberfläche treibt.

Entschlossen tauche ich unter, um das ganze Ausmaß zu sehen. Ich will nicht einmal meine Kiemen benutzen. Die Angst, was danach alles in meinem Rachen landen könnte, ist zu groß. Ein Wäschekorb befindet sich direkt vor meinen Augen, unzählige Flaschendeckel dümpeln vor sich hin und zwischen all dem schwimmen zahlreiche Meeresbewohner. Das ist so widerlich. Egal in welcher Richtung, überall treibt Zeug herum und ich stoße immer wieder gegen die absurdesten Dinge wie Zahnbürsten oder Schwangerschaftstests. Oben befand sich nur ein Bruchteil von dem, was mir hier begegnet. Ein Blick nach unten genügt, um festzustellen, dass die meisten Sachen nicht einmal knapp unter der Oberfläche schwimmen, sondern weitere fünf Meter drunter.

Was tut die Menschheit dem Meer an?

Fassungslos tauche ich auf und versuche, diesen gewaltigen Ball an Wut aus meinem Magen zu kicken, doch jeder Anblick, jede Neuentdeckung von Absurditäten macht ihn nur größer. Und ich muss mich mit irgendwelchen Streitereien herumschlagen, dabei gibt es so viel wichtigere Probleme zu bewältigen.

Mayim sollte sich lieber um diese Schweinerei kümmern, als den Krieg zwischen Meerhexen und Sirenen anzuheizen.

Um mir ein besseres Bild von der Größe des Müllteppichs zu machen, schwimme ich weiter.

Zwischendurch begegne ich Meeresbewohnern und bleibe bei einer Schildkröte hängen. Sie hat sich in einem Plastikring verfangen, der in ihren Hals schneidet und eine Flosse in Mitleidenschaft gezogen hat.

»Komm her, Kleines.« Ich greife nach ihr, aber sie versucht, schnell von mir wegzupaddeln. »Ich will dir doch nur helfen.«

Dafür, dass sie eine Schildkröte ist, ist sie verdammt flink unterwegs. Vermutlich hat sie Angst vor meinen Klauen.

Aber wenn ich ihr nicht helfe, dann erdrosselt sie sich selbst. Ich kann nicht verhindern, dass es mir Tränen in die Augen treibt, während ich der Schildkröte hinterherjage. Beherzt greife ich erneut nach ihr, ohne Rücksicht auf ihre Angst. Sie wehrt sich entschieden, als ich sie aus dem Wasser hebe.

»Alles wird gut«, schluchze ich. Doch ihre Bewegungen werden schneller. Kann ich ihr nicht verübeln, ich würde mir auch nicht glauben. Für sie bin ich der Feind, der über ihr in der Nahrungskette steht.

Aber ein Gutes haben meine Klauen, sie sind scharf genug, um das Plastik zu durchtrennen. Mit einem Ratsch ist sie frei und ich setze sie wieder ins Wasser, woraufhin sie sofort das Weite sucht. Verständlich.

Ich habe genug gesehen. Weitergebracht hat es mich nicht, außer dass meine Wut auf Umweltverschmutzer ins Unermessliche wächst. Und meine Sehnsucht nach einer ordentlichen Dusche, um das gesamte sichtbare und unsichtbare Zeug von mir zu waschen. Ab nach Hause, und das erst einmal ohne Mayims Hilfe. Meine Gedanken sind zu unordentlich, um jetzt ein Gespräch aufnehmen zu können.

Mit dem Arm wische ich über meine Augen und mache mich auf den Rückweg.

Nicht weit von mir segelt ein Fischerboot, weshalb ich mich zwischen dem ganzen Unrat verstecke. Sie müssen mich ja nicht gleich sehen. Vor dem Untertauchen graut es mir gerade noch mehr, als mich an der Oberfläche durchzukämpfen. Wer weiß, was ich auf dem Grund finde? Einen Fernseher? Eine Waschmaschine?

Ein Fischernetz hat einige große Plastikteile gefangen. Von oben höre ich ein keuchendes Geräusch.

Dafür habe ich jetzt auch noch Zeit. Mit einer fließenden Bewegung und Unterdrückung eines Würgereizes stütze ich mich auf einer Regentonne ab, um besser auf den Berg schauen zu können. Nichts davon will ich anfassen.

Oben thront ein Seevogel, der diese krächzenden Geräusche von sich gibt. Er atmet schwer, gerade zu rasselnd.

O nein, eine böse Vorahnung durchfährt mich. Sein Schnabel ist völlig verschmutzt und ein Stück eines Plastikseils ragt heraus. So schnell wie möglich kämpfe ich mich bis ganz nach oben, rutsche immer wieder ab und ratsche an den scharfen Kanten entlang.

Das ist wohl das erste Mal, dass ich sehr dankbar für meine robuste Meerhexenhaut bin.

»Spuck es aus!« Es ist absolut sinnlos, darum zu bitten, der Vogel kann mich nicht verstehen. Wenn ich es jetzt einfach aus seinem Rachen ziehe, dann verletze ich ihn sicherlich noch mehr. Er weicht von mir nicht zurück, sondern liegt auf der Seite und betrachtet mich nur schwer atmend, seine Stimme ist versiegt.

»Komm schon, kämpfe.«

Wenn ich nichts tue, dann stirbt er. Bestimmt hat er das Seil für einen Wurm oder einen Fisch gehalten. Niemand ist hier, der mir helfen könnte, und das Festland ist zu weit entfernt, als dass er es schaffen könnte. Ich fasse mir ein Herz und ziehe vorsichtig an dem Seil. Er krächzt auf und ich spüre sofort Widerstand. Meine Tränen waren noch nicht versiegt, da steigen sie wieder auf. Niemals habe ich mich so hilflos gefühlt, ich weiß nicht, ob ich es besser oder schlimmer mache, wenn ich jetzt daran reiße. Warum ist niemand da, der mir helfen kann?

Ich lege den Kopf des Vogels so, dass sein Hals gestreckt ist, dann ziehe ich unter Tränen weiter an dem Seil. Er hat Schmerzen.

»Bitte, lass es ihm besser gehen.« Doch mein Flehen bringt nichts. Mit einem letzten Zug ist das Plastik aus seinem Hals. Ich glaube, ich kann so etwas wie Dankbarkeit in seinem Blick sehen, bevor er leer wird. So leer, wie es Alegrias Augen waren. Shit, ich weine hemmungslos und wische mir immer wieder über die Nase.

Für ein paar Minuten bleibe ich auf dem Müllthron sitzen, heule wie ein kleines Kind, weil die Welt einfach ungerecht ist und ich nichts dagegen tun kann. Mittlerweile ist es mir auch egal, dass das Fischerboot viel zu nah ist. Mit meinen überempfindlichen Ohren kann ich sogar ihre Stimmen wahrnehmen.

Sie reden über unbedeutende Sachen, bis einer von ihnen flucht. »Mist, das Netz hat sich aus der Verankerung gelöst.«

»Lass es einfach liegen, wir haben noch mehr Netze und das eine mehr fällt nun doch wirklich nicht auf. Bin ich froh, wenn wir hier dran vorbei sind.«

»Dann kann ich auch eigentlich gleich unseren Müll ausleeren, der stinkt bestialisch.«

Vielleicht war es einmal zu viel, vielleicht hätte ich diese Kräfte nicht haben sollen. Aber in diesem Moment schwappen meine Gefühle über. Diesen Menschen ist es egal, es schockiert sie nicht einmal, dass Tausende Tonnen an Müll direkt vor ihrer Nase schwimmen, sondern sie werfen sogar etwas dazu.

Ich will sie alle verfluchen, sodass sie an ihrem eigenen Zeug ersticken wie dieser Vogel. Sich selbst erdrosseln wie die kleine Schildkröte.

Wild entschlossen ihnen eine Lektion zu erteilen, rutsche ich von dem Müllberg runter und steuere auf das Schiff zu. Soll meine Seele doch darunter leiden, wenn ich nur sie leiden lasse. Das Meer stirbt und es ist ihnen egal. Dann soll mir auch ihr Leben egal sein.

Einen der Männer nehme ich ins Visier und will gerade sehr verhängnisvolle Worte sprechen, als ich abgelenkt werde. Über mir fliegt etwas, aber kein Vogel, sondern eine Frau mit pechschwarzen Flügeln. Ist mir der giftige Müll zu Kopf gestiegen, hat er meine Sinne vernebelt?

»Einmal ausrutschen und den Arm brechen? Kommt sofort, der Herr.«

Sie lacht auf und hält ihre Hände auf den Mann gerichtet, der gerade einen Mülleimer über die Reling hebt. Bevor er mich sehen kann oder den Inhalt dem Meer übergibt, rutscht er aus und fällt rücklings um, sodass ich ihn nicht mehr sehen kann. Nur Schmerzensschreie erklingen.

»Was zum Teufel …?«, entweicht es mir.

Der Kopf der Frau ruckt zu mir herum und unsere Blicke begegnen sich. Eine fliegende Frau – mich sollte in meiner Meerhexengestalt nichts überraschen. Aber ja, ich bin definitiv verunsichert.

Augenblicklich fliegt sie zu mir nach unten, wobei ihre langen braunen Haare sich nicht eine Sekunde bewegen, auch nicht durch den Flugwind.

»Du ... du kannst mich sehen? Sicher, dass du nicht tot bist?«

»Eigentlich schon?«

»Darauf sollte man nicht mit einer Gegenfrage antworten.« Sie lacht und schwebt knapp über dem Meeresspiegel, aber sie berührt das Meer nicht. Obwohl ein recht starker Wind weht, zerrt er weder an ihren Haaren noch an ihrer schwarzen zugegeben knappen Kleidung. Als würde die Zeit um sie herum stehen bleiben.

»Eigentlich sehr sicher«, erwidere ich, um nicht wie der letzte Idiot dazustehen.

»Interessant.« Ihre Musterung ist eindringlich, auch wenn sie dabei grinst. »Lass uns mal ein wenig vom Schiff weggehen. Es ist bestimmt nicht in deinem Interesse, dass die Männer dort oben dich sehen.«

Ohne auf meine Reaktion zu warten, fliegt sie hinter das Schiff und von dort aus ein ganzes Stück weiter. Es fällt mir leicht, ihr zu folgen, auch wenn sie schnell unterwegs ist. Als ich wieder auftauche, habe ich vergessen, dass ich diese Männer verfluchen wollte. Sie sogar umbringen. Meine eigenen Gedanken haben mich nicht einmal erschreckt, jetzt dafür umso mehr. Ich war kurz davor, wirklich zu einem Monster zu werden.

»Also lass dich mal anschauen!« Mitten in der Bewegung hält sie an und fliegt zu mir herunter.

Ich bin mir sicher, dass sie das Meer berührt, aber das Wasser bewegt sich keinen Millimeter. Als wäre sie nicht wirklich hier.

»Haifischzähne, Schuppen, Klauen – eindeutig eine Meerhexe. Scheinst eines von Mayims Wesen zu sein.«

Sie kennt Mayim? Wer zum Geier ist sie? Gibt es noch mehr übernatürliche Menschen außer Sirenen und Meerhexen? Na, offensichtlich, sonst würde gerade keine junge Frau mit schwarzen Flügeln vor mir schweben.

»Ich bin mein eigenes Wesen.« Meine Worte sollten sich nicht so hohl anhören. Bisher bin ich mit allem zurechtgekommen – Krieg, Tod, Gesang, Verderben, Liebeskummer, Monstergene ... alles kein Ding. Aber dieser schwarze Engel hat meine Auffassungsgabe gesprengt.

»Oh, da ist aber jemand nicht gut auf Mayim zu sprechen. So war das gar nicht gemeint, aber du hast etwas von ihrer Meeresmacht gemopst, richtig?«

Noch immer kann ich nicht fassen, was hier geschieht. Meeresmacht? Ich bin vollständig verwirrt. »Wer bist du? Und *was* bist du? Und welche Meeresmacht?« Nicht gerade feinfühlig von mir, aber sie hat verdammte schwarze Flügel auf dem Rücken, so richtig aus Federn.

»Ich bin Eve, eigentlich ein ganz normales Mädchen. Und du bist?« Ihr Lachen ist unbeschwert und sie zuckt mit den Schultern, als wäre das alles hier selbsterklärend. Ich fasse mir gegen die Stirn. Ein ganz normales Mädchen ... mit Flügeln.

»Mayla«, sage ich vorsichtig und höre selbst, dass es wie eine Frage klingt. »Moment! Du hast gerade etwas von Meeresmacht gesagt. Und von gemopst.«

»Ah, du bist ein Küken.«

Ein Küken? Diese Frau will mich doch verarschen.

»Kein Grund, so grimmig zu schauen. Jeder fängt in der übernatürlichen Welt als Küken an. Jemand, der noch nicht so richtig versteht, was vor sich geht. Aber du hast schon mal etwas Meeresmacht in dir. Das ist doch super.«

»Jetzt noch mal von vorn. Bitte so, dass es auch ein Kind verstehen kann.«

»Du meinst, ein Küken.«

»Was auch immer.«

Der Wind rauscht über uns hinweg und lässt die Wellen ein wenig größer werden. Faszinierend, wie sie einfach durch Eve hindurchzugleiten scheinen.

»Dir hat niemand wirklich gesagt, was du bist, korrekt?«

»Eine Meerhexe, die sich von menschlichen Seelen ernährt, um Lebewesen verfluchen zu können.«

»O wow, so viel Bullshit auf einmal ist schon hart. Verfluchen, ja?«

Ich will ihr widersprechen, doch in diesem Moment saust eine winzige Gestalt auf uns zu. Gerade mal so groß wie meine Hand, aber ebenfalls mit Flügeln auf dem Rücken, roten Haaren und Hörnern auf dem Kopf.

»Eve, was wird das hier? Ich schwöre, wenn du dich wieder vor deinen Pflichten drückst, werde ich Aidan Bescheid geben.«

»Wie erwachsen von dir, mich bei meinem Freund verpetzen zu wollen.«

»Erwachsen? Du musst gerade reden! Vielleicht kann er dir zumindest ein wenig Vernunft vermitteln.«

Ihre Stimmlage kann es im Hinblick auf das Erzeugen von Kopfschmerzen locker mit den Sirenen aufnehmen, so quietschig und hoch. Als würde man auf ein Hundespielzeug treten.

»Ist das eine Elfe?«

Erst jetzt bemerkt mich das Wesen und mustert mich genau so, wie es Eve getan hat.

»Todeselfe bitte, ich sage ja auch nicht, dass du eine Meerjungfrau bist.« Dann beugt sie sich zu Eve rüber und wispert nicht gerade leise in ihr Ohr: »Ist sie tot?«

Das wird mir hier jetzt eindeutig zu viel. Es verlangt nach drastischen Maßnahmen, vielleicht kann mir Mayim ein bisschen Klarheit verschaffen. Ich habe jedenfalls nicht das Gefühl, dass Eve und ihre Todeselfe mir wirklich weiterhelfen können.

»Mayim? Mayim! Melde dich!«

»Sie wird dir nicht antworten können.« Eve seufzt und setzt sich in der Luft hin, was wohl heute das Absurdeste gewesen wäre, wenn ich nicht im Moment in Tonnen von Müll schwimmen würde. »Sie ist gerade nicht hier und sie hasst diesen Ort. Ihre Geschöpfe werden vernichtet und egal wie viel sie an Land zu spülen versucht, die Menschen werfen immer wieder neue Dinge hinein. Es kostet sie unglaublich viel Kraft.«

Verständlich, aber was meint Eve damit, dass Mayim gerade *nicht hier* ist. Wo soll sie denn sonst sein?

»Kann sie gar nichts tun?«

Eve schüttelt den Kopf. »Auch wir sind nicht allmächtig.« Wir? Dann ist Eve wohl doch kein ganz normales Mädchen. Es klingt eher so, als wäre sie mit Mayim auf einer Stufe. Absurd.

»Wäre zwar absolut wünschenswert, denn dann würde ich hier einiges ändern.« Sie lacht auf und lässt ihren Blick über das Meer an Müll schweifen. »So einiges. Oh, Ginger, weißt du noch, als Mayim mal so richtig ausgerastet ist? Sie hat eine Flutwelle nach Tunesien geschickt und dann noch mal eine nach Japan. Mann, war ich sauer auf sie. Das war eine Heidenarbeit, völlig unplanmäßig. Am liebsten hätte ich ihr den ganzen Papierkram aufs Auge gedrückt, aber nein, sie kam mal wieder mit ihrer Ausrede, dass Wasser und Papier sich nicht vertragen würden. Aber Papier und Feuer, oder was?«

Ich komme nicht so ganz mit und verstehe nur die Hälfte von dem, was Eve von sich gibt.

»Moment, Flutwelle? Von Mayim? Du meinst den Tsunami.«

»Habe ich doch gerade gesagt.«

»Papierkram ... wegen Tsunamis?«

Ginger kichert von Eves Schulter und betrachtet mich geradezu mitleidig. »Sie hat keine Ahnung, Eve, fast schon so ein Küken, wie du es warst.«

Mit einer schwungvollen Handbewegung wischt Eve Ginger von ihrer Schulter und kommt auf meine Höhe herunter.

»Sag mal, Mayla. Was weißt du überhaupt?« Sie will mich nicht verarschen, sondern meint es völlig ernst und diese Frage habe ich mir jetzt auch schon häufig genug gestellt.

»So, wie es aussieht, eigentlich nichts.«

»Eve, wir haben keine Zeit, uns um die Küken von Mayim zu kümmern, wir haben noch so viel auf der Liste.«

»Ach, das wird jemand anderes schon erledigen. Wir sollten Mayla erst einmal aus dem Müll bergen. Also, wo musst du hin? Wo wohnst du?«

»In Barcelona, aber das wird wohl etwas dauern, bis wir dort ankommen, wenn Mayim mir nicht hilft.«

Eve grinst verschlagen, was die kleine Elfe sofort in Aufruhr versetzt.

»O nein! Eve, das verstößt gegen jegliche Regeln.«

Der Schalk blitzt auf und Eve wirft ihre braunen Haare zurück. »Ach, ich denke, die Hölle wird damit klarkommen.«

Dann starrt sie mich durchdringend an und im nächsten Moment bewegt sich mein Körper von allein. Einfach so hebt sie mich aus dem Wasser, ohne mich zu berühren.

Ich schwebe in der Luft. Meine Flossen schlagen vor und zurück, als würde ich so auch nur irgendwie vom Fleck kommen. Aber ich bin ihren Kräften vollkommen ausgeliefert.

»Ach du Schande!« Ginger klatscht sich mit der flachen Hand gegen die Stirn. »Dann verwandle dich wenigstens zurück in einen Menschen, Herrschaftszeiten. Das wird sowas von Ärger geben.«

»Ach, von wem denn bitte?«, fragt Eve belustigt.

Ich bin mir nicht ganz sicher, wer in dieser Beziehung das Sagen hat, aber intuitiv würde ich auf Ginger tippen. Deshalb verwandle ich mich vorsorglich zurück und stecke schon wieder in meinem weißen zu großen T-Shirt und meinem schwarzen Badeanzug.

»Hübsch sieht sie als Mensch aus.«

»Du kannst auch direkt mit mir reden, Ginger. Ich stehe … ähm … schwebe direkt vor dir.«

Die Elfe wirft mir einen giftigen Blick zu und fliegt sogleich auf Eves Schulter.

»Nur fürs Protokoll, ich bin sowas von dagegen, was gleich passiert.«

»Was wird denn pass–?« Doch ich kann nicht ausreden, denn in dem Moment öffnet sich direkt vor meiner Nase ein verdammtes Portal. EIN PORTAL!

Es reicht mir, ständig neue Dinge verarbeiten zu müssen. Ich weiß nicht, wann die Grenze erreicht ist. Ich denke aber, ich stehe kurz davor.

Kapitel 17

Positives Nummer 43: Es gibt sie, die Meeresmacht

»Sie kommt wieder zu sich.«

»Da hast du echt Glück gehabt. Es ist keine gute Idee, einen Menschen durch unsere Portale zu schicken.«

»Na, ich dachte, sie ist eine Meerhexe und wird das schon überstehen.«

»Die sind immer noch zur Hälfte Mensch! Also wirklich, Eve.«

Langsam kriege ich die Augen wieder auf und halte mir den brummenden Schädel. Ich habe keine Ahnung, was passiert ist. Nur dass Eve mich durch ein verdammtes leuchtendes Portal befördert hat und es dunkel wurde.

»Oh, mein Kopf.«

So viel Blau habe ich selten gesehen, über mir ist es blau, neben mir ist es blau und unter mir ist eine Stadt. »Wir schweben«, sage ich so nüchtern wie möglich, »wir schweben über Barcelona.«

»Sie dreht durch«, wispert Ginger.

»Das ist der absolute Wahnsinn! Wie geil ist das denn bitte?!«, quieke ich.

»Oder auch nicht«, sagt Eve.

Und während wir über Barcelona dahinfliegen, erzählt mir Eve einiges. Zum Beispiel, dass wir uns in der Luft befinden, um aus Mayims Einflussbereich zu kommen. Mayim ist kein schlechtes Wesen, wirklich nicht, und so habe ich es auch nie gesehen.

»Wenn man solange existiert, dann verliert man nur manchmal den Bezug zum Leben an sich. Dann fühlt man sich über alles erhaben. Es ist absolut nicht Mayims schuld, das geht uns allen so.«

Mayim hat mir immer geholfen, gut, einmal hat sie mich den Meerhexen zum Fraß vorgeworfen, aber im Endeffekt hat das Wesen immer genau das getan, worum ich es gebeten habe.

Auf meine Frage hin, was Eve denn genau sei, hat sie mir keine Antwort gegeben. Als ich sie darauf ansprach, ob sie nicht etwas gegen den Mullteppich unternehmen könne, hat sie den Kopf geschüttelt. »Da kann ich mich nicht einmischen. Das ist eine Sache der Lebenden und nicht der Toten. Wer es verbrochen hat, sollte seinen Müll selbst wegräumen. Meine Tätigkeit beginnt erst, wenn ihr euch alle mit eurem Gesöff vergiftet habt.«

Es scheint, dass es noch so viel mehr gibt, was ich nicht kenne und auch nicht glauben würde. Obwohl, nach dieser Erfahrung mit Eve und Ginger zweifle ich an gar nichts mehr.

Dann erzähle ich ihr alles, was ich bisher erlebt habe, wobei ich gewisse Dinge auslasse. Auch von meinen Sorgen oder wie machtlos ich gegenüber Roana war. Sie zu verfluchen stand für mich nicht zur Debatte, aber andere Fähigkeiten hatte ich ihr nicht entgegenzusetzen und mit Kampfkünsten kann ich niemanden vom Hocker hauen.

»Tja, und da sind wir wieder bei deiner Meeresmacht. Faszinierend, dass es niemand von euch bemerkt hat.«

Dann erzählt sie mir davon. Vom Gleichgewicht der Welt, von Mayim und ihrer Last, dass sie immer schauen muss, dass nichts aus den Fugen gerät. Und dass alle von Mayims Geschöpfen eine besondere Gabe haben.

»Also nur, um das noch mal festzuhalten«, wiederhole ich. »Jede Sirene und jede Meerhexe trägt ein Stück der Meeresmacht Mayims in sich. Deshalb können wir auch das Wasser beherrschen. Und du weißt das, weil du dem Feuer angehörst.«

»Genau.« Sie lässt ihre Hand aufflammen ... so richtig aufflammen. Ich spüre sogar die Wärme des Feuers, das sich um ihre Hand schlängelt. Es schmiegt sich an ihre Haut, als wäre es ein Teil von ihr.

»Eve ist das Feuer«, quiekt es neben mir auf.

»Ginger!«

Die Elfe schlägt sich die Hand vor den Mund und tut dann so, als hätte sie eben nichts gesagt. Was soll ich mit dieser Aussage anfangen?

Wenn Eve das Feuer selbst ist, dann ist sie mit Mayim vielleicht auf einer Stufe, obwohl sie doch sehr menschlich wirkt.

»Wie kann ich mit diesem Wissen den Krieg beenden?«

»Das weiß ich nicht, Mayla. Aber ich denke, wenn du nur genug übst, dann bist du auf jeden Fall nicht mehr machtlos gegenüber Roana oder all den anderen, die es auf dich abgesehen haben. Und noch etwas, denk noch mal genau über die Fluchmagie nach. Es gibt kein Schwarz und Weiß. Nichts ist ausschließlich böse oder ausschließlich gut.«

Ihre Worte bewegen etwas in mir, worüber ich auch schon nachgedacht habe. Denn ich bin eine Meerhexe, aber sicherlich nicht ausschließlich böse.

Eve steht auf und beginnt mich mit sich zu bewegen. Wir schweben auf den Strand zu, von wo aus ich vor einigen Stunden aufgebrochen bin. Mittlerweile ist der Platz, wo Celia und Alegria gelegen haben, von anderen Menschen bevölkert.

»Dann war es pures Glück, dass wir uns begegnet sind«, sage ich und betrachte die vielen Leute auf dem Boden.

»Nichts ist Glück, es war wohl einfach Schicksal oder vom Universum bestimmt.« Wieder dieses wissende Lächeln, welches mir verrät, dass ich nichts weiter von ihr erfahren werde.

»Und wenn du mal wieder Menschen den Tod an den Hals wünschst, weil sie das Meer verpesten, atme tief durch und vertraue auf das Karma. Jeder kann nur seinen Teil dazu beitragen und Menschen umzubringen hat noch nie – fast nie – das Problem gelöst.«

Ich fühle mich, als hätte sie mir eine Standpauke erteilt. Gerade will ich etwas erwidern, als Ginger ihre kleine Hand hebt und mir zuwinkt. »Bye, Mayla, war schön dich kennenzulernen.«

Und bevor ich etwas sagen kann, falle ich nach unten und lande mit einem Platschen mitten im Wasser.

Na wunderbar. Was für ein surreales Erlebnis. Am liebsten würde ich sofort alles Noah erzählen, aber im Moment bin ich wohl auf mich gestellt. Dennoch will ich ihn sehen. Unbedingt.

Da driften meine Gedanken wieder zu der Meeresmacht, die Eve erwähnt hat. Es gibt also noch Hoffnung und ich sollte zu trainieren beginnen. Es gilt, keine Zeit zu verlieren. Diese besondere Kraft habe ich bestimmt schon gespürt. Es könnte dieses Prickeln sein, das bei der Verwandlung über die Haut zieht. Mit den Fingern fahre ich durch das Wasser und konzentriere mich vollständig auf meine Sinne. Da fühle ich es – dieses feine Kribbeln. Als ich mich zum ersten Mal verwandelt habe, da konnte ich jedes Sandkorn erkennen. Der Ozean floss durch meine Adern.

Das ist es. An den Fingerspitzen spüre ich die Strömungen des Wassers. Wollen wir doch mal sehen, ob ich es ebenso manipulieren kann, wie die Sirenen es getan haben. Und genau das trainiere ich für die nächsten Stunden unaufhörlich.

***

Noah

Wir haben beide verletzende Dinge gesagt. Das ist mir bewusst. Und doch will ich Mayla einfach nur wiedersehen.

Ich habe das Gefühl, dass wir in letzter Zeit immer im Streit auseinandergehen. Das tut uns beiden nicht gut. Vielleicht ist die Lösung, dass wir uns einfach nicht mehr trennen.

»Das ist eine bescheuerte Idee«, murmle ich, als wir schon wieder vor Maylas Haus stehen. Langsam wird's zur Routine. Wir streiten uns, einer geht zum anderen und wir vertragen uns. Wie viele Ärger kann eine Beziehung aushalten? Wenigstens sind wir dieses Mal zu viert.

»Es ist eine hervorragende Idee, uns wieder zu versöhnen. Wir brauchen eine Lösung.« Atlan ist wie immer der Vernünftige von uns. Er hat sogar die Königin dazu überredet, Lucia gehen zu lassen.

Ich fahre mir durch die Haare und schaue durch das große Fenster in die Bar, wo schon wieder fast alle Tische belegt sind.

»Das meine ich auch nicht, sondern dass wir hier zu viert aufschlagen.«

Lucia macht einen beherzten Schritt zu Tür und hält schon den Griff in der Hand, als sie stoppt.

»Du bist nicht der Einzige, der sich vertragen will.« Dann betritt sie als

Erste die Bar, was sofort ein Quieken nach sich zieht sowie eine stürmische Tante Carla, die Lucia sofort um den Hals fällt.

»Endlich bist du da! Vielleicht kannst du Maylas Leben ja wieder in die Bahn bringen.«

Dann nimmt Tante Carla uns drei ins Visier – Kelvin, Atlan und mich. Sie rümpft die Nase und würdigt uns keines weiteren Blickes, sondern zieht Lucia in die Bar hinein.

»Denn jedes Mal, wenn einer von den Jungs hier auftaucht, verschwindet Mayla spurlos und kommt völlig durch den Wind zurück. Das muss aufhören.«

Sie platziert Lucia an einem runden Tisch und drückt ihre Schultern.

»Du bist dünn geworden, Kind. Warte, ich hol dir was zu essen.«

Kelvin schiebt sich hinter Atlans breitem Rücken hervor. »Und was ist mit uns?«

Tante Carla schleudert ihm einen Blick entgegen, wie es nur eine Mutter tun kann, wenn sie denkt, dass ihre Tochter in Gefahr ist. Ich kenne den Ausdruck, meine eigene hat ihn oft genug *verschenkt.* Meine Worte kommen mir jetzt noch dämlicher vor. Carla ist wie eine echte Mutter. Sie liebt Mayla mit allem, was sie zu bieten hat.

Kelvin macht einen Satz zurück und versteckt sich wieder hinter Atlan.

»Wo ist Mayla?«, fragt Lucia, während schon die ersten Tapas vor ihrer Nase stehen.

Carla lächelt sanftmütig und streichelt Lucia über die Wange, ehe sie mit dem Kopf zum Fenster deutet, wo Mayla vollbepackt mit Einkaufstüten entlangläuft. Sie sieht angestrengt und erschöpft aus. Mein Herz zieht sich schwer zusammen. Eine der Taschen rutscht ihr von der Schulter und ehe ich mich überhaupt bewegen kann, ist Atlan schon durch die Tür nach draußen getreten.

Der Held in strahlender Rüstung. Er nimmt ihr die Tüte ab und lächelt sie versöhnlich an, das ist der Moment, wo in ihrem Gesicht die Sonne aufgeht.

Und wieder kommen die bösen Gedanken auf, die mich immer heimsuchen, wenn ich die beiden sehe.

Bin ich nur eine *Option*? Die beiden scheinen sich so gut zu verstehen.

Wenn ich sie ansehe, dann tanzt mein Herz, dann will ich alles in Bewegung setzen, um sie glücklich zu machen. Aber sie lacht nicht mehr und ich frage mich, ob es meine Schuld ist.

Bei Atlan hat sie so viel gelacht, während sie bei mir meistens nur leidet.

Es tut weh. Ich habe mich in ihr ausgelassenes Lachen verliebt und höre es nicht mehr, wie klang es noch mal? Natürlich, ab und zu kichert sie noch, aber dieses laute, befreite Lachen ist verschwunden. Wann habe ich sie so unglücklich gemacht?

Atlan ist ihr Seelenverwandter. Mittlerweile sind mir meine Worte ihm gegenüber unangenehm und peinlich – in erster Linie wohl peinlich. Großspurig habe ich davon gefaselt, dass Mayla mich braucht, um all das hier zu überstehen. Aber was ist, wenn ich es ihr nur noch schwerer mache?

Atlan lächelt Mayla sanftmütig an. Eine Gefühlsregung, die kein anderer bei ihm hervorrufen kann.

Und es tut wieder weh. Was bin ich für ein jämmerlicher Kerl geworden?

Mayla streicht sich mit der nun freien Hand durch ihr Haar und nickt auf etwas, das Atlan sagt, dann lächelt sie und wendet ihren Blick zu mir.

Sie winkt mir zu, vorsichtig.

Ohne es zu wollen, schleicht sich wieder diese eine Frage in meinen Kopf. Die eine, die mich jede Nacht wach hält.

Bin ich nur ein Ersatz für Atlan? Ein Ersatzspieler, der ausschließlich zum Einsatz kommt, wenn der Topspieler verletzt ist. Der Gedanke zieht mein Herz zusammen.

Ich sollte sie gehen lassen, Atlan würde es tun. Er würde alles dafür geben, dass sie glücklich ist, und sein Glück hinten anstellen. So wie es Helden in all ihren Geschichten tun. Aber ich glaube, dass ich etwas Entscheidendes an sie verloren habe und nun nicht mehr ohne sie sein kann.

Die beiden kommen rein, die Türglocke läutet und Kelvin läuft Mayla entgegen, während ich einfach stumm verharre. Ihre Haare sind vom Wind zerzaust. Die Jungs nehmen ihr die Einkäufe ab und tragen sie an mir vorbei, doch ich habe nur Augen für sie. Wieder streicht sie über ihre Haare, um die widerspenstigen Locken zu glätten. Dann kommt sie auf mich zu und bleibt dicht vor mir stehen.

Ich kann das Meer riechen, Mayla riecht immer nach ihm. Das hat sie schon bei unserer ersten Begegnung getan, wo ich Atlan nur aufziehen wollte. Wo mir noch nicht klar war, welche Bedeutung sie für mich haben würde.

»Du starrst mich an«, wispert sie und wird tatsächlich ein wenig rot.

Mir ist unser Streit egal, mir ist egal, wie wir das wieder hinbekommen werden. Nur die Tatsache, *dass* wir es hinbekommen werden, ist wichtig.

»Ich will dich nicht verlieren.« Es platzt einfach so aus mir heraus, bevor ich es aufhalten kann. Dabei habe ich mir so eine schöne Rede zurechtgelegt, in der ich Mayla alles erkläre. Ihr aufzähle, warum ich so gehandelt habe, warum ich ein Idiot bin. Vielleicht auch ein, zwei Punkte, warum *sie* ein Idiotin ist, aber stattdessen habe ich mein Herz sprechen lassen.

»So kann man auch ein Gespräch beginnen.« Mayla ist nicht verärgert, was mich verwirrt. Sie sollte es sein. Stattdessen nimmt sie mich bei der Hand und unter lautem Gejohle der Gäste, was Mayla mit Luftküssen erwidert, zieht sie mich zu einer unauffälligen Tür und dahinter in Richtung ihres Zimmers, an das ich nur gute Erinnerungen habe.

Hinter uns fällt die Tür mit einem Klicken ins Schloss, es sieht noch genauso aus wie ein paar Tage zuvor. Mayla hat wohl die Überreste von dem kleinen Orkan noch nicht beseitigt, der hier gewütet haben muss. Abgesehen von dem Kleiderchaos kann ich noch ein paar wenige Scherben ausmachen, die wohl mal zu einem großen Wandspiegel gehört haben müssen. In einer Ecke stapeln sich jede Menge kaputte Pokale und Medaillen, die achtlos aufgeschichtet wurden. Als hätten sie keine Bedeutung mehr.

»Du willst mich also nicht verlieren?«

Ich nicke und trete wieder auf sie zu.

»Gut, denn ich habe auch nicht vor, dich zu verlieren. Paare streiten sich und wir beide stecken in einer sehr verzwickten Situation. Es ist nur natürlich, dass wir auch ein paar mehr Streitthemen haben. Ich bin sicher, sobald der Krieg vorbei ist, werden wir wesentlich weniger Themen diskutieren.«

»Du denkst schon an die Zeit danach?« Ich kann immer noch nicht fassen, dass Mayla wirklich vorhat ihn zu beenden. Weil ich auch nicht weiß, wie sie es anstellen wird. Und ich habe Angst um sie.

Sie zuckt mit den Schultern. »Positives Denken hat noch nie geschadet. Ich möchte etwas haben, auf das ich mich freuen kann.«

Ich setze mich auf ihr Bett und lehne den Kopf gegen ihren Bauch. Im Moment möchte ich ihr einfach nur nah sein und alle möglichen Probleme ignorieren. Aber so werden sie sich auch nicht lösen. Sanft umarme ich Mayla und ziehe sie noch näher an mich heran. Leise lacht sie auf und streicht mir durch die Haare. Ihre Berührungen lösen eine Gänsehaut bei mir aus.

»Ich habe Angst, dass ich nur eine Option bin. Ein Ersatz für Atlan.«

Ihre Finger hören auf, über meinen Kopf zu streichen. Dieses Geständnis hat einiges an Mut erfordert, Mut, der mir nun fehlt, um Mayla anzusehen.

»Das ist zwar absoluter Blödsinn, aber ich kann es verstehen.« Sie atmet tief durch und nimmt ihre Tätigkeit wieder auf. »Atlan und ich sind zwar irgendwie verbunden, aber mittlerweile ist es einfach anders. Du warst niemals ein Ersatz für ihn. Das geht gar nicht.«

Sie geht vor mir in die Hocke und schaut mich von unten herauf an. Das ist einfach zu niedlich. Ihr leichtes Lächeln und wie sie meine Hände mit ihren umschließt.

»Weil *du* mir doch das Herz gestohlen hast, falls du dich erinnerst.« Dann beugt sie sich vor und drückt mir einen liebevollen Kuss auf die Lippen.

»Ich erinnere mich.«

»Und du hast mir gezeigt, was Leidenschaft ist. Immer wenn ich bei dir bin, ist es ein Abenteuer. Mit dir ist mein gesamtes Leben ein Abenteuer.«

Ihre Augen glänzen und ich glaube ihren Worten. »Du verzeihst mir ja schnell.«

Mayla legt den Kopf schief und streicht mit den Daumen über meinen Handrücken. Mit einer Hand löse ich diese Berührung und streichle ihr über die Wange. An ihrem kleinen weißen Fleck am Hals halte ich inne, doch er gehört zu ihr. Er steht nicht dafür, dass sie eine Meerhexe ist. Bevor ich ihn berühren kann, legt sie eine Hand über meine und hält mich auf, das Gesicht zu einem qualvollen Lächeln verzogen. Es fällt mir nach wie vor schwer zu akzeptieren, wer ihre Familie ist, aber es hält mich nicht davon ab, sie mit jeder Schuppe meines Körpers zu lieben. Ruckartig rutsche ich vom Bett hinunter und drücke sie fest an mich, um dann einen Kuss auf genau diesen weißen Fleck zu platzieren.

»Nicht«, beginnt sie, doch ich lasse sie nicht zu Wort kommen.

Nach einem endlos langen Kuss auf ihre zarten Lippen löse ich mich schwer atmend von ihr. »Er gehört zu dir wie alles andere.«

»Und genau wegen so etwas kann ich dir so schnell verzeihen. Außerdem habe ich meistens das Gefühl, dass du dir selbst nicht so richtig verzeihen kannst.«

Wieder dieser wissende Blick. Sie hat recht, noch immer verfolgt mich das Mädchen mit den schwarzen Haaren in meinen Träumen, aber sie sind weniger geworden, seit ich Mayla kenne. Dafür kommen manchmal die abstrusesten Varianten von Mayla hinzu, wie sie sich in eine Meerhexe verwandelt.

»Manche Dinge kann man sich wohl nicht verzeihen.« Ich fahre mir durch die Haare und setze mich auf den Boden, lehne mich mit dem Rücken gegen das Bett.

Mayla krabbelt auf meinen Schoß. Wir haben nicht viele von diesen kleinen vertrauten Momenten.

»Meine Familie und ich wurden damals von den Meerhexen gefangen genommen. Sie zwangen mich dazu zu singen.«

»Ich wusste nicht, dass männliche Sirenen auch singen können.«

»Können sie, aber es hat nicht den gleichen starken Effekt wie bei einer weiblichen Sirene. Ich wollte meiner kleinen Schwester diese Erfahrung ersparen, also habe ich gesungen. Und da war dieses Mädchen, so helle Haut wie Porzellan und sie hat auf mein Singen … sehr gut reagiert.«

Ich spüre, wie Mayla mein Gesicht in ihren Händen hält und ihre Stirn gegen meine lehnt. Eine Geste, die ich eher von Lucia gewohnt bin. Dennoch fühlt es sich gut an und ich kann fortfahren, allerdings nur, während ich auf meine Hände auf ihren Oberschenkeln schaue.

»Die Meerhexen haben sie zwar leiden lassen, mit ihren Flüchen und allem drum und dran, doch letztendlich ist sie ertrunken, weil ich sie ins Wasser gelockt habe. Das lässt sich nicht ändern. Ich hatte Angst um meine Familie, aber ich hatte die Wahl und habe mich gegen das Leben des Mädchens entschieden.«

»Das tut mir leid«, wispert sie und hält mich einfach nur fest.

Oft denke ich noch an meine Familie, ich hätte sie gern Mayla vorgestellt. Bestimmt wäre meine Mutter begeistert von ihr gewesen und meine Schwester erst recht. Vielleicht hätte mein Bruder sie immer wieder herausgefordert und Mayla hätte lachend mitgespielt. All das stelle ich mir vor und in manchen Momenten ist der Verlust dann nicht mehr ganz so schlimm. Manchmal machen diese Gedanken es aber auch schlimmer und mein Herz zieht sich dann schmerzhaft zusammen, weil ich mir wünsche, es wäre wirklich so gekommen. Doch dann wiederum reicht mir auch schon die Gewissheit aus, wie es gekommen wäre und wie sehr meine Familie Mayla ebenfalls geliebt hätte. Dann macht es mich glücklich, so ein Mädchen gefunden zu haben, das meine Familie in unseren Kreis aufgenommen hätte.

»Ich denke, du hattest in Aquarta recht. Jemand muss anfangen zu verzeihen und wenn ich damit anfangen muss, für dich, dann werde ich es tun.«

»Oh, Noah.« Sie schließt mich so fest in ihre Arme, als würde sie mich zusammenhalten. Ich habe mich nie kaputt oder gebrochen gefühlt, aber diese Arme – ihre Arme – zeigen mir, dass ich doch falsch lag. Mein Hass und meine Rachegedanken haben einfach nur meinen Schmerz übertönt und das wird mir hier auf dem Fußboden ihres Zimmer bewusst. Ich erwidere ihre Umarmung und streiche ihr immer wieder durch ihre widerspenstigen Locken.

»Du hast recht, positives Denken kann nicht schaden.«

Wir halten einander fest. Dieser Moment ist so intim, dass mir etwas klar wird, egal was geschehen wird, wir werden damit zurechtkommen, solange mich diese Arme halten können und ich ihr Lachen beschützen kann.

***

Mayla

»Die Königin will mich kennenlernen?«

Lucias Worte kommen nicht so richtig bei mir an, denn ich habe diesen Satz schon dreimal wiederholt.

»Ja, sie will dich kennenlernen und sich deine Version anhören. Damit wir diesen Krieg beenden können.«

Lucia lächelt mich an, was ich nur erwidern kann. Es tut unfassbar gut, Lucia wieder in ihrer menschlichen Gestalt in unserer Tapasbar zu sehen. Tante Carla ist immer noch ganz aus dem Häuschen und hat scheinbar auch vergessen, dass sie eigentlich sauer auf die Jungs ist.

Ich kuschle mich auf Noahs Schoß. Zum ersten Mal fühlt es sich real an, dass ich seine Freundin bin. Wie wir hier alle an einem Tisch sitzen wie normale Freunde, nur dass wir über nicht ganz so normale Dinge reden. Noah wirft Atlan immer wieder prüfende Blicke zu, worüber ich nur den Kopf schütteln kann, und auch dieser verdreht immer wieder die Augen.

»Bevor hier irgendjemand irgendwen kennenlernt, esst ihr erst einmal.« Tante Carla stellt eine riesige Tapasplatte in unsere Mitte, was sofort ein glückliches Quieken von Kelvin zur Folge hat, ehe er sich schon die ersten Köstlichkeiten schnappt. Der Duft von Tante Carlas Essen erinnert mich immer an das Gefühl von Heimat. In diesem Moment ist alles perfekt. Es steht uns etwas bevor, aber so, wie wir hier sitzen, habe ich Hoffnung. Kelvin klaut gerade von Atlans Teller eine Paprika, was dieser mit einem bösen Blick quittiert. Lucia beobachtet das liebevoll, dann bemerkt sie meinen Blick und schenkt mir einen Luftkuss. Noah streicht meinen Rücken rauf und runter, während Tante Carla mit einem breiten Grinsen noch mehr Paprika vor Kelvins Nase stellt.

Es ist perfekt, es ist mein kleines perfektes Leben, um das ich kämpfen werde. Denn ich weiß, wir können uns nicht für immer in dieser Bar verstecken.

»Wir haben eine Chance«, wispere ich Noah ins Ohr.

Er nickt nur und strahlt mich dabei so breit an, dass ich keine Sonne mehr benötige. Daher umfasse ich erneut sein Gesicht und gebe ihm einen kurzen Kuss voller Liebe, die ich für diesen Mann empfinde. Der mir immer dann das Lachen zurückgibt, wenn ich gerade denke, ich hätte es verloren.

»Wie kommt es, dass ihr Lucia aus dem Palast holen durftet?«

Atlan zuckt auf meine Frage hin mit den Schultern. »Es war die Idee der Königin. Sie meinte, wenn das alles wirklich wahr ist, dann möchte sie die beste Eskorte für dich, Mayla.«

Ich fühle mich jetzt schon geschmeichelt, wobei ich nicht weiß, warum ich eine Eskorte benötigen sollte. Schließlich haben mir die Meerhexen nichts angetan, nur Roana wollte meinem Leben an die Gurgel.

Ich stehe von Noahs Schoß auf und gehe zu Tante Carla in die Küche, lehne mich gegen den Türrahmen. Ben ist gerade draußen und bedient die anderen Gäste.

»Du musst noch mal gehen, nicht wahr, Señorita.« Sie schaut noch nicht einmal auf, während sie in einem Topf rührt und mit der anderen Hand Hackfleischbällchen in einer Pfanne wendet.

»Ja.«

»Wann kommst du wieder?«

»Ich weiß es nicht.«

Dann sieht sie doch auf und ihre Sorge um mich erschlägt mich fast. Langsam beschleicht mich das untrügliche Gefühl, dass sie auf irgendeine verdrehte Art und Weise weiß, was los ist. Keine Einzelheiten, aber sie spürt, dass es etwas *anderes* ist. Deshalb war sie auch nie sauer.

»Tante Carla«, beginne ich, doch sie wendet sich wieder ihren Gerichten zu.

»Ich weiß, Señorita. Versprich nur, dass du auf dich aufpasst. Auf dich und Lucia. Ihr beide habt euch so verändert nach eurem Urlaub. Ich wusste schon seit dem Moment, wo ich dich kleines Bündel hochgehoben habe, dass du etwas ganz Besonderes bist.«

Ich weiß, dass sie das eigentlich nicht leiden kann, aber dennoch stelle ich mich hinter sie und drücke sie ganz fest an mich. Auch wenn sie gerade kocht oder weil sie eben kocht und mich deshalb nicht wegschubsen kann.

»Komm mir bloß heil wieder«, schnieft sie und ich gebe ihr einen Kuss auf den Scheitel.

»Ich versuche es.«

Und dann verlassen wir die Bar und ich habe das Gefühl, dass ich lange nicht zurückkehren werde. Es macht mir Angst.

»Wir schaffen das.« Noah nimmt meine Hand in seine und drückt sie leicht.

»Ich weiß.«

Lucia ist mit Atlan und Kelvin nur drei Schritte voraus, dennoch dreht sie sich zu mir um, passt auf, dass ich nicht verloren gehe.

»Okay, dann los!«

Und so schwimmen wir zum Palast.

***

Die Stimmen der anderen Meerhexen sind eindringlicher als sonst, aufgelöster und wütend – unglaublich wütend. So habe ich sie noch nie erlebt. Sie reden und kreischen so wild durcheinander, dass ich keine einzige von ihnen richtig verstehen kann. Wie immer versuche ich es nach kurzer Zeit auszublenden, doch es fällt mir dieses Mal besonders schwer. Für einen Teil der Strecke muss Noah mich sogar führen, da ihre Stimmen mich vom schnellen Schwimmen abhalten und meine Orientierung behindern.

»Weißt du, was passiert?«, will Atlan wissen.

Doch ich habe keine Antwort auf seine Frage, sondern kann nur abwechselnd von den Jungs gestützt werden, während ich immer mehr versuche mich den Stimmen zu entziehen. Es dauert noch mehr als vier Stunden, bis wir ankommen.

Plötzlich durchzuckt ein besonders schriller Schrei meinen Kopf, dann ist es für einen wohltuenden Moment gespenstisch ruhig. Erleichtert atme ich auf.

»Es muss etwas passiert sein.« Doch bevor ich noch mehr sagen kann, durchfluten Namen meinem Kopf. Unter anderem ein gekreischtes *Morgiana*. »Etwas Schlimmes«, zische ich, was sich, in meiner Meerhexengestalt gesprochen, ziemlich gefährlich anhört.

Atlan wirft einen Blick auf mich zurück, wie ich von Kelvin gestützt werde, während er an Lucias Seite bleibt. Einen Moment studiert er meine Gesichtszüge, dann nickt er ernst. »Wir sollten uns beeilen.«

Kelvin umfasst meinen Arm über seiner Schulter noch fester, ehe wir uns dem neuen Tempo anpassen. »Selbst wenn wir noch so schnell schwimmen, wir brauchen sicher noch mehrere Stunden nach Aquarta.«

»Versuchen wir es trotzdem, ich habe ein ungutes Gefühl.«

Wir alle stimmen Atlan zu, denn im Moment höre ich sogar noch mehr Beunruhigendes. Die Meerhexen sind außer Kontrolle, sie kreischen, schreien und fluchen. Ich verliere jegliches Zeitgefühl. Mittlerweile schwimme ich einfach nur blind drauf los und lasse mich von den Jungs leiten.

Doch dann kann ich Sybell deutlich ausmachen: »Holen wir sie uns.«

Panisch blicke ich mich um, meint sie damit mich und meine kleine Gruppe? Was haben wir verbrochen? »Wir müssen aufpassen, seid wachsam!« Meine letzten Worte werden von meinem Stöhnen unterbrochen, als ein besonders lautes Kreischen erklingt. Dann wird es wieder still. Viel zu still.

»Shit.« Alle vier sehen alarmiert zu mir. Die Stimmen sind vollständig verstummt und geben meinem Kopf seine dringend benötigte Ruhe. Ich lasse meinen Arm von Noahs Schulter rutschen, denn nun reicht meine Konzentration aus, um selbst zu schwimmen und das ist kein gutes Zeichen. Es muss etwas passiert sein. Dann kreischt Lucia auf – hoch, schrill und absolut markerschütternd. Für einen Moment halte ich es nicht mehr aus und sehe nur noch Sterne vor den Augen. Wieder muss Noah nach mir greifen, weil ich zu sinken drohe.

»Verflucht! Lucia!«, brüllt Kelvin und hält sich die Ohren zu. Atlan und Noah sind ebenfalls überraschend blass. Doch Lucia nimmt davon keine Notiz. Sie hält sich das Herz und keucht schmerzerfüllt auf. Sofort ist Atlan an ihrer Seite und stützt sie.

»Was ist passiert?«

»Ich weiß es nicht, aber es tut so weh. Als würde es mich zerreißen. Es ist wie bei ... Daxton.«

Ihre letzten Worte sind nur gewispert, dennoch haben wir sie verstanden. Beunruhigt sehen wir alle einander an. Das ist nicht gut, gar nicht gut.

Noch mal ziehen wir das Tempo an, doch es ist ermüdend. Lucia, die solche Strecken nicht gewohnt ist und nach ihrem Ausbruch ausgesprochen schwach ist, muss nun statt mir gestützt werden – bis wir sogar zu einer Pause gezwungen sind.

Die innere Unruhe hat vollständig Besitz von mir ergriffen. Ich weiß nicht, was passiert ist. Aber ich rechne mit einer mittleren bis schweren Katastrophe. Vielleicht ein erneutes Schiffsunglück? Niemand kann mir darauf eine Antwort geben, auch wenn Lucia und Atlan uns versichern, dass sie von nichts wissen.

***

Wir kommen endlich am Palast an, der zwar strahlt, aber nicht mehr besonders hell. Die Meeresbewohner haben sich vollständig verzogen und auch keine Wache ist zu sehen. War hier nicht mal ein Schutzschild, den ich laut Mayim besser nicht berühren sollte?

»Hier gab es einen Kampf, haltet euch bereit!« Atlan zückt seinen Dreizack, genauso wie Kelvin und Noah. Aus reiner Gewohnheit ziehe ich Lucia an meine Seite und halte schützend die Arme um sie. Vermutlich ist sie sogar die Stärkere von uns beiden.

Bedacht pirschen wir uns näher an den Palast. Niemand begegnet uns auf dem Weg dorthin, hier und da sehen wir tote Fische oder andere Meeresbewohner. Sogar einen Delfin hat es erwischt, was mein Herz bluten lässt. Das künstliche Licht ist an einigen Stellen stark heruntergedimmt, da viele Glühlampen in Scherben auf dem Boden liegen.

»Was ist hier nur passiert?« Doch alle anderen sehen ebenso ratlos aus, wie ich mich fühle.

»Wir sollten Mayla verstecken. Ich habe kein gutes Gefühl.« Noah ist jetzt direkt an meiner Seite.

»Bringen wir sie in mein Zimmer hier unten«, haucht Lucia.

Ich weiß nicht, wie wir es schaffen, aber wir gelangen tatsächlich ungesehen in Lucias Zimmer, wo sie mir eine Art Decke holt. Leider bleibt mir nicht viel Zeit das Material zu bestaunen. Selbst unter Wasser fühlt es sich weich an.

Atlan steht am Fenster von dem Zimmer und starrt hinaus in die Dunkelheit.

»Der Schutzschild ist weg.« Diese Erkenntnis hatte ich auch schon, aber ich hatte gehofft, dass es gewollt war und nicht das bedeutet, was ich denke, dass es bedeutet.

Doch wenn ich so die erschrockenen Gesichter von allen richtig deute, dann habe ich leider recht.

»Die Königin«, wispert Kelvin. Seine Worte sickern zu uns durch und ohne uns abzusprechen, stürzen wir alle hinaus zum Thronsaal.

Kapitel 18

Positives Nummer 44: Zumindest haben sie uns nicht angegriffen

Versteckt unter der Decke schwimme ich neben den anderen her. Atlans angespannte Haltung hat sich auf uns alle übertragen, er hält den Griff seines Dreizacks so fest umklammert, dass ich Sorge habe, er könnte dort brechen.

»Halte Malya zurück. Wenn wir jetzt anderen begegnen und wirklich ein Angriff stattgefunden hat, werden sie Mayla gefangen nehmen.«

Noah nickt auf seine Anweisung hin und wir bleiben ohne Protest vor den großen Flügeltüren stehen.

Ich erhasche nur einen kurzen Blick auf einen Pulk von Sirenen in Rüstungen, schon zieht mich Noah hinter eine der Türen. Wir pressen uns gegen die Wand und schauen durch den Spalt in den Thronsaal. Der Raum ist riesig, kleine goldene Ornamente zieren die Wände und alles erinnert mich an einen Ballsaal aus längst vergangenen Zeiten. Unterwasserpflanzen stehen in großen Kübeln an der Seite und geben dem Raum ein wenig mehr Farbe. Stoffe, die vermutlich aus dem gleichen Material wie diese Decke gemacht sind, hängen neben großen Fenstern. Wenn nicht hier und da Luftblasen aufsteigen würden, würde ich fast keinen Unterschied zum Land sehen. Gut, bis auf die Sirenen, die aufgeregt auf jeglichen Ebenen durcheinanderschwimmen, und die Tatsache, dass ab und zu jemand herumbrüllt. Andere Sirenen ohne Rüstung halten einander fest und einige schluchzen laut auf.

Noah ist direkt über mir, wir werfen uns besorgte Blicke zu, ehe wir uns wieder dem Geschehen im Saal widmen.

Lucia, Atlan und Kelvin sind mitten hineingeschwommen. Ein älterer Mann steht Atlan gegenüber und brüllt, während Atlan sich schützend vor Lucia gestellt hat.

Er macht ihm Vorwürfe, warum er nicht früher mit der Prinzessin zurückgekehrt sei. Ich kann Atlans Zornesfalte bis hierher sehen und alles in mir spannt sich an, um an seine Seite zu eilen.

»Nicht«, wispert Noah in mein Ohr und legt mir eine Hand auf die Schulter, »du würdest alles nur viel schlimmer machen.« Er hat recht und das nervt gewaltig.

Atlan baut sich auf und wirkt tatsächlich größer als der andere Mann. »Wir wussten nicht und wissen noch immer nicht, was hier geschehen ist. Bitte, erstatte Bericht, Vater.«

Vater?

Es geht Atlans Vater eindeutig gegen den Strich, dass er seinen Sohn in Kenntnis setzen soll, aber er tut es, während einige weibliche Sirenen sich mit Lucia befassen. Unter anderen kann ich Roana ausmachen, die mehr als nur mitgenommen aussieht. Ihr Körper ist übersät mit Wunden, sodass ihr Anblick sogar bei mir Mitleid auslöst.

»Meerhexen haben den Palast angegriffen.«

»Aber der Schutzschild?«, unterbricht Kelvin sofort die Erklärungen, was ihm einen strengen Blick von Atlans Vater einbringt.

Der ältere Mann lässt die Schultern hängen und ich meine, ehrliche Betroffenheit bei ihm ausmachen zu können.

»Aufgrund der letzten Vorkommnisse in Bezug auf die Machtübertragung auf Prinzessin Lucia konnte die Königin den Schutzwall nicht mehr zur Gänze aufrechterhalten. Die Meerhexen konnten sich dagegen behaupten, sind eingedrungen und haben die Königin … getötet.«

»Nein!«

Jeder im Raum zuckt zusammen, einige halten sich die Ohren zu. Lucias Aufschrei hallt immer noch nach und ein paar Sirenen gehen sogar zu Boden. Ihre Stimme zuckt durch meinen Gehörgang und lässt stechende Kopfschmerzen zurück. Eigentlich müsste ich an ihre Schreie gewöhnt sein, aber ihr seelischer Schmerz hat ein ganz neues Level erreicht, was sich deutlich in der Tonlage widerspiegelt.

Atlans Vater verbeugt sich und mit ihm tun es alle Soldaten gleich. Lucia verschränkt ihre Hände ineinander und ihr Blick zuckt von Atlan über seinen Vater hin zu Roana. Sie ist überfordert, jemand muss sie in den Arm nehmen, doch niemand unternimmt etwas. Wenn das so weitergeht, wird Lucia zusammenbrechen.

»Hol sie da raus!«, flüstere ich bestimmt zu Noah. Er zieht die Augenbrauen zusammen. Sehe wirklich nur ich, was gleich unausweichlich geschehen wird?

»Ich habe dafür keine Befugnis.«

»Wenn du es nicht machst, dann mach ich es. Sie muss aus der Situation raus.«

Er drückt mir einen Kuss auf den Kopf und schwimmt aus unserem Versteck direkt auf Lucia zu, die ersten Wachen springen auf und wollen ihn daran hindern.

»Lucia«, ruft Noah und zieht sofort ihre Aufmerksamkeit auf sich.

»Noah, du hast hier keine Befugnis. Zurück mit dir!« Die Stimme von Atlans Vater hallt von den Wänden wider, er zückt sogar seinen Dreizack.

Kelvin und Atlan tun es ihm gleich, genauso wie viele andere Soldaten. Wobei sich die Jüngeren auf Atlans Seite schlagen. O wow, und ich dachte, die Meerhexen wären untereinander nicht gerade freundlich, aber das hier …

Atlan hält seinen Dreizack in Richtung seines Vaters.

»Noah hat jede Befugnis, die er benötigt. Er war genauso wie ich von Anfang an an Lucias Seite und beschützt sie. Also halte dich zurück, Nubuk.« Er wendet sich an Lucia und augenblicklich wird seine gesamte Haltung sanfter. »Geh zu ihr.« Selbst jetzt weiß Atlan, dass *ich* Noah zu Lucia geschickt habe.

Lucia nickt mechanisch und schwimmt Noah entgegen, in seine Arme.

Er flüstert ihr etwas zu und sie nickt, schaut in meine Richtung. Ich schwimme von der Tür weg, um sie gleich in Empfang zu nehmen.

Lucia kann mit solchen Gefühlen nicht gut umgehen.

»Prinzessin Lucia, Sie müssen jetzt handeln!«

Der Vater geht mir unfassbar auf die Nerven, warum versteht er Lucias Lage nicht. Er hat gerade vor ihrem Volk erzählt, dass ihre Mutter ermordet wurde. Er sollte dringend zwischen den Zeilen lesen lernen.

Atlan baut sich vor den beiden auf, sodass Nubuk ihr nicht folgen kann. Noch nie habe ich ihn bedrohlicher wahrgenommen.

»Sie muss sich erst einmal sammeln. Ich bin ihr Leibwächter, ihr Vertrauter. Ab sofort ist es meine Aufgabe, sie zu schützen, unser Volk zu schützen.«

Ich schwimme um die nächste Ecke und warte darauf, dass Lucia mich einholt.

Sofort stürzt sie in meine Arme, schluchzt auf und klammert sich an mich. Vorsichtig, damit meine Klauen sie nicht verletzen, erwidere ich ihre Umarmung.

»Sie haben meine Mutter getötet.«

Ja und das wird die Sache nicht vereinfachen, denn ich weiß nicht, wie wir jetzt noch den Krieg beenden sollen, ohne dass es am Ende mehr Tote als Überlebende gibt.

***

Wenig später sitzen wir in Lucias Zimmer, ich halte sie einfach nur fest, während die drei Jungs über einer Karte hocken und Wachen hin und her schieben. Noch immer habe ich nicht durchschaut, wie dieses System funktioniert, aber scheinbar hat Atlan jetzt das Sagen über alle Soldaten, weil er Lucias Vertrauter ist. Wenigstens ist er so schlau und bezieht Noah und Kelvin mit ein.

»Wie konnten sie das nur tun?«, wispert Lucia an meiner Brust, während Schluchzer ihren Körper erschüttern. Sie lässt sich nur langsam beruhigen und ab und zu kommt einer der Jungs zu uns, um nach ihr zu sehen. Doch sie schickt sie immer wieder weg und will nur von mir getröstet werden. Die gesamte Situation ist abstrus. Hier sitze ich als Meerhexe und halte die Sirenenprinzessin in den Armen, weil die anderen Meerhexen ihre Mutter und nebenbei die Königin des gesamten Volkes getötet haben.

Gott, ich hatte Hoffnung auf den Frieden, aber die Meerhexen haben alles zerstört und das macht mich wirklich wütend.

Lucia muss unter Tränen den Schutzwall erneuern, was vor allem Atlan unglaublich leidtut. Seine Miene bittet immer wieder um Entschuldigung, während er ihre Hand hält. Es muss anstrengend sein, denn Lucia wird müde und lehnt sich gegen mich.

Leise Stimmen regen sich wieder in meinem Kopf, als hätten sich die Meerhexen ein wenig erholt.

Ich will wissen, warum sie das getan haben und wie zum Teufel sie Aquarta gefunden haben – nach zweitausend Jahren!

Lucia ist eingeschlafen und ich schnappe mir die Decke, die nicht wirklich als Tarnung geeignet ist, aber besser als nichts.

Die Jungs sind so sehr mit ihrer Planung beschäftigt, dass sie nicht bemerken, wie ich aus dem Fenster schwimme.

Sybell ist noch in der Nähe, ich höre ihr Gezische in meinem Kopf und kann wenig später ihre Position ausmachen. Ich mache mir Sorgen wegen des Schutzwalls, ich habe keine Ahnung, wie das funktioniert, ob er mich grillen wird oder ich dann nicht mehr zurückkann.

Noch immer sind keine Wachen zu sehen, vermutlich beschränken sie sich im Moment auf den Palast. Meiner Meinung nach sollten sie diese Stellung aufgeben und alle an Land ziehen, um vor den Meerhexen in Sicherheit zu sein. Aber mich fragt ja niemand.

Ich schwimme an den Rand des Schutzschilds, jedenfalls vermute ich, dass das Flimmern im Wasser dieser Schutz ist.

Tatsächlich liegt Sybell außerhalb des Schutzschildes, sichtlich verletzt. Sie hält sich den Arm und wenn mich nicht alles täuscht, dann fehlt ihr sogar eine Klaue an der Hand.

»Sybell! Warum habt ihr das getan?!«, zische ich und halte mit gebührendem Abstand inne.

Gequält lächelt sie mich an. »Du hast wirklich das Blatt gewendet, Mayla.«

»Ich habe euch doch die Geschichte der Sirenen erzählt. Warum habt ihr nicht gewartet? Wir hätten diesen sinnlosen Krieg beenden können.«

Sybell verengt die Augen zu Schlitzen und ihr Gezische ist so aggressiv wie nie. »Du bist schuld.«

»Ich?« Jetzt verstehe ich die Welt nicht mehr.

»Du hast ihnen verraten, wo unser Unterschlupf ist. Sie haben uns angegriffen. Sie haben viele von uns einfach abgeschlachtet, so viel zu deinem Frieden. Wie würde Morgiana sagen? Darauf scheiße ich. Aber das kann sie nicht mehr, denn deine tollen Sirenen-Freunde haben sie aufgeschlitzt.«

Ich komme nicht mehr hinterher. Was? Die Sirenen haben die Meerhexen angegriffen? Wann? »Ich habe ihnen nichts erzählt, ich weiß doch noch nicht einmal selbst, wo euer Unterschlupf ist.«

»Du wusstest auch, wo Aquarta liegt.«

»Das wusste ich nur von Mayim.« Eine schreckliche Vorahnung überfällt mich. Mayim wird doch nicht? Nein … So etwas würde sie nicht tun. Oder doch? Hat sie den Sirenen das Versteck der Meerhexen verraten?

»Sie hatten sogar die aufgenommene Stimme der Königin dabei. Vielleicht nicht so effektiv wie die echte, aber schlimm genug. Wir haben es ihnen dennoch gezeigt. Das Blatt hat sich gewendet und wir werden uns erneut formieren. Du musst dich jetzt beweisen, als Teil der Meerhexen. Sie sind nicht deine Freunde, sie haben deine Spezies abgeschlachtet. Deine Mission ist es nun, die Prinzessin zu töten.«

»Ich werde Lucia ganz sicher nicht töten. Das ist absurd!« Niemals würde ich Lucia ein Haar krümmen. Was denkt sie sich?

»Dann bist du auch keine von uns. Ab heute werden wir dich als Teil der Sirenen ansehen. Wir werden es auch ohne dich schaffen. Ich habe nur auf dich gewartet, um dir dies mitzuteilen.«

Damit dreht sie sich um und schwimmt davon. Einfach so. Eigentlich sollte damit mein Wunsch in Erfüllung gehen. Nicht eine Sekunde wollte ich zu ihnen gehören. Aber es fühlt sich nicht wie ein Sieg an. Sondern so, als hätte man mir abermals meinen Platz im Leben genommen, und das tut weh. Mit schwerem Herzen schwimme ich zurück zum Palast.

***

»Wo warst du?« Lucia reibt sich verschlafen über die Augen, sie sind rot unterlaufen und ihre Haut ist blasser als gewöhnlich.

Noch immer weiß ich nicht, wohin mit mir. Die Sirenen haben die Meerhexen aus dem Nichts angegriffen, mit der Stimme der Königin. Es ist ja nicht so, als würden in Aquarta Aufnahmen der königlichen Stimme herumliegen. Es gibt zwar einige Aufnahmegeräte in Form von Muscheln, aber Atlan hat mir erklärt, diese seien alle leer. Also muss die Königin diesen Angriff genehmigt haben. Aber warum hat sie dann die vier losgeschickt, um mich zu holen? Ich dachte, wir wären auf einer Friedensmission.

Natürlich ist es auch möglich, dass Sybell gelogen hat.

Vorsichtig setze ich mich zu Lucia aufs Bett. Die Jungs sind mittlerweile nicht mehr im Raum, dafür wurden Wachen vor Lucias Zimmer stationiert.

»Du musst mit Roana sprechen.« Das ist die einzige Möglichkeit, um die Wahrheit herauszufinden, und dann besteht eine minimale Chance, das alles hier noch zu retten.

»Warum Roana?« Lucia wirkt abgekämpft, ich kann mir nicht vorstellen, wie es ihr geht. Schnell rutsche ich näher und greife nach ihren Fingern. Schmunzelnd betrachte ich unsere Hände, ein kleiner Stich durchfährt mein Herz, als ich ihre schmalen schönen menschlichen Finger sehe und meine mit Schuppen überzogenen Klauen, die an eine Harpyie erinnern. Mal wieder beweist Lucia ihr goldenes Wesen, indem sie, ohne zu zögern, meine Krallen umschließt.

»Wir müssen herausfinden, was passiert ist.«

***

Wenig später hat mir Noah einen Umhang besorgt, der mich fast vollständig verhüllt. Ohne Begleitung von Lucia und den anderen darf ich nirgendwohin. Natürlich, sämtliche Wachen sind in Alarmbereitschaft und sicher bereit mich sofort zu fangen oder zu töten, sollte es eine Gelegenheit geben.

Wir befinden uns in einem kleineren Raum neben dem Thronsaal, der wohl für Beratungen gedacht ist. Wie passend.

Vor der Tür sind genügend Wachen positioniert, einen anderen Weg hinaus gibt es nicht. Roana steht vor uns, ihre Verletzungen sind mittlerweile verbunden und sie wirkt auch deutlich lebendiger.

Kelvin lehnt mit ihr auf einer Höhe an der Wand und verschränkt die Arme vor der Brust. Er ist ebenso wenig von ihrer Anwesenheit begeistert wie ich.

Atlan und Lucia stehen hinter einem großen Holztisch, während Noah und ich uns auf einer Bank an der Seite niedergelassen haben. Seine Anspannung kann ich sogar durch den Stoff des Umhangs fühlen. Hier drinnen durfte ich zumindest die Kapuze absetzen.

»Was sucht *sie* hier? Wir sollten sie direkt töten. Bestimmt ist alles ihre Schuld. Sie hat den Meerhexen verraten, wo Aquarta liegt.«

Über ihre ganzen Unterstellungen kann ich nur den Kopf schütteln. Glaubt sie wirklich, dass Lucia ihr mehr glaubt als mir? Ein Streit mit Roana wäre verschwendete Zeit, weshalb ich versuche ihre Sticheleien zu ignorieren. Schwierig, wenn eine Person so penetrant ist.

Sie ist eines der wenigen Wesen, wo ich den Preis, ein Stück meiner Seele zu verlieren, um es zu verfluchen, nicht mehr so schlimm fände.

Atlan schlägt auf den Tisch, doch Lucia und ich sind die Einzigen, die zusammenzucken. Roana erdolcht auch ihn mit ihrer Wut, einzig und allein Noah bleibt von ihren Gefühlsausbrüchen verschont.

»Roana, was ist passiert?«, fragt Atlan. »Und das will ich nicht nur als dein Gruppenanführer wissen, sondern auch als Kommandant der gesamten Armee.«

Sie schluckt und versucht ihre wütende Fassade aufrechtzuerhalten. Aber sie hat Angst. »Ich werde es nicht sagen, wenn sie dabei ist.« Wieder deutet sie auf mich. Seufzend stehe ich auf. Es hat keinen Sinn.

Doch Noah zieht mich an meinem Arm wieder auf die Bank.

»Du hast keine Wahl, Roana. Seit wann widersetzt du dich den Befehlen?«

»Seit wann lassen wir Meerhexen in den Palast?«

Ein kollektives Aufstöhnen folgt ihren Worten. Kelvin stößt sich von der Wand ab.

»Roana, es reicht. Ich habe keinen Bock mehr. Immer die gleiche Leier. Spuck es halt einfach aus!« Er taxiert sie mit seinem Blick und tritt dann zu Lucia hinter den Tisch.

Roana atmet tief durch.

»Die Meerhexen haben uns nach einer gescheiterten Kontaktaufnahme angegriffen. Mehr gibt es nicht zu berichten.«

Ich glaube ihr nicht. Ich weiß nicht, warum, aber kein Wort, das aus ihrem Mund kommt, entspricht der Wahrheit. Der Rest im Raum scheint ihr allerdings zu vertrauen. Keine Ahnung, wie lange sie Roana bereits kennen, aber es reicht aus, um ihr das abzukaufen. Aber noch gebe ich nicht auf. Denn mein Gespür sagt mir, dass Sybell durchaus die Wahrheit gesagt hat.

»Woher wusstest du, wo die Meerhexen sich befinden?«

»Ich bin dir gefolgt, als du dich mit den anderen Meerhexen getroffen hast, und bin ihnen dann hinterhergeschwommen.«

Mir klappt der Mund auf, während der Rest nicht überrascht wirkt. Wie oft sind mir Sirenen gefolgt, ohne dass ich es bemerkt habe?

Lucia nickt verstehend und schenkt ihr sogar ein kleines Lächeln. »Danke, Roana. Geh und ruh dich aus.«

Die Kriegerin nickt und verlässt nach einer Verbeugung den Raum.

»Ihr alle glaubt ihr.«

»Mayla, warum sollte sie lügen? Sie ist eine Soldatin und hat keinen Grund, uns etwas zu verschweigen. Roana hat uns noch nie einen Grund geliefert, ihr nicht zu glauben.« Atlan tauscht einen stillen Blick mit Lucia aus. »Wir sollten den Angriff vorbereiten.«

Lucias Züge verhärten sich, aber sie nickt.

»Welchen Angriff?« Ich springe auf und schwimme zu den beiden hinüber.

»Wir können das nicht auf uns beruhen lassen. Nubuk wird sich nachher unserer Planung anschließen. Er hat absolut recht, wenn er sagt, dass wir jetzt am Zug sind.«

Ich schüttle den Kopf über Lucias Worte. »Das hier ist kein Spiel, wo jeder nacheinander an der Reihe ist. Was habt ihr vor?«

»Ich werde meine Stimme benutzen und wir werden sie endgültig alle vernichten. Meine Mutter hatte recht, man kann nicht mit ihnen reden.«

»Alle?«, frage ich überflüssigerweise. Sie kann nicht *alle* meinen. »Auch meine Mutter?«

Lucia blinzelt und ihre Finger krallen sich in die Tischplatte. »Jungs, lasst uns einen Moment allein.«

Als hätten sie nur darauf gewartet, stürmen alle bis auf Atlan aus dem Raum. Bei der aufkommenden Diskussion wäre ich auch nicht gern dabei.

»Ja, alle Mayla. Dich natürlich nicht, das könnte ich nie. Aber ich werde sie alle in Grund und Boden singen. Sie haben meine Mutter getötet.«

Sie fasst sich mit beiden Händen in die Haare und vergräbt ihre Fingerkuppen darin.

Ich weiß, dass Lucia verletzt ist, ich spüre ihren Schmerz, als wäre es mein eigener. Aber sie kann doch nicht planen, alle Meerhexen zu töten.

»Das ist hier kein Auge-um-Auge-Kampf, es geht hier immer noch um Lebewesen«, fauche ich. Warum redet jeder davon, dass es so einfach ist, jemanden zu töten? Wo bin ich denn hier gelandet? Ja, klar, lass uns mal über hundert Leute umbringen, weil es dann einfacher ist. Beide Seiten sind geistig umnachtet und ich hätte niemals gedacht, dass ausgerechnet meine sanfte Mama Bär da mitmachen würde. Aber vielleicht gerade, weil sie meine Mama Bär ist und das beschützt, was ihr heilig ist – mit allen Mitteln. Nur dass es nicht mehr Alegria und ich sind, sondern ein gesamtes Volk.

»Gerade du willst mir also sagen, dass du es nicht nachvollziehen kannst? Sie haben meine Mutter getötet, die ich gerade erst gefunden hatte.« Lucia schlägt mit der Faust auf den Tisch, doch dieses Mal zucke ich nicht zusammen.

»Und deswegen willst du jetzt *meine* Mutter töten?«

»Es ist besser so, du hast doch gemerkt, was sie anrichten.«

Ich lache freudlos auf, was mir einen irritierten Blick von Atlan beschert. Wenigstens mischt er sich nicht ein, wenn er schon hier sein muss.

Was sie anrichten …

»Wenn du schon so genau sein willst, die Sirenen haben mit diesem Krieg angefangen. *Sie* haben die Meerhexen mit erschaffen. Es gibt nicht nur einen Schuldigen.«

»Auf Befehl von Mayim, ja!«

Ich kann es nicht mehr hören, ständig Mayim hier, Mayim da. Ihre endlosen Entschuldigungen für etwas, das falsch ist.

»Man muss nicht alles tun, nur weil ein überirdisches Wesen es verlangt.

Du hattest doch schon alles, eine Familie an Land, die dich liebte, und eine Mutter im Meer. Was willst du denn noch?«

»Ach, und das ist ein Grund, es mir wegzunehmen? Meine Mutter war eine wundervolle Frau, sie hat alle Sirenen beschützt. Sie ganz allein hat sich der Menschenseelen angenommen und ihr Volk von dieser Last befreit. Diesen Tod hat sie nicht verdient.«

Ich komme nicht dagegen an, Lucia hebt ihre Mutter auf ein Podest und wird sie nicht mehr herunterholen.

»Sie haben meine Mutter auf bestialische Weise getötet, sie verflucht und ihr das schlimmste Ableben beschert. Wir wissen, wo sie sind. Nenn mir einen Grund, warum ich nicht hinschwimmen und sie alle in Grund und Boden singen sollte.«

»Weil du Lucia bist.«

»Das reicht nicht.«

Seit wann ist es nicht mehr genug, man selbst zu sein? Wann hat sich meine beste Freundin, dieses sanfte Geschöpf, so verändert? »Es muss aufhören, Lucia. Roana ist mit anderen Kriegern auf den Befehl deiner Mutter hingeschwommen und hat die Meerhexen angegriffen. Dass sie dich zu mir geschickt hat, war eine Ablenkung.«

»Woher willst du das wissen, das sind deine Vermutungen.«

Ich halte einen Moment inne, doch jetzt muss die gesamte Wahrheit raus. Sie muss mir doch mehr glauben als Roana. Sie muss einfach. »Sybell hat es mir gesagt.«

Lucia erstarrt, dann funkelt mich über den Tisch hinweg an. »Wann hat sie das getan? Du hast hinter meinem Rücken mit den Meerhexen gesprochen? Während ich um meine Mutter getrauert habe, hast du dich davongestohlen und bist zu ihren Mördern geschwommen. Du hast mich verraten! Meine beste Freundin hat mich verraten! Du warst alles für mich, Mayla. Doch das hier werde ich dir niemals verzeihen können.«

»Ich habe dich nicht verraten, sondern versuche nur die Wahrheit herauszufinden.«

»Das hier ist keines deiner Abenteuer, Mayla. Es ist mein Leben.«

»Meines auch!«

»Egal was du sagst, du wirst mich nicht davon abbringen. Ich werde sie alle töten.«

Und das glaube ich ihr – nichts mehr ist von meiner Lucia übrig. Der Tod ihrer Mutter hat meine Freundin weggewischt, als wäre sie nie da gewesen.

Kapitel 19

Positives Nummer 45: Ganz ehrlich? Fuck it

Sie treffen Vorbereitungen für den Krieg. Sie tun es wirklich.

Ich hocke in meinen Umhang gehüllt am Strand und starre aufs Meer hinaus. Diese selbstgefälligen Blicke von Roana habe ich keine Sekunde länger ausgehalten, also sitze ich jetzt hier auf einer der Inseln von Aquarta. Ich musste da raus.

Sie werden die anderen Meerhexen töten und ich weiß nicht, wie ich es verhindern kann. Es ist nicht so, dass ich eine besondere Bindung zu ihnen habe, von meiner Mutter einmal abgesehen. Sybell höchstpersönlich hat mich verstoßen. Aber trotzdem: Ich kann doch nicht die Einzige sein, der es so verdammt falsch vorkommt.

Wie kann ich es verhindern? Wie soll ich mich bitte als normaler Mensch in diesen Krieg einmischen, wie als Meerhexe?

Konzentriert strecke ich eine Hand aus, ich weiß, dass ich es kann. Wir alle tragen diese Meeresmacht in uns, ich habe bei Atlan und Noah gesehen, wie sie das Wasser beherrscht haben. Es geleitet haben. *Komm schon, Ozean. Ich bin auch eines deiner Wesen, also hör auf mich. Deine Strömungen konnte ich schon fühlen, nun muss der nächste Schritt getan werden.*

Meine Gedanken wollen abschweifen, aber ich verbiete es ihnen, fokussiere mich nur auf das Vorhaben.

Und tatsächlich, das Wasser bewegt sich, nicht wellenartig, sondern lässt einen kleinen Strudel entstehen. Ich kann etwas tun, ich bin nicht machtlos. Ich bin eine Meerhexe, und, verdammt, ich kann sogar Lebewesen verfluchen. Verfluchen?

O nein, das ist die Lösung? Eine beschissene Lösung, aber eine Möglichkeit, es hinauszuzögern, bis ich eine bessere Idee gefunden habe.

»Ach, verdammt.« Ich will das nicht tun, aber mir bleibt keine andere Wahl. Dieses Mal gibt es keine Entscheidung zu treffen. Ich muss es jetzt gleich tun, ansonsten denke ich zu sehr darüber nach und wage es nicht.

Also springe ich auf, hole einen Eimer, der vor einem Haus steht, und befülle ihn mit Wasser. Dann renne ich zu der kleinen Hütte, die eher am Rand angesiedelt ist. Kelvin und Noah sind vor dem Eingang postiert.

Noah lächelt bei meinem Anblick und ich speichere diesen Ausdruck wie ein Foto ab.

Denn wenn ich es getan habe, weiß ich nicht, ob er mich erneut so ansehen wird. Voller Liebe und Vertrauen.

»Was willst du mit dem Eimer?« Er sieht belustigt aus.

Meine Füße tragen mich allein zu ihm, bis ich so dicht vor ihm stehe, dass unsere Zehen sich berühren. Dann stelle ich mich auf die Zehenspitzen und gebe ihm einen Kuss. Dieses Gefühl muss ich jetzt einspeichern.

»Ich liebe dich, Noah.«

Zunächst ist er überrascht, stupst mir dann jedoch gegen die Nase. »Ich liebe dich auch, Mayla.«

Kelvin neben uns macht Würgegeräusche, was uns beide nicht stört.

Ich habe mein ganzes Leben nach ihm gesucht. Seine Wange unter meinen Fingerspitzen fühlt sich weich an. Sein Geruch verspricht mir Geborgenheit und sein Lachen ein fröhliches Leben. Mit ihm will ich jeden Tag aufwachen, in seine Augen sehen und genau wissen, dass er das Gleiche spürt wie ich. Dass er genauso aufgeregt ist wie ich, wenn ich ihn ansehe. Von seiner Wange lasse ich meine Hand auf seine Brust sinken, wo sein Herz kräftig seinen Dienst verrichtet – im Takt schneller als gewöhnlich. Noch einmal höre ich in mich hinein und spüre die Schmetterlinge im Bauch tanzen. Das Kribbeln auf meiner Haut. Genau danach habe ich mein Leben lang gesucht. Ich saß nicht nur untätig rum und habe gewartet, sondern ich bin losgezogen und habe nach dieser einen Person Ausschau gehalten. Immer wieder warf ich mich ins Abenteuer, ins Leben, um die Person zu finden. Ihn zu finden. Jemanden, zu dem ich gehören kann – und jetzt werde ich ihn verlieren, weil das Schicksal grauenhaft ist und beschlossen hat mich in diese Lage zu bringen. Außer mir kann es niemand tun. Niemand kann mir diese Bürde abnehmen. Noah lacht für mich, wenn ich es nicht kann. Noah hält mich zurück, wenn ich mit dem Kopf durch die Wand will, Noah baut mich auf und lässt mich jeden Tag von meinem Leben lieben. Er schenkt mir diese kleinen Augenblicke, wenn wir uns berühren oder einfach nur ansehen. Ich möchte noch jahrelang mit ihm streiten, mit ihm lachen und das Leben mit Erinnerungen füllen. Doch ich werde ihn verlieren, weil es die richtige Entscheidung ist, weil ich etwas tue, von dem ich überzeugt bin. Aber es ist nicht fair, ich habe so lange nach der Liebe gesucht, nach ihm gesucht, zu lange, um ihn jetzt zu verlieren.

Ich werfe den Kopf in den Nacken und muss trocken lachen, denn ich weiß jetzt, welche Entscheidung Mayim gemeint hat. Dieses Wesen muss ja sehr viel von mir halten, wenn es mir immer noch mehr auflädt. Ihre Worte hallen in meinem Kopf wider: *Der Krieg wird durch dich enden, kleine Mayla. Selbstverständlich helfe ich dir. Du wirst noch schwerwiegende Entscheidungen treffen müssen.*

Und hier ist sie, die schwerwiegende Entscheidung, die eigentlich keine ist, denn eine Wahl habe ich nicht.

Ich trete in die Hütte, wo sich nur Lucia und Atlan befinden. Sie sind über einen Bildschirm gebeugt, wo die Weltkarte aufgerufen ist. An Land sind die Sirenen mit allen möglichen technischen Geräten ausgestattet. Allein in diesem Raum hängen mehrere Monitore an den Wänden und Messgeräte sind aufgestellt, von deren Zweck ich keine Ahnung habe.

»Mayla, was willst du?«

Es ist keine Überraschung, dass Lucia mir mit Argwohn begegnet. Das sollte sie im Moment auch. Noch einmal denke ich an Kelvin, Atlan und Noah, die ich enttäuschen werden. Und ich werde Lucia verlieren. Ich weiß nicht, ob sie mir diesen Verrat verzeihen kann – ich selbst bin mir nicht sicher, ob ich es tun könnte. Aber in diesem Moment ist es das Richtige, auch wenn ich damit alles auf Spiel setze, was mir jemals etwas bedeutet hat.

Atlan nickt kurz und wendet mir dann den Rücken zu. Sein Vertrauen zu missbrauchen fällt mir unglaublich schwer. Niemand rechnet damit, was ich jetzt tun werde. Es wird sie alle verletzen und das schmerzt mich am meisten.

Noch immer taxiert mich Lucia und ich hole diese dunkle Wut in mir hervor, lasse die Gefühle durch mich hindurchlaufen.

»Ich verfluche dich: Deine Stimme soll verstummen!«

Sofort spüre ich, wie meine Seele sich spaltet, es ist kein richtiger Schmerz, eher ein Abklingen aller Gefühle. Die dunkle Wolke, die meine Worte zufolge haben, schwebt auf Lucia zu und dringt in sie ein.

Atlan fährt zu mir herum, doch es ist zu spät. Lucia greift sich an den Hals und will etwas sagen, kann es aber nicht. Kein Ton verlässt ihren Hals. Atlan will auf mich zustürmen, doch ich fokussiere mich auf das Wasser im Eimer. Trotz der Panik in mir, kann ich es kontrollieren und ihn damit an der Wand festpinnen. Wer hätte gedacht, dass ich die Meeresmacht so früh gebrauchen muss. Es verschafft mir nicht viel Zeit, aber genug, um aus der Hütte zu stürmen.

Ich habe es getan, ich habe meine beste Freundin verflucht und ihr die Stimme gestohlen. Jetzt ist es amtlich, sie ist Arielle und ich bin Ursula. Und das Schlimmste ist, dass es mir im Moment ein kleines bisschen egal ist.

Kapitel 20

Positives Nummer 46: Ich weiß, was zu tun ist

So schnell ich kann, renne ich zum Meer und stürze mich kopfüber hinein. Der Umhang flatterte im Wind, aber ich traue mich nicht ihn jetzt schon zurückzulassen, denn ich muss noch irgendwie ungesehen zum Schutzschild gelangen.

Im Wasser beginne ich sofort mit der Verwandlung und beiße die Zähne aufeinander, um trotz der Schmerzen so schnell wie möglich voranzukommen.

»Mayla!« Noah ist hinter mir und seine Verwandlung zur Sirene dauert nicht so lang wie meine zur Meerhexe. Das hätte ich bedenken sollen.

Er hat mich fast eingeholt, auch wenn ich alles gebe, um schneller vom Strand wegzukommen.

»Wieso hast du das getan? Du hast Lucia verflucht. Ist dir das klar?«

Selbstverständlich ist es mir klar. Es sollte mich nur mehr treffen, als es das gerade tut. Das muss etwas mit dieser Seelenzerspaltung zu tun haben.

Ich kann ihn verstehen, er ist verwirrt, überrascht und getroffen. Zu gut erinnere ich mich daran, wie er sagte, er könne mir vertrauen, weil ich niemanden verfluchen würde. Und jetzt habe ich meiner besten Freundin einen Fluch aufgehalst, der sie unfähig macht, sich und die anderen Sirenen gegen die Meerhexen zu verteidigen.

»Ich hatte keine Wahl!« Es fällt mir schwer, die Worte hervorzubringen, ohne vor Schmerzen zu stöhnen. Dennoch verlangsame ich keinen Moment mein Tempo. Ich weiß nicht, wie ich ihm in die Augen sehen kann, aber ich bleibe dabei. Es war die einzig richtige Entscheidung.

Die Verwandlung ist endlich vollendet und ich kann davonsausen, leider zu spät, denn Noah ist bereits an meiner Seite.

»Man hat immer eine Wahl und du hast die falsche getroffen.«

Ich kann ihn ja verstehen. Vielleicht habe ich deshalb schon mit ihm abgeschlossen.

»Wie kannst du mich küssen, direkt im nächsten Augenblick in die Hütte gehen und Lucia verfluchen?« Er greift nach meinem Arm und zwingt mich stehen zu bleiben, obwohl ich mich winde. Wenn ich mich nicht beeile, dann werden die anderen Soldaten kommen und mich gefangen nehmen. Ich versuche meinen Arm wegzuziehen, doch sein Griff ist unerbittlich.

»Wie kann das mit uns noch weitergehen, wenn ich dir nicht vertrauen kann?«

Seine Worte treffen mich nicht so sehr, wie es sein enttäuschter Blick tut.

»Bitte, Noah, ich werde es dir erklären, nur nicht hier und jetzt. Du hast gesagt, du liebst mich.« An diese Worte klammert sich meine Seele, denn bei dem Gedanken daran spüre ich eine kleine Regung in mir. Einen Teil, dem es nicht egal ist, was hier geschieht. Er erwärmt mein Herz und plötzlich nehme ich meinen Körper überdeutlich wahr. Der Kontrast zu vorher ist immens.

»Das war, bevor ich wusste, was du vorhast!«

Mit einem Ruck schaffe ich es, mich zu befreien, und schwimme weiter, in der Hoffnung, dass er mir folgt. Vielleicht kann ich wenigstens meine Beziehung zu ihm retten.

»Noah, es war die richtige Entscheidung.«

Er schwimmt neben mir und deutet mit seinem Kopf in Richtung eines Felshaufens. Im nächsten Moment dreht er ab und steuert darauf zu. Aus einem Impuls heraus folge ich ihm und sehe gerade noch, wie er in einem Spalt verschwindet.

Dann wendet er sich ruckartig zu mir. Er ist definitiv wütend.

»Deine beste Freundin zu verfluchen war die *richtige* Entscheidung?! Wer bist du?!«

»Du hast doch auch schon schlimme Dinge getan.«

Warum läuft es immer darauf hinaus, dass ich mich ihm gegenüber verteidigen will? Dass wir sofort streiten und einander verletzen?

Noah keucht auf und taxiert mich. »Wie kannst du nur? Ich wurde von deiner Spezies dazu gezwungen.«

Und da haben wir es schon wieder, wir beide sind verletzt, innerhalb von wenigen Sätzen. Wir kennen einander so gut, dass wir es schaffen, uns so schnell in die Enge zu treiben.

»Ich muss jetzt fliehen, bevor sie mich in den Kerker werfen.«

Es ist unfair, dass ich auf seine Gefühle mir gegenüber setze, damit er mich gehen lässt.

Aber im Moment ist das meine einzige Chance, hier irgendwie rauszukommen und mir einen Plan zurechtzulegen. Denn ich bin sicher, ich habe den Krieg nur auf Eis gelegt.

»Nein, wir müssen das jetzt klären, Mayla. Was ist passiert?! Warum hast du das getan?«

Überrascht drehe ich mich wieder zu ihm. An diesem Punkt waren wir noch nie. Wenn wir streiten, dann rennt einer vor dem anderen weg. Zugegeben, meistens ich. Aber Noah will es jetzt klären, er will mich verstehen und meine Version hören. Erleichtert atme ich auf.

»Roana hat nicht die Wahrheit gesagt. Die Sirenen sind mir gefolgt und sind dadurch auf Sybell und Morgiana gestoßen, so haben sie vermutlich ihr Versteck herausgefunden. Dann haben sie aus dem Nichts angegriffen und viele von ihnen getötet. Mithilfe der Stimme der Königin. Daraufhin folgte wieder der nächste Racheakt.«

Noah beißt sich auf die Unterlippe, wägt meine Version gegen die von Roana ab. Dann wuschelt er sich durch die Haare und lässt ein Zischen entfliehen, das selbst einer Meerhexe Konkurrenz machen würde. »Woher weißt du das?«

»Sybell.«

Er denkt wirklich über meine Worte nach. »Wenn wir die Wahrheit herausfinden wollen, dann darfst du nicht im Kerker landen …«

»Du glaubst mir?«

»Natürlich, ich vertraue der Königin nicht. Sie war nicht der Engel, von dem immer alle sprachen. Meine Familie wollte mit dem Krieg nichts zu tun haben, auch wenn jeder von uns gut im Kämpfen war. Ich kann es natürlich nicht beweisen, aber es gab auch in mir diesen Zweifel, ob die Meerhexen meine Familie und mich damals wirklich einfach so gefunden hatten.«

»Aber du bist ihrer Garde beigetreten.«

»Ja, weil ich die Optionen abgewägt habe. Und nach wie vor waren es die Meerhexen, die die Entscheidung getroffen hatten, meine Familie zu töten.«

Ich umarme ihn. So fest, wie ich es schon bei der ersten Umarmung in unserem Hotelzimmer auf Gran Canaria getan habe. Wo ich noch nicht wusste, wie viel mir dieser Junge bedeuten würde.

»Wir müssen dich hier rausschaffen. Komm, ich weiß schon, wie.« Er löst sich aus meiner Umarmung und haucht mir noch einen Kuss auf die Schläfe, ehe er breit grinst.

Dieses Grinsen liebe ich so sehr, dieses Lachen, das mir zeigt, dass alles gut wird – irgendwie.

Seine Gesten fluten mein Herz und füllen es wieder. Als reichten sie schon aus, um meine Seele zusammenzusetzen.

Seine Hand findet meine und zieht mich aus dem Versteck. Bedacht späht er nach links und rechts. Das Meer ist in Aufruhr, natürlich, die Prinzessin hat ihre mächtigste Waffe verloren.

Noch einmal dreht sich Noah zu mir und gibt mir einen Kuss. Einen süßen Kuss, der so viel verspricht. Dieses Mal sind es wir beide gegen alle und es gibt mir mehr Zuversicht, als ich es für möglich gehalten hätte.

»Dieses Mal gibt es ein Wir«, wispere ich.

»Und wir werden unbesiegbar sein.« Mit geschickten Fingern setzt er mir die Kapuze des Umhangs wieder auf. Sie verbirgt mein Gesicht und der Saum ist so lang, dass sogar meine Flossen versteckt sind. Meine Meerhexengestalt ist vollständig verborgen.

»Ich liebe dich, kleine Hexe. Auch wenn ich sicher bin, dass es noch einen anderen Weg gegeben hätte.«

»Wirklich … *den* Spitznamen?« Dieser Moment, der voller Gefahren ist und uns einiges kosten kann, wird dennoch zu meinen liebsten Erinnerungen zählen. Denn wir sind ein Team, etwas, das ich mir immer gewünscht habe. Jemanden, mit dem ich gegen den Rest der Welt kämpfen kann. Das ist der Stoff, aus dem Geschichten gemacht sind.

Alles davon schließe ich in mein Herz und halte daran fest.

»Deine Augen sind nicht mehr so leer. Nach dem Fluch habe ich mir kurz Sorgen gemacht.«

»Ich verstehe nicht …«

Noch einmal beugt er sich zu mir herab, so nah, dass sein Gesicht ebenfalls von der Kapuze verdeckt wird.

»Du hast mich angestarrt, als wäre ich gar nicht da oder deine Seele so weit weg. In dem Moment hast du Alegrias Ausdruck ein wenig geähnelt. Das hat mir Angst gemacht.«

»Es tut mir leid.«

»Gut so. Mach das nicht noch mal.« Dann legt er abermals seine Lippen auf meine. So fühlt sich Liebe an, ich bin mir sicher.

Es ist das schönste Gefühl der Welt und lässt mich vergessen, dass ich soeben den Krieg sogar noch schlimmer gemacht habe. In seinen Armen ist mir das alles egal, solange er nur bei mir ist.

Die Luft ist rein, Noah zieht mich aus dem Versteck und wir schwimmen los, weg vom Palast und damit weg vom Licht. Bald schon ist es so schummrig, dass ich alles für ein wenig Kerzenlicht geben würde.

»Mayla!« Ich zucke aufgrund von Atlans Stimme zusammen, doch verweile keinen Augenblick lang. Als würde uns sein Ruf nicht betreffen, schwimmen wir weiter in Richtung Schutzschild. Selbst in der schummrigen Dunkelheit flackert das Kraftfeld im Wasser.

»Noah?!« Nubuk hat sich zu Atlans Stimme dazugesellt und jetzt ist wirklich Eile geboten. Aber wie sollen wir da durchkommen? Ich habe die Hoffnung, dass es leichter rausgeht als rein.

Noah wirft sich über mich, sodass ich fast vollständig von ihm umgeben bin. Er gibt sich große Mühe, mich vollständig zu bedecken, dann reißt er mich durch den Schutzschild. Es tut weh, ist aber auszuhalten. Die Spannung prickelt und knistert laut, mein Umhang wird angesengt.

Keuchend komme ich auf der anderen Seite an, mit Noah auf meinem Rücken.

»Wir trennen uns.« Ich will aufschauen, um ihn zu fragen, warum er das jetzt vorschlägt, doch er zieht meine Kapuze wieder in mein Gesicht.

»Los, beeil dich, Mayla!«

»Nicht ohne dich.«

»Wir treffen uns gleich wieder.« Noch immer lässt er nicht zu, dass ich ihn ansehe. Doch etwas in seiner Stimme klingt merkwürdig.

»Hör auf mich, dieses eine Mal.«

Ich beuge mich ihm und schwimme drauflos, einfach geradeaus. Blindes Vertrauen nennt man das wohl.

»Hab ich dich.«

Ein Schmerzensschrei folgt nach Nubuks Ausruf, aber es ist nicht meiner, sondern Noahs. Nun wage ich doch einen Blick zurück und kann gerade noch sehen, wie mehrere Soldaten sich auf Noah stürzen. Er ist verletzt, seine Haut ist gerötet. Es müssen die Auswirkungen des Kraftfelds sein, er hat mich mit seinem Körper geschützt.

»Schwimm weiter!«

Ich bin stehen geblieben, doch Noahs Worte treiben mich wieder an. Ich kann ihm nicht helfen, ich bin nicht stark genug, um mich gegen so viele Soldaten zu behaupten, und es bringt niemanden etwas, wenn wir beide gefangen werden. *Wir* – ich hatte so gehofft, dass es endlich ein Wir gibt.

Auch dieses Mal bin ich scheinbar auf mich allein gestellt. Ich muss nach Hause, vielleicht werden sie mich da vermuten, aber ich wüsste sonst nicht, wohin ich fliehen sollte. Also schlage ich mehrere Haken und schwimme so schnell, wie ich kann. Keinen Augenblick gönne ich mir, um zu verschnaufen. Stattdessen manipuliere ich das Wasser, um mir Strömungen zunutze zu machen und mich noch schneller voranzubringen. Ist das hier alles Mayims Wille? Aber warum würde das Wesen wollen, dass es so verläuft? Ich werde absolut nicht schlau aus den ganzen Geschehnissen. Ich weiß nur, dass ich einen weiteren Kampf erst einmal verhindert habe. Die Frage ist nur, für wie lange?

***

Ich habe keine Ahnung, wie lang ich geschwommen bin. Die Umwege haben mich jegliches Zeitgefühl verlieren lassen, einmal haben mich sogar fast ein paar Sirenen gefunden, allerdings konnte ich schnell wieder entkommen. Zwischendurch war es im Meer so dunkel, dass ich mir ziemlich sicher bin, die Nacht durchgeschwommen zu sein.

Noch nie war ich so müde und ausgelaugt. Es könnte aber auch daran liegen, dass ich tatsächlich jemanden verflucht habe. Mein Herz fühlt sich schwer an und mir geht es nicht gut. Doch ich treibe meinen Körper weiter an, denn die Angst, gefangen genommen oder gar getötet zu werden, verfolgt mich jeden Meter.

Was habe ich getan? Ich bin allein, völlig allein. Zuvor wusste ich immer, dass irgendwo in diesem Ozean meine beste Freundin zu mir steht. Doch jetzt habe ich sie verloren, ihr schockierter Blick hat sich in mein Gedächtnis gebrannt. Sie konnte es nicht fassen, dass ausgerechnet ich ihr das angetan habe. Ich habe sie betrogen und verraten, das weiß ich.

Aber es musste sein, richtig? Das hier war doch die richtige Entscheidung? Zweifel durchzucken mich. Und niemand ist da, mit dem ich darüber sprechen kann.

Keine Sekunde habe ich nach Mayim gerufen, ich kann auf ihre Gesellschaft verzichten. Ich will dem Wesen nicht die Schuld geben, es war meine Entscheidung – alles davon. Aber ich bin mir nicht sicher, ob ich ihm nicht doch tausend Vorwürfe machen würde, wenn wir uns unterhielten.

Also schweige ich.

Die Sonne ist schon aufgegangen, als ich endlich den rettenden Strand vor Barcelona erreiche. Ich verwandle mich zurück und krieche mit letzter Kraft an Land. In meiner menschlichen Gestalt ist die Erschöpfung noch schlimmer. Auf dem Strand einzuschlafen klingt verlockender, als es der Fall sein dürfte.

»Ach, Mayla.«

Ich hebe den Kopf und sehe in das lächelnde Gesicht von Celia. Bin ich so erschöpft, dass ich mir ihre Anwesenheit einbilde?

Sie streicht über mein nasses Haar. Ihre Berührung ist echt, sie ist wirklich hier.

»Celia?« Ich kann es nicht fassen, was macht sie hier? »Du hasst den Strand.«

»So ein Unsinn, ich liebe ihn. Deshalb bin ich auch rein zufällig hier.«

»Du hasst es, wenn der Sand in deine Schuhe rinnt. Und das Salzwasser auf deiner Haut nervt dich.«

»Also so schlecht scheint es dir doch nicht zu gehen, wenn du noch mit mir diskutieren kannst. Na komm, bringen wir dich ins Bett.«

Mit meinen letzten Kraftreserven stemme ich mich vom Boden hoch. Ich gebe dem Verlangen nach und stürze mich in ihre Arme. Es ist mir egal, dass ihr Outfit schmutzig wird, aber ich brauche sie jetzt, um nicht durchzudrehen.

Ich weiß nicht, warum sie hier ist, aber ich danke allen Göttern, dass ich in diesem Moment jemanden habe, als mir die Tränen die Wange hinunterkullern und ich wie ein kleines Kind zu schluchzen beginne. Aber ich bin nicht allein. Jedenfalls kann ich mich der Illusion hingeben, dass ich sie an meiner Seite habe.

Celia ist nicht mit dem Auto da, sondern hat den Bus genommen. Da ich es nicht schaffe, zu Tante Carla nach Hause zu laufen, verfrachtet sie mich in das Teufelsgefährt und stützt mich den gesamten Weg, bis wir in der letzten Reihe ankommen. Bitte lass mich dieses Mal vor der Übelkeit verschont bleiben, die diese Fahrten in meinem Magen erzeugen.

Meine Tränen sind versiegt, genauso wie meine Gefühle. Es ist einfach nur taub, alles an mir. Vielleicht ist es die Erschöpfung, vielleicht der Fluch. Ich weiß es nicht. Ich weiß nur, dass es schrecklich ist, sich so leer zu fühlen.

Celia lässt sich auf den Sitz neben mir fallen und beäugt mich kritisch.

»Ich weiß nicht, was Alegria und Lucia immer gemacht haben, aber du kannst dich anlehnen.«

Erinnerungen durchzucken mich. Wie wir auf Gran Canaria gelandet sind, Alegria auf der einen Seite von mir mit großen Kopfhörern auf den Ohren, in ein Buch vertieft, Lucia auf der anderen Seite, die mir über den Arm streicht. Wenn ich mich anstrenge, dann kann ich in meinen Gedanken dahin zurückwandern. Seit ich denken kann, wollte ich das perfekte Leben leben, habe mir immer gesagt, dass ich jede Sekunde genieße. Aber mir wird erst jetzt bewusst, was ich alles hatte. Ich war damals schon glücklich – auch ohne

Abenteuer, nur mit Lucia und Alegria an meiner Seite. Für einen kurzen Moment erlaube ich mir, mich dorthin zurückzuwünschen. Mit Alegrias Vorträgen über Gran Canaria und Lucias Leichtigkeit, deren größte Bürde es war aufzupassen, dass Alegria und ich keinen Blödsinn anstellen.

Aber wenn all das nicht passiert wäre, dann hätte ich Noah nicht kennengelernt und allein unsere Erinnerungen sind mir zu kostbar. Auch würde ich Celia immer noch nicht ausstehen können und das wäre wirklich schade.

Erschöpft lehne ich mich gegen ihre Schulter, während sie mit einer Hand auf ihrem Handy herumtippt und mit der anderen mein Bein tätschelt.

»Wir kriegen das wieder hin, Mayla. Egal wie.«

Und ich möchte ihr glauben.

Leider dauert es nicht allzu lang, bis wir bei Alegrias Haus ankommen. Auch wenn ich dem Bus nur zu gern entfliehe, so hat mein Körper sich auf ein wenig mehr Ruhe gefreut. Celia stützt mich, während ich mich die Treppen hochschleppe. Alegrias Eltern sind bereits bei der Arbeit, Celia schließt die Wohnung auf und wir betreten den Flur.

»Ich bin so müde«, jammere ich.

»Reiß dich zusammen, Luna. Du kannst gleich schlafen.«

Wenn mich Celia mit dem Nachnamen anspricht, hat es etwas Vertrautes an sich. So nannte sie mich schon vor unserem Abenteuer auf Gran Canaria.

Eine leise Stimme kommt aus Alegrias Zimmer, die sich verdächtig nach einem Hörbuch anhört. Celia lässt mich verloren im Flur stehen und verschwindet im Badezimmer. Leise tapse ich auf das Zimmer zu und öffne die angelehnte Tür. Alegria liegt völlig entspannt auf dem Bett. Sie schaut kurz auf, als ich reinkomme und lächelt. Sie lächelt! Die Freude darüber vertreibt die Müdigkeit aus meinen Knochen.

»Hey, Süße.« Ich hocke mich vor das Bett, um mit ihr auf Augenhöhe zu sein, und streichle ihre braunen langen Haare. Früher habe ich sie um ihre glatten Haare beneidet, bevor ich meine krausen Locken akzeptiert habe. Wenigstens im Wasser ähneln sie Alegrias.

Alegria streckt eine Hand nach mir aus und mein Herz hüpft vor Freude.

Noch immer sagt sie nichts, aber sie erkennt mich wieder. Ich bin mir absolut sicher.

»Weißt du, wer ich bin?«

Langsam nickt sie und das Lächeln wird ein bisschen breiter. Ein Klopfen unterbricht diesen kleinen magischen Moment und Celia kommt herein, mit einem Handtuch und Kleidung bewaffnet. Beides wirft sie mir zu.

»Ihr geht es besser.« Ich rubble mich trocken und streife den üblichen schwarzen Badeanzug ab. Nicht ganz meine Farbe, aber besser als nichts. Es tut gut, wieder in normaler Kleidung zu stecken. Obwohl es warm draußen ist, hat mir Celia einen Pullover von Alegria mitgebracht, der einen Witz draufgedruckt hat, den ich noch nie verstanden haben. Irgendetwas mit Informatik.

Er ist so warm und riecht nach Alegria. Ich vergrabe meine Nase darin und vergesse für einen Moment, was ich getan habe und dass Noah vermutlich in einem Kerker festgehalten wird.

»Leg dich ein wenig zu ihr, sie freut sich, wenn sie Gesellschaft hat.« Celias Stimme ist um so vieles weicher, wenn sie über Alegria spricht.

Ich komme ihrer Aufforderung nach und beobachte begeistert, wie Alegria sogar an die Wand rutscht, um mir Platz zu machen.

Ihr Bett ist so weich und kuschelig, ihre Körperwärme strahlt von der Matratze ab und durchfährt mich. Es ist herrlich. Die leise Stimme erzählt von einer dramatischen Familiengeschichte, wo der Sohn sich von seiner berühmten Freundin trennt.

»Du hörst also Hörbücher.« Ich greife über meinen Kopf hinweg auf den Nachttisch und angle nach der Hülle. Scarlett Higgens, deren Bücher liest Tante Carla auch unglaublich gern. »Hat bestimmt Celia dir angedreht, wie? Hatte sie keine Lust mehr auf deine Sachbücher?«

Alegria kichert leise und greift nach meiner Hand. Wir liegen uns gegenüber und mir wird schmerzlich bewusst, wie sehr ich sie vermisst habe. Den zweiten Teil unseres Chaotenduos. Ich erwidere ihren Händedruck und halte sie fest, als könnte sie mir entfliehen.

»Erinnerst du dich daran, wie ich auf Gran Canaria zu dir gesagt habe, dass ich noch jung sei und nichts zu verlieren hätte?« Die Tränen steigen mir wieder in die Augen und mit ihnen kehrt die Müdigkeit in meine Knochen zurück.

Alegria streicht mit dem Daumen über meine Handinnenfläche.

»Das alles hat mich einfach so viel mehr gekostet, als ich je für möglich gehalten habe. Verdammt, ich habe so viel verloren.«

***

»Weißt du noch, wie wir diesen elenden Berg nach oben gekraxelt sind? Gott, was für eine Zeitverschwendung.«

Die Stimme von Celia weckt mich aus meinem traumlosen Schlaf auf. Ich brauche ein paar Sekunden, um mich zu orientiere. Noch immer liege ich in Alegrias Bett, nur dieses Mal zugedeckt und dem Raum zugewandt. Celia und Alegria sitzen auf dem Boden und schauen sich Polaroid-Bilder an. Wobei Celia diese eher vor Alegrias Nase hält. Mein Körper fühlt sich an, als hätte ich den Hangover meines Lebens, gepaart mit einem sauberen Muskelkater. Direkt vor dem Bett steht ein Tablett mit einem Obstsalat und Churros mit Nutella. Gott, wie konnte ich Celias jemals nicht lieben?

Sofort greife ich nach dem klebrigen Gebäck und bemerke erst jetzt, wie hungrig ich, verdammt noch mal, bin.

»Dein Magen gibt übrigens sehr laute Geräusche von sich.«

Sie grinst mich frech an und ich möchte etwas erwidern, aber dafür schmeckt dieses Zeug einfach zu gut.

Ich krabble über den Boden zu den beiden und setze mich mit dem Tablett im Schneidersitz dazu. »Was seht ihr euch an?«

»Das machen wir jeden Tag, wir schauen uns Bilder an und ich erzähle Alegria, was wir gemacht haben. Lucia hat bei ihrem kleinen Zwischenbesuch an Land eine große Kiste mit Fotos vorbeigebracht. Hier zum Beispiel sieht man die böse, böse Mayla, wie sie mich ungeduldig zwingen will, schneller zu laufen.«

Tatsächlich ist es ein Bild, wo wir den Roque Nublo bestiegen haben und Celia hohe Absätze getragen hat. »Deine Schuhwahl war ja wohl auch mehr als fragwürdig.«

»Und das ist allein ihre Meinung, Alegria.« Sie rupft mir das Bild aus der Hand und zeigt es unserer belustigten Freundin. »Und jetzt weg mit deinen Klebefingern von den Fotos.«

Ich verdrehe die Augen und wische die Überreste der Churros an einer Serviette ab.

»Ich freue mich, dass es ihr besser geht«, sage ich mit einem Blick auf Alegria.

»Ja, ich mich auch.«

So schnell kann man sie also besänftigen. Diesen Trick muss ich mir dringend merken.

Noch immer fällt es Alegria schwer, auf unsere Worte zu reagieren, als würden sie nur durch einen Nebel bei ihr ankommen. Aber sie lächelt ab und zu, auch wenn ich mir nicht sicher bin, ob sie sich wirklich an all diese Erlebnisse erinnert, macht es mein schweres Herz ein bisschen leichter.

Sie zieht sogar ihr Notizbuch von Gran Canaria hervor und streicht gedankenlos über die Seiten. Überall hat sie in ihrer unleserlichen Schrift Notizen neben Fotos gemacht. Bedacht legt sie das Buch aufgeschlagen in meinen Schoß und rutscht näher zu mir. Vor dieser ganzen Sache war sie nicht so eine Kuschelkatze. Vielleicht braucht sie einfach die menschliche Nähe.

Ich überfliege die Seite, es sind ihre Aufzeichnungen vom Roque Nublo und Fotos von einer Steintafel. Das Wort *Meeresmacht* springt mir sofort entgegen.

»Celia«, keuche ich leicht panisch und ruckle an ihrem Arm.

»Was denn?« Entnervt wendet sie sich mir zu und wirft ebenfalls einen Blick auf die vergilbten Seiten. Durch die Meeresluft sind die ehemals weißen Blätter gelblich angelaufen.

Ich deute auf das Foto mit der Steintafel. Der Rest ist nicht ganz so gut zu erkennen. »Gibt es davon digitale Aufnahmen?«

Celia steht schon auf und holt sich den Laptop von Alegria. Das Passwort gibt sie mit einer Selbstverständlichkeit ein, die mich schaudern lässt. Einen Moment ist sie still und durchsucht sämtliche Ordner, während ich mich an unseren Ausflug zu erinnern versuche. Hatte Alegria nicht irgendetwas angedeutet? Ich kann mich nicht richtig erinnern. Verdammt, es gab so viele Ereignisse, dass dieser fröhliche Ausflug völlig untergegangen ist. Hat sie nicht etwas in die Richtung gesagt, es würden sich viele Legenden um den Berg ranken? Aber wer hätte gedacht, dass es ausgerechnet DIESE Legende ist.

»Hab's!«

Gott sei Dank, sofort rutsche ich neben sie, während Alegria wieder behutsam über die Seiten ihres Notizbuches streicht.

Wir können das Foto digital vergrößern und sogar nachbearbeiten, sodass man auch die verblasste Schrift wiederherstellen kann. Ich bin ein kleines bisschen von Celias Skills beeindruckt. Hätte ich ihr nicht zugetraut. Der Text ist verdammt klein geschrieben, aber dank ihr können wir fast alles lesen. Es ist die Geschichte einer Meerjungfrau, die sich gegen Mayim auflehnen wollte, als diese ihr verbot, an Land zu gehen. Die sich weigerte, sich aufzugeben, und ihre Meeresmacht trainierte. Ihr Wunsch nach dem Land war so stark, dass er einem Fluch glich, der sie ihr restliches Leben begleiten sollte. Das Wasser erkannte sie als würdig an, als sie das Gleichgewicht der Ozeane verstand. So konnte sie sich schließlich gegen Mayim stellen.

»Was für eine dämliche Geschichte. Das Gleichgewicht akzeptieren? Was meinen die damit? Ich weiß nicht, ob das hilfreich ist.«

In diesem Punkt muss ich Celia recht geben. Hilfreich war der Text jetzt nicht.

»Also, einfach stupide den Umgang mit der Meeresmacht trainieren und sich dann gegen Mayim stellen? Dann sind alle Probleme gelöst?« Ich schnaube. Sicher nicht. Und ich hatte so gehofft, dass wir auf etwas Hilfreiches stoßen würden. Aber Mayim zu bekämpfen ist keine Option. Sicher stelle ich mich nicht gegen das Wasser selbst.

»Dann vielleicht das?«

Celias und mein Kopf fahren augenblicklich herum.

»Alegria?!« Wir stürzen auf sie zu und begraben sie damit fast unter uns. Celia nimmt ihr Gesicht in ihre Hände und streicht vorsichtig über die Wangen. »Hast du gerade etwas gesagt?«

Sie nickt und nun sehe ich echte Tränen in Celias Augen glitzern. Dieser Tag überrascht mich immer mehr. Alegria versucht sich aus Celias Griff zu befreien, scheitert jedoch kläglich, stattdessen hält sie mir ihr Notizbuch entgegen.

Alegrias Schrift ist wirklich schwer zu entziffern, aber nicht unmöglich, wenn man seit Jahren bei ihr abschreibt.

Die Notizen wirken gehetzt, als hätte ihr jemand etwas erzählt und sie unbedingt mitschreiben wollen.

»Woher hast du die?«

Alegria nimmt ein Foto von Lucia in die Hand, wo ich neben dem Felsen zu sehen bin. Im Hintergrund ist Alegria gemeinsam mit einer älteren Dame drauf, die wild gestikuliert.

»Die alte Frau?« Celia schaut über meine Schulter und nimmt mir das Foto wieder aus der Hand. »Ich erinnere mich, sie hat doch so verrückte Geschichten erzählt. Von Frauen, die einmal alle paar Jahre aus dem Wasser kommen, um Männer zu verführen. Das war so eine abgedrehte Geschichte. Angeblich sollen alle Kerle am nächsten Tag tot aufgefunden worden sein … Was denn?«

Ich muss Celia wohl etwas zu entgeistert angestarrt haben. »*Das* hast du dir gemerkt?«

Sie zuckt mit den Schultern. »Ich stehe auf Gruselgeschichten und die hatte Potenzial. Angeblich soll wohl ein Mädchen darunter gewesen sein, die diese alte Frau kannte. Diese ist in der folgenden Nacht zu ihr gekommen und hat sie verwünscht. Ein guter Wunsch. Da hat die Geschichte ihren Reiz verloren.«

»Celia! Das ist es!«

Ich springe so schnell auf die Füße, dass Celia vor Schreck fast über den Laptop fällt, als sie sich vor mir in Sicherheit bringt.

»Was ist denn jetzt schon wieder?«

»Das waren Meerhexen.«

»Bullshit, Meerhexen verfluchen doch nur, glaub mir. Ich weiß, wovon ich rede.« Ein Schauer durchfährt ihren hübschen Körper, lässt sie den Kopf schütteln, um die Erinnerungen zu vertreiben. Wahrscheinlich hat sie an Daxton gedacht.

»Versteh doch, es sind keine Flüche. Ja, doch, irgendwie schon, aber es sind Wünsche. Die können natürlich auch schlecht sein.«

»Das ist eine Geschichte, Mayla. Von einer verrückten Alten.«

»Das sollten Meerhexen und Sirenen auch sein. Aber meine Mutter hat den Beweis geliefert.«

»Deine … was?« Ich glaube, Celia hat dieses Wort noch nie aus meinem Mund gehört.

»Meine leibliche Mutter. Sie hat mir die Geschichte erzählt, wie sie mich zurückgelassen hat. Sie hat mir ein wundervolles Leben *gewünscht*.« Ich suche in meinem Kopf nach den richtigen Worten. »Ein Leben, das ich jeden Moment wertschätze, bis das Schicksal mich einholt. Sie hat gesagt, ich sei etwas Besonderes. Damit hat sie mich verwünscht.«

Celia sieht mich skeptisch an, aber in meinem Kopf ergibt es absolut Sinn.

»Wir müssen es testen.«

»Wie? Jetzt sofort? Hier?« Ihre Stimme ist um eine Oktave gestiegen.

»Nein, am Strand.«

»O nein, da waren wir doch gerade erst.«

»Aber Celia, du liebst doch den Strand.«

So einen bitterbösen Blick habe ich lange nicht mehr kassiert. Aber all ihr Starren bringt nichts, kurze Zeit später sitzen wir zu dritt im Auto und sind auf dem Weg zurück zum Meer. Ich spüre es, wir sind hier etwas auf der Spur.

Kapitel 21

Positives Nummer 47: Wunsch oder Fluch?

Noah

Sie haben mich eingesperrt. Ich kann es noch immer nicht fassen, dass sie mich wirklich in den Kerker des Palastes geworfen haben. Sogar in den unter Wasser!

Ich bin wütend. Wenigstens haben sie Mayla nicht erwischt, das hoffe ich jedenfalls. Hier unten ist sie nicht aufgetaucht. Die ganze Nacht habe ich wach dagelegen und an die Decke gestarrt, auf jedes Geräusch gehört. Aber nichts. Vielleicht hat mich auch mein körperlicher Zustand wach gehalten. Dieser Schutzschild ist eindeutig nichts für schwache Gemüter. Seine Energiestöße haben mich ziemlich aus der Bahn geworfen und erst Stunden später habe ich aufgehört zu zittern.

Aber Mayla konnte fliehen.

Eine lächerliche Schadenfreude durchfährt mich bei dem Gedanken, dass sie meine kleine Hexe nicht zu fassen bekommen haben. Nubuk hat mich die Lage nicht einmal erklären lassen, sondern mich direkt in den Kerker geworfen. Atlan ist immer noch fassungslos und sauer. Meine Versuche, ihn zum Zuhören zu bewegen, sind einfach an ihm abgeprallt.

Kelvin hat mich besucht und mir wenigstens ein Kissen aus Moos gebracht. Vor allem mein Kopf ist ihm dafür dankbar, denn die Pritsche ist nach mehreren Stunden nur noch unbequem.

»Noah.«

Ich schrecke auf. Atlan steht an den Gitterstäben, seine Augenringe reichen bis nach Barcelona. »Auch nicht geschlafen?«

Er fährt sich über die Augen und versucht damit, seinen erschöpften

Gesichtsausdruck zu kaschieren. In den letzten Tagen scheint er um Jahre gealtert zu sein.

»Was sollte das, Noah?«

Dann wohl heute kein Small Talk, sondern direkt zu den Fakten. Ich schwimme zu ihm. Wenn ich ihm meine Gründe sage, will ich ihm in die Augen schauen.

»Wir haben zuerst angegriffen, Atlan. Die Königin hat uns mit Absicht weggeschickt, damit sie …« Doch weiter komme ich nicht, denn Atlans eiskalter Blick lässt mich verstummen.

»Hast du für irgendetwas, was jetzt kommt, Beweise?« Seine Liebe zur Krone geht so tief. Allein solche Behauptungen aufzustellen, ist für ihn Hochverrat.

»Nein, aber Roana hat auch keine gebraucht.«

»Vater hat alles bestätigt.«

Ich schnaufe.

»Ja, ich weiß«, schiebt Atlan hinterher und fährt sich wieder durch die Haare. Er ist am Verzweifeln. Wir wissen beide, dass Nubuk ein Speichellecker der Königin war. Nur dass es Atlan anders ausdrücken würde. Nubuk hätte alles bestätigt.

»Roana kommt dich gleich besuchen«, sagt er leise.

Ich mochte sie wirklich, sie war eine gute Gefährtin, doch seit sie Mayla und mich gesehen hat, habe ich die Verbindung zu ihr verloren.

»Dann bleib hier. Ich kriege die Wahrheit aus ihr heraus.« Wenn ich Atlan überzeugen kann, dann haben wir eine Chance. Seine Pläne sind eindeutig besser als meine, wesentlich durchdachter.

Dennoch windet er sich.

»Atlan, wir sind Freunde. Vertrau mir!«

Er ist hin- und hergerissen. Ich kann es ihm ansehen, dass er sich einerseits wünscht, dass ich recht habe, damit er mich rauslassen kann. Aber andererseits würde es seine jahrelange Treue gegenüber der Königin infrage stellen. An die Folgen dieser Identitätskrise will ich gar nicht denken.

»Also gut.«

Mir fällt ein Stein vom Herzen. »Du siehst übrigens mies aus«, sage ich mit einem breiten Grinsen.

Er lacht trocken auf und wirft mir diesen typischen Blick zu – den, wenn er nicht fassen kann, was ich gerade gesagt habe.

»Ich weiß ja nicht, ob du dich in den letzten Stunden mal im Spiegel gesehen hast, aber du sahst noch nie so scheiße aus.«

Wir müssen beide lachen und einfach so ist es wieder normal zwischen uns.

Atlan versteckt sich in einer Nische und dann warten wir stumm. Ich habe keine Ahnung, wann Roana auftauchen wollte. Bitte, lass es sie sich nicht anders überlegt haben.

»Noah.«

Schon wieder ist es mein Name, der mich aus den Gedanken reißt.

Tatsächlich steht dieses Mal Roana vor meiner dunklen Zelle, aber sie ist nicht allein. Nubuk ist bei ihr. Meine Muskeln verkrampfen sich. Ich konnte ihn noch nie leiden, auch wenn er Atlans Vater ist – vielleicht gerade deshalb. Seinen gesamten Ballast hat er immer auf ihm abgeladen.

»Roana, Nubuk.« Ich nicke ihnen nur zu und mache mir nicht einmal die Mühe von meiner Pritsche aufzustehen.

»Willst du nicht herkommen und um Verzeihung bitten?«

Gott, wie ich seine Stimme hasse. Als Soldat ist er wirklich gut, aber sein Charakter hat jeden Anflug von Respekt von mir verwirkt.

»Nein, eigentlich finde ich es gerade gemütlich hier.«

»Noah, was ist nur mit dir passiert?«

Roana klingt ehrlich betroffen, was mich dann doch aufschauen lässt. Mit Nubuk an ihrer Seite muss ich meine Taktik ändern. Nicht dass ich vorher groß eine gehabt hätte. »Nichts ist mit mir passiert, ich bin immer noch der Gleiche.«

»Du liebst ein Monster! Wie konnte es bitte dazu kommen? Dir ist doch klar, dass wir sie töten müssen.«

»Bitte was?!« Sofort stehe ich auf und rausche an die Gitterstäbe. »Mayla hat nichts falsch gemacht! Lasst eure Finger von ihr.«

Höhnisch lacht sie auf, während Nubuk sich gegen die Steinmauer lehnt und mich mit einem kritischen Blick beobachtet. »Sie hat die Prinzessin verflucht. Sie hat uns unsere größte Waffe genommen. Sie hat ihre angeblich beste Freundin hintergangen. Und das nennst du nichts falsch gemacht?«

»Sie wird ihre Gründe dafür gehabt haben.«

»Du hast dich verändert, früher wärst du meiner Meinung gewesen und hättest jede Meerhexe auf der Stelle getötet.«

Und ich danke wem auch immer dafür, dass es so nicht mehr ist. Aber sie hat recht. Wenn es darum ging, mich dem Kampf gegen Meerhexen zu stellen, war ich immer ganz vorn mit dabei. Mayla hat diese Veränderung herbeigeführt.

»Das ist nicht so leicht, Roana! Wenn wir sinnlos aufeinander einprügeln, wird es einfach nur immer mehr Verluste geben. Ihr habt sogar mich ins Gefängnis geworfen.« Etwas, wovon ich vor Tagen noch überzeugt gewesen wäre, dass es niemals geschieht. Aber hier stehe ich, habe meine Nacht in diesem Loch verbracht und wenn es nach meinen beiden Besuchern geht, komme ich hier nicht so schnell raus.

»Wir mussten es tun. Du hast dich mit ihr verbündet, ihr geholfen zu fliehen.«

»Weil ihr die Meerhexen angegriffen habt! Obwohl uns die Königin auf eine Friedensmission geschickt hat.«

»Friedensmission … dass ihr das wirklich geglaubt habt. Sie hat euch weggeschickt, weil ihr alle unter dem Bann von diesem Monster steht. Anders konnte sie euch nicht loswerden.«

»Roana!« Nubuk hat sich die ganze Zeit zurückgehalten, doch scheinbar waren das Dinge, die sie nicht preisgeben sollte. Doch er kennt ihr Temperament nicht, wenn sie sich einmal in Rage geredet hat.

»Es war so leicht, euch hinters Licht zu führen. Dabei wart ihr vor einiger Zeit die misstrauischsten Sirenen überhaupt. Natürlich haben wir die Meerhexen angegriffen. Es war mir ein Fest, wie sie um sich schlugen und schrien, als sie die Stimme der Königin zu hören bekommen haben.«

Und wieder frage ich mich, wer hier das wahre Monster ist. Denn ich kann mir ihre Begeisterung regelrecht vorstellen. Was ist aus meiner Kindheitsfreundin geworden?

Nubuk schüttelt missbilligend den Kopf. Wenigstens hat er noch einen Funken von Anstand. »Und dann sind sie euch zum Palast zurückgefolgt.«

Er ballt sogar die Hand zur Faust. Diesen Fehler zu vergeben muss ihm wirklich schwerfallen, denn er hat die Königin geliebt, sie verehrt wie kein anderer. Und seine Soldaten sind schuld daran, dass die Meerhexen unseren Palast gefunden haben. Es war nicht Maylas Verantwortung – nichts davon. Ich wusste es.

»Es ist eure Schuld, dass die Königin tot ist«, sage ich.

»Nein! Es ist Maylas schuld.«

»Roana, was davon soll bitte ihre Schuld sein?!«

»Wir werden sie töten.«

Ich habe sie völlig verloren, Roana ist komplett durchgedreht. Vielleicht kommt sie mit ihrem Fehler nicht klar und versucht es auf andere zu schieben.

Sie schaut zu Nubuk, der ihr zustimmt.

Es fällt mir unglaublich schwer, mich zu beherrschen. Doch selbst, wenn ich meinen Dreizack ziehen würde, hätte ich keine Chance hier rauszukommen.

»Dafür bekommt ihr niemals die Erlaubnis von Lucia oder Atlan. Er steht jetzt im Rang über dir Nubuk.«

»Noch ist sie nicht Königin. Noch ist es meine Aufgabe, die Sirenen zu schützen und diese Mayla hat euch alle hinters Licht geführt. Und außerdem ist es keine Anordnung.«

Und da erkenne ich es. Es ist keine sauber geplante Abwicklung mit mehreren Soldaten, sondern es ist Roanas Wille. Ihre Entschlossenheit habe ich immer bewundert, doch jetzt lässt sie mich erschauern.

Wie konnte ich jemals so blind sein und ihren Hass nicht sehen? Ich habe die Augen davor verschlossen und war selbst davon zerfressen. Wäre ich Mayla nicht begegnet, dann würde ich ganz sicher auf der anderen Seite des Gitters stehen. Es wäre meine Mission, die Meerhexe zu töten, und wahrscheinlich würde ich es auch noch mit dem Gefühl von Rechtschaffenheit tun.

Doch es macht sich ein neues Gefühl in mir breit, wenn ich Roana sehe. Der innige Wunsch, niemals wieder so zu sein.

Roana fixiert mich. Sie will sichergehen, dass ich jedes Wort mitbekomme.

»Das stimmt, ich werde sie töten und wenn es das Letzte ist, was ich tun werde. Es ist meine Mission.«

Ich muss hier raus, egal wie, ansonsten wird Mayla sterben.

***

Mayla

»Es klappt! Verdammt, es klappt!« Ich tanze durch das Wasser, juble, schreie vor Freude und halte Alegria bei den Händen. Sie hat unter Wasser geatmet, fünf volle Minuten und normalerweise kann Alegria die Luft für grade mal dreißig Sekunden anhalten. Aber sie hat wirklich geatmet, während wir geschwommen sind.

Seit ihrem Zimmer hat sie zwar nichts mehr gesagt, aber ihre Wangen sind eindeutig rosiger geworden und sie lächelt unaufhörlich. Es ist ein gutes Zeichen und ich habe ihr etwas geschenkt.

Celia steht mit ihrem riesigen Sonnenhut am Rande des Meeres und beobachtet uns beide skeptisch.

Niemand hätte damit gerechnet, dass ausgerechnet Celia die Vernünftige von uns sein könnte. Aber sie hat recht. Langsam helfe ich Alegria dabei, sich wieder aus den Fluten zu kämpfen, und wir kommen vor Celia zum Stehen.

»Es hat geklappt, Celia.«

Sie verdreht die Augen und packt mich bei den Schultern.

»Ja, aber was ist der Preis, wie geht es dir, Mayla?« Dabei betont sie meinen Namen ein wenig schnippisch, wie ich es zuvor bei ihr getan habe.

Ich weiß, was sie meint, und es beunruhigt mich, ihr die Wahrheit zu sagen. Denn es fühlt sich definitiv merkwürdig an. Als würde ich mir selbst entgleiten. Ich stehe vor ihr und kann noch lachen, spüre ihre Berührung, aber gleichzeitig ist da diese Leere in mir. Eine Leere, die mir das Grinsen nach kurzer Zeit aus dem Gesicht wischt. Ich würde lieber auf den Strand starren und Sandkörner zählen, als mir weiterhin eine Lösung für den Krieg zu überlegen. Ich habe Angst, aber wir mussten es testen. Diese Flüche oder Wünsche sind wirklich mächtig, man könnte alles nur Erdenkliche real werden lassen. Aber dafür gibt man sich auf, ist es das wert? Bisher habe ich drei Verwünschungen ausgesprochen, einmal gegenüber den Männern auf Gran Canaria, einmal für Lucias Stimmverlust und einmal jetzt, als ich Alegria zum Atmen gebracht habe. Wenigstens der letzte Punkt war es wert, wenn ich mir ihre leuchtenden Augen ansehe.

»Ich wusste es.« Celia lässt von mir ab und legt sich in einer dramatischen Geste die Hand an die Stirn. »Wir brauchen eine andere Lösung, als dass du mit Wünschen um dich schlägst.«

»Du hast recht.« Erst auf ihren schockierten Ausdruck hin wird mir klar, was ich da gerade gesagt habe. »O nein, ich nehme es zurück.«

»Nein! Völlig ausgeschlossen, du hast es gesagt.« Und plötzlich hat sie erstaunlich gute Laune.

***

»Ich bin froh, dass du wieder da bist, Mayla.« Meine Tante haucht mir einen Kuss auf die Stirn, während sie ein kleines Festmahl vor uns dreien auftischt.

»Ich auch.« Celias Argumentation, dass es sich mit leerem Magen so schlecht denkt, haben wir es zu verdanken, dass wir erneut meiner Tante auf der Tasche liegen. Ich muss ihr dringend das ganze Geld für die Verpflegung zurückzahlen.

Wenn das alles vorbei ist, dann helfe ich ihr wieder mehr in der Bar.

»Es ist köstlich, Carla«, sagt Celia zwischen zwei Bissen und Alegria nickt wie wild, während sie ordentlich reinhaut.

»Es freut mich immer, wenn mein Essen mit solcher Leidenschaft verspeist wird. Lasst es euch schmecken.« Sie verschwindet in der Küche.

Ich will gerade nach dem Brotkorb greifen, als eine zu schnelle Bewegung am großen Fenster erkennbar wird. Im nächsten Moment wird die Tür aufgerissen und eine verdammt wütende Roana steht in der Tür. Zuvor habe ich sie noch nie in ihrer menschlichen Gestalt gesehen. Sie wäre wirklich hübsch, wenn ihre Aura es nicht völlig zunichtemachen würde.

»Roana, wie hast du mich gefunden?«

Doch ich komme gar nicht dazu, weitere Fragen zu stellen, denn sie zückt ernsthaft ihren Dreizack. In einer Bar – am hellichten Tag – mit mehreren Besuchern darin, die alle menschlich sind.

»Was zum Henker!?«, entfährt es Celia, ehe sie vom Tisch aufspringt und Alegria vom Stuhl zieht. Ein Hähnchenschenkel fliegt dabei durch die Luft.

Sie muss durchgedreht sein, anders kann ich mir das nicht erklären. Mit einem absolut wirren Gesichtsausdruck rennt sie auf mich zu. Ich kann ihr gerade noch einen Stuhl entgegenwerfen, den sie im nächsten Moment aufgespießt hat.

Tumulte entstehen. Ich kann noch nicht mal aus der Tür fliehen, weil sie den Ausgang mit ihrem Körper versperrt. Ehrlich gesagt rechne ich mir hier drin größere Überlebenschancen aus. Draußen würde sie mir den Dreizack einfach hinterherwerfen. Kurzerhand springe ich auf unseren Tisch und schleudere ihr ein paar heiße Kartoffeln entgegen.

Ein Besucher deutet panisch auf die Verrückte. »Jemand muss die Polizei rufen!«

Hoffentlich passiert genau das, denn ich bin gerade dabei, von diesem Tisch auf einen anderen zu springen, während Alegria weitere Schalen in Roanas Richtung wirft.

Man könnte meinen, dass jemand mir helfen würde, aber alle starren nur stumm auf das Spektakel.

Tante Carla kommt aus der Küche und wird direkt von Roana anvisiert.

»Hey! Sie ist ein Mensch! Finger weg!«, schreie ich.

»Weiß sie, dass sie ein Monster großgezogen hat?«, erwidert Roana nicht weniger laut.

Das ist das erste Mal, dass sie etwas sagt, seit sie die Bar gestürmt hat.

Celia greift nach einem Teller und schleudert Roana einen entgegen, der mit einem lauten Klirren an der Waffe zerschellt. »Ach, mir war nicht klar, dass Carla *dich* erzogen hat.«

Ha, ich wusste doch, dass Celia ihr Paroli bieten würde. Auch wenn ich mir diese Begegnung sicher nicht gewünscht habe. Mittlerweile bin ich unter der eingezogenen Etage der Bar angekommen und Roanas siegessicheres Lächeln steht mir vor Augen. Aber ich habe hier schon einige wilde Partys gefeiert. Von einem der Tische springe ich hoch an einen der Balken, schwinge einmal vor und zurück und schaffe es, eine der Leuchten zu fassen zu bekommen.

»Mayla!«, kreischt Tante Carla. Natürlich hat sie das noch nie gesehen, aber hey, eine Verrückte mit einem Dreizack vermutlich auch noch nicht.

Nur um Haaresbreite schwinge ich an Roana vorbei, die sich gerade gegen Alegrias heiße Hähnchenflügel verteidigen muss.

Vielleicht habe ich doch eine Chance auf Flucht.

Jetzt ist der Ausgang frei und ich renne in Richtung Tür.

»Ducken!«

Noah!

Keine Ahnung, woher er schon wieder kommt, aber ich werfe mich sofort auf den Boden. Das tut bei Weitem mehr weh als das letzte Mal im Wasser. Bestimmt habe ich mir sämtliche frei liegende Haut aufgeschürft. Noah springt über mich hinweg und das Klirren ist ohrenbetäubend, als die Waffen aufeinanderkrachen.

»Aus dem Weg, Noah«, zischt sie.

Ich traue mich gerade so einen Blick zurückzuwerfen.

»Wage noch einen Angriff und ich mache Ernst. Du weißt, dass du verlieren wirst.«

Kann man sich eigentlich noch mehr in einen Mann verlieben? Ich weiß, Emanzipation und so, aber er hat mich gerade davor gerettet, von einem Dreizack durchbohrt zu werden. Das ist schon verdammt sexy.

Roanas Blick zuckt zwischen Noah und mir hin und her.

»Roana, lass die Waffe fallen.«

Vor meiner Nase sind zwei weitere Schuhpaare aufgetaucht.

»Atlan, Kelvin.« Erleichtert atme ich aus. Okay, vielleicht kriegen wir das hier doch in den Griff.

Nur wenige Sekunden später gibt sich Roana geschlagen, gegen drei andere Soldaten kommt sie nun wirklich nicht an. Kelvin setzt fast augenblicklich seine Sirenenkräfte ein, um alle Anwesenden davon zu überzeugen, dass sich hier nichts abgespielt hat.

Nur bei Celia und Alegria macht er eine Ausnahme.

»Tante Carla bitte auch, ich wüsste nicht, wie ich es sonst erklären sollte.«

Kelvin nickt auf meine Bitte hin und verschwindet in den angrenzenden Raum.

Celia klopft sich den Schmutz von ihrer Kleidung, sogar Salatblätter sind auf ihrem Kopf gelandet. »Was für ein Chaos. Mit dir wird es nie langweilig, Mayla.«

Doch ich ignoriere sie, bin viel zu beschäftigt damit, Noah um den Hals zu fallen. Er lässt ebenfalls seinen Dreizack auf den Boden donnern und drückt mich trotz Marinade auf meinem roten Shirt an sich.

»Du bist nicht im Gefängnis.« So erleichtert war ich lange nicht mehr. Mit Leichtigkeit hebt er mich hoch und wirbelt mich einmal herum, während ich ihn so fest wie möglich halte. Das vertraute Gefühl von Heimat umfängt mich. Noah ist wieder bei mir und ich möchte ihn nicht mehr loslassen. Ich wollte vor diesem Krieg noch nie weglaufen, für mich kam nur infrage mich ihm zu stellen, aber eine Verschnaufpause wäre dennoch ganz nett gewesen. Einen Moment, in dem Noah und ich durchatmen, uns sortieren können, um uns dann mit neuer Kraft all dem zu stellen.

Dass dies leider nur Wunschdenken ist, hat Roana anschaulich bewiesen. Sie ist in mein Zuhause eingedrungen, in meine Welt.

»Ja, ich bin frei. Eine Nacht hat mir auch gereicht. Noch mal würde ich diesen Aufenthalt nicht buchen.«

Ich kann nicht anders, als über seine schlechten Witze zu lachen. »Geht es dir gut?«

»Ja, jetzt wieder.«

Kelvin tritt an uns heran, nachdem er Roana sorgfältig gefesselt hat. »Tz, tu mal nicht so auf stark, deine Brandwunden sind nicht ohne.« Zum Beweis holt er aus und klopft Noah auf den Rücken, der augenblicklich das Gesicht vor Schmerz verzieht.

»Brandwunden?«

»Der Schutzschild war … ähm … heftig.«

Noah lässt mich herunter und wirft Kelvin einen bösen Blick zu, den der allerdings nur mit einem Schulterzucken abtut. Ich beobachte fasziniert, wie alle Besucher dabei helfen, das Chaos aufzuräumen. »Kelvin? Was hast du ihnen gesagt?«

Er wuschelt sich selbst durch seine roten Haare und wirkt dabei wie ein Unschuldsengel. »Ich habe ihnen nur nahegelegt, dass es deutlich sozialer wäre, wenn alle mithelfen würden.«

Diese Sirenenkräfte sind definitiv unheimlich, wenn Kelvin es schafft, auch ältere, gestandene Männer mit Bierbauch und Vollbart dazu zu bringen, ihm zu folgen.

Ein Arm schlingt sich um meine Schultern und ich lehne mich gegen Noah. Er platziert einen Kuss auf meinem Hinterkopf.

»Wir müssen eine Lösung finden, deshalb sind wir hier.« Obwohl er es in meine Haare genuschelt hat, habe ich ihn verstanden. Ich seufze schwer auf, denn das versuchen wir seit Tagen. »Habt ihr denn schon einen Ansatz?«

»Nein, deshalb habe ich Atlan mitgebracht, uns wird sicher etwas einfallen.«

Stimmt, er ist auch hier. Das letzte Mal habe ich sein Vertrauen missbraucht und vor seinen Augen die Prinzessin verflucht. Vorsichtig luge ich an Noah vorbei und schaue auf ihn. Den Mann, der all das hier ins Rollen gebracht hat, als er halsbrecherisch von einer Klippe gesprungen ist. Er hockt vor Alegria und betrachtet sie eingehend, studiert ihre Augen. Doch als er meinen Blick spürt, steht er auf und schenkt mir seine volle Aufmerksamkeit. Es braucht keine Worte zwischen uns, hat es noch nie gebraucht.

Er breitet die Arme aus und ich stürze hinein. Auch wenn es nichts bringt, so will ich es doch sagen.

»Es tut mir leid.« Und damit meine ich alles, meinen Vertrauensmissbrauch, dass ich ihn festgehalten habe, was ich Lucia unter seiner Obhut angetan habe und dass ich sogar dafür sorgte, dass er seinen besten Freund einsperren musste.

Die Umarmung ist anders als bei Noah. Ich habe keine Angst, dass er mir entrissen werden kann, oder bin aufgeregt, was als Nächstes passiert. Weil ich Atlan kenne wie niemand anderen. Noch nicht einmal wie Lucia.

»Ich weiß. Du musstest es tun.«

Ich nicke auf seine Worte hin und er drückt mir einen Kuss auf die Schläfe. Aber es hat nichts mit Liebe zu tun, sondern mit Familie. Abgesehen von Tante Carla ist er die Person, auf die solch eine Bezeichnung zutrifft – Familie.

»Vielleicht sollten wir mal in ein anderes Zimmer umziehen.« Celias verschmitzte Unterbrechung lässt mich grinsen und ich kehre wieder ins Hier und Jetzt zurück.

Wir helfen noch beim Aufräumen, ehe wir mit Roana im Schlepptau in unsere Wohnung oberhalb der Bar wechseln. Kelvin bewacht sie mit Argusaugen und wir wissen alle nicht so richtig, was wir mit ihr machen sollen. Celias Vorschlag, sie der Polizei zu übergeben, wurde abgelehnt, da die Gefahr der Flucht zu groß ist.

»Wir werden sie wohl erst einmal hierlassen müssen.« Der Gedanke, sie in meiner Wohnung zu lassen, behagt mir nicht. Vor allem, wenn Tante Carla noch hier ist.

»Ich habe die Lösung.« Kelvin tritt hinter sie und mit einem gezielten Schlag verliert sie das Bewusstsein.

»Wirklich? War das jetzt nötig?«

»Ja, Atlan, war es und du kannst dir meine innere Befriedung nicht einmal vorstellen.«

Wir alle lachen, bevor es ziemlich schnell wieder ernst wird.

Atlan lehnt sich gegen den Türrahmen und betrachtet eingehend mein Zimmer mit all seinem Chaos. »Lucia will trotz allem in den Krieg ziehen. Und ich denke, die Meerhexen wollen das auch endlich entschieden wissen. Das Meer ist so unruhig wie nie zuvor.«

Niemand sagt etwas, es wird jetzt also ernst. Es wird zum Kampf kommen und besonders Celia behagt es nicht. Man sieht es ihr an, dass sie nicht noch jemanden verlieren will, denn zwischendurch drückt sie meine Hand so fest, dass ihre Finger Abdrücke auf meiner Haut hinterlassen.

»Okay, wie können wir das verhindern?«

Doch keiner will meine Frage beantworten. Schweigen ist die Folge, bis sich Atlan mit einem tiefen Atemzug erbarmt.

»Sag es Mayla.«

Ich habe diesen einen Gedanken im Kopf und Atlan hat es mir angesehen. Dieses Seelenverwandtschaftsding funktioniert immer noch reibungslos.

»Es hat alles damit angefangen, dass die Sirenen Menschen töten mussten und die Meerhexen ihnen das krummgenommen haben. Was ist, wenn beide Parteien ihre Kraft einfach verlieren würden?«

Kelvin und Noah protestieren, doch es ist vielleicht die Lösung. Wenn niemand mehr Kräfte hätte, dann könnten sich beide Völker nicht mehr bekriegen. Sie hätten keine Grundlage mehr.

»Wie willst du das anstellen?«

Das wilde Stimmengewirr verstummt.

Tja, das ist wohl die Frage und auch darauf habe ich eine Antwort, doch sie wird niemandem gefallen, weder mir noch sonst jemandem. Und es ist ein unmögliches Unterfangen, aber an diesem Punkt definitiv der einzige Weg, der mir noch einfällt. Alle anderen Ideen habe ich verworfen.

»Indem ich Mayim dazu zwinge.«

Kapitel 22

Positives Nummer 48: Wir haben einen Plan – keinen guten, aber wir haben einen

Ich weiß, dass es Irrsinn ist, und nein, ich habe keine Ahnung, wie ich es anstellen soll, aber es ist jetzt scheinbar unser Plan. Uns gegen Mayim zu stellen, damit sie die Kräfte von allen abzieht. Wenigstens können wir dann nicht mehr aufeinander losgehen, jedenfalls nicht so effektiv.

Alle verlassen sich auf mich, dass ich schon weiß, was ich tue. Aber sie könnten der Wahrheit nicht ferner sein. Ich habe keine Ahnung, wie ich es anstellen werde.

Die Sonne geht gerade unter und taucht meine Heimat in orange und rote Töne. Meine Lieblingsfarben. Es ist noch warm, doch der Herbst steht unmittelbar bevor. Wenn ich überlege, was das für ein merkwürdiger Sommer war, dann wird mir ganz anders. Noch nie habe ich so viel gefühlt, so viel erlebt – Positives wie Negatives.

Seit ich in dieses Haus einziehen durfte, war das hier mein Lieblingsplatz. Auf dem Dach des Nachbarhauses … nur durch mein Fenster zu erreichen.

»Barcelona ist wunderschön.« Atlan steckt seinen Kopf aus dem Fenster und klettert elegant zu mir aufs Dach.

»Ist es.« Es entsteht eine Pause, wo wir einfach nur dabei zusehen, wie die Sonne untergeht und die Farben kräftiger werden.

»Wo sind die anderen?«

»Die Jungs gehen deiner Tante gehörig auf die Nerven und die Mädels helfen ihr das Abendessen unten vorzubereiten.«

»Und du?«

»Ich bin dich finden gegangen.«

Wie er das sagt, mich finden. Für ihn ist es selbstverständlich, dass er mich suchen muss. Wie merkwürdig sich das alles zwischen uns entwickelt hat. Als ich ihm das erste Mal begegnet bin, konnte ich seine Schönheit nicht fassen und auch jetzt fällt es mir manchmal schwer. Aber es ist so viel passiert. Noah hat mich einfach mitgerissen, mir gezeigt, was Aufregung und Abenteuer ist, während Atlan einfach mein Zuhause ist.

Ich könnte mir nicht mehr vorstellen Atlan zu küssen. Als wäre allein die Idee absurd. Noah ist das, was ich gebraucht habe, einen Wirbelwind, der mich mitreißt und mich liebt, egal wie ich aussehe. Und ich wünsche Atlan, dass er jemanden findet, der ihn die Regeln vergessen lässt. Der ihn so umhaut, dass er gar nicht anders kann, als sich gegen alles zu stellen, nur um mit der Person zusammen zu sein.

Vielleicht ist dieses Glück auch nicht jedem vergönnt, was mich noch dankbarer macht, dass ich es erleben darf.

»Bist du mit Lucia zusammen?« Die Frage kommt aus dem Nichts und ich bin selbst überrascht, dass ich sie gestellt habe.

Er lacht und legt einen Arm auf seinem angewinkelten Knie ab. »Nein, und ich weiß auch nicht, ob es wirklich Liebe ist. Eher eine Verpflichtung. Sie ist meine Königin und ich bin ihr Vertrauter. Es ist besonders, aber es ist keine Liebe. Das zwischen uns beiden, das war Liebe.« Er stößt mich mit der Schulter an und ich grinse.

»Ich denke, wir zwei sind vom Schicksal bestimmt gewesen.«

»Ja, der Leibwächter und die Meerhexe. Das ist mal ein Stoff, aus dem Geschichten gemacht sind.«

Die Sonne hat den Punkt erreicht, wo der Himmel am schönsten ist. Wo einfach alles perfekt aussieht.

»Atlan?«

»Ja?«

»Ich bin froh, dass wir dem Schicksal entkommen sind.«

Er schnaubt und zuckt mit den Schultern.

»Ja, wen interessieren schon Geschichten. Wir beide hätten das niemals überstanden. Ich bin froh, dass du Noah an deiner Seite hast und dass ich meine Pflicht erfüllen kann.«

»Dein Pflichtgefühl geht dir über alles, oder?« Ich wende mich von der Stadt ab und beobachte gespannt seine Reaktion.

Für einen Moment bleibt er still, doch dann zwinkert er mir zu, als wäre es ein Geheimnis. »Du hast es damals kurz ins Wanken gebracht.«

Mehr Worte sind zwischen uns nicht nötig. Ich lehne meinen Kopf gegen seine Schulter und er legt einen Arm um mich.

***

»Atlan hat gemeint, dass du mich sehen willst?«

Ich wende meinen Kopf zu Noah, der jetzt dort steht, wohin vor zehn Minuten Atlan verschwunden ist.

»Ganz so habe ich es nicht gesagt, aber ja. Komm her, ich will dir meinen Lieblingsplatz zeigen.« Einladend klopfe ich neben mich auf die Dachziegel. Schwungvoll zieht sich Noah am Fensterrahmen aus dem Zimmer und lässt sich neben mich nieder.

»Hier sitzt du also immer.« Auffällig schaut er sich um und lässt seinen Blick über die Stadt gleiten. Ein paar Gesprächsfetzen von der Straße dringen zu uns nach oben, Autos lärmen und zeigen uns, dass diese Stadt am Leben ist.

»Ich liebe es. Fast so sehr wie dich.« Dabei strecke ich ihm die Zunge raus und greife nach seiner Hand.

»Sehr kitschig«, erwidert er lachend und umschließt seine Finger mit meinen. So sitzen wir eine Weile da und ich genieße einfach seine Anwesenheit.

»Du hast Atlan zu mir geschickt.«

»Waaaas?«

Es ist niedlich, wie er errötet, und ich glaube, das ist das erste Mal, dass ich es bei ihm sehe. »Das braucht dir nicht unangenehm zu sein. Ich danke dir.«

Er atmet tief durch und ringt mit sich. Etwas liegt ihm auf der Seele, das spüre ich, doch ich warte geduldig, ob es aus ihm herausbricht.

»Ich bin kein guter Held.«

Okay, das ist jetzt doch etwas überraschend. Hat er zu viel Zeit mit Atlan verbracht, dass er jetzt auch schon in Geschichten denkt?

»Was?«

»Ich sollte dich gehen lassen, damit du glücklich werden kannst.«

Wohin sollte ich denn gehen, an seiner Seite bin ich am glücklichsten. Aber durch seine Aussagen wird mir erst klar, dass Noah es immer noch nicht glauben kann.

»Was redest du da, Noah?« Ich löse unsere Finger voneinander und halte seine beiden Hände mit meinen umschlossen. Doch er schüttelt den Kopf und sieht mich eindringlich an.

»Lass mich ausreden! Wenn ich ein guter Held wäre und dies eine Geschichte – so wie du und Atlan es immer sagen –, dann würde ich dich freigeben, damit du zu Atlan zurückkehren kannst. Aber ich kann es nicht, vielleicht bin ich einfach nicht zum Helden gemacht. Ich werde dich nicht freiwillig verlassen, Mayla. Niemals könnte ich so selbstlos sein und dich gehen lassen. Ich will dich bei mir haben, dich in Sicherheit wissen und dich glücklich machen, ich will es sein, weshalb du lachst. Wir haben so viel gekämpft, so viel ertragen, dich jetzt wieder in die Arme meines besten Freundes gehen zu lassen, fühlt sich nicht richtig an. Ich weiß, ich mache es dir noch schwerer, das alles zu überstehen, und trotzdem schaffst du es.«

Ich kann nicht fassen, was da in ihm brodelt. Es war egoistisch von mir, dass ich ihm nicht gesagt habe, wie es in mir drin aussieht. Dass ich bei dem Wort *wir* an mich und Noah denke und sicher nicht an Atlan.

»Stopp! Stopp! Noah, stopp!« Ich drücke seine Hände noch fester, damit er mir zuhört, doch er fährt einfach fort.

»Vielleicht bin ich auch einfach zu kaputt.«

»Noah, ich bin auch kaputt. Hast du die letzten Tage nicht mitbekommen? Wahrscheinlich war ich es vorher nicht – das stimmt. Aber all das hier hat mich kaputt gemacht. Das heißt aber nicht, dass wir uns gegenseitig nicht heilen können. Ich überstehe das hier alles nicht trotz dir, sondern nur wegen dir! Wenn ich nicht weiterweiß, dann denke ich an dein Lachen, an den

Sternenhimmel und an deine Hände. Du musst langsam erkennen, was ich schon lange in dir sehe. Ich werde dich nicht verlassen.«

»Versprochen?«

»Versprochen.«

Er sieht beruhigt aus. Hinter dieser lachenden Fassade von dem unbekümmerten Jungen scheint genau diese Unsicherheit schon sehr lange gebrodelt zu haben.

»Ich habe Angst vor morgen.« Gegenüber Atlan hätte ich es mir niemals eingestehen können, aber ich weiß, dass ich bei Noah ehrlich sein kann.

»Ich auch«, gesteht er und setzt sich mir gegenüber hin, sodass wir uns anschauen können.

»Ich will dich nicht verlieren und auch keinen anderen von uns.« Er beißt sich auf die Lippe, auch er hat Zweifel, ob wir da alle morgen rauskommen, ob wir das alles verhindern können. Aber wir müssen.

***

Ich verabschiede mich nicht von Tante Carla. Damit würde ich mir eingestehen, dass es vielleicht ein Abschied für immer wäre, und daran will ich einfach nicht denken. Wir schleichen uns im Morgengrauen alle aus dem Haus und ich hinterlasse ihr eine Notiz. Auf einen kleinen Kassenbon schreibe ich, dass es vermutlich das letzte Mal ist, dass ich mich davonstehle. Vielleicht auch nicht, ich bin schließlich ein rebellischer Teenager. Ich erhoffe mir ein Lachen, wenn sie den Zettel findet.

Celia hat noch nicht einmal gemeckert, als sie in aller Früh ohne Dusche aus dem Haus getragen wurde. Kelvin hat sich bereitwillig geopfert. Er könnte ihr nie einen Wunsch abschlagen. Noch immer knabbern beide daran, dass sie Daxton verloren haben, aber sie geben einander Halt.

»Pass bitte auf dich auf, Mayla. Und grüß Lucia von mir, frag sie, ob sie noch alle Tassen im Schrank hat so einen Unsinn zu fabrizieren.« Sie hat sogar Tränen in den Augen, als wir endlich am Strand stehen. Es ist noch so früh, dass niemand zu sehen ist. Die Sommerferien neigen sich dem Ende zu und vermutlich wollen alle noch mal ausschlafen. Ich weiß noch nicht, ob wir nach diesem Abenteuer einfach weitermachen können. Wir alle wären im Herbst auf die Universität gegangen, aber das wirkt jetzt so unerreichbar.

Ich ziehe Celia in eine feste Umarmung. »Danke für alles.«

»Du wolltest dich doch nicht verabschieden, nur deshalb habe ich zugestimmt mitzukommen«, schluchzt sie und vergräbt ihren Kopf an meiner Schulter. Zu gut erinnere ich mich daran, wie sie auf Gran Canaria ohne große Abschiedsworte in den Bus gestiegen ist. Doch dieses Mal wird ihr schmaler Körper von Tränen erschüttert. »Ich will nicht, dass noch einer von euch stirbt.«

Liebevoll streichle ich ihr über den Kopf. »Hey, da sind wir alle nicht so scharf drauf.«

Die Jungs schnauben belustigt und Celia löst sich von mir. »Du hast den Moment kaputt gemacht, jetzt kannst du gehen.« Sie schiebt mich müde grinsend von sich und wirkt im gleichen Moment erleichtert, dass wir diese rührselige Szene unterbrochen haben. Sie ist einfach kein Gefühlsmensch.

»Gern geschehen.« Ich zwinkere ihr zu, was sie nur mit einem Augenrollen registriert.

»Noah hat einen schlechten Einfluss auf dich.«

Gekonnt wirft sie ihre Haare zurück über die Schulter und zieht ihn in eine Umarmung. Noch währenddessen greift Noah nach meiner Hand und verflechtet unsere Finger miteinander.

Roana wirft der ganzen Szene nur abschätzige Blicke zu. Atlan hat sie hergetragen und ihr klargemacht, dass er kein Problem damit hätte, sie gefesselt irgendwo im Meer auszusetzen, wenn sie Zicken machen würde. Seitdem begnügt sie sich damit, ihre Meinung über ihren genervten Gesichtsausdruck zur Schau zu stellen.

Alegria kommt zu mir gelaufen, nachdem sie sich stumm von Kelvin und Atlan verabschiedet hat. Schwungvoll wirft sie sich in meine Arme und drückt mir einen Kuss auf die Wange, ehe sie auf mein Herz deutet.

»Folge dem.«

Jetzt ist es an mir, fast die Fassung zu verlieren. Genau das Gleiche hat sie auch letztes Mal gesagt, doch dieses Mal ähnelt sie keiner Leiche. Die gesunde rosa Färbung ist zurück und ich hoffe, dass sie mich mit tausend interessanten Fakten wieder an diesem Strand empfängt. Dieses Mal werde ich ihren Vorträgen auch zuhören – jedenfalls meistens.

»Okay, jetzt geht. Bevor noch jemand das hier sieht.« Celia scheucht uns geradezu in Richtung Meer. Wir sind uns sicher, dass sie damit nicht unsere Verwandlung meint, sondern ihren Gefühlsausbruch.

Das Wasser umspült meine Füße und Glücksgefühle durchströmen mich. Es ist noch genauso wie zuvor. Trotz allem, was geschehen ist, ist dies mein liebster Platz auf der Welt.

»Bereit?« Noah tritt neben mich und nimmt wie selbstverständlich meine Hand.

»Mit dir? Immer. Auf in ein erst mal letztes Abenteuer.«

»Wie feierlich.« Auch wenn er mich aufzieht, durchfährt mich ein warmes Gefühl, als wir uns berühren. Wir werden das hier gemeinsam überstehen.

Hand in Hand gehen wir tiefer ins Wasser und als der Meeresspiegel bis über meinen Bauchnabel reicht, drehe ich mich noch mal um. Doch Celia und Alegria sind bereits verschwunden.

Und das ist der Augenblick, wo ich Lucia schmerzlich vermisse. Denn ich weiß genau, dass sie sagen würde, dass ich nicht sauer sein soll. Celia würden Abschiede einfach nicht liegen und sie hat sich schon sehr überwunden, überhaupt mitzukommen. Ich kenne Lucia so gut, dass sie noch nicht einmal hier sein muss, um mir Ratschläge zu erteilen. Sie ist immer noch mein innerer Kompass.

Wir lassen einander los, um uns kopfüber in den Ozean zu stürzen. Noah tippt seine Kette an und der Sog setzt ein. Seine Kleidung verschwindet und vor mir schwimmt die wohl schönste Sirene der Welt. Sein Anblick fasziniert mich jedes Mal.

Dann ist es an mir, ich schließe die Augen und konzentriere mich auf meine Umgebung. Nehme jede Strömung wahr, spüre die Energie des Meeres. Ich fokussiere diese Kraft auf meine Hand und führe sie dann an meinen Hals. Genau auf den Fleck, um mein Siegel zu lösen. Der mittlerweile bekannte Schmerz durchfährt mich. Diese Art der Verwandlung ist zwar immer noch qualvoll, aber ich muss meine Gedanken nicht mit negativen Erinnerungen verseuchen. Eine kleine Erleichterung.

In einem Moment der Schwäche beschwere ich mich innerlich bei demjenigen, der unsere Verwandlungen so unterschiedlich schmerzhaft gemacht hat. Ach ja, das war ja Mayim. Gedanklich setze ich es auf die Liste ihrer Vergehen.

Mit einer Schnappatmung kann ich endlich Luft holen und anstelle des Flecks zieren Kiemen meinen Hals.

»Faszinierend«, kommentiert Noah meine Verwandlung.

»Veralbern kann ich mich allein.«

»Nein, ich finde es wirklich faszinierend. Eigentlich ist alles an dir eine Waffe.«

Ich schüttle lachend den Kopf, denn aus seinem Mund klingt es wie ein Kompliment.

»Kommt ihr beiden?«

Atlan winkt uns zu sich rüber, wo er Roana wie ein ungewolltes Paket trägt. Kelvin und er sind ebenfalls verwandelt und im Nachhinein kommt es mir lächerlich vor, dass ich Atlan jemals als schöner als Noah empfunden habe.

Noah nimmt wieder meine Hand, einfach so. Als wären es keine messerscharfen Krallen, die ihn verletzen könnten.

Mal wieder brechen wir auf und mal wieder wissen wir nicht, was uns erwartet.

***

Die Reise in Richtung Aquarta verbringen wir mit nichtigen Unterhaltungen, bei denen jeder eine Geschichte aus seiner Kindheit zum Besten gibt.

Ich übertöne damit meine Angst und der Rest macht wahrscheinlich genau deshalb mit. Es lenkt mich ab. Auch von den Stimmen, die langsam wieder auftauchen. Die Meerhexen haben mich vielleicht verbannt, dennoch ist ihr Gezische präsent. Und sie klingen überraschenderweise nicht so mies gelaunt, wie ich vermutet hätte.

Doch dieses Mal sind es noch nicht einmal Wortfetzen, die ich verstehen kann.

»Spürst du die anderen Meerhexen?«, fragt mich Noah, nachdem wir stundenlang unterwegs sind.

Wir schwimmen wesentlich langsamer als beim letzten Mal, jeder von uns möchte diesen Moment des Kampfes hinauszögern. In Aquarta wollen wir nur Roana abliefern und sie am besten in den Kerker sperren, bevor entschieden werden kann, was mit ihr geschieht. Welche Rolle genau Nubuk in dem Ganzen gespielt hat und vor allem spielen wird, ist mir ein Rätsel. Auf meine Frage hin, ob sein Vater von all dem hier weiß, hat Atlan nur sehr finster geschaut und in Familienangelegenheiten mische ich mich lieber nicht ein. Es reicht, wenn ich meine eigenen nicht unter Kontrolle habe.

Gerade höre ich wieder ein Zischen von Aquila. Ich weiß nicht, wann ich gelernt habe sie aus all dem Gemurmel herauszuhören. Aber es hat etwas Tröstliches, da sie die meiste Zeit über nicht ganz so aggressiv wie der Rest geklungen hat.

»Ja, sie sind gar nicht so weit entfernt.«

»Konnten sie dann nicht auch dich immer spüren? Also erkennen, wo du warst?« Kelvin taucht neben mir auf, er hat Roana gerade an Atlan übergeben, der mit ihr im Schlepptau vorausschwimmt. Wer gerade mit dem Tragen unseres Gastes beschäftigt ist, entfernt sich ein Stück von der Gruppe, damit wir in Ruhe reden können. Ohne neugierige Ohren, die uns belauschen.

»Sicher.« Ich zucke mit den Schultern. Außer ich war zu weit von ihnen entfernt. Bei der Müllinsel war es still in meinem Kopf ... bis auf meine eigenen rasenden Gedanken.

»Ist dann wohl der einzige Nachteil deiner Meerhexengestalt, wie?«

Lachend stoße ich meine Schulter gegen die von Noah. Dennoch bin ich froh über seine Kommentare, sie versprechen Normalität.

»Aber wussten sie dann nicht auch von dir, wo Aquarta liegt?«

Kelvins Bedenken sind nicht unberechtigt. Deshalb hat mich die Vermutung damals auch so verletzt, weil ich dachte, sie könnten recht haben. Aber ich könnte auch jetzt nicht mit Gewissheit sagen, wo genau sich die anderen Meerhexen aufhalten. Dafür müsste ich mich auf sie konzentrieren und viele Richtungen ausprobieren.

»Es funktioniert nicht wie ein Navigationsgerät. Das Wispern im Kopf wird lauter, wenn man sich ihnen nähert und leiser, wenn man sich von ihnen distanziert. Eine Art Kompass, in welche Richtung man muss, aber ich kann ihren Aufenthaltsort nicht genau lokalisieren. Mayim hat mich damals so viele Haken schlagen lassen, dass ich zwischendurch nicht einmal mehr selbst wusste, wo ich bin.«

Er nickt verstehend und weicht einer Schildkröte aus, wobei er einen Überschlag macht. »Und wie ist es jetzt?«

»Leider befürchte ich, dass wir direkt auf sie zusteuern und das behagt mir gar nicht.«

Atlan dreht sich um und wartet darauf, dass wir zu ihm aufschließen.

»Etwas stimmt nicht, das Meer ist viel zu aufgewühlt.«

Sein untrügliches Gefühl lag schon immer richtig. Schon zu Beginn dieser Reise war Atlan derjenige, der am besten fühlen konnte, was im Ozean vor sich geht. Sein Anteil an Meeresmacht muss sehr groß sein und er nutzt sie auch schon viel länger als ich, wenn auch unbewusst.

Innerlich versuche ich die Strömungen zu erfassen und die Energien zu fühlen.

»Er hat recht.«

In meinem Kopf rufe ich nach Mayim, wie ich es schon unzählige Male getan habe, doch wieder antwortet sie nicht. Seit meiner ersten Begegnung mit Roana ist das Wesen aus meinem Kopf verschwunden.

»Du bist ein Störsignal, Roana, weißt du das?« Vier ziemlich überraschte Sirenen sehen mich an. »Was denn? Immer wenn sie da ist, kriege ich keine Verbindung zu Mayim.«

Noah lacht und drückt mir einen Kuss auf die Stirn. »Unfassbar, wie kann man dich nicht lieben?«

Wenigstens ihn konnte ich damit erheitern. Aber das Störsignal macht meinen Plan, jedenfalls sofern man diese Bruchstücke an Ideen Plan schimpfen möchte, unmöglich. Ohne Mayim kann ich Mayim auch schlecht zwingen die Kräfte von Sirenen und Meerhexen aufzuheben.

»Mayim ist nicht da«, seufze ich.

»Sie wird schon auftauchen, hat sie doch bisher immer getan.« Atlan hievt sich Roana auf die andere Seite und nimmt wieder Fahrt auf. »Aber etwas stimmt hier nicht.«

Die Lautstärke von dem Gezische in meinem Kopf nimmt deutlich zu. »Ich glaube, das wird uns nicht gefallen.«

Wir geben noch mehr Gas und ich manipuliere die Strömungen, so gut es geht, um uns Rückenwind zu verschaffen.

»Das da vorn vor Aquarta ist aber nicht das, was ich vermute, oder?«, entfährt es Kelvin und er deutet in die Ferne.

»Scheiße, doch, das ist es. Hat dieser verdammte Kampf etwa schon begonnen?«

»Noch nicht, Noah. Aber sie stehen kurz davor. Los, wir müssen uns beeilen.« Auch wenn wir schon an unserer Höchstgeschwindigkeit kratzen, versuchen wir auf Atlans Befehl hin noch schneller zu schwimmen.

Überraschenderweise kann ich den Palast von Aquarta ziemlich gut erkennen. Wir kommen von der anderen Seite als normalerweise, weshalb keine großen Felsenansammlungen unsere Sicht behindern. »Warum ist es so hell? Die letzten Male war es wesentlich mühsamer, alles zu sehen.« Und das vor allem aus der Entfernung. Ich weiß noch genau, dass ich mir meine Haut an einigen Felsen aufgeschürft habe, weil ich so wenig erkennen konnte. Doch jetzt scheint die Sonne ihre Strahlen direkt in die Tiefe des Meeres geschickt zu haben.

Atlan legt besorgt die Stirn in Falten.

»Das war mit Sicherheit Lucia. Wir haben über die Jahrhunderte Möglichkeiten gefunden, das Sonnenlicht auch nach unten zu lassen. Allerdings haben die Königinnen zuvor es aus Sicherheitsgründen nicht getan.«

»Tja, jetzt, wo die Meerhexen wissen, wo wir leben, warum den Laden nicht mal etwas freundlicher gestalten?« Noah zuckt mit den Schultern. »Ich mochte die Finsternis sowieso nie. Sorgte immer für eine bedrückende Stimmung.«

Kelvin boxt Noah gegen den Oberarm. »Ja, weil das auch immer die höchste Priorität hatte, dass du dich wohlfühlst.«

»Ihr beiden, es reicht. Wir haben jetzt ein paar andere Probleme.« Atlan schnauft erschöpft, mit Roana als zusätzliche Belastung ist es sicherlich nicht leicht voranzukommen.

»Sorry, Roana, aber ohne dich sind wir schneller. Wir schicken jemanden zu dir.«

Und mit diesen Worten lässt Atlan sie einfach fallen. Wenn die Lage nicht so angespannt wäre, hätte ich mich über ihren Gesichtsausdruck totlachen können.

Noch immer berauscht es mich, wie schnell wir unterwegs sind. Selbst Flugzeuge könnten mit uns nicht mithalten und die schnellsten schaffen schon mal tausend Kilometer pro Stunde. Aber dieses Tempo aufrechtzuerhalten ist überaus anstrengend. Selbst für unsere Körper, die dafür gemacht sind.

Mit etwas Abstand kommen wir zum Stehen, damit wir die Lage erst einmal sondieren können.

Vor uns befinden sich tatsächlich zwei Lager, wie man es aus Filmen kennt, wo sich beide Parteien vor der großen Schlacht gegenüberstehen. Das kann doch nicht deren Ernst sein. Sie müssten es doch besser wissen, dass es absolut sinnlos ist, aufeinander loszugehen.

Die Sirenen haben vor dem Palast Stellung bezogen und verbergen sich hinter dem flimmernden Schutzwall. Ihre Rüstungen glänzen im Sonnenlicht, als hätten sie diese genau für diesen Zweck poliert.

Auf der anderen Seite haben sich alle Meerhexen versammelt. Ihre Anzahl ist beeindruckend, ich hätte gedacht, dass ich bei meiner ersten Verwandlung alle gesehen hätte. Aber weit gefehlt. Mehrere Hundert von ihnen verharren in kleinen Gruppen nebeneinander und können es damit sicherlich gegen die Sirenen aufnehmen.

»Ich weiß nicht, wer diesen Krieg gewinnen würde«, wispere ich und erhalte zustimmendes Gemurmel der Jungs.

Die Meerhexen könnten jede der Sirenen verfluchen, wenn sie genug

Seelen haben. Oder sie ihre eigene Seele angreifen. Die Sirenen werden mit ihren Stimmen die Meerhexen außer Gefecht setzen, auch wenn ich die größte Gefahr gebannt habe.

»Für unseren Plan ist es allerdings die perfekte Aufstellung«, sagt Kelvin und macht eine ausschweifende Handbewegung, »sie sind alle versammelt, wenn wir Mayim schlagen wollen, damit der Krieg endet.«

Noah tippt gegen seinen Muschelanhänger und sein Dreizack erscheint in einem kleinen Strudel. »Das ist ja fast zu perfekt, um wahr zu sein.«

Er hat recht, es ist zu einfach. Genauso wollten wir es.

»Verdammt, das ist nicht unser Plan«, entfährt es mir.

»Hä? Mayla, natürlich ist das unser Plan.«

Atlan und Noah schlagen sich synchron gegen die Stirn, während Kelvin immer noch ratlos aussieht.

»Scheiße«, entfährt es Noah.

»Sie hat recht. Besser hätten wir es nicht arrangieren können, es ist zu einfach. Mayim scheint ihren ganz eigenen Plan zu haben. Niemand anderes hätte es so umsetzen können.«

Atlan steht ins Gesicht geschrieben, dass er Zweifel hat, jetzt, wo sich Mayim selbst einmischt. Sein Respekt vor dem Wesen ist zu groß, um jetzt noch an unser Vorhaben zu glauben.

Ich muss etwas tun, einen neuen Plan schmieden. Die Moral der Jungs sinkt, weil sie sich noch nie mit Mayim auseinandergesetzt haben, sie haben das Wesen noch nie gesehen. Für sie ist es eine Stimme im Kopf – wenn überhaupt –, ein Wesen ohne Körper, das über sie herrscht. So ist es aber nun mal nicht, dieses Trugbild muss ich jetzt ins Wanken bringen.

»Ich werde zu Mayim schwimmen und ihr müsst diesen Krieg aufhalten, bis ich zurück bin.«

Sofort wenden sich drei Köpfe mir zu. Kelvin reißt die Augen auf und sein Mund steht weit offen.

»Das ist Wahnsinn, Mayla.«

»Kelvin hat recht. Davon abgesehen: Wie sollen wir bitte den Krieg aufhalten?«

Ich lächle so unschuldig wie möglich und klopfe Atlan aufmunternd auf den Rücken.

»Bin ich der Anführer oder du? Überleg dir was. Wenn du magst, können wir auch Rollen tauschen und du kümmerst dich um Mayim.«

»Sehr lustig. Nein danke. Dann werfe ich mich lieber zwischen Sirenen und Meerhexen. Tolle Option.«

»Aber es ist wenigstens eine Option.«

Er seufzt, nickt aber schließlich. Nur Noah sieht alles andere als glücklich aus, er greift nach meiner Hand, als wollte er mich aufhalten.

»Ich komme mit dir.«

Wie gern würde ich Ja sagen, aber ich denke, dass er hier eher gebraucht wird. Meine Mutter kennt Noah und weiß, was er mir bedeutet. Ich weiß nur nicht, ob das dafür spricht, ihn leben zu lassen, oder dagegen.

Atlan legt Noah eine Hand auf die Schulter. »Wir brauchen dich hier, Noah.«

»Ich passe auf mich auf«, verspreche ich ihm, ehe ich ihm einen Kuss auf die Lippen drücke. Vorsichtig, damit meine Haifischzähne ihn nicht verletzen.

Noah sieht aus wie ein bockiges Kind, lässt aber meine Hand aus seiner gleiten.

»Ich liebe dich!«, ruft er mir noch hinterher.

Das sind wunderbare Worte, die mich auf meinem Weg zu Mayims Höhle begleiten. Immer wieder sage ich mir, dass es keine letzten Worte waren und dass ich es irgendwie schaffe. Irgendwie.

Kapitel 23

Positives Nummer 49: Gefunden!

Ich dachte, es gibt nicht mehr viel, was mir Angst macht. Meine Albträume von Morgianas Gesicht direkt nach dem Untertauchen habe ich überwunden, indem ich direkt selbst zum Albtraum geworden bin. Einsamkeit und meine Furcht, verlassen zu werden, haben mich immer begleitet, doch durch die Jungs und Celia konnte ich selbst diese ablegen. Und vom Normal-Sein bin ich so weit entfernt, dass diese Sorgen sich vollständig aufgelöst haben.

Nur diese Höhle bleibt, diese dunkle, schaurige Höhle, in die ich absolut nicht hineinwill. Ich habe keine Ahnung, was mich darin erwarten wird, und eigentlich will ich es auch nicht wissen. Aber Mayim ist trotz meiner ständigen Rufe einfach nicht rausgekommen. Wenn das Wesen so allwissend ist, dann hätte es doch mein Kommen sehen müssen. Warum ist Mayim nicht hier? Will sie mir absichtlich aus dem Weg gehen?

Also bleibt mir nur noch diese Höhle. »Ach verdammt.« Jetzt oder nie. Ich schwimme drauflos in die vollständige Dunkelheit.

Vielleicht ist das jetzt auch einfach mein Ende. In ein schwarzes Loch zu schwimmen war bestimmt noch nie unter den Top drei der besten Ideen.

Beim Schwimmen halte ich meine Hand direkt vor mein Gesicht, doch so sehr ich sie auch bewege, ich kann noch nicht einmal die Umrisse meiner Klaue ausmachen. Ich könnte auch auf der Stelle schwimmen und würde es nicht bemerken.

Die Angst sitzt mir tief im Nacken. Wenn mich jetzt irgendetwas berührt, werde ich so laut schreien, dass es Lucia Konkurrenz machen wird. Zu meiner Beruhigung singe ich ein Kinderlied. Irgendwo habe ich mal gehört, dass man nicht singen und gleichzeitig Angst haben kann. Bestimmt von Alegria.

Ich weiß nicht, ob diese Studie auch an Meerhexen, die in eine verdammt dunkle Höhle schwimmen mussten, getestet wurde, aber im Moment funktioniert es nur semigut. Vielleicht auch, weil es eher ein Summen ist.

Ein Licht!

Verdammt, ja, da ist Licht zu sehen. Ich beschleunige mein Tempo und steuere direkt darauf zu.

So müssen sich Tote fühlen: immer aufs Licht zusteuern. Meine Gedanken machen meine Angst auch nicht besser.

Mit großen Augen komme ich zum Stehen, als vor mir wohlbekannte Portale im Wasser schweben. Ich kneife meine Augen zusammen. Sie leuchten so hell, dass ich im ersten Moment keine Einzelheiten erkennen kann. Nach mehreren Sekunden habe ich mich an ihre Helligkeit gewöhnt und blinzle gegen sie an. Es sind unzählige ovale Dinger, die chaotisch in der Höhle herumschweben. Genau solche hat Eve auch genutzt.

Ich bin zu neugierig, um nicht näher heranzuschwimmen. Sie wirken wie ein Fenster zu einer anderen Welt. Einige Umgebungen erinnern mich verdammt gut an Computerspiele, nur dass echte Menschen an ihnen vorbeihuschen. Einmal sehe ich ein junges Mädchen mit langen blauen Haaren, ihre Haut hat einen lila Unterton und ihre Ohren sind sogar länger als die der Sirenen. Eine Elfe …

Völlig in den Anblick versunken hebe ich eine Hand. Was passiert, wenn ich es berühre?

»Nicht, kleine Mayla.«

Erschrocken fahre ich herum.

Mayim schwimmt in seiner ganzen Pracht ein ganzes Stück über mir. Sein Körper ist riesig und kein Vergleich zu meinem. Es fällt mir bei seinem Anblick schwer, es für den Feind zu halten. Noch immer bin ich fest davon überzeugt, dass das Wesen es im Grunde nicht ist. »Du würdest nicht zurückkehren können, weil du keine Portale öffnen kannst.«

Seine sonst so kalten goldenen Augen wirken fast schon gütig. Ich habe nicht mitbekommen, dass es hier aufgetaucht ist.

»Was ist das hier?« Ich zeige auf all die offenen Tore zu anderen Orten.

Mayim lächelt und wirkt geradezu erleichtert mich zu sehen, was mich mehr als verwirrt.

»Weißt du, ich habe nicht nur diese Welt. Sie ist nur ein kleiner Teil von dem, was ich überwache.« Es schwimmt zu mir herunter und schrumpft dabei auf meine Größe. Jedenfalls habe ich das Gefühl, denn es wirkt so groß wie bei unserer ersten Begegnung. Es überragt mich immer noch deutlich, aber es kommt mir erreichbarer vor.

»Und ihr seid nur ein winziger Teil meiner Geschöpfe. Wir statten viele Kreaturen mit unseren Kräften aus oder erschaffen sie direkt. Nicht nur hier auf der Erde, sondern im gesamten Universum. Es gibt so viel mehr, als du dir vorstellen kannst.«

Ich glaube ihm, nicht nur nachdem ich die Portale gesehen habe, es liegt an seiner Stimme, die seine gesamte Erschöpfung ausdrückt. Als würde es eine große Last tragen und diese nicht einmal ablegen können, um durchzuatmen.

»Warum erzählst du mir das? Niemand anderes weiß davon, oder?«

»Nein, niemand war bisher so tollkühn und hat sich in meine Höhle gewagt. Über die Jahrtausende gab es immer mal Kreaturen auf der Erde, die mir ans Herz gewachsen sind. Aber nein, sie sind mir nie so nahe gekommen wie du.«

Das kann ich mir gut vorstellen. Auch ich wäre nicht hier reingeschwommen, wenn mir eine andere Wahl geblieben wäre.

Mütterlich streicht das Wesen über das Portal vor mir, wo die Elfe mit Pfeil und Bogen auf dem Rücken durchs Dickicht gesprungen ist. Sein Blick ist weich und gleichzeitig so schwer und traurig.

»Du weißt schon, wie all diese Welten enden, oder?«, frage ich.

»Im Fluss der Zeit zu sein ist nicht immer ein Vorteil. Aber ich sehe auch so viel Schönes, das macht es leichter.« Es lächelt verschmitzt und nimmt plötzlich meine Hand. Wie ein kleines Kind zieht es mich hinter sich her.

»Es tut gut, jemandem davon zu erzählen. Ich könnte dir so viel erzählen, dir so viel zeigen. Das hier zum Beispiel ist eine wundervolle Welt, wo die Bewohner alle magische Fähigkeiten haben. Ich liebe es, ihnen dabei zuzusehen, wie sie sich alle weiterentwickeln.«

Seine Begeisterung ist ansteckend und es wirkt dabei nicht wie das mächtige Wesen, das nicht nur das Meer selbst ist, sondern auch in die Zukunft sehen kann. Es hält meine Hand fest umklammert.

»Und das hier ist die Hölle. Das ist der Bereich des Feuers. Weißt du, wenn ich das Wasser bin, dann ist dort ...«

»Mayim!«, unterbreche ich es und stemme mich gegen ihren Zug an meiner Hand.

»Mayim, bei Aquarta droht bald ein Kampf auszubrechen. Wir haben keine Zeit für deine Erkundungen. Wir müssen das stoppen.«

Sein gerade noch von Freude erfülltes Gesicht bricht in sich zusammen und es setzt wieder die gleichgültige Maske auf.

»Ich weiß, was du vorhast, kleine Mayla. Zwar kann ich dich nicht mehr so gut sehen, weil du selbst mittlerweile einen großen Teil an Meeresmacht in dir trägst, aber du wirst mich nicht von meinem Vorhaben abbringen können. Es wird so geschehen, wie *ich* das will. Ich hatte nur gehofft, dass wir beide noch etwas mehr Zeit miteinander verbringen können.«

Mal wieder verstehe ich Mayim einfach nicht, sie spricht in Rätseln. »Mehr Zeit? Bevor was geschieht?«

Mayim lächelt mich unglücklich an und streicht mir über die Wange. Ich zucke ein wenig zurück, seine Hand ist nicht mehr so eiskalt wie ganz am Anfang. Doch es jagt mir immer noch einen Schauer über den Rücken.

»Das Meer hat dich wirklich lieben gelernt. Vermutlich weil du es auch so sehr liebst.«

»Ich dachte immer, *du* wärst das Meer.«

Das Wesen legt den Kopf schief, bedauernd, ich weiß nur nicht, was es bedauert.

»Ja und nein. Ich habe das Meer erschaffen, ich kann es kontrollieren, ich kann darüber herrschen, aber es hat ein Eigenleben. Wie ein kollektives Bewusstsein.«

Ich lasse mich eindeutig viel zu leicht von diesen ganzen neuen Informationen ablenken. Dabei gibt es deutlich Wichtigeres zu tun, wie zum Beispiel, endlich diesen verdammten Kampf zu beenden.

»Du bist ungeduldig, kleine Mayla. Wie schade. Aber gut, lass uns gehen. Wir beenden das jetzt auf meine Weise.«

Ich will ihm widersprechen. Auch wenn ich nicht weiß, was seine Weise ist. Aber so, wie es mich ansieht, kann ich mir nur Schreckliches ausmalen. Doch ich habe keine Gelegenheit, etwas zu sagen, denn es öffnet ein Portal direkt vor meiner Nase und schubst mich hindurch.

»Jetzt, wo du die Portale kennst, muss ich dich ja nicht mehr bewusstlos machen.«

Hat es das auch schon mit mir gemacht, als sie mich zur Müllinsel geschickt hat? Klingt so.

Ich falle auf der anderen Seite direkt wieder raus und sehe mich einem Schlachtfeld gegenüber, wo ein Kampf in vollem Gange ist. Mein Körper ist trotz der Tatsache, dass wir uns unter Wasser befinden, im freien Fall.

Komm schon, Wasser, du musst mir helfen! Ich konzentriere mich, spüre das Wasser an meinen Klauen vorbeigleiten, den Widerstand, den es gegen meinen Körper hat. Da ist die Strömung, die Seele des Wassers. Mit meinem bloßen Willen und der Bewegung meiner Hände kann ich es dazu bringen, meinen Fall zu stoppen, was mich mitten auf dem Kampfplatz anhalten lässt.

Eine Sirene rast von links heran, den Dreizack hoch erhoben, eine Meerhexe schwimmt von der rechten Seite auf sie zu. Beide mit dem bloßen Willen, den anderen zu töten.

»Stopp!« Es muss aufhören. Hier und jetzt. Es fühlt sich an, als würde ich mit unsichtbaren Fäden spielen. So leicht kann ich das Wasser kontrollieren und beide Kämpfer in ihrer Bewegung aufhalten.

Schockiert starren die beiden mich an.

Ich will gerade ansetzen, um etwas zu sagen, sie von ihrem sinnlosen Kampf abzubringen, als mich eine Kraft ruckartig nach unten drückt.

Verdammt!

Ich rausche an allen Kämpfenden vorbei, bis ich auf den Meeresboden krache. Den Aufprall konnte ich gerade so mit ein wenig Strömung abfedern, sodass es lediglich schmerzhaft war. Auszuhalten.

»Wer ist das?«, zischt eine Meerhexe, die ganz in meiner Nähe mit einer Sirene am Ringen war.

»Ist das … Mayim?!« Der junge Sirenenmann wendet sich fasziniert nach oben. Ich rolle mich unter Stöhnen auf den Rücken, um seinem Blick folgen zu können. Mayim hat in seiner großen goldenen Gestalt einen Wahnsinnsauftritt hingelegt. Es überstrahlt jegliches andere Licht mit ihrer Erscheinung.

»Mayla!« Ein Lächeln huscht mir über die Lippen, als sich Noahs Kopf in mein Blickfeld schiebt.

»Hey«, hauche ich und richte mich ein wenig auf. Er bietet mir die Hand an und ich greife bedacht danach.

»Ach du scheiße, Mayla!« Kelvin eilt auch sofort herbei.

Er sieht ziemlich mitgenommen aus, hält aber seinen Dreizack tapfer in der Hand. »Du bist vom Himmel gefallen.«

»Scharfsinnig beobachtet«, sagt Noah und stützt mich vorsichtig.

»Genau genommen aus einem Portal, aber ich glaube, das ändert nicht so viel am Ergebnis. Autsch!« Als Noah meinen Arm um seine Schulter legt, kann ich nicht anders, als einen Schmerzenslaut von mir zu geben. Wunderbar, ich bin jetzt ramponiert und habe mich Mayim noch nicht mal richtig gestellt.

Kelvin will etwas sagen, aber ich mache eine abwinkende Bewegung und deute nach oben. Geduldig starrt Mayim auf das Schlachtfeld, wo seine Geschöpfe aufeinander losgehen.

»Hat wohl nicht so ganz geklappt mit dem Verhindern des Kampfes, wie?«

»War jetzt auch keine so leichte Aufgabe.«

Noah schafft es selbst jetzt noch, mich mit seinen Kommentaren zum Grinsen zu bringen. Ich drücke ihm einen Kuss auf die Wange, ehe ich meinen Rücken probehalber einmal durchdrücke. Ja, schmerzhaft, aber auszuhalten.

Ohne auf die beiden Jungs Rücksicht zu nehmen, schwimme ich wieder nach oben. Der gesamte Kampf wurde gestoppt – so eine Macht hat Mayim und setzt sie doch zu selten ein. Vielleicht ist das seine Weise, den Krieg zu beenden. Mit seinem Auftauchen und einem ruhigen Gespräch. Dann hätte ich mir nicht solche Sorgen machen müssen, anderseits sprechen meine schmerzenden Glieder gegen eine friedliche Lösung seinerseits. Denn das hätte es auch erreichen können, ohne mich auf den Boden zu schleudern.

Niemand wagt es, sich in der Gegenwart von Mayim zu bewegen. Abgesehen von mir. »War das jetzt wirklich nötig?«, frage ich angepisst und baue mich neben Mayim auf.

»Leider ja, kleine Mayla. Es wird noch viel mehr nötig sein.«

»Mayla!« Atlans Stimme schallt über das Schlachtfeld und ich finde ihn augenblicklich. Neben ihm schwimmt Lucia, die mich mit großen Augen ansieht. Oje, das muss ich ja auch noch geradebiegen.

Am liebsten würde ich sofort zu ihr stürmen, um Verzeihung bitten und mich erklären, aber Mayim lässt mir keine Zeit. Denn das Wesen erschafft genau so ein Kraftfeld, welches auch Lucia um den Palast aufgebaut hatte, nur wesentlich dicker. Als ich mich wieder umdrehe, ist Lucia verschwunden. Dafür umgibt jetzt eine riesige Blase das Geschehen, abgesehen von Mayim und mir. Wir beiden sind die Einzigen, die sich außerhalb des Schutzschildes befinden.

»Was wird das?« Panisch sehe ich auf die anderen hinab. Ich kann sogar Sybell und Aquila ausmachen, die von ihren Kontrahenten abgelassen haben. Niemand wagt eine Bewegung, solange Mayim da ist. Es bewegen sich nur einige Münder, wie der von Atlan, aber kein Laut dringt aus der Kugel hervor. Sie sind vollständig abgeschnitten.

»Du kannst sie aufhalten, Mayim. Auf dich werden sie hören. Sie haben alle ihren Kampf unterbrochen, nur weil du da bist.« Das ist die friedlichste Lösung, sie alle zur Vernunft zu bringen.

»Leider nein, kleine Mayla. Ich verfolge da einen anderen Plan.« Das Echo seiner Worte sorgt dafür, dass auch jeder Anwesende es versteht.

Und wieder komme ich nicht dazu zu fragen, was für einen Plan es meint, denn es schleudert mich einfach gegen das Kraftfeld. Stromschläge durchzucken meinen Körper.

»Was soll das?!«, zische ich in bester Meerhexenmanier und bin selbst beeindruckt von der Gefahr, die in meiner Stimme mitschwingt.

»Ist das nicht offensichtlich?«

Dieses Mal höre ich kein Echo, aber vielleicht hat die Elektrizität auch mein Hörvermögen beeinträchtigt. Wenn dem nicht so ist, dann spricht Mayim ausschließlich zu mir. »Ich werde dich vor aller Augen umbringen und so beide Völker vereinen.«

Ich glaube, ich habe mich verhört. Es will was?!

»Schau nicht so, es ist ein geringes Opfer, damit beide Völker endlich Hand in Hand arbeiten.«

»Geringes Opfer?! Willst du mich verarschen?! Das ist mein Leben, verdammt.«

Mayim betrachtet mich wieder mit diesem traurigen Blick, den es auch schon bei unserer ersten Begegnung draufhatte.

»Seit wann ist das dein Plan?«

»Seit du unter einem Torbogen ausgesetzt wurdest, kleine Mayla.«

Will es mir damit sagen, dass ich all das nur durchlebt habe, um jetzt zu sterben? Vor den Augen aller? Mein gesamtes Leben hat in Mayims Augen nur darauf abgezielt, dass ich zum richtigen Zeitpunkt das Zeitliche segne?

»Aber warum? Wie soll mein Tod bitte die Völker vereinen?«

Ich rapple mich auf und schaffe es gerade noch so, einer erneuten heftigen Strömung auszuweichen, die mich wieder auf das Kraftfeld gepresst hätte.

»Ich habe es gesehen. Du bist eine Meerhexe, ihre Rachegedanken haben sie erst dazu gemacht, was sie heute sind. Und die Sirenen lieben dich – na ja, der wichtige und entscheidende Teil liebt dich.«

»Den Streit hast du aber auch mitbekommen, oder? Dass die Meerhexen mich verstoßen haben und ich Lucia die Stimme gestohlen habe?«

Irgendwie muss das Wesen doch zur Vernunft gebracht werden können. Ich bin sicherlich nicht bereit, nach all dem zu sterben. Es kam mir nie in den Sinn, als Märtyrer zu enden.

»Es sollte alles so sein, wie es geschehen ist. Du kannst ihre schockierten Gesichter nicht erkennen. Die Anführer der Völker haben Angst um dich.«

Mayim glaubt wirklich das, was es da sagt. Als würde es als überirdisches

Wesen mein Tod nicht tangieren. Was vermutlich auch stimmt, aber ich weigere mich, das zu akzeptieren. Ich habe doch selbst zu Lucia gesagt, dass ich keine Spielfigur in seinem kleinen Match sein werde.

»Du willst dich damit als großen Buhmann darstellen? Damit beide Völker sich vereinen und sich gegen deinen Willen stellen?«

»Natürlich, es hat schon mal geklappt. Nicht in dieser Welt, zugegeben. Aber auch diesen Konflikt muss ich beenden. Altbewährte Systeme sollte man nicht stürzen. Und ich habe es in der Zukunft gesehen.«

»Das ist so ein Blödsinn. Warum kannst du nicht einfach die Kräfte beider Parteien auflösen? Das würde ebenfalls alles bereinigen.«

»Ach, kleine Mayla. Ich habe dich wirklich ins Herz geschlossen, aber das hier ist nicht deine Entscheidung.« Und damit habe ich wohl diese Diskussion verloren, denn Mayims Gesichtsausdruck hat sich verändert. Jegliche Trauer ist aus ihm gewichen und es sieht wieder an mir vorbei – wie auch schon bei unserer ersten Begegnung. Als würde es das große Ganze sehen, aber nicht mich als einzelne Person.

Das Wesen vor mir wirkt wieder so verdammt erhaben, dass es mich schüttelt. Seine Haare bewegen sich so, als würden ständig Wellen durch sie fahren, noch mehr als bei Lucia. Seine gesamte Erscheinung vermittelt mir: *Ich bin dir überlegen.*

Aber eines hat Mayim nicht bedacht. Mein Bereich für die Angst ist nicht besonders ausgeprägt. Es ist mir egal, wie hoch dieser Berg ist, über den ich klettern muss, um an mein Ziel zu kommen … kein Krieg … nur meine Freunde und ich.

Wenn ich nichts unternehme, dann werde ich durch Mayims Hand sterben. Nur weil das Wesen es so will und es diese Situation in der Zukunft gesehen hat, dass seine Handlungen zu seinem gewünschten Ergebnis führen. Miese Aussichten für mich. Aber ich werde es nicht akzeptieren.

Ich schaue nach unten, wo mittlerweile Noah gegen den Schild hämmert, doch einfach nicht durchkommt. Kelvin stößt seinen Dreizack immer wieder hinein, ohne Effekt. Also bin ich doch auf mich gestellt. Die beiden durchzucken keine Stromstöße, die Barriere scheint sie auf der anderen Seite lediglich gefangen zu halten. Kein Wunder, sie ist so dick, dass ich mich selbst in ihrer Oberfläche spiegle.

»Du glaubst doch nicht, dass ich deine Entscheidung einfach so akzeptiere, oder?« Ich muss lachen. Niemals werde ich einfach so kampflos aufgeben. Ich bin doch kein Mittel zum Zweck. Es gab diese kleinen Momente, bei denen ich dachte, dass Mayim doch etwas Menschliches hat. Es hat mir immer geholfen, nur damit ich zum richtigen Zeitpunkt für es sterben kann?

Das soll Schicksal sein? Nein, nicht mit mir.

Ich habe Mayim nicht viel entgegenzusetzen, ich kann ein wenig mit der Meeresmacht umgehen, Strömungen kontrollieren, aber niemals genug, um es mit dem Gebieter über das Meer aufzunehmen.

Das Einzige, was ich kann, ist verwünschen. Allerdings bezweifle ich, dass diese Kraft einen Effekt auf Mayim hat, da sie direkt von ihm stammt. Außerdem würde es vermutlich meine gesamte Seele sprengen, ihm einen Fluch aufzuhalsen.

»Das hier sind deine Regeln, Mayim. Aber nicht meine. Warum sollte ich mich an deine halten? Außerdem weigere ich mich dein Opfer zu sein. Du hast etwas verbockt, dann steh dafür auch gerade und lass mich nicht darunter leiden.«

Ich habe keine Ahnung, ob es funktioniert, aber einen Versuch ist es wert. Vorhin habe ich meine eigene Spiegelung in der Barriere gesehen. Wenn ich mich selbst sehe, dann muss es doch möglich sein, mich selbst zu verfluchen. Um Mayim nicht den Rücken zuzukehren, schwimme ich an der Kuppel entlang nach unten auf den Meeresboden. In der Hoffnung, das hält es davon ab, mit meinem Körper Pingpong zu spielen.

»Kleine Mayla, das hat doch keinen Sinn. Mir fällt es auch nicht leicht.«

Auf irgendeine verdrehte Weise glaube ich ihm das sogar. Schließlich hat es mich eine Weile begleitet und aufgepasst, dass ich nicht vorher sterbe. Ein paar Mal war das gar nicht so unwahrscheinlich, wenn ich an meine erste Begegnung mit Morgiana denke, meine erste Verwandlung oder dieses nette Aufeinandertreffen mit Roana.

»Dann lass es doch einfach«, schieße ich zurück und bin endlich am Grund angekommen. Mein Spiegelbild sieht mich an. An meinen Anblick als Meerhexe habe ich mich gewöhnt, aber dies nimmt neue Dimensionen an. Wenn ich wirklich so fertig aussehe, dann ist es kein Wunder, dass Mayim sich keine großen Chancen auf mein Überleben ausrechnet. Einige Muskelstränge zucken unkontrolliert von dem Stromschlag und mein Gesicht spricht Bände der Erschöpfung. Aber noch geht es, denn ich sehe es in meinen Augen: den unbändigen Drang, das hier zu überleben und mein wunderbares, besonderes Leben wiederzubekommen. Dieses Mal sogar mit Noah an meiner Seite. Noah, der mir gegenüber in der Kuppel schwimmt. Er ist mir den Weg nach unten gefolgt und trommelt unaufhörlich gegen die Absperrung. Ich habe keine Ahnung, was mein Tun für Auswirkungen haben wird, aber es tut gut, vor Augen zu haben, warum ich es mache.

»Ich verfluche dich, Mayla, dass du stark genug bist, um es mit Mayim aufzunehmen.«

Kapitel 24

Positives Nummer 50: Eine Lösung ist eine Lösung, lassen wir mal die Konsequenzen beiseite

Eine dunkle Wolke verlässt meinen Körper, wie ich es damals schon bei Daxton gesehen habe. Mit jeder kleinen Rauchschwade wird mir ganz anders. Als würde meine gesamte Kraft einfach ausgesaugt werden. Es besteht eine reale Chance, dass es doch keine gute Idee war. Was habe ich noch mal vorgehabt? Mein Kopf füllt sich mit Watte und es ist nicht ganz so leicht zu denken. Woran zu denken?

Verdammt.

Der Rauch sammelt sich vor meinem Körper und dringt dann in mich ein. Ein Keuchen kommt mir über die Lippen und der Blick in Noahs schockgeweitete Augen reicht aus, dass ich mich etwas beruhige. Allein seine Anwesenheit hilft mir, auch wenn er offensichtlich nicht begeistert von meiner Aktion ist.

Die Gefühle kommen zurück, aber eine leise Befürchtung macht sich in mir breit. Sobald der Fluch aufhört zu wirken, wird die Watte in meinen Kopf zurückkehren. Mit diesem Problem werde ich mich später befassen, sofern es ein Später gibt.

Sobald die Wolke vollständig in mir verschwunden ist, wende ich mich Mayim zu.

»Was hast du getan?«

Das Wesen klingt mit keiner Silbe verärgert, sondern ehrlich interessiert. Selbst wenn ich hundert Jahre mit ihm verbringen würde, würde ich es nicht verstehen.

»Habe mich selbst verflucht.« Der Rauch verschwindet vollständig in meinem Inneren und eine Kraft durchfährt mich. Faszinierend. Schon immer hatte ich diese besondere Verbindung zum Meer, doch jetzt spüre ich sie auf einem ganz anderen Level.

Im ersten Moment befürchte ich, dass es zu viel ist, denn ich kann jedes Lebewesen in meinem Umkreis wahrnehmen. Alles, was das Wasser umspült. Jede Strömung, jede Bewegung, die Wasser verdrängt. Es ist wunderschön.

»Du hast dich selbst verflucht, um stärker zu werden? Kleine Mayla, du überraschst mich und das hätte ich nie für möglich gehalten.«

»Das haben Überraschungen so an sich.« Noch immer bin ich damit beschäftigt, die neuen Eindrücke zu verarbeiten. »Konnte ich dich damit von deinem Plan abbringen?«

Mayim mustert mich grübelnd, doch seine Stimme bleibt unverändert kalt. »Nein.«

Im nächsten Moment verändert es die Strömung und lässt sie auf mich zusteuern. Jede noch so kleine Regung des Ozeans kann ich fühlen.

Gott, wie sehr wünschte ich, dass ich Freude in meinem Inneren spüren könnte. Nun begnüge ich mich damit, die Strömungen mit meinen Händen von mir wegzulenken, damit sie mich nicht schon wieder gegen das Kraftfeld pressen. Diese Erfahrung lädt nicht gerade zur Wiederholung ein.

»Interessant. Kannst du damit umgehen?«

Ein plötzlicher Strudel erfasst mich und wirbelt mich herum, so schnell, dass mir schwindlig wird. Er spielt mit meinem Körper, als wäre ich ein Blatt im Wind, lässt mich gegen einen Steinhaufen prallen. Die ganze Aktion kommt mir wie eine Machtdemonstration vor, Mayim könnte mir auch meine Meerhexenkräfte rauben und mich jämmerlich ertrinken lassen. Es wäre bei Weitem effektiver, als sich mit mir hier einen Kampf zu liefern – einen zugegeben einseitigen.

Wenn ich jetzt nicht angreife, dann wird Mayim sich etwas Neues überlegen.

Um den Unterschlupf herum wachsen große dicke Algenstränge, ähnlich wie auch um Mayims Höhle. Der Strudel wirft meinen Körper hin und her, dennoch konzentriere ich mich auf das Wasser rund um die Algenstränge, lasse sie tanzen. Mit den Händen führe ich sie in Mayims Richtung. Ich kann nicht hinsehen, da mein Kopf immer wieder herumgerissen wird, was es noch schwieriger macht. Ohne meinen Fluch hätte ich das niemals schaffen können. Ich habe die Algen unter Kontrolle, lasse sie vorschnellen und sich um Mayims Hände winden.

»Wie …?«, stößt das Wesen erstaunt aus.

Endlich. Es dauert schmerzhafte Augenblicke, bis ich endlich die Strömung zu fassen bekomme und das Meer beruhigen kann. Mein Kopf pocht und mein Körper vermeldet ein paar schöne Prellungen. Ich bin nicht naiv, ich weiß, dass mein kleiner Widerstand nicht lange funktionieren wird. Jegliche Kraft, die mir zur Verfügung steht, sammle ich und stoße meine Hände ruckartig nach vorn. Das Wasser gehorcht mir sofort und prallt gegen Mayims Körper.

Mit einem lauten Krachen knallt es gegen den Felsenhaufen. Die Wucht lässt das Konstrukt bedenklich wackeln und stürzt dann über Mayim zusammen. Sand wirbelt in großen Mengen auf und verhindert die Sicht. Das war jetzt nicht mein Plan, aber ich nehme, was ich kriegen kann.

»Autsch?«

Bis auf Mayims Ausruf, der mehr wie eine Frage klingt, ist es totenstill. Als würde sich das Meer schämen, dass es sich gegen seinen Gebieter gestellt hat.

»Das hat wehgetan.« Das Erstaunen ist aus jedem Wort herauszuhören.

Hat dieses Wesen überhaupt schon einmal körperlichen Schmerz gefühlt?

Erschöpft lasse ich mich auf den Boden sinken. Ich muss wachsam bleiben, aber mir tut jeder Muskel weh und das Adrenalin lässt mich im Stich.

Die Felsen ruckeln, das Wesen wird sich jeden Augenblick befreien.

Stöhnend kämpfe ich mich wieder hoch und wünsche mir, ich hätte mich nie hingesetzt. Alles in mir schreit nach ein bisschen Ruhe.

»Verdammt.« Die ersten schwarzen Rauchschwaden steigen aus mir hervor, was kein gutes Zeichen ist. Ich weiß nicht, ob ich noch einen Fluch auf mich selbst aushalte. Ob danach noch etwas von mir übrig ist.

Noch immer ist das Wesen begraben von Trümmern, nur seine Stimme schallt zu mir herüber. »Du willst also unbedingt leben, kleine Mayla. Das erkenne ich an. Ich biete dir einen Ausweg. Was ist, wenn ich dir sage, dass ich ein Volk gehen lasse, für welche Seite entscheidest du dich?«

Ich schüttle den Kopf. »O nein, auf gar keinen Fall werde ich mich darauf einlassen. Es ist mir egal, wie viel es kostet, aber ich bleibe dabei. Sirenen und Meerhexen, beide haben Ruhe verdient … ein Leben ohne Krieg und Mord.«

»Schade.«

Oh, das war die falsche Antwort. Ich kann mich gerade noch auf den Boden werfen, als mit lautem Getöse die Felsen in alle möglichen Richtungen davongeschleudert werden.

Ich rolle mich auf den Rücken und erschaffe über mir eine so starke Strömung, dass einer der riesigen Felsen abgelenkt wird und nur einen halben Meter neben meinem Körper in den Sand schlägt. Das war verdammt knapp. Ich wäre Matsch gewesen.

»Ich war bereit, dich leben zu lassen.«

»Nicht zu diesen Bedingungen, Mayim!« Schwerfällig rapple ich mich auf und nehme das Schlachtfeld in Augenschein. Die Felsen liegen überall verteilt und geben ein schönes Durcheinander ab. Einer ist sogar auf dem Kraftfeld gelandet, aber es hat keinen Kratzer, nur Funken sprühen.

Okay, letzter Versuch. Ich habe nicht viel Zeit, vermutlich gar keine. Wieder drehe ich mich zu der Spiegelung im Kraftfeld und wage es erneut.

»Ich verfluche mich, auf dass meine Kraft um das Doppelte ansteigt.« Der schwarze Rauch lässt nicht lange auf sich warten, allerdings muss ich vor ihm davonschwimmen. Genau dort, wo ich gerade noch gestanden habe, prallt erneut ein Felsen gegen das Feld.

»Es reicht, kleine Mayla.«

Mir auch, danke.

Der Rauch findet und durchfährt mich. Mir wird ganz kalt und ich bezweifle, dass das so schlau war. Mit den Konsequenzen werde ich mich später auseinandersetzen müssen. Ich zittere am gesamten Körper, jeder Nerv ist zum Zerreißen gespannt und allein zu existieren tut weh. Vermutlich bin ich einfach nicht dafür gemacht, für solch eine Gewalt nicht ausgelegt.

Wenigstens hatte ich mit meiner Annahme recht: Es ist der letzte Versuch.

Ich weiß nicht, ob es klappt, aber ich habe keine Wahl, lasse eine Strömung direkt mit den Funken aufladen. Es kribbelt sogar in meinen Fingern, als die Ladung auf mich überspringt. Geistesgegenwärtig muss ich selbst einem Felsen ausweichen. Dann schicke ich diese geballte Energie zu Mayim. Der Strom erfasst es und das Wesen kann seine eigene Kraft, gegen ihn gerichtet, spüren. Nur damit ich im selben Moment von einer seiner Strömungen erfasst werde. Das Wesen tut es mir ernsthaft gleich. Der Strom des Schutzschilds durchfährt meinen Körper und ich kann mich nur von ihm lösen, indem ich meinen Angriff abbreche. Erst dann habe ich genug Energie, um mich von diesem verdammten Ding zu lösen.

Mir geht es nicht gut, dennoch stemme ich mich wieder hoch und versuche seinen Blick zu fesseln, indem ich es niederstarre.

»Entziehe beiden Völkern die Kräfte!«

Mayim seufzt und betrachtet mich eingehend. Wenigstens hat das Wesen ein paar kleine Wunden abbekommen, auch wenn sie nicht so schmerzhaft aussehen, wie ich es mir gewünscht habe.

»Du weißt schon, dass du, wenn ich deinen Forderungen nachkomme, deine Kräfte verlierst und nichts Besonderes mehr bist?«

Ich muss trocken auflachen und lege den Kopf in den Nacken.

»Ja, das ist mir bewusst. Und man sollte meinen, ich habe dazugelernt. Dass ich mich verändert habe und nichts Besonderes mehr sein will. Versteh mich nicht falsch, das will ich immer noch. Aber ich denke, dass wir alle unsere Prioritäten einfach anders setzen sollten.«

Es fühlt sich alles so dumpf an, warum kämpfe ich noch mal? Warum mache ich das? Es will mir nicht einfallen. Mein gesamter Körper schmerzt und schreit nach Ruhe.

Fühlt es sich so an, wenn die Seele zerbricht? Dass einem nichts mehr etwas bedeutet und man einfach nur existiert? Wobei selbst das gerade eine Qual ist.

Mayim keucht, es wirkt erschöpft. Seinem Kopfschütteln nach zu urteilen eine Tatsache, die es selbst nicht fassen kann.

»Mich hat noch nie jemand bekämpft.«

»Wir haben alle erste Male.«

Das Wesen schleudert mich erneut gegen das Kraftfeld. Die Nadelstiche zucken durch jeden Muskel und ich bin es einfach leid.

»Kleine Mayla, gib doch einfach auf!«

Ja, ein guter Gedanke. Ewige Ruhe klingt im Moment so verlockend. Aber noch ist etwas in mir wach, etwas, das mich antreibt. Vielleicht der blanke Überlebensinstinkt? Vielleicht der schockierte Gesichtsausdruck von Aquila, die doch etwas wie Muttergefühle zu empfinden scheint. Vielleicht die Erinnerung an ihre Worte an mich kleines Bündel, wo sie mir wünschte, ich sollte etwas Besonderes sein. Ich weiß es nicht. Und langsam reichen mir die ganzen Vielleichts in meinem Leben. Es ist mir egal, was es ist, was mich weitermachen lässt. Einer dieser Gründe wird es sein und entscheidend ist, dass es einen gibt.

Also stoße ich mich von der Kuppel ab. Die Stromschläge verebben.

Liebes Meer, siehst du nicht, wie sehr ich mich hier anstrenge? Was verlangst du noch von mir? »Mayim, gib sie doch einfach frei!« Ich wähle bewusst die gleichen Worte wie das Wesen. »Es wäre so viel leichter, du würdest so viele Leben verschonen.«

»Und was ist dann mit mir?«

Es fällt mir so schwer, die Worte von ihm wahrzunehmen und den Grund dafür zu suchen. Der Nebel um meine Gedanken wird dichter.

Wenigstens greift es mich nicht noch einmal an. Mein Körper würde wohl weitere Schläge nicht mehr aushalten. Es hält inne. Es hat gefragt, was mit ihm sei. Mit einer Hand stütze ich mich an dem Felsen ab. Das kühle Gestein fühlt sich gut unter meinen Fingerkuppen an. Es fällt mir so schwer, mich zu konzentrieren. Ich fokussiere meine Hand, um mich ans Leben zu klammern, an diese kleinen Gefühle wie den rauen Stein an meiner Haut.

Hat Mayim nicht meine Hand gehalten? Wie ein kleines Kind wollte es mir alles zeigen, hat sich an mir festgehalten. Das ist es.

Mayim ist einsam. So richtig einsam. Es hat niemanden, dem es all das erzählen kann, mit dem es all das teilen kann.

Es ist ganz allein. Mitleid regt sich in mir, nur ein Hauch davon, aber es ist eine Gefühlsregung. Ich wusste es schon immer, Mayim ist nicht das Böse, es hat einfach nur so viel aus den Augen verloren.

»Mayim, du bist nicht allein.«

Es fährt sich durch die Haare und das ist die erste menschliche Geste, die ich bei ihm sehe. Ein Zeichen von Nervosität.

»Das, was du verlangst, würde mich einsam machen.«

»Was ist mit deinen Geschwistern? Mit Eve?«

Das Wesen schnaubt und stemmt seine Hände in die Hüfte. »Unsereins hat viel zu tun. Wir haben alle unsere Aufgaben von Mutter erhalten und sehen einander alle Jahrzehnte einmal. Und jetzt willst du, dass ich die Sirenen von ihrer Last befreie. Sollen dann die Menschen im Meer ertrinken? Du weißt selbst, wie grausam das ist.«

»Du bist schon einsam, Mayim. Du hast alle von dir weggestoßen, dich als erhabenes Wesen dargestellt.«

»Ich bin ein erhabenes Wesen.«

»Aber auch ein einsames.«

Für diese tiefsinnigen Gespräche fehlt mir gerade die Kraft. Hätten wir sie nicht führen können, als ich meine Seele noch nicht gespalten hatte?

Aber es ist ein Strohhalm, nach dem ich greife. Mir war von Beginn an klar, dass ich Mayim nicht besiegen könnte, wie denn auch? Aber ich kann es vielleicht überzeugen. Ihm helfen.

»Ich werde bei dir bleiben.«

Hinter mir höre ich dumpfe Geräusche. Noah schlägt wie ein Verrückter gegen die Kuppel und sieht verdammt verzweifelt aus. Immer wieder schüttelt er den Kopf. Auch Lucia, Atlan und Kelvin geben ihr Möglichstes, um sich zu befreien. Lucia weint.

»Meinst du das ernst?«

»Ja, ich werde bei dir bleiben und mit dir zusammen deine Bürde tragen.«

Mayim mustert mich skeptisch, wahrscheinlich weil ich nicht gerade wie das blühende Leben wirke. Kann ich ihm nicht verübeln, ich würde auch nicht an ein langes Leben denken, wenn ich mich selbst betrachten könnte. Aber ich bin zäh und habe viele kleine Dinge, für die es sich zu leben lohnt.

»Wenn du das tust, kann es sein, dass der Kreislauf von vorn beginnt. Viele Menschen werden dich als Monster jagen, wenn sie von deiner Existenz erfahren. Sie werden deinen Tod wollen.«

»Das mit dem Monster wäre jetzt nichts Neues.« Ich muss sogar ein bisschen grinsen. »Dafür müssten sie erst einmal wissen, wer ich bin. Wenn es so weit ist, werden wir uns etwas Neues überlegen.«

Es wirkt nicht überzeugt, doch Hoffnung blitzt in seinen Augen auf.

»Wenn du die Last von den Sirenen und den Fluch von den Meerhexen nimmst, dann werde ich bei dir bleiben. Jedenfalls mit dem, was von mir übrig ist. In welcher Form auch immer.«

Mayim schwimmt auf mich zu und streckt die Hand nach mir aus. Ich sollte Angst vor ihm haben, aber ich finde nichts davon in mir. Das Wesen könnte mir eine Ohrfeige verpassen und ich würde mich nur über den Schmerz ärgern. Diesen Zustand an Leere in meinem Inneren finde ich jetzt schon beschissen.

»Okay.«

War das eine Einwilligung? »Okay?«

»Ja, kleine Mayla. Ich werde es tun. Lass mich nur darüber nachdenken, wie, aber du kannst stolz auf dich sein. In meiner gesamten Existenz hat es noch nie jemand geschafft, mich von etwas abzubringen.«

Ich stoße einen Schwall Luft auf, Blasen entstehen und steigen Richtung Oberfläche auf zur Sonne. Wie gern ich die Sonne auf meiner Haut gespürt habe – wie auf Gran Canaria. Diese Erinnerung halte ich fest, damit der Nebel mich nicht fortreißt.

»War jetzt auch nicht so leicht.« Ich wähle bewusst Noahs Worte, klammere mich an alles, was mich glücklich gemacht hat. Und auch wenn es nur wenige Stunden her ist, kommt es mir wie eine Ewigkeit vor, dass ich darüber geschmunzelt habe, aber ich erinnere mich an das warme Gefühl in meiner Brust, als er es gesagt. Nur das Lächeln, das gelingt mir nicht.

Kapitel 25

Positives Nummer 51: Erfolg

Noah

Tausend Tode bin ich schon gestorben, während ich dem Kampf und dieser absurden Unterhaltung zusehen musste. Aber nicht nur ich. Auch Kelvin, Lucia und Atlan und, Gott bewahre, sogar einige Meerhexen konnten nicht an sich halten. Auch deren Anführerin. Und diese Aquila, ist das nicht Maylas Mutter? Nach wie vor ist mir die Beziehung der Meerhexen untereinander schleierhaft. Aber Mayla scheint ihnen wirklich etwas zu bedeuten.

»Sie erinnert mich an meinen Sohn.«

Erschrocken fahre ich herum, wo die Anführerin, diese Sybell, auf Mayla blickt. Ihr Gesichtsausdruck ist fast schon zärtlich, was reichlich grotesk ist. Solche Regungen habe ich nur bei Mayla gesehen. Meerhexen waren für mich Monster, weil sie meine Familie getötet haben, aber in diesem Moment sind sie einfach andere Wesen, die auch Gefühle und persönliche Geschichten haben. Ich mag sie trotzdem nicht.

Endlich löst Mayim die Blockade auf und ich schwimme stürmisch hinaus, direkt zu Mayla. Sie ist blass, sofern ihre Meerhexenhaut noch fahler werden konnte. Ihre Beine geben nach und ich fange sie auf. Auf dem weichen Meeresboden wäre ihr zwar nichts passiert, aber ich will, dass sie weiß, dass ich da bin.

»Mayla, ich bin hier.«

Ihre grünen Augen suchen nach mir und als sie mein Gesicht erfasst, versucht sie ein Lächeln, was eher an eine Grimasse erinnert. Es macht mir nichts mehr aus, dass ihre Augen eher Echsen ähneln, denn in ihnen kann ich meine Mayla sehen. Ihre Seele und ihr Gemüt. Wobei ich mir nicht sicher bin, wie viel von ihrer Seele übrig ist. Als der schwarze Nebel auf ihren Körper zugesteuert ist, dachte ich mein Herz bleibt stehen. Sie hat sich selbst verflucht. Wer kommt auf so einen Schwachsinn? Ich sollte sauer auf sie sein.

»Dummes Mädchen«, haucht Aquila neben mir und geht in die Knie. Mit einer Kralle fährt sie über ihre Wange. »Deine Seele für so etwas aufzugeben, dummes, dummes Mädchen.« Es klingt liebevoll, fast schon mütterlich.

»Aber ich habe es geschafft. Mayim hat versprochen, dass sie euch erlöst. Alle.«

Über ihre Worte kann ich mich nicht freuen, denn ich bin so unfassbar wütend auf dieses Wesen. Egal was es gebraucht hat, um diesen Krieg zu beenden, dieses Opfer war ich nicht bereit zu geben. Es fällt Mayla schwer zu sprechen und ihre sonst so wundervollen Augen sind trostlos leer. Diesen Zustand habe ich schon einmal gesehen – bei Alegria. Ich will nicht, dass es Mayla genauso ergeht. Mir kommen die Tränen, ich kann sie nicht aufhalten. Sie vermischen sich mit dem Meerwasser und verschwinden darin. Was gar nicht so schlecht ist, denn ich will nicht, dass Mayla mich weinen sieht.

»Gib ihr ihre Seele wieder. Du hast es doch schon einmal getan«, fordere ich von Mayim, doch das Wesen zuckt mit den Schultern.

»Das kann ich nicht, ich bin nicht allmächtig. Damals auf Gran Canaria hatte Mayla einen kleinen Fluch abgegeben, wo ich ihre Seele mit Erinnerungen an das Meer heilen konnte. Aber auch ich habe Grenzen. Es war allein ihre Entscheidung, so zu handeln.«

»Weil du sie dazu getrieben hast.« Am liebsten würde ich dem Wesen ihre Krone vom Kopf schlagen.

Mayla hebt eine Hand und legt sie mir an die Wange. Sie öffnet den Mund, aber es kommt nichts raus, was sie eindeutig ärgert. Sie schiebt sogar ihre Augenbrauen zusammen, was unglaublich niedlich aussieht.

Ich verteile kleine Küsse auf ihrer Stirn. So machtlos habe ich mich lange nicht gefühlt, einfach weil ich nicht weiß, wie ich ihr helfen soll.

»Das kann ich schlecht abstreiten. Nehmt sie mit, schafft mit ihr neue Erinnerungen, dann wird sich ihre Seele erholen«, raunt Mayim und wirkt seltsam ergriffen.

Die Lösung scheint mir zu einfach. Obwohl es Alegria auch schon wieder wesentlich besser geht, wenn man ihren Zustand auf Gran Canaria mit dem jetzt vergleicht.

Atlan drückt meine Schulter und schaut traurig auf Mayla hinab, dann wendet er sich an Mayim. »Gilt das auch für Meerhexen?«

Ich bin ihm dankbar, dass er sich einmischt. Meine Selbstbeherrschung gegenüber Mayim hängt am seidenen Faden.

»Meerhexen sind auch zur Hälfte Menschen, es wird vielleicht länger dauern, aber es wird. Ich brauche sie schließlich noch.«

Aus reinem Trotz würde ich es am liebsten lassen, damit Mayim Mayla nicht bekommt. Aber natürlich ist es keine Option. Denn wenn Mayim sie verliert, verliere ich sie auch. Und das ist mehr, als ich ertragen könnte. Also presse ich Mayla an mich, um sie vor Mayim zu beschützen, wobei ich das vermutlich nicht mehr hinbekomme. Vor all dem konnte ich sie nicht schützen, aber jetzt werde ich alles tun, um ihre Seele wiederherzustellen.

Mayim verschwindet ohne ein weiteres Wort durch eine Art Portal und lässt uns mit diesem Scherbenhaufen zurück. Niemand weiß, was wir jetzt tun sollen.

Den Krieg weiterzuführen scheint sinnlos. Jeder ist ratlos, egal ob Meerhexe oder Sirene. Mayim hat zwar versprochen, etwas zu ändern. Aber was genau, hat es natürlich nicht verraten.

Es ist eine völlig absurde Situation.

Mayla liegt in meinen Armen und starrt vor sich hin, immer wieder versucht ihre Hand nach etwas zu greifen, woran sie sich klammern könnte.

Ihr Zustand macht mir furchtbare Sorgen.

»Wir ziehen uns zurück«, zischt die Anführerin der Meerhexen und streicht Mayla noch einmal durch die Haare. Während die anderen bereits davonschwimmen, verweilt Sybell noch einen Augenblick und hockt sich zu uns auf den Boden. Ihre Worte sind sicherlich nicht für mich bestimmt, aber ich will Mayla keine Sekunde aus den Augen lassen. Auch wenn sie zischt, klingt die Anführerin doch überraschend sanft.

»Manchmal glaube ich wirklich, dass deine Seele die meines Sohnes ist. Als du dich geweigert hast, nur ein Volk von Mayims Einfluss zu befreien, ist mir etwas klar geworden. Ich habe geliebt und ich habe verloren. Aus reiner Rache habe ich mit all dem angefangen, aber du hast dich trotz allem nicht auf eine Seite geschlagen. Obwohl wir dich verstoßen haben. Für dich war Rache keine Option. Du hast meine Seele gerettet. Also bitte, setze deine wieder zusammen.«

Dann beugt sie sich tatsächlich vor und drückt ihre Lippen auf Maylas Stirn. Und dieses Bild zeigt mir noch einmal, wie blind wir alle waren. Roana und ich waren genauso wie diese Meerhexe blind vor Rache, blind vor Hass. Hauptsache, wir konnten Vergeltung dafür üben, was uns angetan worden war. Aber Mayla war nicht so, egal, als was sie bezeichnet wurde, egal, wo ihr Platz hätte sein sollen. Sie hat einfach nur für ihre Überzeugungen eingestanden. Hätten wir alle früher hingesehen, wäre es vielleicht nicht zu diesem jahrhundertelangen Krieg gekommen.

Dann verschwinden auch Aquila und die Anführerin. Zurück bleiben wir Sirenen, Mayla in meinen Armen, Kelvin und Atlan hinter mir und eine stumme Lucia. Dem Rest hat Atlan befohlen, zurück ins Schloss zu gehen, weil der engere Kreis sich beraten müsse.

»Beraten ja?«, fragt Kelvin und hockt sich direkt in Maylas Blickfeld. Er hebt eine Hand und sie tut es ihm gleich, verschlingt ihre Finger miteinander. Er lächelt sie an und schüttelt ungläubig den Kopf. »Also hat Mayla jetzt mit Mayim ausgehandelt, dass die Meerhexen und Sirenen ihre Kräfte verlieren?«

Ich nicke, auch wenn ich keine Ahnung habe, was das für unser Volk bedeutet. Anders als die Meerhexen sind wir nicht aus den Menschen entstanden. Werden wir jetzt zu Menschen werden?

Lucia gesellt sich zu Kelvin auf den Boden. Augenblicklich löst Mayla ihre Hand von Kelvins und betrachtet ihre beste Freundin. Die Sekunden vergehen und ich traue mich nicht, diesen intensiven Austausch der beiden zu unterbrechen. Auch wenn es nur durch ihre Blicke ist, so scheinen sie eine Unterhaltung zu führen.

»Es tut mir leid.« Die Worte kommen nur schwerfällig über Maylas Lippen und sie hält die Hand auf, als würde sie nach Lucias Berührung lechzen.

Doch Lucia ignoriert die dargebotene Geste. Schwerfällig atmet sie aus und zuckt mit den Schultern.

Wieder ist es still und ich will gerade etwas sagen, als sich Mayla noch einmal in meinen Armen regt.

»Wirklich. Ich verfluche dich«, sie macht wieder eine Pause, sammelt sich und ihre Worte. »Nein, ich wünsche dir, dass du wieder sprechen kannst.« Eine dunkle Wolke verlässt ihren Körper und steuert direkt auf Lucia zu.

Lucia rutscht auf dem Boden zurück, doch der Rauch ist schneller, breitet sich über das Wasser aus und findet sie.

»Mayla.« Ich komme mir wieder wie ein Eindringling vor, doch Mayla hält meine Hand fest umklammert, dreht sich zu mir um und gibt mir einen hastigen Kuss.

»Ich liebe dich«, wispert sie gegen meine Lippen, ehe ich dabei zusehen kann, wie ihre Augen trüb werden und ihr Geist sich vollständig verabschiedet.

»Ich liebe dich auch.« Ich bin mir nicht sicher, ob sie den Inhalt meiner Worte noch verstehen kann. Teilnahmslos sinkt sie zusammen.

Lucia kehrt zu uns zurück und nimmt dieses Mal die Hände von Mayla in ihre. »Danke.«

Dieses Danke ist so schwerwiegend, als würde sie sich nicht nur für ihre Stimme bedanken. Es klingt wie ein Abschied. Ich kann es mir nicht erklären, aber vor unseren Augen ist eine so besondere Freundschaft zerbrochen, dass der Schmerz auch mein Herz heimsucht.

Dann verschwindet Lucia im Palast und wir bleiben zurück – mit einer zerbrochenen Mayla.

»Was machen wir jetzt?«, fragt Atlan.

Etwas, das ich noch nie aus seinem Mund gehört habe.

Kelvin lächelt sanft und steht wieder auf. »Na, was wohl?«

Auffordernd nickt er mir zu. »Jetzt sammeln wir neue Erinnerungen für Mayla«, sage ich.

Und das ist er, der neue Plan. Denn ich werde dieses Mädchen nie wieder aus meinem Leben verschwinden lassen.

***

Mayla, eine Woche später

»Also? Habt ihr alles?«, fragt eine wunderschöne Frau. Sie müsste in meinem Alter sein.

Die meiste Zeit bin ich mir nicht ganz sicher, wem die Stimmen gehören. Aber es sind vertraute Tonlagen und daran halte ich mich fest. Der Nebel in meinem Kopf hängt überwiegend wie ein Dunst über meinen Gedanken und macht es mir schwer, mich auszudrücken oder mitzubekommen, was um mich herum passiert.

Jemand trägt mich. Mein Kopf ist gegen die Brust von demjenigen gelehnt, es ist eine harte Brust. Egal wie oft ich auch aufschaue, sein Gesicht kann ich mir nicht merken. Es überrascht mich nur immer wieder, wie hübsch es ist.

»Ja, alles eingepackt, wir sollten dann langsam los. Komm, lass dich drücken, Lucia.«

Eine zweite Frau mit langen blonden Haaren drückt die deutlich kleinere andere an sich.

»Celia, du hast sie schon hundert Mal gedrückt.«

Die Brust unter meinem Kopf vibriert, als der Mann lacht. Es ist ein schönes Lachen, fühlt sich ein bisschen wie Heimat an. Dieses Lachen möchte ich öfter hören, mir wird ganz warm und der Nebel lichtet sich ein wenig. Wieder schaue ich auf, doch dieses Mal will ich sein Gesicht anfassen. Ich kann nicht glauben, wie seine Augen aufleuchten, wenn er lacht.

»Noah, schau mal, ich glaube, sie will dich berühren.«

»Ach, ist das so?« Mein Träger beugt sich zu mir herunter, was es mir leichter macht, eine Hand an seine Wange zu legen. Er ist so warm und seine Augen strahlen noch mehr.

»Seht ihr, das wird wieder. Dieser Trip wird ihr ganz sicher helfen. Alegria und ich sind Experten darin, Seelen wiederherzustellen. Ich hatte sowieso keine Lust direkt an die Uni zu gehen.« Die Blonde lacht ausgelassen und haucht mir einen Kuss auf den Kopf, ehe sie in einen kleinen Bus steigt.

Ich rümpfe die Nase. Ich will dort nicht einsteigen, aber wieder kann ich es nicht ausdrücken. Doch der schöne Mann lässt mir keine Wahl, er trägt mich einfach in den Bus und setzt sich mit mir ganz nach hinten. Auf dem mittleren Sitz der Dreierreihe lässt er mich sanft nieder und haucht mir ebenfalls einen Kuss auf die Stirn. Diese Menschen sind sehr liebevoll zu mir und ich wünschte, dass ich mir ihre Gesichter merken könnte. Meistens unterscheide ich sie anhand ihrer Stimmen oder ihrer Körperwärme. Den Mann mit dem Lachen mag ich am liebsten, er gibt mir das beste Gefühl und ich glaube, es ist mir bisher auch nicht von der Seite gewichen. Er ist sehr geduldig mit mir und trägt mich überall hin.

»Ich lade kurz alles ein, dann bin ich wieder da.« Auch wenn ich ihm nicht antworte, so sagt er mir immer, was er vorhat. Also sitze ich einfach da und warte, bis seine Körperwärme zurückkehrt.

»Pass auf dich auf, Lucia! Mach keine Dummheiten, während wir weg sind.« Es ist eine andere Männerstimme, sie gehört zu dem, der immer so quirlig ist. Ich meine, dass er rote Haare hat. Er berührt mich am wenigsten, aber wenn er da ist, dann haben alle bessere Laune. Das finde ich gut.

Er drückt die Kleinste und steigt dann auf der Fahrerseite des Busses ein.

»Wie? Du fährst, Kelvin?« Die Blonde mit den roten Lippen setzt sich nach vorn neben den Quirligen.

»Aber hallo! Ich bin ein fantastischer Autofahrer. Außerdem wollen Noah, Alegria und Atlan hinten bei Mayla sitzen. Also musst du mit mir vorliebnehmen.«

Ich kann ihrer Unterhaltung nicht mehr folgen, alles versinkt im Nebel. Erst als sich der Mann mit dem Lachen neben mich auf die Rückbank setzt, wird es wieder besser. Er lehnt sich gegen mich, auf die andere Seite rutscht die Frau mit den komischen T-Shirts, die ich nie verstehe. Eine Bank vor uns sitzt der größte Mann von ihnen. Er hat traurige Augen. Seine Gegenwart spüre ich immer, egal ob ich meine Augen offen und geschlossen habe. Nur die Kleine steigt nicht ein.

»Dann schaffen wir dir mal ein paar neue Erinnerungen«, wispert der Mann neben mir. Die Frau auf meiner anderen Seite setzt sich Kopfhörer auf und streicht über meinen Arm. Ein wohliges Kribbeln geht von ihrer Berührung aus.

Ich mag keine Autofahrten, generell finde ich alle Fahrzeuge nicht besonders gut. Aber hier in diesem kleinen Bus mag ich es. Es erinnert mich an etwas. Etwas, das tief im Nebel liegt: ein Gefühl, das ich nicht richtig benennen kann.

»Lucia?« Es ist ein Name, der mir immer einfällt, wenn ich auf einer Rückbank sitze. Doch dieses Mal habe ich es geschafft, den Namen sogar in ein Wort zu formen.

Sofort rucken sämtliche Köpfe zu mir herum, die Bewegung der Frau an meinem Arm stoppt, dann drückt sie ihn sanft.

»Ach, Mayla«, haucht sie.

Ich spüre Lippen, die sich gegen mein Haar drücken, ein kleines Kribbeln geht von dieser Geste aus. So etwas wie Freude? Das Gefühl wird von dem Mann neben mir verursacht.

Der andere mit den braunen Haaren dreht sich vollständig auf seinem Sitz herum. »Tut mir leid, Mayla. Aber Lucia muss trotzdem noch bei unserem Volk bleiben. Die Veränderungen von Mayim sind für alle ungewohnt und Lucia will sie damit nicht allein lassen.«

Ich verstehe nicht, was mir der Mann mit den traurigen Augen sagen will. Eigentlich verstehe ich selten etwas.

»Wir kriegen dich schon wieder hin«, verspricht er und berührt mein Knie. Dann startet der Motor und ich schlafe an der Brust des blonden Mannes neben mir ein – mit dem Wissen, nicht allein zu sein.

Kapitel 26

Positives Nummer 52: Irgendwann ist alles vorbei

Ein Jahr später

»Kommst du, Mayla?«

Kelvin läuft aufgeregt vor mir im Wasser auf und ab. Seine Haare sind noch länger geworden, sodass er jetzt einen Zopf tragen kann, was ihm außerordentlich gut steht.

»Gib mir noch ein paar Minuten«, rufe ich lachend zurück und ziehe mir das Shirt über den Kopf. Zwar trage ich einen orangen Bikini, aber vielleicht hätte ich doch eher den Badeanzug wählen sollen. Dieser gibt mir mehr Sicherheit.

»Dann verpasst du den Sonnenuntergang.«

»Das wird mich nicht umbringen.« Aber er hat recht, es sieht wunderschön aus, wie die Sonne den Himmel in meine Lieblingsfarben taucht. Es ist ein faszinierendes Schauspiel, vor allem, da meine Freunde völlig unbeeindruckt miteinander scherzen und lachen, als hätten wir nie etwas anderes getan. Glücksgefühle durchströmen mich und ich versuche diesen Anblick so tief in mein Herz zu graben, dass er es nicht mehr verlassen kann. Diese Gewohnheit habe ich mir mit der Zeit angeeignet, nie wieder will ich diesen Nebel spüren, der meine Gedanken trübte. Jedes Mal, wenn ich befürchtet habe, dass er mich wieder einfangen könnte, dachte ich an solche Herzensmomente und fühlte mich unbesiegbar. Und dankbar für dieses Leben.

Atlan, Celia und Alegria sind schon lange im Wasser und heute habe auch ich endlich beschlossen, dass es Zeit für diese neuen Momente wird. Ich bin überrascht, dass Celia schon drinnen ist, aber sie will mir wohl Mut machen. Selbst Lucia ist für heute extra aus Aquarta angereist. Wir haben uns zwar begrüßt, aber es ist immer noch etwas kühl zwischen uns.

Damals hat unsere Freundschaft einen deutlichen Knacks abbekommen. Ich glaube, sie konnte mir nicht verzeihen, dass ich ausgerechnet sie verflucht hatte, und ich konnte ihr nie verzeihen, dass sie mir nicht vertraut hatte.

In dem Jahr sind wir unfassbar viel gereist und haben so viel gesehen, dass jede neue Erinnerung Stück für Stück meine Seele wieder zusammengesetzt hat. Es hat wesentlich länger als bei Alegria gedauert, aber letztendlich würde ich behaupten, dass ich wieder die Alte bin. Nur das Meer habe ich bis heute gemieden.

Ich weiß, dass in der Zwischenzeit viel passiert ist.

Die Meerhexen haben alle ihre Kräfte verloren, genauso wie ihre Gestalt. Sie sind als Menschen wieder an Land zurückgekehrt. Es gibt wohl extra für solche Fälle eine Abteilung. Nicht von der Regierung, sondern aus einer anderen Welt. Jedenfalls hat Aquila mir das erzählt. Sie haben alle einen Pass bekommen und wurden in der menschlichen Welt eingegliedert – bis auf ein paar wenige Ausnahmen. Sybell konnte sich ein Leben an Land nicht mehr vorstellen, aber sie ist auch schon Tausende von Jahren alt. Aquila meinte, Sybell hätte sich gern persönlich von mir verabschiedet, aber sie hat wohl endlich Ruhe finden können und ist zu Schaum geworden. Ich war ein wenig traurig darüber, aber vielleicht war es nach einem Leben voller Hass das Beste für sie.

Die Sirenen haben ihren Gesang und ihre Magie verloren, durften aber ihre Sirenengestalt behalten. Sie leben nach wie vor in Aquarta und Lucia baut wohl gerade eine Demokratie auf.

»Hey, alles klar bei dir?« Noah taucht neben mir auf und nimmt meine Hand, an der ein schlichter Ring steckt. Es ist kein Verlobungsring, sondern ein Versprechen, dass wir alles gemeinsam schaffen können.

Meine Gefühle für diesen Mann kann ich nicht in Worte fassen. Damals hat er mir mein Herz gestohlen, dann hat er es aus dem Nebel befreit und es erneut lachend davongetragen. Zweimal habe ich mich in ihn verliebt. Stürmisch ziehe ich ihn zu mir herunter und gebe ihm einen Kuss, der all meine Glücksgefühle ausdrücken soll.

»Du lenkst ab, Mayla.«

Lachend löst er sich von mir. Wo er recht hat …

»Alles gut, es ist nur …« Mein Blick liegt auf dem ruhigen Meer. Kleinere Wellen rollen über den weichen Sandstrand. Dennoch habe ich Angst davor, wieder reinzugehen. Über ein Jahr war ich nicht mehr baden oder auch nur mit dem Fuß im Wasser. Es ist nicht so, dass ich mich vor Mayim fürchte oder dem Versprechen, das ich gegeben habe, sondern vor dem Unbekannten. Was, wenn einfach nichts geschieht, wenn ich das Meer wieder berühre? Wenn ich einfach nur Mayla bin. Aber wäre das wirklich so schlimm?

»Ich weiß nicht, was passieren wird.« Geräuschvoll lasse ich die Luft entweichen und greife nach seiner Hand, die mein Anker in so vielen Situationen war.

»Hast du etwa Angst vor einem weiteren Abenteuer, unerschrockene Mayla?«

»Nein, nicht wirklich. Aber ich habe mich immer kopflos in alles gestürzt, weil ich unbedingt etwas Besonderes sein wollte. Dann war ich etwas Besonderes und jetzt habe ich es vielleicht wieder verloren. Aber irgendwie wäre es nicht so schlimm.«

Noah nimmt mich in den Arm und wirbelt mich einmal herum.

»Du bist für mich etwas Besonderes.« Seine gewisperten Worte treffen mich direkt ins Herz. Für ihn war ich schon immer etwas Besonderes, egal ob wir dachten, ich wäre die Prinzessin oder nur ein gewöhnlicher Mensch. Noah hat mich schon immer so angesehen, als wäre ich ein kostbarer Schatz.

»Und genau das reicht mir.«

Er setzt mich wieder ab und begleitet mich Hand in Hand bis zu der Stelle, wo der Sand schon von den Wellen durchtränkt ist. Dann lässt er mich los und stürzt sich ins Wasser. Als wollte er mir alle Zeit der Welt geben.

Ich atme tief durch und dann tue ich es. Vorsichtig setze ich einen Fuß nach dem anderen auf und spüre plötzlich das Meer. Ein Glücksgefühl, welches ich schon beinahe vergessen habe, durchströmt mich und dieses untrügliche Gefühl, wieder angekommen zu sein. Doch nicht nur das, es kribbelt in jeder Faser meines Körpers, als ich die Meeresmagie spüre. Sie ist noch da, sie hat mich nicht verlassen.

Jauchzend vor Glück renne ich weiter hinein, vorbei an meinen Freunden und stürze mich kopfüber ins Wasser. Mit ein wenig Meeresmacht versuche ich, das Siegel an meinem Hals zu lösen. Es klappt, Mayim hat mir diese Gestalt nicht genommen. Vermutlich, damit ich mein Versprechen dem Wesen gegenüber halten kann. Ich nehme meine Meerhexengestalt an, ganz ohne Schmerzen.

Ich weiß, woher sie bei der Verwandlung immer gekommen sind. Mit allem habe ich mich gegen mich selbst gewehrt, gegen meine Gestalt als Monster. Doch jetzt nicht mehr. Diese Form gehört zu mir, mit ihren Krallen, Klauen, Schuppen, Haifischzähnen und Flossen. Alles daran ist ein Teil von mir.

»Kleine Mayla.«

»Mayim.« Es freut mich sogar, ihre Stimme zu hören. Als hätte das Meer meine gesamte Angst vor dem Unbekannten davongespült. Erst jetzt bin ich wieder vollständig, hier – mitten in meinem Element, am schönsten Ort der Welt, unter Wasser. Das Wesen klingt recht schüchtern für seine Verhältnisse.

Mitten in der Bewegung halte ich inne und schließe die Augen. Kurze Zeit später befinde ich mich vor Mayims Höhle. Jedenfalls geistig, wie damals bei meiner ersten Begegnung mit Mayim in meinem Fiebertraum. Denn ich bin sicher, das ist wieder eine dieser merkwürdigen Unterhaltungen, die wir auf einer anderen Ebne führen.

Mayim schwimmt in ihrer Sirenengestalt vor den Eingang der Höhle und betrachtet mich geradezu liebevoll.

»Es freut mich, dich wiederzusehen.« Und ich meine es genau so. Egal was passiert ist, letztendlich ist doch alles irgendwie gut ausgegangen.

»Kleine Mayla, es geht dir besser. Das ist schön. Weißt du, ich bin nicht das Böse in Person.«

»Ich weiß, Mayim. Du hast nur versucht eine Lösung für das Problem zu finden. Du hast auch deine Verpflichtungen und deine Sorgen.«

»Auch wenn du mich hasst, kleine Mayla. So freue ich mich sehr, dass du mir erhalten bleibst.« Ihre melodische Stimme ist wie Balsam in meinen Ohren.

Mayim musste für eine sehr lange Zeit grausame Dinge allein tun, es war einsam und die Sirenen haben ihm bei dieser unmöglichen Aufgabe geholfen. Sie haben den Schmerz mit ihm geteilt und jetzt ist es meine Bürde, dies zu tun. Es wird nicht schön werden, aber auch ich bin ja nicht allein.

»Ich hasse dich nicht. Ich denke, wir könnten vielleicht so etwas wie Freunde werden.«

Die Überraschung steht dem Wesen ins Gesicht geschrieben.

»Ich wollte dich töten, kleine Mayla. Wie kannst du mir dann jetzt die Hand reichen?«

Ich zucke mit den Schultern. »Tja, ich habe dich verflucht. Auch nicht besser. Einer muss anfangen.«

Es nimmt meine Hand und endlich ist sie nicht mehr so kalt, echte Körperwärme geht von ihr aus. Oder war die Kälte immer nur Einbildung? Dieses Wesen kam mir so erhaben vor, ich habe es auf ein Podest gestellt und die Unterschiede zwischen uns gesehen. Dabei hätte ich mich auf das konzentrieren sollen, was gleich an uns ist. In uns beiden schlägt ein Herz, wenn auch ihres schon deutlich länger als meines seinen Dienst tut.

»Wenn wir doch Freunde sind … besteht jetzt die Chance, dass du aufhörst, mich kleine Mayla zu nennen?«

Mayim lacht laut und schallend, es klingt wie die Melodie des Meeres, so wunderschön und einzigartig. Wie etwas, dass ich so sehr lieben gelernt habe.

»Nein, kleine Mayla. Niemals.«

»Ein Versuch war es wert.«

Dann nimmt das Wesen mich in den Arm, vorsichtig, weil es so viel größer ist als ich. Ich erwidere die Umarmung. Wie lange hat das niemand mehr bei ihm getan? Wie viel Last muss dieses Wesen tragen? Wenn es sich mit all dem herumschlagen muss, was in allen Welten geschieht und nicht nur hier. Ich möchte gern seine Verbündete sein.

»Meine Geschwister hatten recht, es ist deutlich leichter, wenn man Beliehene hat.«

»Beliehene?«

»Jemand, dem man einen Funken seiner Kraft gibt. Ihn als Vertrauten akzeptiert und mit ihm gemeinsam die Verantwortung teilt. Jedes Element hat solche Beliehene, nur ich habe mir nie jemanden gesucht, bis du kamst.«

Einen Funken seiner Kraft, das bedeutet, Mayim hat nie mit ganzer Kraft gegen mich gekämpft. Hat das Wesen es überhaupt ernst gemeint? Das bedeutet aber, dass Mayim mich vielleicht doch nicht umbringen wollte.

Mein Blick wird weich, denn dieses Wesen ist so schlecht darin, seine Gefühle rüber zu bringen.

»Wenn es so weit ist, dann werde ich dich rufen. Ich habe mit Eve gesprochen, du hast meine Schwester bereits kennengelernt.«

Schwester?! Das wusste ich nicht. Aber Mayim lässt sich nicht unterbrechen.

»Sie ist unter anderem für die Verwahrung der verstorbenen Seelen zuständig. Sie wird dich regelmäßig mit Seelen versorgen, damit du mir helfen kannst.«

»Werden sie dabei auch nicht verletzt? Ich möchte nicht, dass jemand leiden muss. Verstorbene Seelen sollten ihre Ruhe finden.«

»Mach dir keinen Kopf.«

Die Stimme kenne ich doch! Ich fahre herum und tatsächlich schwebt Eve neben Mayim. Wieder scheinen für sie keine Gesetze in dieser Welt zu gelten. Wer auch immer Eve ist, sie scheint ein faszinierendes Wesen zu sein.

»Ich kenne mich mit Seelen höllisch gut aus. Bei Gelegenheit zeige ich dir den richtigen Umgang mit ihnen.«

»In Ordnung.«

Eve wendet sich von mir ab und strahlt Mayim an. »Ich bin froh, dass du jetzt eine richtige Beliehene hast. Gaia wäre stolz auf dich.«

»Tz, Gaia hat ja wohl ihre eigenen Probleme. Die sollte sie mal lieber in den Griff bekommen. Sonst wird Mutter noch böse auf sie, wenn sie es mitbekommt.«

»Moment«, unterbreche ich die beiden, »Gaia wie Erde?«

Verschmitzt lächeln die beiden sich an.

»Ich glaube, das reicht für dieses Mal, Mayla. Wir werden genug Zeit haben, um dir alles zu erklären«, sagt Mayim.

Wenn Mayim das Wasser ist, Eve das Feuer, dann muss Gaia die Erde sein. Gibt es dann auch jemanden für Luft? Heute werde ich wohl keine Antworten mehr bekommen, denn Eve winkt mir schon freudig zu.

»Ich rufe dich dann, kleine Mayla.«

Mit diesen Worten bricht die Verbindung ab und nach einmaligem Blinzeln sehe ich wieder meine eigentliche Umgebung und kann die Stimmen meiner Freunde hören.

Überirdische Wesen scheinen ja schwer beschäftigt zu sein. Ich muss gestehen, es macht mir Angst, was noch auf mich zukommen wird, aber ich weiß, dass ich nicht allein bin. Kelvin, Atlan – sofern er nicht im Palast ist – und Noah werden nicht von meiner Seite weichen. Celia und Alegria werde ich in meinem menschlichen Leben haben. Nur was mit Lucia ist, bleibt mir ein Rätsel.

Geschwind tauche ich wieder auf und verwandle mich an der Wasseroberfläche zurück, wo schon Noah auf mich wartet. Es ist mittlerweile dunkel geworden und nur noch wir beide treiben im Wasser. Der Rest hat am Strand ein Lagerfeuer gemacht und von irgendwoher hat Alegria Marshmallows gezaubert.

»Na, wie fühlst du dich?«, fragt Noah und legt sich auf den Rücken, damit er die aufziehenden Sterne betrachten kann.

Ich muss keine Sekunde darüber nachdenken. »Lebendig.«

»Das ist gut.« Er wendet den Kopf zu mir und sieht mich genauso an wie damals bei unserem ersten Date, wenn man es so nennen möchte. Er hat mich mitten in der Nacht entführt und mir gesagt, er würde mein Herz stehlen. Es war wunderschön und hat mich schon damals tief berührt.

Ich tue es ihm gleich und treibe auf dem Rücken.

»Weißt du noch, was ich dir damals gesagt habe? Unter dem Sternenhimmel?«

Er überlegt einen Moment. »Du hast aufgezählt, wofür du lebst. Aber genau kann ich mich nicht erinnern.«

Das reicht auch schon, ich weiß es noch. Ich habe damals gesagt, dass ich für diese kleinen Augenblicke lebe, für den Sonnenaufgang, einen tiefen Atemzug, das schwerelose Gefühl, wenn ich im Meer schwimme, und für jede glückliche Erinnerung.

»Das macht nichts, ich denke, ich muss es sowieso revidieren. Ich lebe für alles, nicht nur für die schönen Erinnerungen, sondern auch für die Augenblicke, bei denen ich dachte, mein Herz würde in Millionen Stücke zerspringen und diesen Scherbenhaufen würde ich niemals wieder reparieren können. Ich lebe auch für diese winzigen Momente, wenn ich dein Lachen sehe oder wenn wir uns streiten und mir klar ist, dass ich mich so glücklich schätzen kann, jemanden zu haben, mit dem ich mich so streiten kann. Wenn ich verletzt werde, bin ich auf eine verdrehte Weise dankbar, dass ich Menschen erlaube, so nah bei mir zu sein, dass sie mich verletzen können.«

»Wollen wir dann noch mehr leben?« Spielerisch wackelt er mit den Augenbrauen und ich kann nicht anders, als ihm Wasser ins Gesicht zu spritzen. »Hey, kleine Hexe! Komm her!«

Noah zieht mich zu sich heran und stiehlt mir einen liebevollen Kuss. Jede Faser meines Körpers nimmt ihn überdeutlich wahr, ist erfüllt von Glücksgefühlen.

Wir haben all das überstanden und haben uns gefunden. Mit niemand anderem als ihm möchte ich mich jedem weiteren Abenteuer stellen.

»Mit dir noch mehr leben? Für immer.«

Ich greife nach seinen Händen und halte sie fest, während ich auf meine Freunde sehe.

Mein Blick streift Lucia, die gerade Celia dabei hilft, ihr Outfit von Sand zu befreien. Alegria verdreht schmunzelnd die Augen. Mein Herz wird nicht mehr schwer, wenn ich Lucia sehe, es ist dankbar für die gemeinsame Zeit. Es wird nie wieder so sein wie zuvor, aber das ist okay. Das ist das Leben. Wenn ich die drei sehe, dann sehe ich alles, was ich verloren, gewonnen und behalten habe.

Lucia und ich werden uns vielleicht wieder zusammenraufen, aber im Moment ist das Vertrauen zwischen uns zerstört. Und auch das ist okay, ich habe viele Dinge zu akzeptieren gelernt. Sie hat dabei geholfen, meine Seele mit neuen Erinnerungen zu füllen, um mich wieder zurückzubringen. Ohne sie hätte es wesentlich länger gedauert, denn nach wie vor gibt es niemanden, der mich besser kennt als sie.

Jederzeit kann Mayim mich rufen und mich beauftragen, etwas Grausames zu tun, dann wäre mein jetziges Leben erst einmal vorbei. Ich weiß noch nicht, wie ich damit umgehen soll, aber ich werde es herausfinden – zusammen mit den anderen. Daher werde ich es noch mehr genießen.

Wenn ich eines Tages sterbe, werde ich auf all das zurückblicken und wissen, ich habe für diese glücklichen Momente gelebt.

Für jede Sekunde und jeden Augenblick,
für jede Freude und jede Wut,
für jedes Lachen und jede Träne,
für jeden Erfolg und jede Niederlage.

ENDE

Danksagung

Danke an euch. Nach wie vor bedeutet es mir wahnsinnig viel, wenn ihr eines meiner Bücher lest und es euch ein Stück begleiten darf. Danke so sehr, dass ihr mir die Möglichkeit gebt zu schreiben und die Geschichten auch noch lest.

Mayla hat es mir nicht leicht gemacht, nach dem ersten Band war ich Feuer und Flamme für den zweiten, ich habe geschrieben, geplant (ich plane viel) und auf die Szenen hingefiebert. Doch dann kam das Leben dazwischen und mein ehemaliger Chef bat mich, mit dem Schreiben aufzuhören. Ich wäre dann so gestresst, wenn ich schreibe und Deadlines einhalten muss. Dennoch die freundlichsten Grüße an dich, lieber Ex-Chef, denn du hast mir gezeigt, was ich im Leben wirklich will – und das am besten für meine gesamte Lebenszeit. Dafür danke ich dir von Herzen!

***

Liebes Impress-Team, ich danke euch. Denn als es mir damit so schlecht ging, habt ihr Verständnis gezeigt, mir sogar ein Notizbuch für neue Ideen geschenkt, und ich übertreibe nicht, wenn ich sage, dass ihr mich damit aus dem Loch geholt habt. Denn ihr glaubt an meine Ideen, an mich. Es hat mir die Welt bedeutet.

***

Ich denke, dieses Mal werde ich es mit Maylas Worten halten:

Ich bin so dankbar für dieses Leben, in dem ich schreiben und euch hoffentlich erfreuen darf, in dem ich Emotionen und Gefühle entlocken darf und meinen für mich richtigen Weg gefunden habe.

Ich bin so dankbar.
Für jede Sekunde und jeden Augenblick,
für jede Freude und jede Wut,
für jedes Lachen und jede Träne,
für jeden Erfolg und jede Niederlage.

***

Ich hoffe, wir lesen uns im nächsten Buch. Denn noch einmal werde ich nicht aufhören, das sei euch und mir versprochen.

Eure Lia

DIE MACHT DER GEFÜHLE
TAUCH EIN IN ROMANTISCH-FANTASTISCHE GESCHICHTEN.
I M
P R E
S S
#IMPRESSBOOKS
ALLES VON IMPRESS HIER:
IMPRESSBOOKS.DE

Willkommen an der Akademie für Magie

Lia Kathrina
ESSENZ DER MAGIE 1: DIE LEERENBEGABTE
ISBN 978-3-551-30131-4
Softcover
Auch als E-Book erhältlich

Als Tochter zweier unterschiedlicher Elementträger fällt es Ria besonders schwer, ihre Fähigkeiten – die Leere – zu beherrschen. Das erste magische Schuljahr startet demnach voller Herausforderungen, die bald nicht nur akademischer Natur sind und neben ungeplanten Gefühlen auch unerwartete Wahrheiten ans Licht bringen.

Verena Bachmann
CHRONOS ACADEMY 1: EISWÄCHTER
ISBN 978-3-551-30338-7
Softcover
Auch als E-Book erhältlich

Inori hätte nie gedacht, dass ein Familiengeheimnis ihr ganzes Leben auf den Kopf stellen würde. Sie soll magische Fähigkeiten besitzen und wird als Schülerin an der sagenumwobenen Chronos Academy aufgenommen. Doch damit sich ihre Gabe zeigt, soll sie eine lebenslange Bindung mit einem anderen Menschen eingehen.

Annie Laine
SILVERSHADE ACADEMY 1: VERBORGENES SCHICKSAL
ISBN 978-3-551-30325-7
Softcover
Auch als E-Book erhältlich

Nacht für Nacht quälen Eve Albträume voller Rauch, Feuer und Zerstörung. Kaum kriegt ihre Tante Wind davon, schickt sie Eve an die mysteriöse Silvershade Academy für magische Wesen. Als Nachfahrin von Sehern hält Eve angeblich die Zukunft in ihren Händen. Ausgerechnet der Bad Boy und Dämon Alistair soll ihr helfen können.

WWW.IMPRESSBOOKS.DE

Impress

Die Macht der Gefühle

Impress
Ein Imprint der Carlsen Verlag GmbH
Juni 2021

Lektorat: Julia Feldbaum
Umschlagbild: shutterstock.com / © Image DJ
Umschlaggestaltung: formlabor, Elena Dudina, Vivien Summer (Typografie)
Satz und Umsetzung: readbox publishing, Dortmund
ISBN 978-3-551-30310-3
www.impressbooks.de